U0015043

後人間喜劇

Post-human Comedy

第一章 虛無的理性主義者

我不信我的命運是由我的八字、食神格和文昌神煞所主宰的。但我也信，每個人的命運都是極端複雜的因果關係所造成的結果。皆因複雜到無以把握，我們才有自由意志的假象。

新加坡　Singapore

作詞．作曲：Tom Waits

今晚起航去新加坡
每個都比帽匠瘋狂
愛上茶色的摩爾人
出發到點頭之地去
跟所有的中國佬喝酒
走過巴黎的下水道
我和彩色的風起舞
從沙造的繩子懸吊
你一定要跟我說再見

今晚起航去新加坡
泊岸的時候不要睡
劃十字聖號祈求死去
當你聽到孩子們在哭
讓髓骨和切肉刀選擇
為兒童的鞋子製造腳掌
穿過小巷，從地獄回來
當你聽到教堂尖塔的鐘聲
你一定要跟我說再見

用汽油塗滿他全身
直至他的雙臂又硬又粗暴
從今以後這條鐵船就是你的家
起錨吧，小子們

今晚起航去新加坡
從地上拾起你的被子
在門邊洗淨你的嘴巴
整個城鎮都由鐵礦造成
每一個目擊者都化為蒸氣
他們全都變成意大利的夢
用泥土填滿你的口袋
去找值一塊錢的東西
小子們去吧！小子們去吧！起錨吧！

（董啟章譯）

1

舊港來的？

穿著卡其色制服，神情漠然的馬來入境人員，從口中吐出發音跳躍的英語。也許是因為面對官員查問的焦慮（縱使我事前已經多次默默地練習應對），或者是一直折磨著我的腸胃不適依然未曾平服，我在第一個瞬間沒有聽懂她的提問，以致心虛地呆了半秒。在下一個半秒，當我察覺到對方的眼神流露出些許的不耐，我才恍然明白她的意思。

我連忙用英語說：是。

可是，在我恭恭敬敬地遞上的護照和臨時工作批文上，不是已經把我的來處寫得清清楚楚的嗎？何必多此一問？難道明知故問是彰顯權威的方式？轉念又覺得奇怪，她剛才說的是「舊港」嗎？如果明明說的是「舊港」，我為甚麼會不假思索地回答「是」？

在我的腦袋繁忙地做著各種推想的時候，入境人員已經像撥開穢物般把文件在案上推過來，不屑一顧似的別過臉去。我一手抓住文件，一手拖著手提行李箱，狼狽地穿過了檢查通道，感覺猶如受到難民般的對待。我好歹也是被邀請來當訪問學者的，絕不是黑市勞工或者偷渡客。這個國家對待客人不是應該客氣一點嗎？「舊港」是甚麼鬼話？

我的肚子又再痛起來了。

今天早上，打從坐上的士前往機場的一刻，心情已經有點不安。當車子在東涌的公路上停下來，我便知道堵塞機場的傳言真的應驗了。我那反映現實的肚子，也開始發起了不合作運動。幸好我已做好準備，提早了兩小時出門，情況未至令人絕望。我和許多因為交通癱瘓而需徒步前往機場的旅客一樣，頂著當空的烈日，拉著大箱小箱，氣喘吁吁，合成一條長長的逃亡隊伍，低頭認命地往目的地進發。

沿途還有為數更多的穿黑衣的年輕男女，浩浩蕩蕩，容光煥發，青春可人，有說有笑，心情顯然截然不同，好像在大夥兒遠足一樣。他們在空曠的路上戴著口罩，拿著標語，邊走邊喊口號，一呼百應，情景煞是壯觀。幾個青年見我苦苦掙扎的樣子，主動上前幫我拖行李，還連連鞠躬說：不好意思！辛苦你了！我聽得有點莫名其妙，但有人幫總好過沒有。

足足走了一個小時才到達機場客運大樓。善意的青年們把行李交還給我，跟我熱情地揮手，轉頭便加入堵塞機場的隊伍裡。我還奢想著他們會幫我開路，但看勢頭他們已經搖身一變，成為我的敵人了。說敵人的確是有點誇張。他們對旅客全無敵意，但是，唉，就是很抱歉但也要堵塞你的去路的意思。恕我孤陋寡聞，這種抗議方式應該是世界首創的吧。雖然被拖延得很無奈，但至少也算是長了見識。

人到絕境，有時會爆發出意想不到的幹勁。我壓抑著肚子的叛亂，頂著沉重的行李車，發揮推糞蟲的毅力，在厚厚的人堆中挖掘隧道，花了半小時，好不容易來到了辦理登機的櫃位。寄運了大件的行李，又經過另一輪奮鬥，才到達離境大堂的禁區閘口。就在我向守衛人員出示電子登機證的一刻，手機震動了一下，螢幕上出現了一條訊息。

是秀彬傳來的。她原來也身在機場，問我是不是今天上機。

我回過頭去，伸著頸，踮著腳，嘗試在人群中尋找她的身影。那就像在萬頭鑽動的蟻窩裡尋找其中一隻螞蟻一樣，當然是徒勞無功的。還來不及眨眼，我便如同被吸進黑洞的光子一樣，身不由己地隨著焦急的旅客們越過了事件視界，墮入了平行世界的領域，跟原來的現實完全截斷了關係。也記不起自己是怎樣通過保安檢查和離境身分確認系統的，只知道自己站在禁區的免稅商店外面，手心冒汗，顫抖著手指在手機上寫了回覆：我已入閘。

在等待登機期間，我有一半時間瑟縮在椅子上，盯著頭頂的螢幕，深恐自己的航班會宣布取消。另一半時間則躲在廁所裡，為腸子絞痛卻無法脫穎而出所折磨。不希望出現和渴求出現的結果成反比，對疲弱的心臟施以兩面夾攻。最致命的是，秀彬一直沒有回覆，持續處於離線狀態，令人瀕臨心死。我覺得自己隨時會在候機處倒下來。

對於自己猝死的情況，已經設想過不止千百次。所幸亦已不止千百次生還的紀錄，要不我就不會在這裡了。我每次都是這樣安慰自己的，但每次之後還是需要再次的安慰。結果安慰也成了惡性循環的一部分。因為你沒法知道，哪一次的安慰會無效。那也即是真的最後的一次。在候機室沒死，不代表不會在機艙裡死。在地上沒死，不代表不會在空中才死。未死的一刻，總會接續著將死的一刻，如此類推，假死復假死，直至真死的臨降。人生終必在果然死去的一刻，才能得到永恆的解脫。我從小怕死，可能就是我研究好運和厄運的數學理論的動力。把疾病轉化為科學上的創建，是禍是福，也講不清楚了。

老實說，在機上真的有一次死掉的機會。當我在自己的座位頹然坐下，抬頭一看，一位穿著馬來傳統沙龍式制服的空姐，正踮著腳尖，高舉著雙臂，幫客人整理頭頂行李櫃的物品。那完全伸展的纖長的腰身，把我嚇到差點兒心臟蹦出。那身形和姿態，竟然和當年的海卿一模一樣，害我以為自己迴光返照，命不久矣。

在暈眩間聽到有女聲以唱歌般的英語跟我說話，對準焦點才發現是剛才那位空中服務員，正彎著腰問我要不要甚麼幫忙。看來我的樣子一定很難看。我向她要了杯清水，把放在襯衫袋裡的鎮定劑拿出來，卻因為手抖而無法把藥片折成兩半。結果又要勞煩對方幫忙。喝了水，服了藥，空中小姐收下了杯子，嫣然一笑。此時我才發現，她的樣子一點也不像海卿。

服藥之後症狀稍微舒緩，至少覺得離死還有一段距離。在四個小時的航程中，飛機多次遇上氣流。我靠著看爛片企圖捱過兇險的南海上空。空姐的殷勤服務，卻慢慢由安慰變成滋擾。這當然不是她的問題，只是她剛才令我想起海卿，關於海卿的回憶便沒完沒了地湧出來。那曾經讓我自視為一生最大的幸運的海卿，那激發我創造出好運的數學定理的海卿，那陪伴著我在嚴寒的北國完成博士論文的海卿，那給我誕下至愛的女兒秀彬的海卿，此刻竟然成了世上最不想相見的陌路人。那是不是說明了天道的公平，行好運後必行衰運的定理？最後還是要多謝海卿，用離婚來啟發我完成學說的另一半，以衰運定理和好運定理互補，找出了熵均衡和最佳訊息點的計算方法。沒有這些學術成就，我今天就不會坐在這個遠赴新加坡的航班上，接受命運的戲弄了。

先生，需要甚麼幫忙嗎？小姐，需要甚麼幫忙嗎？

看著空中服務員無差別地分派著細心的關懷，我開始覺得有點生氣了。她那挽成白果形的髮髻也由賢慧而變得礙眼。這樣的對白她每次航程也不知會說上多少遍。殷勤的態度也不過是偽裝吧。當慰問變成了例行公事，最溫柔的聲線也會令人生厭。我想說：你以為我是那種不斷苛求別人關心的可憐人嗎？或者是那些藉機親近女服務員的色中餓鬼？你儘管去照顧那些吹毛求疵的乘客吧。這樣一氣，居然暫時忘掉了身體的不適。飛機也在此時徐徐降落樟宜機場了。

於是，樂於助人的空中小姐和木無表情的入境人員，都同樣刺激著我的神經，令我發狂。

唯獨是等待行李的時候，手機終於收到秀彬的訊息，才在窒息中透出一絲清新的空氣。她祝我一路順風，又叫我不用擔心她。我想回覆，但又遲疑，害怕過於頻密的聯絡會令她覺得我嘮叨，徒生厭煩。我情願最後是她回覆我，而不是我回覆她，眼巴巴看著她已讀不回的標記。真是一種連自己也覺得可憐的心情。

領了行李，我拖著這半死不活的殘軀，繼續那才剛剛開始的苦路。在通透的玻璃牆外，站滿了接機的人，清一色掛著充滿期待的神情。受到他們的感染，我也不免要裝出被人期待的期待，向左右四方展現沒有目標的笑意。正當我逐一搜尋那些寫著訪客名字的牌子，有人便在後排叫出了我名字。我朝那方向望去，一個高個子男性向我揮手，並且大踏步往左側的出口走去。

2

歡迎來到新城！

迎上來跟我握手的是一個樣貌不能原諒地英俊的年輕男人，約三十來歲，穿醒目的白色Polo T恤和天藍色窄長褲，烏黑濃密的頭髮梳理得油亮堅挺。

胡德浩教授！您好！幸會！我是江志旭，是江英逸院長的兒子。我父親這幾天出國，我是代表他來接您的。

英俊男以華語跟我打招呼，同時搶著幫我拿行李。我一時間聽不清楚他的名字，幸好聽懂他父親是誰。江院長就是邀請我來南洋科技大學當訪問學者的人。

趁對方遞上名片，我悄悄瞥了一眼他的名字怎麼寫。看懂了怎麼寫，又忘了怎麼念，於是便只有含含糊糊地回應道：

啊！是江公子嗎？令尊一定很高興，有一個像你這樣一表人才的兒子！

我本來是想說「出類拔萃」的，但不知道後面兩個字的華語發音，便及時換了另一個四字詞，同時很厭惡自己說出了這種奉承的客套話。

沒有啦！我這些只是小角色而已。胡教授才是真正的大學者、大天才！誰不知道您是當今世界上Cybernetics首屈一指的專家，領導風潮的大人物！

這個後生口若懸河，像變魔術般一頂又一頂高帽扣下來，令人難以抵擋。我因為華語不流利，便只有克制地含笑以對，慎防露出了過多的洋洋得意的神色。

我記起他剛才好像說歡迎我來到「新城」的。為甚麼有這樣的叫法？也可能是我聽錯。隔了一段時間，不好意思回頭去問，也就作罷。

聽這小子自我介紹才知道，原來他是念機器人學的，在美國拿博士學位，再做了幾年博士後研究，去年才回到南洋科技大學任助理教授。

回來貢獻國家嘛！

他有點尷尬地笑著說。

我便恭維他說：

回來當父親的左右手吧。

他謙虛地搖了搖頭，說：

我跟家父還差很遠呢！

我心想，這個人說話會不會太乖巧呢？於是便忍不住調侃他說：

你長得那麼「衰」，不去當明星真是太浪費。

老師，你說的是「帥」吧？

想不到我自作聰明，反而自取其辱。我連忙更正說：

對！是「帥」！不好意思，我的華語太爛。

不會啦，老師不要介意。

我的意思是，像你這樣的外型，搞甚麼 robotics 呢？

他舉起右臂，做了個健美先生的姿勢，說：

人體不就是一台機器嗎？

就是，就是。有沒有聽過「年紀大，機器壞」？

是廣東諺語嗎？他好奇地問。

我指了指自己，說：就是說我。

不會吧！胡老師還很精壯，只是五十出頭，知天命之年呀。

天命，我也想知啊。

老師不是已經知道了嗎？用您的理論，連天命都可以算出來了。

人算不如天算。我搖搖頭說。

那也對的，有時候人的確是「機關算盡太聰明」。

我聽他這句話很熟，但不知道出處，頓時有點心虛。他不像一般只懂說英語的新加坡仔，似乎頗富中華文化素養，把我殺了個措手不及。

機器男問我來過新加坡沒有。我回答來過兩次，一次和家人來渡假，一次來開研討會。他問我家裡有甚麼人。我便直言和妻子已經離婚，女兒二十歲。他立即說了聲抱歉。我心想，抱歉甚麼呢？又不是你害我離婚的。他像是為了補償似的，興致勃勃地說：

那老師一定未去過Jewel Changi[1]了。

我對珠寶沒興趣。

不是賣珠寶的，是樟宜機場新建的室內奇觀，被譽為新加坡的新地標。從客運大樓可以通過去。老師應該會感興趣的。

1　星耀樟宜，為新加坡樟宜機場附設的綜合商業大樓，以其植物園景觀及各大品牌零售中心聞名。

類似 Gardens by the Bay[2] 那種東西嗎？你們新加坡人最喜歡把樹種在魚缸裡。

哈哈！是這個概念，不過比種樹更誇張。反正就在旁邊，去看看啊！老師肚子餓嗎？裡面有很多餐廳可以坐下來吃點東西。

雖然給腸胃不適折騰了大半天，但給他一說，也覺腹中空虛，便硬著頭皮跟著他走向那甚麼 Jewel 的地方。志旭給我在入口寄放了行李，說這樣可以走得輕鬆一點。

一走進 Jewel 的內部，確實是給眼前的景觀震撼了。完全料想不到，在機場三個客運大樓的中間，會有這樣的一座感覺詭異的巨型裝置。抬頭望去，天穹呈稍不對稱的圓形，整個外殼以網狀支架組成，每一個三角網眼上是透明玻璃，形成一個採光極佳的籠子。屋頂中央像個漏斗般凹陷，線條向內弧成一個圓圈。環繞著圓周有大量水流如圓筒形的瀑布般傾瀉而下，形成一條垂直矗立的巨型水柱。流瀉不斷而又維持固態的水柱，動極而靜，似實還虛，在陽光下折射出彩虹的幻影。

這是全世界最大型的室內瀑布。有個名堂的，叫做 HSBC Rain Vortex，滙豐銀行雨漩渦。不知是象徵吸金大法，還是預言某種金融災難。志旭以帶點調侃的語氣說。

網上有人說它像 a toilet bowl flushing all day long。其實從外面看，整個建築是一個巨型的 doughnut。一點也不像 Jewel。

是黑洞。我衝口而出說。

胡老師，您的想像力很驚人啊！聽你一說，那些線條和結構又真的很像科學書上的黑洞構想圖。

就是啦！就是啦！你也看出來啊！那個漏斗形瀑布的入口位置就是 event horizon。我好像找到難得的知音似的，有點激動地指點著。

老師您想上去看看嗎？上面有一條Canopy Bridge，可以從近距離觀察。

不用了！太近event horizon會沒命的。我連忙做出嚴正的拒絕。

志旭也不勉強，只是聳肩笑了笑。這時我才注意到在玻璃球的下方，在接住瀑布的圓形中央水池的外圍，是個種滿綠樹的山谷。不是一個普通的花園，而是一個可以沿斜坡拾級而上的人造森林。

下面綠色的這一塊也該有個名堂吧？

沒錯，叫Shiseido Forest Valley，資生堂森林谷。聽來是不是有點滑稽？

不，是恐怖。你聽過恐怖谷理論嗎？

當然聽過，搞robotics的怎會不知道。

這是個活生生的恐怖谷。裡面活動著的，說不定都是automatons。

我們都是automatons啊。

就是！這樣理解就順理成章了。

老師我們去逛逛恐怖谷吧。

從中間穿過去就可以。我不爬山了。太辛苦。

穿過所謂的「山谷」，繞過瀑布水池，猛烈的沖擊聲震耳欲聾，強勁的水勢令人心跳加速。匯豐銀行柱插進資生堂谷，這是怎麼樣的鬼配對？我好像被不斷當頭棒打一樣，開始眼花

2　指新加坡的濱海灣花園。

撩亂。

拐進樹林後面的空間，團團圍繞著店鋪，幾乎都是外國名牌，看不到半點新加坡的東西。說白了，這其實是一個假裝自然奇觀和戶外歷險的購物廣場。我很快便對它失去興趣，只想快點找個地方醫肚。

我們在最近的一間日式餐廳坐下來。我隨便地點了個炸豬排定食，志旭則要了刺身拼盤。可恨的是食物來到面前，胃口卻又全失，只能勉強地吞幾口。志旭為了盡接待之誼，努力地拉扯各種話題，一下談新加坡的狀況，一下又問到香港的情形。說到今天堵機場的行動，他露出不解的神情，我也支支吾吾說不清楚。志旭側著臉，瞇著眼說：

很難想像，如果這個 Jewel 給人群堵了，會是甚麼樣子。

應該會很壯觀吧。

他半笑半咳出來，說：也算是一種奇景。

我其實不覺得好笑，雖然想陪他笑一下，但實在笑不出來。而更不好笑的事情即將發生。筷子從我的指間掉落，我連忙以雙手按著桌面，覺得整個身體也在顫抖。我問正在把油甘魚刺身放進口裡的志旭說：

你覺不覺得，這個東西在動？

甚麼東西？

這個 doughnut。

哪個？

這個。這艘太空船。

甚麼太空船？

你不覺得這個 Jewel 其實是一艘 spacecraft 嗎？中間的瀑布其實是量子發動機。

老師您又想像力爆發了。

不是想像，是真的。這個 doughnut，「它」就是新加坡！它要升空了！你感覺到嗎？它在震動了！

我緊緊地抓著椅子的金屬扶手，渾身不能自控地抖動。

老師，您臉色不太好。是不是哪裡不舒服？

志旭有點擔心地湊近，輕輕地搖著我的肩膀。我摘下眼鏡，把臉埋在雙手裡，深深地呼吸著，試圖壓下不知從哪裡冒出來的奇怪情緒。

沒甚麼！從今早開始已經有點不舒服。不好意思，我吃不下了。

沒關係。這樣吧，我給老師買個便當，然後送您回去酒店休息。晚點覺得肚子餓的話，可以拿出來吃。

志旭關切的語調令人安慰。真是個好孩子。他好像不想加劇緊張氣氛一樣，小心翼翼地站起來，向餐廳經理招手，跟對方說了幾句話。然後不緩不急地走出餐廳，左右張望了一下，向左方走去。過了一會，他拿著一個紙袋回來，打開向我展示，說：

我見附近一間店子的 doughnut 很不錯，便買了幾種口味，老師可以帶回去慢慢吃。

不知這個人是天真、幽默，還是惡作劇，居然還買這東西給我，但我已沒有力氣拒絕。

外賣便當送上來，志旭便搶著結了帳。在 Jewel 出口拿回行李，到停車場坐上他的白色ＳＵＶ。年輕人囑咐我不要說話，又問我要不要聽點音樂。我說不必，他便默默地開車。看他的樣子，如果我是年輕女生的話，會覺得他除了是個「型男」，也同時是那種體貼入微的「暖男」吧。想起便立即打了個冷顫。

聽他說機場在島的東端，南大在西端，車程要大半個小時。我並沒睡著，但意識十分模糊，像半個死人一樣挨在座位裡。只知道窗外很多樹，有很多光鮮的高樓，有一種人工的整齊感。當志旭說，老師我們到了，我才注意到草坪上的一塊南洋科技大學的招牌。在校園內繞了些路，車子停在一間小型酒店前面。我會在這裡先住兩天，然後才搬到教職員宿舍。

可能因為還未開學的關係，校園氣氛冷清，鬱熱的空氣中滲透著莫名的寒意。進了酒店，同樣是光鮮而無人。志旭幫我辦好入住手續，送我到三樓的房間，恭恭敬敬地和我道別。臨走前不忘把那袋 doughnut 塞進我手中，說：

家父本來叮囑我要幫胡老師洗塵，但看來今晚還是不要打擾老師了。您好好休息，我明晚或後晚再請老師吃飯吧。

在英俊和體貼之外再加上客氣，這個組合教人難以忍受。我禁不住說：

謝謝啦。不過，請不要再用「您」字。這個稱呼在我們廣東話裡面是沒有的。也不要胡老師前，胡老師後的。大家是同事，即是同輩。叫我胡德浩。

是！胡德浩——他即時把後面兩個字吞回去。

關了門，我把紙袋拋到床上，五顏六色的甜甜圈掉了出來，滾動了一陣便四散在雪白的被子上。也顧不得那麼多便衝進廁所裡。被鎮壓了一整天的肚子，終於得到解放了。

3

我叫做胡德浩。不是鄰家律師趙德浩，是鄰家工程師胡德浩。沒聽過《鄰家律師趙德浩》？是一套幾年前的韓劇，主角叫做趙德浩，是個律師。他本來是檢察官，嫉惡如仇那種，而且喜歡採取非常手段。這種人注定要被奸人所害，搞到身敗名裂，淪落到變成流浪漢。這也是英雄人物必須經過的歷練吧。後來他很自然地東山再起，發憤圖強，當回律師，專幫窮人打官司，所以叫做鄰家律師。當然少不了對付財雄勢大的大壞蛋的橋段。

膽大心細、才智過人、冷硬精幹、鐵漢柔情，諸如此類的一個正義超人的故事，其實沒有甚麼新意。我之所以會看這套劇，是因為剛到新加坡的時候，一個人躲在陌生的宿舍，出現莫名其妙的恐慌，甚麼也沒法做，唯有每晚開著電視機分散注意力。我對韓劇沒有偏好，只是剛巧有個頻道專播韓劇，多看了幾眼，感覺頗為療癒，至少可以麻醉神經，便像吃藥上癮似的一直看下去了。也試過看本地的新劇，但顯然沒有相同的效果，甚至令病情加劇。我從來也沒有看電視劇的習慣，無論港劇、陸劇、臺劇、日劇、韓劇、美劇，我一概免疫。現在要靠煲劇續命，連自己都覺得不能置信。就是這樣，胡德浩遇上了趙德浩。

講真我不是工程師。這樣說只是求個對稱而已。要講到「師」的話，我可以說是大學教師，即是教授。我專攻的學科叫做cybernetics，中文叫做模控學，或者控制論，聽來有點九唔搭八[3]。Cybernetics常常令人想起工程學，但我不懂造火箭、砌飛機，或者弄機械人，連收音機都不懂裝。我的專業技能是系統理論，搞數學模型。所以我會籠統地稱自己作理論科學家。

理論科學家，聽來不是太有鄰家的感覺，是那種躲在象牙塔裡面的人。在象牙塔的鄰家，要不就是一片荒地，寸草不生，要不就是另一座象牙塔。而塔與塔之間，極少能建立和睦的鄰里關係。熟悉學院生態的人，應該會很清楚我的意思。而cybernetics的本意，就是把原本各自為政的不同象牙塔聯合起來，打破隔膜，互補共生。時髦地說就是跨科際整合，嘲諷地說就是建造一個更大的象牙塔，哲學地說則是知識的象牙塔化，或者象牙塔的知識化了。

所以，我和鄰家律師趙德浩，除了名字和樣貌相似，其他方面無可比擬。我不是學術界的超人，也不是惡勢力的挑戰者。我只是一個虛無的理性主義者，窮一生精力追尋世界的秩序，但卻無法相信任何目的和用意。就好像胡德浩遇上趙德浩，在所有的因素總和之下是物理上必然，但在有限的個體生命經驗中，卻是沒有任何內在意義的偶然。是以我從一開始，就在向你告白一些沒有用的廢話。

我說到哪裡去呢？對了，在說韓劇。我萬萬想不到，身為堂堂的一個訪問學者，會墮落到躲在宿舍一邊追看韓劇、一邊顧影自憐的地步。如果被海卿知道，她一定會覺得我這個不解溫柔的男人活該如此吧。而我的愛女秀彬，她應該會迷過一些韓劇男星，甚至會愛那些男星多於愛自己食古不化的阿爸。這也許就是我對英俊男生的仇恨的源頭。想到這些，追劇所得到的撫慰又蒙上了一層陰影。

我還是從最初的開頭說起吧。

記得小時候，鄰家住了個算命師。名字叫甚麼我不記得了。阿媽請他幫我算過八字。算命師說我的命格是食神格，神煞是文昌貴人。講真我完全聽不懂他說甚麼，我所知的都是阿媽跟我說的。不外乎是說，我將來會讀書叻、才高八斗、考取功名之類。又說我有文人氣質和藝術天分，詩書禮樂樣樣得。我比較理解的，是關於食方面。他說我對飲食有要求，是美食家的底子，不過如果運勢不足，腸胃易傷，縱使有珍饈百味也無福消受。

講就這樣講，聽就這樣聽，我沒有怎麼放在心上。如果要說命，我覺得自己這條命不算很好，也即是先天的運勢不是特別強。我阿爸早死，在我十歲的時候，是工業意外。賠償金不知是被騙了還是甚麼，總之阿媽要出來打工養家，過得好辛苦。在我之下還有個弟弟，小我三歲。沒有阿媽看管，我們的成績越來越差。文昌貴人似乎有點嫌棄我，沒有怎樣幫手，由得我自生自滅。我自覺也沒有甚麼才華，文不行武也不行。藝術細胞肯定有先天缺憾，對音樂、繪畫、文學也沒有感應。老實說，當時連數學也覺得困難，考試幾乎沒有合格過。基本上就是百無一用的一個廢青。就算講到食，因為沒錢而冇啖好食，更沒有資格講究。唯一應驗的是腸胃奇差，經常胃痛和拉肚子。曾經以為自己年紀小小便命不久矣，長大後才知道有種東西叫做腸胃易激症，應該是拜食神星所賜的吧。

所以我由小到大也不信算命、睇相、星座和塔羅。讀佛教小學和天主教中學，也沒有受到任何信仰的感染。對於神秘主義的事物，我是個絕緣體。也許，這是我唯一適合當科學家的條件。不過，我不是對命運沒有興趣。相反，我從小就覺得，在所謂偶然的事情後面，必定有某些規律，只是人的知識還未足以破解。而偶然背後的必然，就是所謂命運。這是我經常沉迷於思考，甚至有點走火入魔的課題。我最喜歡的是盯著陽光下的塵埃在空中隨機地飄動，努力追蹤每一粒塵埃的軌跡，預測它的走向。我覺得那是世界上最神秘而美妙的景象。大風刮起滿天

3 香港坊間用語，表示兩件事物毫無關聯。

的落葉，也有相似的感覺，不過始終是塵埃好看。

沒有人會想到，我這個整天呆呆地看塵的孩子，有一天會成為科學家吧。我阿媽一度受到鄰家算命師的蠱惑，可惜事實未能支持她的期望。在絕望的時候她放棄罵我不爭氣，轉而詛咒鄰家算命師欺騙婦孺：好歹都係鄰居，估唔到咁衰呃人！正一係神棍！我阿媽總是咬牙切齒地說。我們早已經沒有住在算命師的隔鄰，所以也沒法找他算帳了。

事情未到最後都唔知結局。也不知是不是文昌貴人突然發現自己的疏忽，化身為一位數學老師，親自對我做出補償。這位老師完全不像一個老師，當時已近退休之年，留一把銀白色的長髮和長鬚，看樣子真的如古代的仙人。同學都叫他作耶穌。他其實是個無神論者，也不喜歡向人說教（俗語話「講耶穌」），綽號完全來自外貌。他對學生並不嚴苛，無心向學的他會寬大容忍，有心讀書的他會循循善誘。不幸的是，需要寬大容忍的時候總比循循善誘的時候多。

有一次耶穌進課室的時候，有兩個同學正在猜拳，決定誰可以把剛才在路邊撕回來的色情海報據為己有。耶穌也沒責備他們帶這種物品回校，只是叫他們把東西收起來。兩人不依，說三勝就能定輸贏，現在是二比一。正要舉起拳頭，耶穌突然把海報搶了過去，慢條斯理地把它撕開，很工整地分成四分之三和四分之一兩半，然後給已贏兩次的同學大份的，給已贏一次的同學小份的，說：不用猜下去了，這樣分最公平。不信自己回去計算機率。同學們眼巴巴地望著性感女人的身體被肢解，驚訝得不懂反應。可憐一個拿到了頭，另一個拿到了頸以下的身體，就可觀程度而言也約略是一比三之分。

這條數學題沒有人懂算，也沒有人試過認真去算，但我回去算了。第二天拿給耶穌看，他鐵著臉，皺著眉，對我點了點頭。自此我便成為了他的「門徒」，每天放學後留下來補課。耶穌以前肯定也有過其他門徒，但到了我這一屆，就只有我一個由無心向學變得有心向學。當然，初時還是有心無力的，但經過耶穌的私人指導，一個學期下來，便漸漸出現進步。現在回想，我也沒法解釋，為甚麼撕破裸女海報會刺激起我的求知欲。也許事情跟裸女無關。我雖然整體成績未至於突飛猛進，但兩年後總算攀車邊考進了大學。我是隔了很久很久，才察覺到耶穌就是我的文昌貴人。不過那時候他已經退休，也不知哪裡去找他道謝了。

我之前不是說我不信算命的嗎？是的，我真的不信。我不信我的命運是由我的八字、食神格和文昌神煞所主宰的。但我也信，每個人的命運都是極端複雜的因果關係所造成的結果。皆因複雜到無以把握，我們才有自由意志的假象。可是，無論如何複雜，理論上因果關係不是無限的。它之所以看似無限，只是因為超出了任何人的理解能力，以及任何機器的運算能力而已。就算我們沒法掌握事物演變的細節，我們也可以嘗試找出它的趨勢。命運說穿了就是勢。

我乘著自己的勢，考進了大學，阿媽當然喜出望外。對高等教育一無所知的她，還問我想當律師、工程師，還是醫生。我戲弄她說：我想當一個算命師。我當時還不知道，自己竟然一語成讖。

4

來帶我搬到宿舍的是兩個女生，一個叫小文，一個叫小平。小文是博士生，指導老師是志旭，小平是學系的辦公室助理。我已經兩天足不出戶，靠吃從機場帶回來的便當和四個甜甜圈維生。第二天我推了志旭的晚飯邀約，他親自送來了打包點心和其他食物。他之後要去英國開會，我的入職事宜便交由學生和助理代勞。我也不好意思事事勞煩他。

從酒店步行至宿舍需約十分鐘。開頭要走一段上坡路，經過幾幢十多層高的教職員宿舍。我想像我住的地方應該會是差不多的模樣。兩個女生幫我拉著行李，主要由小文來介紹校園的設施，小平則比較沉默。道路兩旁巨樹林立，枝葉濃密，庇蔭極廣，粗大的樹幹上爬滿了寄生植物和攀援植物，一棵樹上竟達十幾種之多，儼然是一個小型生態系統。我第一次強烈地感覺到自己身處熱帶。沿著一條有蓋的行人路拾級而上，旁邊是一塊大草地，有三五隻黃嘴黃腳的黑鳥在其間跳躍覓食。

來到坡上的路面，對面是一個巴士站。小文說這裡可以坐校內穿梭巴士和來往地鐵站的公共汽車。巴士站後面是二號飯堂，飯堂旁邊是一間名為Giant Supermarket的小型超市。飯堂正門是叫做Student Walk的馬路，對面是三層高的學生宿舍群。宿舍設計簡樸，三角屋頂鋪的是原色瓦片，和周圍的樹木融為一體，完全沒有違和感。這和我早兩天在樟宜機場目睹的室內奇觀，可說是完全相反的概念。小文說這是南科大前身南洋大學的早期校區，有超過半個世紀的歷史。怪不得有一種走進時光隧道的錯覺。

沿著「學生徑」走到盡頭，左邊是一號飯堂，向右拐是一條狹窄的行車小路。小路的右邊是一列三層樓高的白色小樓房，左邊則是被綠色木板圍封起來的區域。我的宿舍位於第二棟小樓房三樓。挽著行李爬了三層樓梯，三人都氣喘如牛。樓梯間的粗樸模樣，令我想起兒時阿婆住的公共屋邨。粉刷不平的白色牆壁、田字方格子通花磚牆、外露的電錶和電箱，完全是上世紀六、七十年代的風格。這跟我對大學教授宿舍的想像頗有差距，也令我對南洋科技大學的先進程度產生懷疑。

單位內的空間倒是出乎意料地寬闊，至少有一千五百平方公尺的面積。客廳加飯廳幾乎可以用來踢小型足球，三個房間（其中一間為主人套房）足以住上一家六口。現在我一個人住這麼大的地方，感覺就好像用一個貨櫃去養一隻小老鼠，誘發的不是幽閉恐懼症，而是廣場恐懼症。當然，我這樣想是雞蛋裡挑骨頭。

從大廳的一整列窗子望出去，前面被木板圍封的地方原來是個工地。小文惋惜地說，之前這裡是著名的「南大湖」，是個非常漂亮的池塘公園。現在碰上重建工程，不但享受不到這邊的宿舍的最大優勢，還可能受到噪音的滋擾。我並不擔心噪音問題，只是看著那原本是南大勝景的地方，像給隕石撞擊一樣變成一個腰果形的大泥坑，心情難免陷入沮喪。

在宿舍放下行李，小文和小平又陪我去飯堂吃飯。我們去了在路口的一號飯堂。這裡的飯堂猶如新加坡隨處可見的綜合熟食中心，裡面有十來家不同菜色的攤位。我環視了一遍，看到海南雞飯、日本拉麵、上海餃子、四川菜、印度菜、馬來菜、韓國菜、西餐等，但因為還未開學的關係，有幾家沒有開檔。她們介紹我吃經濟飯，即是自選菜式配飯，又便宜又豐富。

經濟飯攤前擺滿了至少二十幾種中國菜式，鹹甜酸苦辣、煎炸蒸炒燜、豬牛雞魚蝦、瓜菜豆芹芽，樣樣皆全。撿菜的阿叔一副瘦猴相，臉尖鼻闊，以金屬夾子一邊敲打著菜盤邊緣，一邊以洪亮而略帶沙啞的聲線問我要甚麼。他一時說豬手甜，一時說扣肉香，像念催魂咒似的，干擾著我的自由選擇。我囁嚅了聲「太肥」，他立即豎了豎靈敏的耳朵，問我哪裡來。我說香港。此君滿目瘡痍的豆皮臉上立即綻開了親切的笑容，用廣東話說：原來係廣東同鄉！來，揀三送一！怕肥就食蒸魚啦，來個椰菜花，加個紅燒豆腐。Okay？今日豬手真係好正，來，呢個醒你嘅！夾了一大堆東西，還雙手捧著碟子，故作恭敬地說：多謝老闆！

找了張空桌子坐下來，小文才悄悄跟我說，這個安哥[4]一向嘴甜舌滑，常常跟女生調笑，老婆見了吃醋，不時因此大打出手。我望了望檔子，看見瘦子身後站著一個中年女人，雙手叉腰，一副不好欺負的樣子，一定非他老婆莫屬了。幸好我是男人，要不隨時惹來橫禍。

宿舍房子基本設備齊全，要買的只是些油鹽醬醋、清潔用品之類。我決定不住那間備有雙人床的主人套房，選了面向屋後山坡的單人房。當晚半夜風雨大作，雷電交加，吃了藥也睡不著。房間的窗子怎樣也關不牢，不斷透風滲水。屋漏兼逢夜雨，倍添流落異鄉的愁緒。我每隔一陣便用手機查看秀彬有否上線，發現她幾乎整晚也沒有睡過。想知道她在做甚麼，但又不好意思直接找她。再查看海卿的電話，上線時間停在昨天 23:15。頗正常的睡覺時間。我終於知道，自己為甚麼迴避那間主人套房。

一晚沒睡，精神萎靡，大清早便迫令自己出去散步。現在這種狀態實在無法應付課堂，我必須在開學之前恢復體力。我沿著之前的來路，往酒店的方向走去。經過酒店，來到大型運動場。草地足球場上有球隊在練習，年輕的球員有華人也有馬來人和印度人。田徑跑道上有幾個緩跑者，看年紀不似是學生。一個紮馬尾的女人在場邊橫向做著蟹行般的古怪動作，不知是做甚麼鍛鍊。我沿著只有三層木板座位的看台頂端向前走，左邊是球場和田徑跑道，右邊先是露天游泳池，然後是室內體育館。離開綜合體育區，前方是另一些三層樓高學生宿舍。在宿舍前面的小路往上，不久便回到「學生徑」和二號飯堂那個路口。這樣走一圈大概要十五分鐘。我決定再走一次。

散步並沒有即時的效用。只靠吃鎮定劑治標不治本。過了兩天助理小平陪我去辦工作許可證。入境部門在市區的克拉碼頭，坐地鐵去要差不多一小時。一路上我病懨懨的沒有力氣說話，幸好小平也是個寡言的人，所以氣氛不算尷尬。既然已經出來，辦完事便回去又有點無聊。聽說最近南大的商場是裕廊坊，我便擅自脫離小平的監管，提早在文禮站下車，獨個兒四處逛逛。

裕廊坊是新加坡為數眾多的地區商場之一，裡面不外乎是那些千篇一律的連鎖店。我對商場本來沒有期望，但連續多天自閉在偏僻的校園裡，此刻接觸到商場人來人往的市井氣息，竟然感覺煥然一新。我像鄉下佬出城一樣，好奇地觀賞著那些琳琅滿目的櫥窗，像發現新大陸似的探索食肆、麵包店和超市的所在。我重新燃起對新生活的期望。為了鼓勵自己融入當地日常，我到亞坤[5]坐下來吃了份咖椰吐司。我當時還以為這就是治療我的疏離感的良藥。

不過，一切努力結果還是前功盡廢。被美食滋潤的胃口很快便被惡俗的品味所摧毀。一不小心走進了商場二樓那個稱為「香港街」的區域，看到那些冒充旺角風情的顏色妖豔的霓虹光

4 此稱呼來自英文中的“uncle”。

5 新加坡知名連鎖咖啡廳。

管招牌，經過那些亂七八糟的販賣並不一定來自香港的雜貨的店鋪，聽到播放著年輕時非常喜歡但此刻猶如被褻瀆的神靈似的陳百強的歌曲，心情便突然一下子跌落谷底。我慌忙覓路逃出這個鬼域，好不容易才在連接商場的交通轉換處找到回校園的巴士。

八月九日，校園比平時更荒涼，原來那天是國慶日假期。飯堂除了寄宿的大陸學生，幾乎沒有本地人。開門營業的攤位只有三個，沒有選擇之下，唯有再吃經濟飯。瘦猴大叔遠遠看見我，便大聲用廣東話呼喚：老闆呢邊來！我還沒有開始點菜，他便連珠炮發地向我推介那些十年如一日的菜式。我要了雞腿、涼瓜和西蘭花炒蝦仁。付錢時他說：

香港今日又塞機場啊。

我隨便回了句：你都知？

他好像談到甚麼見不得光的勾當似的，上身從櫃台後面向前傾，把手放在嘴巴旁邊，說：我跟得好貼架，從六月開始就留意。睇新聞冇鬼用，尤其是呢度啲新聞，睇咗等於冇睇。睇網上消息先至有料到。你有冇用開Facebook？嘩，上面啲資訊精彩到呢！仲好睇過連續劇呀！你地香港啲細路，真係犀利！

他舉起拇指，就像讚賞自家的雞腿好吃一樣。看來他不似在講反話。但是，隔岸觀火，無論怎樣說也都是不痛不癢吧。我固然不會反駁他，但也不想附和他，便只有含糊地點頭敷衍過去。他見我不甚積極回應，有點沒趣，便沒有拉扯下去。

我坐在空蕩蕩的飯堂角落，心不在焉地吃了半碟飯菜，眼角偷偷看到瘦子在沒有選擇之下跟老婆打情罵俏。

回到宿舍，打開電視，平日看的韓劇今天停播，讓路給國慶晚會直播。之前有總理向國民講話，然後是大型歌舞表演。可以預期是那些由各行各業、各階層、各種族、各文化的代表所組成的大和諧大融合主題。出現頻率最高的字眼是Singapore和home，整晚就是Singapore! Home! Singapore! Home! Home! 的不斷迴響。現場觀眾的反應非常熱烈，人們都看得歡笑滿面、熱淚盈眶。這樣溫暖美好的畫面，我從來沒有見識過；見識了也沒有勾起我強烈的反應。我承認這方面我是個冷冰冰的人。對於非理性的集體熱情，我一向敬而遠之。

不知為甚麼，我突然想起飯堂的瘦安哥。在這個普天同慶的晚上，他和我一樣，待在這個無人的角落，遠離堂皇的場面和高昂的詠唱。我坐在大餐桌前，打開筆記型電腦，上網，開了個Facebook帳號。我雖然是搞科學的，但我從來不用Facebook。我討厭社交，自然也討厭社交媒體。我搜尋女兒的中英文名字，很快便找到了她的帳號。我需要她加我做朋友，才能看到她的貼文內容。我傳出了交友邀請。

等到半夜十二點半，手機響起了訊息提示。秀彬問：

是你嗎？那個想add我做friend的人。

是。我回覆道。

你真的想看？

我不能看嗎？

她那邊遲疑了一下，回道：

應承我，唔可以俾媽媽知道。

我回了個okay符號。再隔了一會兒，我發現我送出的交友邀請被接受了。此刻輪到我感到猶豫了。我害怕揭破女兒不可告人的秘密。不，不是不可告人，只是不可告父而已。我得暫時解除父親的角色，成為她的「朋友」。

我進入秀彬的臉書個人網頁。這個帳號成立了六年，我先看今年六月的貼文，然後是七月，最後是八月初。很多日子和事件再次重現。有的是她自己的發文，有的是她分享的；有文字，也有影像。無論是前者還是後者，都是我事前無法想像的。以她作為連結，我接觸到一個我從前完全不認識的群體。是和秀彬一起同行的一代香港青年。從他們的反照，我也接觸到一個我從前完全不認識的女兒。在我的心目中，她依然停留在十二歲跟隨她媽媽離開我的時候的模樣。她當時還拿著我送給她做生日禮物的狐狸毛公仔。

我回到睡房，拿起床頭的刺蝟毛公仔。它本來和狐狸是一對的。秀彬曾經說：爸爸是狐狸，我是刺蝟。多年來，我一直把它帶在身邊。小小的刺蝟，只有一個麵包那麼大。我把它握在手中，在床上躺下來。手心的毛球很柔軟，心頭卻莫名的刺痛。

5

我和志旭說，我需要看醫生。他剛剛從英國回來，便立即給我安排。大學本來有醫療保健中心，但志旭說帶我去看一個相熟的醫學院教授。

曼尼教授是一位身材高挑的印度女人，穿一身醒目的杏黃色套裝，架一副紅色框的眼鏡，剪短的頭髮非常爽朗，看樣子約五十歲上下。我們約了在她的辦公室見面，氣氛一點也不像看病。她很親切地和我握了手，請我們坐在沙發上，還差人送來了大吉嶺茶和餅乾，感覺就像朋友吃下午茶聊天。大半個小時下來，她只是問我本行的研究方向，一邊聽一邊很感興趣地點著頭，間中做出有見地的提問。後來不著痕跡地轉向了我的婚姻和家庭狀況。最後，很自然聊到了香港近期的風波。她用了「turmoil」這個詞來形容。

你知道，政治上有動盪，心理上同樣會有動盪。你所經歷的，詩意地說是「心靈的動盪」，科學地說，就是「腦部的動盪」。腦部的一些神經元不受控制，胡亂放電，釋放過多令你神經緊張的激素。常人會用理性去壓制過多的想像，但當想像出現危害自我意識完整的暴亂，便需要動用強力的手段加以制止。

曼尼教授以形象化的語言描述我的病況，說話的時候輔以豐富的表情和手勢，一時雙手按在胸前，一時雙手按住腦袋。我有點覺得她好像在跟小孩子說話。不過，醫生之於病人，本來就是支配者和被支配者的關係。不幸落入病人的位置，就算你是英雄人物或者國家元首也必須乖乖就範。她繼續以生動的語氣解釋說：

我不是臨床心理學家，也不是精神分析師。雖然我可以像朋友一樣成為你傾訴的對象，讓你減輕心裡的憂慮，但是，我提議的主要治療方法依然是服藥。你有服食精神科藥物的習慣嗎？

我把之前香港醫生開的藥單交給她看。曼尼迅速地瞥了一眼，不置可否，把藥單擱在一旁。她坐直了身子，托了托眼鏡，換了一副鄭重的神情，說：

胡教授，其實我們正在進行一項新的研究，利用最先進的儀器去了解精神病患者——對不起，請別介意我這樣說——腦部的活動情況，掌握更精確和具體的數據，從而找出更能對症下藥的治療方案。精神科素來有一個弱點，就是醫生只能按病人表面的病徵和行為來診斷，用藥也給人誤打誤撞的感覺。我們的研究就是要找出不同的精神病的生理數據和模式。好的，說了這麼多，我是希望胡教授你考慮接受我們的測試。你不用擔心，我並不是把你當作白老鼠。我們的測試是非入侵性的，對你的健康不會造成半點不良影響。再者，如果能在像胡教授你這樣優秀的人身上搜集數據，對我們研究高智能人士的腦神經網路結構和活動也會有很大的益處。未知你意下如何？

我有點猶豫地望了望旁邊的志旭，他卻拋給我一個鼓勵的眼神，說：

德浩你放心，曼尼教授是我們醫學界首屈一指的專家，她的研究是走在世界尖端的。我敢保證接受測試肯定有益無害，說不定反過來會對你自己的研究產生啟發呢！

這個人的聰明真是教人沒辦法，後面的說法怎能不令一個醉心科研的人心動呢？印度教授的研究確實引起了我的好奇。我不得不點了點頭。

曼尼伸出手來握住了我的手，露出混合著感謝和關懷的笑容，眼鏡後面的一雙大眼，像發出高頻電波似的眨動。我成為了獵鷹眼中無處可逃的獵物。

測試準備需時，約了在下星期進行。志旭帶我到大學診所配了曼尼教授開的藥物。這天晚上他父親江英逸院長約了我共進晚餐。我和江院長在國際學術會議上認識，之後多次碰上，但這是我們第一次在新加坡會面。距離約定時間還有一小時，志旭請我去參觀他的工作室。

機器人學工作室的規模比我想像中小。志旭說他們不做工業用機器人，把焦點放在小型的特殊用途自動機器。學部的研究有三大方向：一、**仿生學研究**：模仿大自然生物的身體結構和活動方式，把相關技能應用於產業開發和特殊需要；二、**微型和納米機器**：主要用於日常生活和醫學用途；三、**人工生命**：結合生物科技，發展生物機器合體。他說後者的目標是自生系統，所以肯定會用上我的研究成果。志旭總是處處暗示，我將會是新學系的中心人物，令我不期然產生飄飄然的感覺。

工作室的共用空間主要是給學生的。一些以前的功課、實驗品、物料和配件，零零星星地散布各處。公共空間後面是獨立的小型工作間，每個單位設有玻璃門，留給研究生、研究員和教授使用。在其中一個單位內，一個男生在假樹上試驗有著猴子般的長臂的爬樹機器，大概是用來摘椰子或者修整樹冠吧。在另一個房間，看見小文在調整著一台控制器，空中盤繞著幾十隻像蜜蜂似的小型飛行物。只見她撥動著控制桿，機械蜜蜂便集體改變飛行模式，就像在做花式表演一樣。小文抬頭看見我們在外面，笑著向我們揮手。志旭嘉許地舉起了拇指，向我講解說：

小文做的這個是我們的重點研究。近年地球的蜜蜂數量大幅下降，情況已經到了危機的地步。如果缺少了蜜蜂，大量品種的農業植物將會因為無法進行繁殖而滅絕，造成嚴重的糧食問題。所以開發人工蜜蜂的工作刻不容緩。我們已經發明出一種結構簡單，成本低廉，可以大量生產的機械蜜蜂，現在只欠改善它們自動辨識同類植物進行花粉傳播的功能。

這真是個富有新加坡特色的項目。我點著頭說。

志旭意會我話中的意思，哈哈大笑出來，自嘲說：

自然的人工化是我們國民的強項。

來到自己的工作間，他用指紋識別打開電子鎖讓我進去。工作桌面和多層金屬架上放滿了各種小型機械裝置，有的可以看出它們的原型動物，有的像神話裡面的連體怪物，有的則是完全無法辨別的異形。志旭說那些都是學生的功課。他隨手拿起了一條蛇形的東西，把它拋在地上，它立即S字形地爬行。他又從牆上摘下一條外型非常逼真的壁虎，說是設計來吃蚊蟲的，實驗證明效率不錯。我正想說志旭的教學經驗一定非常愉快，一隻毛茸茸的赤棕色動物從金屬架跳到桌面，再從桌面跳進志旭的懷裡。志旭雙手抱著那東西，像撫摸愛犬似的搔抓著它的頸背。動物的四足和耳背深棕色，嘴巴、臉腮、下巴和胸腹白色，豐厚的尾巴末端也是白色，一看就知道是隻狐狸。我難以置信地說：

它是機械的嗎？

你抱一下看看。

志旭把狐狸交到我手裡。那東西在我的懷裡掙扎著，肢體的動態、眼睛的神情、毛皮的質感，全都栩栩如真。一捉不緊，它便從我手中逃脫，竄到桌子下面去。

這狐狸只是玩具，我在美國的時候弄的，純粹出於無聊。

他見我蹲在地上去逗它，便說：

你喜歡它嗎？把它送給你吧！反正留著也沒用。

真的嗎？不好意思吧？

德浩大哥，又是你說的，大家是同事，別跟我客氣！就當是補送見面禮吧。

那就太感謝了！

大哥很喜歡狐狸？

這個說來話長。

我伸手到桌底抓住了狐狸。這次它沒有再反抗，乖乖地躺在我的臂彎裡。

看來它也很喜歡你啊！

我呵呵地傻笑著，問：

它難照顧嗎？

不用照顧，它懂清潔自己。

吃呢？

吃電。

他從牆上的電插座拔下一個形狀猶如奶嘴的充電器，遞給我。真是周到的設計。

志旭又給我一個人家用來裝小狗的寵物袋，把狐狸放進去。見時間已經差不多，我們便起程赴會。離開的時候，我看見旁邊的單位裡，有一個穿著白色連身裙的長髮女生，背著玻璃門坐在椅子上，一動不動地望著前方。房間裡沒有開燈，不似在工作中。昏暗中也不見有甚麼機器或工具。從背後看不到她放在大腿上的雙手有沒有拿著甚麼事物。我本來想向志旭問個究竟，但他已經向著工作室門口大步而去了。

6

吃晚飯的地方在校園北區的綜合大樓。大樓下面有商店和學生活動設施，中層有大型熟食中心，樓上則是較高級的餐廳，主要供教職員使用。我們去的是一間叫做「桃園」的中菜館。菜館經理很熟絡地和志旭打招呼，帶我們走進內部的貴賓廳。

雅致的房間內有圓桌一張，已經有三人在座，其中最年長的那位男人立即站起來，滿臉笑容地向我伸出手，熱烈地以英語做出歡迎。他就是工程學院院長江英逸，也即是志旭的父親。他隨即介紹另外兩位，都是新學系的教授。一位中年男子叫金政泰，馬來西亞華人，是人工智能專家；另一位西洋女子叫巴巴拉．包華，德國人，專業是人工生命和認知科學。再加上搞機器人學的江志旭，學系似乎已具基本隊形。

江院長是腦神經科學家，近年因為肩負公務，已經很少親自從事研究。他身兼國家科技發展委員會主席，在政策制定和推行上，是個舉足輕重的角色。我跟他雖然認識於十年前，互相在學術上頗有交流，但對他是個怎樣的人，其實所知甚淺。

晚飯初段，大家主要是互相認識，介紹自己的學術背景，從甚麼大學出身，跟過甚麼名師，有甚麼研究成果之類的。眾人之中，以我的出身最為寒微，博士畢業於不見經傳的北歐大學。不過我早已習慣，反而引以自豪。大家也給足面子，說我母校是少數洞悉先機，設立模控學系的大學。志旭和他父親都畢業於美國名校，自不必說。那位馬來華人雖然負笈台灣，但及後轉戰美國，身價也有所提升。至於德國女子曾任教於歐洲一流學府，能力也不用懷疑。

江院長是位高瘦溫文的長者，態度寬和懇切，地位尊崇卻不盛氣凌人。說話不多但卻掌握主動，顯然是位領導能手。相反，金政泰教授年紀不大，但精幹老練，左右逢源，有點像個善於盤算的學術販子。包華教授黑髮尖臉，身形纖巧，乍看容易誤作亞洲女性。她只是適度地微笑和應對，神情比較淡漠，尤其在金教授發言的時候，露出一副不以為然的樣子。年紀最小的志旭則扮演搞氣氛的角色，時作無忌童言，但依然不失分寸，和父親不著痕跡地互相配合，很明顯也是家教的成果。

待氣氛熱絡之後，江英逸便舉起杯來，以正式的語氣歡迎我到訪，並以英語發表了一段小小的演說：

今年模控學學系終於成立，得到從別的部門調任過來的包華教授、金教授和小兒志旭加盟，又很榮幸能邀請到本範疇世界頂尖的學者胡德浩教授到訪，令我們的陣容大大增強。除了在座幾位，系內還有工程、數學、生物學、社會學、人類學等方面的專家。下周開會大家便可以互相認識，將來通力合作，把學系推上不只是南科大校內，更加是整個國家的科技發展的領導地位。因為學系還未上軌道，我勉為其難兼任臨時系主任，直至找到適合的人選。很歡迎各位有能之士，來競逐這個位置。

院長說完開場的客套話之後，稍頓了一下，才進入正題，說：

有些同事可能心裡還會有點疑問，為甚麼今天把模控學的招牌再次捧出來，為此特意成立一個學系？模控學嚴格來說不是一個專門領域，而是一個跨科際的學術理念。我回想自己年輕的時候，拿公費遠赴ＭＩＴ留學，在那裡第一次讀到模控學之父諾伯特．維納的《模控學》和《人類的人類應用》[6]，所受到的深深震撼。就算是在那個時候，也即是七十年代，建立模控學的理想已經破滅。綜合性的思想敵不過專門化的趨勢。除了在印度和東歐國家，在西方沒有人再談模控學，極其量只是把它視為一個啟發性的概念。當時年輕的我卻深信，模控學的真正潛力還未被發掘，而它的意義終有一日會再次被重視。時間飛快地過去，我現在已經是行將退休的六十多歲的老頭了。雖然身心疲累，但依然拼盡最後的力氣，希望為科學和為國家效力。我觀察到在最近十多年，科學的專門化已經走到盡頭，而出現了跨科際合作的勢頭。與二戰之後的情況相比，現在更明顯地需要打破專業之間的隔膜，才能令科學突破瓶頸，再創高峰。我們又看到，在世界各地，環境、政治和社會問題叢生。我們不能再墨守成規，照舊的方法做事。為了人類的福祉，科學和其他領域的融合，有助於找到解決問題的嶄新方案。一個更適合也更需要模控學的時代終於來臨了。我可以預期，它將會是一場科學上的復興運動。這場偉大的復興運動，將不只惠及我國，更加會惠及全人類！我很榮幸，在這個運動中扮演小小的推動者的角色。將來的事業要取得成功，就靠大家的共同努力了。

就算像我這種冷淡的人，也被江院長的演說打動，而感受到獻身於革命事業的激昂。他再次向大家舉杯，我們也舉杯回敬。另一道菜又上桌了，他請大家起筷，氣氛又迅即回復輕鬆。江英逸是個表情極富彈性的人，就像那種可以在一部戲的上半飾演慈父，在同一部戲的下半卻飾演奸雄，而且同樣稱職的演員。也許這就是擔任決策領導工作的人必須擁有的先決條件吧。我不由得對他深感佩服。

我提到維納的書，也曾對我產生深遠的影響。江院長立即表示，其實我是在他之前，率先復興模控學的人。他舉杯向我說：

胡教授，讓我再向你致敬！你在博士論文裡提出的 Full Luck Theory，和之後補充的 Poor

Guy Theory，把資訊理論再次帶到學術舞台的中心。你把資訊理論由實用層面，提升到理論層面，發展出普遍的適用性，可以應用在不同大小和性質的系統上。你的工作早已實際上把cybernetics重新放上桌面。我再走這一步，只是順水推舟而已。我之前和巴巴拉談過，可以把德浩——既然大家已經是同事，請容許我換個親切點的稱呼——把德浩的熵均衡和最佳訊息點理論用在人工生命的模擬系統上，相信會出現令人驚喜的結果。

此時金政泰似乎不甘寂寞，搶先發表高見：

這個我絕對同意！現在無論是在人工智能，還是在人工生命方面，都邁向了普遍通用的目標。正如AGI[7]是未來發展的方向，我們也應該期待AGL[8]的出現吧。

包華像是接過對方的挑戰似的，回應說：

AGI無論怎樣發展，最終也不過是試圖模仿人類智能的玩意吧。就算功能比人類強大一百萬倍，始終是以人類為原型，而且只是運算程式，無論如何也不會產生意識。相反，如果真的有AGL的話，那將會是人類完全想像不到的具有自我意識的生命體。那才算是真正的「超越」。

聽到包華用上「transcendence」這個詞，江英逸向我問道：

德浩有沒有看過康德？

---

6 指同一作者的 *The Human Use of Human Beings*。

7 通用人工智慧（Artificial General Intelligence）的縮寫，指擁有相當於人類同等智慧的人工智慧，甚至超越之。

8 Artificial General Life，可譯為「通用人工生命」，為本書虛構名詞。

我想起自己二十幾歲時，有一段時間埋首閱讀牟宗三翻譯的《純粹理性之批判》，結果完全摸不著頭腦，所以也不敢說自己讀過。江院長繼續說：

巴巴拉正在發展的模擬自動機，用上了康德的超驗哲學的範疇和概念。忘了告訴你，巴巴拉本科是念哲學的，是一位康德專家。

江你太誇張了，我只是副修哲學，而且，我哪裡是康德專家？不過，康德的確帶給我很大啟發。

那麼，我們在合作之前，我應該先讀康德嗎？我問。

別勉強，那不是必要的。

包華回復之前的淡然，簡潔地終止話題。

飯後大家互相告別。江院長囑咐志旭開車送我，但包華表示和我同路，邀我一起走路下山。金政泰一直急於向我示好，如此被包華捷足先登，神情有點悻悻然的。

北校區位於高地，往南走回南洋谷，一直是下坡路。晚上的空氣如白晝般潮熱，走到半路還開始打悶雷。離開了飯局，巴巴拉變得比較友善，聊著她在新加坡的生活。原來她來南大已經四年，來之前剛離了婚，幸好沒有子女。我便告訴她我也離了婚，有一個二十歲的女兒。說到系裡的同事，她直言不喜歡金政泰，說他的人品不好，學術水平也很差，研究都是靠他的一個天才學生給他做的。那個天才學生也是馬來西亞華人，跟了他之後，一直被他操縱，很可憐。這種事，我只有聽的份兒，沒有表示意見。

不消十分鐘便來到南洋谷。宿舍沿著已乾塘的南洋湖排成長長一列。她的去處在路口另一邊，我們便分道揚鑣。告別時我問她如果讀不懂康德，可不可以請教她。巴巴拉罕有地嫣然一笑，說：無任歡迎。

我沿著湖邊路走回自己的宿舍。來到樓梯口，想起手裡一直提著的包包，見裡面的狐狸沒有動靜，便打開來看看。冷不防它突然逃出來，往樓上跑去。我從後追趕，一直來到三樓。一個男人站在我對面的單位外，身旁放著行李箱，手裡拿著鎖匙準備開門。他年齡和我相約，身形瘦削，穿橫條子T恤和短褲，留著稀薄的鬍鬚，長髮紮成馬尾，樣子不像大學教員。

馬尾男一見狐狸便叫道：

嘩！做乜有隻狗？

我聽他講廣東話，便用廣東話回答：

佢唔係狗，係狐狸，玩具嚟嘅，唔使驚。

那人拍拍心口，說：

咁鬼真嘅？突然間飆出嚟，嚇鬼死！

我彎身抱起狐狸，好奇問道：

你新搬來？

他揮了揮手中的鑰匙，好像證明甚麼似的，說：

唔係，我喺度好耐，放假返香港，啱啱由香港返來。

知道是同鄉，我放心說：

我都係香港人，新來的，住你對面。我係工程學院訪問學者，叫胡德浩。

他作欣喜狀，說：

原來係自己友！我係中文系駐校作家，叫我黑。黑色的黑。以後多多照應！

我們握了握手。

回到單位裡，狐狸迅速跳到床上去，戲玩著毛毛刺蝟。以機器動物來說，真是設計得太完美了。我拿出今天新配的藥丸，以服毒的決心，和水吞了下去。

天又打了一下雷，風呼呼刮起，雨也隨即嘩嘩下來了。

7

我想說說海卿。不過談海卿之前，不得不先交代我的求學經歷，因為沒有這段經歷，我就不會遇上海卿。我假設所有人都明白，事情的因果關係是千絲萬縷的。要說明一件事單純由另一件事引起，嚴格來說無法成立，因為每一個因素都被無數的其他因素所左右，只要有極微小的一點點的不同，結果便會差天共地。像休謨這樣的哲學家甚至否定因果律的存在。人能認知的，只是事件在時間上的相續而已。我們經常看見A之後是B，於是便以為A和B之間有因果關係，其實我們不過是受到習慣的誤導。就算不認同如此極端的立場，只要承認因素的無可計量，我們便無法對因果關係採取日常的態度。當然，成為日常和習慣的奴隸，生活會過得比較舒服。真知灼見通常都是致命的。

我的大學本科三年過得渾渾噩噩，既沒有拿到特別好的成績，也沒有過很精彩的校園生活。我沒有參加任何會社，也沒有住宿舍。因為家境不好，花了很多時間做補習賺取學費。最像樣子的，是談過了一次失敗的戀愛，歷時半年，算是零的突破。大學最難忘的日子，在畢業大考之後才發生。那時候北京爆發了學生運動，占領天安門廣場，像我這樣沒有集體感情的人，竟然也受到觸動，參加了幾次遊行。短暫的熱情，隨著六四鎮壓的發生，瞬間化為虛無的心境。

熱情是虛無的，理性也是虛無的。兩者都無法對抗邪惡，創造美好新世界。我覺得自己念數學完全沒有用處。數學的無用之用，就是幫我找到教書的工作。畢業後，我成為了一個數學老師。很遺憾的是，我沒有成為像耶穌一樣的好數學老師。我不是說我教得很差，但我對教書一點熱情也沒有。沒有一個學生因為我而得到啟發或鼓勵。我只是把學校視為避難所。那段日子沒有留下任何難忘的回憶，就好像剪接影片時刪走的片段一樣。我索性跳過去好了。

慢著。這個時期，至少有一件事是值得說說的。那些年教書的工作量不大，我又沒有甚麼公餘活動，生活甚為無聊，便養成了看書的習慣。沒有特定的方向，只是隨意碰上甚麼書，便拿來看看。科學書、歷史書、文學書、哲學書，完全是誤打誤撞。因為沒有目的，所以就算看不懂也沒有所謂。那時候看過的書，大部分都忘了，但其中有一兩部，卻對我產生頗大的影響。這些影響我當時並不知道，到很久以後回想才有所察覺。

那時候開始流行二樓書店。我通常週末會去旺角那幾間，消磨大半天時間。我在一間專賣文史哲書籍的書店，看見康德的《純粹理性之批判》，譯者是牟宗三。我當時一點也不懂康德，更加不知道牟宗三是誰。大概是被書名所吸引，見是對理性的批判，頗合自己虛無的情緒，便買了回去。此書是我最痛苦的閱讀經歷之一。奇怪的是，越讀不懂，我便越不甘心，越是發狠去讀它。結果我跟它戰鬥了三個月，最後宣布投降。更奇怪的是，雖然投降，感覺卻並不沮喪。相反，體內好像有甚麼給燃起了一樣，發動起來了。就像當年被耶穌所啟發，我的求知欲變得旺盛。我決定重投學習生活。

我辭掉教書的工作，回到大學修讀碩士。因為之前讀過諾伯特・維納的著作，我想研究有關cybernetics的理論。沒料到模控學原來是個曇花一現的冷門學科，範疇界定又很不清晰，勉強可以跟資訊理論和自動工程拉上關係。結果我雖然在工程學系掛單，但對應用技術一竅不通，只顧做紙上談兵的理論研究。快將完成碩士的時候，我確定自己想留在學院。我沒有很遠大的理想，只是覺得這種不問世事，埋首研究的工作很適合自己。導師建議，如果我堅持要搞模控學，最好還是去外國讀博士。

世界上很少大學正式開設模控學學系，選擇不多。我不想去東歐，於是去了挪威。我在香港回歸中國之前一天出發，先在歐洲旅行一個月，然後北上。大學城位於挪威中部內海旁邊，景色非常綺麗。鎮上人口很少，很大比例是學生。河道縱橫，草坪處處，有古舊的歷史建築，也有先進的現代大樓，更多的是簡潔雅致的民房。不過，一個隨便就可以看到北極光的地方，很難說是天堂還是地獄。長達大半年的黑夜、來自北極的寒流和埋沒一切的風雪，也足夠令人瘋狂。留學第一年的冬天，我第一次恐慌症發作。後來發展成廣泛性焦慮症，持續數月，到夏天休假回港才稍稍舒緩。我當時還考慮過是不是要中止學業。幸好我沒有。我在新學年回挪威的飛機上，遇到海卿。

海卿是航班上唯一的華人空中服務員。我一上機便留意到她，而且感到有點意外。她似乎是個新人，工作並不十分熟練，但臉上掛著一副認真學習的表情。她的身材纖巧而高挑，站在挪威女服務員身旁並未相形見絀，柔白的東方人肌膚比蒼白的北歐人更勝一籌，烏黑的頭髮在金髮之中鶴立雞群，更為引人注目。我的種種偏見，說明了我立即喜歡上她。但是，笨拙的我沒有表白的打算。我只是無法控制自己的視線，像自動瞄準裝置一樣盯著她不放。

在十幾個小時航程的中途，我開始感到不適。我向她要了杯水，但手卻不停抖動，沒法把小小的藥丸折成兩半。只聽到她體貼地用廣東話說：先生，我可以幫你嗎？我把藥丸放在她手心，她小心翼翼地用指尖拈著，輕巧地破開，把其中一半交給我，另一半幫我放回藥包裡。我含著半顆藥丸，彷彿舔到了她的指尖似的，心頭一震，匆匆和水吞下。下機的時候，我多次回頭看她，依依不捨。

到大學城必須在奧斯陸轉機。我坐在候機大堂等待的時候，有人向我走近，抬頭一看，竟然是剛才那位空中小姐。她問我去哪裡，我告訴她目的地，在北面的一個城鎮。她滿臉可惜地說，她不飛本地航班。她在我旁邊坐下來，問我去那裡做甚麼。我說念書，我是博士生。她問那裡是怎樣的地方，我想了想，說：一個隨時可以看到北極光的地方。她掩著嘴巴，露出驚訝的樣子。我們就這樣聊了起來。原來她是實習生，今天第一次飛挪威。她說選擇加入這間航空公司，是因為讀了村上春樹的《挪威的森林》。她問我拿了聯絡方法，說有機會來探我。我以為這是機率接近零的事情，怎料過了幾天，它真的發生了。

我不知道，海卿選了我，是不是因為覺得我像小說中的渡邊。我是無論如何也拒絕這樣承認的。交往初期，海卿都是趁每次飛挪威來見我。我們一起去看冰川，看北極光，看森林。幾個月後，她發現懷了孩子，辭掉了空中服務員的工作。我問她可惜不可惜，她堅決地搖搖頭。我們結了婚，我找到研究助理的工作，搬到一間民房三樓。次年夏天，秀彬出生了。我沒有再出過精神問題。我以為我已經找到解藥。

我全神貫注地工作，海卿專心照顧秀彬。兩年後，我完成博士論文，申請到美國做博士後研究。不久我們舉家搬到美國。我的研究成果開始得到重視，我獲聘為助理教授，並在幾年後得到了終身教職。海卿也在校內念了個商業管理學位，同時秀彬健康快樂地成長。我從來沒有預期，世界上最幸運的事情，都在我身上實現了。

我必須鄭重地說，我提出的 Full Luck Theory 並不是用來計算如何獲得好運。這是許多人的誤解。它無法幫助人趨吉避凶。它本身並非基於機率論，也和混沌理論不同。它的基礎是熱力學第二定律——在孤立的系統中熵只會增加不會減少，直至到達最大的熵狀態（熱力學平衡）。因此，系統的熵值和它的秩序成反比。我採用了資訊理論創始人克勞德・夏農的觀點——當系統的秩序、穩定性、肯定性和可預測性越高，它的熵值便越低，它所包含的資訊亦隨之下降。相反，熵值越高，資訊也越高。高熵值和高資訊，等於更多的自由選擇和可能性，但也同時會受到越來越大的隨機性所介入。這個讓隨機性和自由選擇發生作用的地帶，我稱之為Full Luck Zone。因隨機性而帶來的正面、有利、促進和成功的結果，我們一般稱為「好運」，廣東話叫做「符碌」。（查「符碌」這口語來自英文「fluke」，按中文雙字詞反譯為「Full Luck」，以強調廣東腔英語的效果。）

Full Luck Theory是根據特定系統或作業的初始條件和變化參數，計算出「符碌帶」的數值，並且從中找出具有「最佳符碌值」的點或範圍。這結果有助於令系統或作業調整至最有利的熵值，增加其獲取成功的機率和創造性的效能。理論的適用性不單限於通訊系統或作業。它理論上適用於所有牽涉控制性和隨機性的系統或作業，而實際上則需要就不同的應用做出相應的調整。要注意的是，它不適用於純粹隨機性的行為，例如擲骰子、輪盤或攪珠抽獎，也不適用於純粹控制性的行為，例如古典物理定律。（後者只存在於純理論的運算中，在現實的運作中，所有控制系統都必然暴露在或大或小的隨機性的影響下。）它適用於同時涉及控制性和隨機性的行為，也即是具有熵值差別的狀況。

我本來想說的是海卿，但結果卻說了「符碌理論」。我只能說，海卿的出現令我恢復精神穩定，她的支持令我最終完成初始的理論創建。而她的出現本身，和我們之間的婚姻，是這套理論的最佳說明。那十年間，我相信自己是世界上最「符碌」的人。單憑我自己的條件和力量，我絕對不配得到像海卿這樣漂亮、賢良、聰明、溫柔，而且性感的女人。而我和海卿之間誕下了可愛的女兒秀彬，就更加是「符碌中的符碌」了。我的人生和我的事業，成為了最完美的結合。那是胡德浩的「符碌年代」。

8

曼尼教授開的藥，成分跟我之前吃的差不多，份量亦非很重。作為一個神經衰弱長期病患者，久病成醫，這是基本常識。正如每次重新服藥一樣，頭兩天腦袋都像浸在水中的豆腐花一樣，既虛浮又脆弱。到了第三天，豆腐變得稍微堅硬，感覺也就開始實在。與此同時，我堅持每天早上出去步行四十五分鐘，走相同的路線三個圈。

開學前幾天，校園變得熱鬧起來。參加迎新活動的新生吵吵嚷嚷的，好像有用不完的活力。這裡的年輕人大都曬得皮膚黝黑，連華人都是這樣。男生因為服完兵役才入學，個個十分精壯。迎新活動不外乎是喊喊口號，進行競賽之類的，主要是培養群體精神，在哪個地方都差不多。

我想起年紀相若的秀彬。那邊的大學生，已經沒有餘暇迎新了。他們同樣是喊口號，同樣是揮灑汗水，同樣是鼓動青春的身體，但目標和對手完全不一樣。他們提早面對世界的惡，提早失去了天真。

那天早上，我就是帶著這種納悶的心情，穿過身穿各色隊衣的人潮，好不容易完成晨操回到宿舍。爬上三樓，看見一個穿白色連衣裙的背影，站在隔壁單位的門前。女生聽到有人上樓，回過頭來，臉上立即露出失望的表情。我雖然有點氣喘，而且不想干涉別人的事，但對她完全置諸不理實在有違常情。見對方是華人，我便用華語問：

小姐，找人嗎？

我找黑老師的。女生有點靦腆地說。

他不在嗎？不會這麼早就出去吧？

我一直按鈴都沒有人。

會不會到別處去沒有回來？有急事找他嗎？

我是他班上的學生，有點關於寫作的事想找老師討論。

我心裡奇怪，討論功課為甚麼不預早約定時間，要大清早跑到老師住處去。我猜當中可能有不尋常的隱情，便不想再追問下去，只是盤算著如何脫身。自己回到家裡，讓女生獨自留在樓梯間白等，似乎過於冷漠。但邀請陌生女生到自己家裡去坐，又有點不合禮數。於是便唯有繼續和她一起站在門外，祈求黑先生盡快露面。

如果不是急事，可以試試晚點再來，或者先和他聯絡。

我嘗試遊說她離開，但她似乎不為所動，雙腳像生了根似的，半步不移。女生垂下頭，眨著眼，抿著嘴，染成棕色的長髮披在瘦削的兩肩，兩條纖細的臂交叉在身前，狀甚可憐。雖然看來弱不禁風，但身材也不是沒有的，尖尖的瓜子臉和經過粉飾的精緻五官，混合著天真與機巧，構成危險的媚態。我得找點話說：

你是中文系的嗎？

女生點點頭，說：我上學期修過黑老師的小說創作課。他是香港來的駐校作家。

我本來想說：我也是香港來的，但之前從未聽說過黑這個作家。不過，說話還是留有餘地比較好，便改說：

我也是香港人，剛剛來的，模控學系的訪問教授。

模控學系？

Cybernetics。

那即是類似科幻小說的東西嗎？

我聳了聳肩，說：差不多吧！

話題無以為繼，我以誇張的動作抹著額上的汗水，引領她注意我剛剛做完運動，是時候回到家裡整理一下。這次她意會了，說：

不好意思，打擾您了！如果教授碰到黑老師的話，請告訴他一聲，恩祖——林恩祖來過找他。謝謝！

說罷，她微微鞠躬，踮著腳步下樓去，背上掛著的米黃色小包包一擺一擺的。我回頭望向黑的門口，心想，也許他一直躲在裡面不出來。

早上我在宿舍工作，處理一些通信。接近中午，小文送來了一個郵包，裡面是我網購的劍橋版康德三大批判，地址寫學系辦公室。我說太麻煩她了，小文卻一味說順道而已。開門拿郵包的時候，看見對面單位的門也開著，黑似乎剛剛回來，手裡拿著幾個滿滿的超市袋子。我連忙叫住了他，說：

嗨！黑兄！今早有個女學生來找你。好像叫林甚麼的——

林恩祖？

他很明顯早已心裡有數，但卻故作驚奇，視線越過我的肩，往我的單位裡望去，好像我把林恩祖收藏在裡面一樣。他見我察覺到他的舉動，便問：

你的狐狸呢？你真的有一隻狐狸吧？如果我沒有記錯。

沒錯，有啊！就在裡面。

沒甚麼，確認一下罷了。我有點怕動物。

不用怕啊！狐狸很善良的，不會咬人。我是指我這隻機械狐狸。

它真的是機械的？

對啊，要不要看看？

不了！胡兄有空嗎？過來我這邊坐坐。

我不好意思拒絕，便關了自家的門，走進他的單位裡去。這邊的面積比我那邊小，目測約只一半稍大。他好歹也是駐校作家，這樣一比較，又覺得我的待遇不算太差。我快速地瀏覽了一下大廳裡的事物。餐桌和我一樣用作工作桌，上面堆滿了書，大都是文學作品。據我有限的知識，以小說類為主，其中一本英文版《唐吉訶德》放在筆記型電腦旁邊，翻得有點見舊。其他就是散落各處的日常物品，總體上給人居住了一段日子而逐漸形成的亂中有序的印象。

黑一邊收拾沙發上的書本和雜誌，一邊問我要不要喝點甚麼。我說不必，再還他一個禮，說：

真是大作家啊！滿屋都是書！

他像是驅趕蚊子似的擺了擺手，自謙說：

大就有份，係個壞鬼作家就真。

他拍了拍沙發請我坐下，自己坐在成直角的另一邊，雙手撐著兩邊的膝蓋，身體前傾，一副推心置腹的樣子，說：

這個林恩祖，是我上個學期的學生，人頗聰明，寫作能力不錯。不過，有個問題，就是情緒不穩定。有時會因此缺課，然後又來找我補課。她甚至試過自殺。

有那麼嚴重嗎？那不容易應付啊。

當然，學校有社工幫她，密切留意她的狀況。不過，我身為老師，也有自己的責任，特別是教寫作的，看到學生在創作中表達自己的感受，也不能只當作功課去批改。不免就牽涉一點心理輔導的成分。

所以，她就經常來找你了。這真令人頭痛啊。

不！不！不頭痛！雖然是有點麻煩，但絕不能稱為頭痛。照顧學生的身心健康，做老師的責無旁貸。萬一學生出了甚麼事，試問我們怎樣對得起他們，對得起自己呢？所以呢，胡兄，我有一個請求。如果下次遇到林恩祖來找我，而我剛巧不在的話，請你先收留她，讓她在你那邊等，千萬不要讓她一個人離開。你不知道她一個人會做甚麼傻事。這是非常危險的！

我萬萬想不到黑會提出這樣的請求，教我一時不懂回應。這種事我是千萬個不願意的，但聽他剛剛振振有辭地大談為師之道，又不好意思當面拒絕，便唯有口頭上答應他。將來遇到甚麼情形，也有很多迴避的空間。

黑對我的首肯表示出過火的感激之情，使我更懷疑他和女學生之間有甚麼不可告人的關係。我本來也管不得別人那麼多，但偏偏無故把我牽扯進去，真是有點冤枉。他好像覺得我已經變成了同謀，態度有點心照不宣起來，很乾脆地建議一起去吃午飯。我難以推卻，和他一起去到附近的一號飯堂。

黑和經濟飯攤的瘦子相熟，應是可以預料的事情，只是猜不到他們到了稱兄道弟的地步。瘦子於是又偷偷送了每人一隻雞腿。坐下來之後，黑告訴我瘦子叫做張大菲，年紀和我們差不多，只是風格有點市井，才顯得比較老成。一般來說，象牙塔裡的學者看來都比實際年齡幼小。他又說不要小看大菲，他以前是玩樂隊的，在一些酒廊之類唱歌搵食。在新加坡這樣菁英主義的功利社會，賣唱當然跟乞食分別不大。加上他的品味比較偏鋒，性格又吊兒郎當，在行內混得不順，又欠債又鬧事，落得一無所有。最後跟了個老虎乸，在她家開的熟食檔幫手做生意，算是過上了安穩日子。

黑不愧為寫小說的，講起人家的閒話來都好像一篇故事。我一邊聽著，一邊遙看大菲跟排隊買飯的女生打哈哈，厚顏無賴，油腔滑調，活脫脫一個社會失敗者的典型。我開始有點佩服搞文學的人，可以從他人的不幸中發掘素材，就像從渣滓中提取有益的精華一樣，有某種廢物利用的貢獻。我對文學的功用另眼相看了。

幸好黑其實也不是個嘮叨的人，一頓午飯沒有超過標準時間，吃了半小時便很自然地結束了。整體來說，除了關於林恩祖的難為託付，沒有對我的日常生活造成過度的干擾。我悄悄告訴自己，以後要盡量避開這位鄰居，也希望不要再當面碰到他的女學生。

下午兩點半正式上課，回到宿舍還有時間繼續準備。因為是第一課，志旭特意跑來接我，在上課前給我作個開場白。其實這只是一個模控學入門課，簡單介紹學科的發展，和主要相關範疇的理論和研究，講來一點也不吃力。不過因為早前病發，狀態多少有點不足，為了保險起見，臨出發前吞了半片鎮定劑。選修的學生加上旁聽生約有六十多人，還有志旭、金政泰、巴巴拉等幾位老師，以及小文等幾個研究生。開講前金教授向我介紹了他的博士生陳光宇，應該就是巴巴拉口中的被他利用的「天才」了。這位男生樣子看上去像個高中生，狀甚害羞，性情跟他的師父完全兩樣，怪不得會被控制。

無驚無險的第一課便順利完成，幾位老師和研究生提議去喝杯茶，繼續交流心得。我雖然體力已達極限，但也得勉強應酬。最痛苦的是要聽金政泰議論滔滔。據我觀察所得，陳光宇這小子的確是有才華的，跟著「金大炮」做研究實在是太浪費。在言談間我收到秀彬的訊息，即時有點心急，想早點逃離聚會。最後還是志旭觸覺敏銳，為閒聊做了個總結。

回到宿舍，我才有空細看秀彬的訊息。她問我是不是把她的事告訴了媽媽，語氣有懷疑的意思。海卿不知用何種方法，知道了秀彬的臉書內容，質問她是不是有份參加示威活動。為此兩人大吵了一場，海卿還威脅停止給女兒生活費。我一直擔心的事終於發生，我寫道：

信我，我沒有。

隔了一會，才收到她的回覆：

不好意思，怪錯了你。我知道你不會的。總之，我跟媽媽鬧翻了。我留在宿舍，暫時不會回家。

我明白。錢夠用嗎？有甚麼需要跟我說。

暫時可以的。

其實，你參與到甚麼程度？

她沉寂了一陣。

爸爸，不用擔心。我會照顧自己的。

好的，千萬小心。

秀彬離線了。我呆呆地望著手機，和那個18:15的時間。望望窗外，好像有夕陽的霞光。這裡和那裡，竟似是兩個互不相干的世界。一邊那麼的安寧、靜好，一邊那麼的躁動、紛亂。

我沒有胃口吃晚飯，整個人散了架似的，無法再維持垂直的狀態。躺倒在床上，卻又不願意闔上眼，不停地查看著秀彬臉書上的貼文，尋找有關她的行蹤的蛛絲馬跡。狐狸跳上來，在我身上爬來爬去，越看它就越像我送給秀彬的那一隻。我不知道，秀彬是否還留著它在身邊。

那個晚上，我做了很多惡夢，裡面有許多血腥的畫面。

9

日間留在宿舍的時候，常常忍不住站在窗前，觀賞下面地盤的施工情形，一看就是大半天。施工過程的吸引之處，不在工程學上的規畫，而近似於藝術創作的趣味。最先的時候，那是一個甚麼都沒有的大坑，猶如天地初開的混沌。源源不絕的運泥車往坑裡不斷填充材料，然後由技藝不凡的造型師完成任務。我深深佩服那些挖泥車司機，操控著那僵硬的機械臂和笨拙的鏟子，竟像使用自己的肢體一樣得心應手。他們如靈巧的雕塑家般，把無形的泥堆翻來覆去，搓圓壓扁，慢慢造成了新的地貌。大泥坑出現了明確的岸線、堅實的斜坡，底部的高低層次也越來越分明了。如果有一天這一切完全交給自動機器，感覺一定沒有這麼可觀了。

我這樣想簡直是跟自己的本行作對。一向毫無藝術天分和感受的我，不知為何突然抬舉起藝術來，而且還是施工的藝術。我忽然明白維納當年為甚麼會自相矛盾，一方面大力提倡自動化，另一方面卻又擔憂工人被搶飯碗，害怕全自動化的模控社會的出現，會把人類淘汰。他最終還是放不開「人的價值」這回事。在超過半個世紀後的今天，我們應該學懂拋棄這種懷舊的心情。人如果要成為過去的話，為甚麼要留戀呢？期待和創造更新的人類不是更好嗎？當我越見識到人類的醜惡，便越不留戀這個物種，只差沒能力親手把它毀滅吧。

我好像想得有點過火了。有時我真的懷疑，自己心底裡一直有misanthropic的傾向。不過，我不是正真心地欣賞著下面的那些工人嗎？我真不願意他們有一天被取代啊。但他們具體是甚麼人，我一無所知，也不打算知道。有時出外碰到工人坐在路邊或者躲在樓梯底吃那些自己帶來的飯菜，也沒有特別感到同情或憐憫之心。聽說他們都是外地廉價勞工，多半是孟加拉人，因為這樣艱苦的體力勞動已經沒有新加坡人願意做。當然新加坡也不是沒有窮人，好像負責宿舍水電維修的都是印度人或馬來人。清潔街道和其他粗重工作的也是。窮的老華人，就多半在熟食中心和飯堂負責收餐盤和洗碗。要注意的話，本地的低下階層也真是隨處可見。不過，低處未算低，總可以找更低的人來墊底。所以身為國民的人至少也是幸福的吧。我身為非國民而又不屬於在工地上打混的那一群，也同樣應該值得慶幸。至少我有冷眼旁觀的餘裕。不過，如果最終成為了流放者，被冷眼的應該是我自己吧。

看完了工人們的默默耕耘，我回到書桌前繼續耕耘我的《純粹理性批判》。到了午飯時間，我把書帶著去飯堂，想趕在和包華開會前多讀一點。大菲見我脇下夾著本厚厚的書，多口地問：

老闆，睇字典呀？

我沒好氣，想拋他一下，說：

是康德。

他聽後瞇了瞇那雙小眼，摸了摸那個大鼻，說：

我記得，黑老闆都睇過呢本書，叫做《唐吉康德》丫嘛！你地兩個真係孖生兄弟，連睇的書都一樣。

我不知他是真傻還是假笨，也沒有去糾正他，只是忍不住笑了笑。豈料給他這樣胡說，看書就沒法專心，耳邊一直迴響著那個叫「唐吉康德」的怪胎。

二十多年前我一知半解地啃下牟宗三翻譯的《純粹理性之批判》，雖然不能算是打好了底子，但似乎也不是全無作用的。現在看英文版，整個理路便依稀浮現，一些當年不知所云的概念也變得清晰，頗有茅塞頓開之感。當然，閱讀過程依然艱苦，比解數式有過之而無不及。但是，重溫年輕時被此書燃起的求知熱情，對當下冷卻的心境也具有延緩僵化的效果。腦力的激盪，有助於對抗熵均衡的熱死亡，對抗預告一切歸於混沌和無序的熱力學第二定律，也即是對抗命運本身。

巴巴拉約了我到她的實驗室，進行第一次工作會議。人工生命實驗室有五位研究員，由巴巴拉親自帶領。所謂「生命」主要是電腦模擬，不涉及活體生物。巴巴拉今天穿白色女裝上衫，外加一件黑色西裝外套，把頭髮紮了起來，戴上了金色框眼鏡，神情加倍嚴肅。她向我介紹了在場的人員，當中有新加坡人、法國人、印度人、西班牙人和美國人，全都已經有博士學位，而且都是歐美的名大學畢業。她請我坐在其中一台電腦前面，在開始講解之前，鄭重地說：

胡，從現在開始，你聽到的東西都是機密，你絕對不能向外洩露。

我知道。江院長已經跟我說過。

那就好了。我先向你介紹我們實驗室的主力研發項目——康德機器。

康德機器？我忍不住重複了一遍。

沒錯。江院長上次吃飯時提過，我們利用康德的理論，來建構認知意識的框架形式。用康德的說法，是認知的「可能性的條件」。這些可能性條件屬於 a priori[9] 的範疇，也即是意識在接觸經驗世界之前，便已經先天存在的設定。談論這個範疇的，康德稱為「超驗哲學」。這些

9 指先驗、先天。

你都已經知道了吧？

我以前讀過康德，最近開始重讀，進度比較慢。

很好，那我繼續了。我們的目標是建造一個獨立自主地認識世界的意識系統。所以，我們並不寫入內容，我們只建立框架，也即是認知機能的基本形式。要認知甚麼，如何認知，為何認知，這些我們通通都不管。那你會問，那跟ＡＧＩ有甚麼分別？ＡＧＩ都是沒有先設內容的普遍學習程式。是的，去到這個層面，它基本上是ＡＧＩ。不過，康德機器是打算用在生命體上的。在模擬階段取得成功之後，將要開展在生命體上實驗的階段。具體細節如何，下一步再告訴你。暫時有沒有問題？

我假設巴巴拉是想試探我對康德的認識程度，便說：

認知機能的基本形式，是不是指康德提出的「概念」或「範疇」？就像感性機能中的時間和空間？還有知性機能中的純粹概念，康德把它們稱為「範疇」，總共有十二個，仔細的內容我記不清楚了。

對的，正是這樣。康德把範疇分為四類，每類中有三項，即是量的範疇下的「單一性」、「多數性」和「全體性」，質的範疇下的「實在性」、「否定性」和「限制性」，關係的範疇的「依存性與自存性」、「原因性與從屬性」和「協同性」，還有模態的範疇的「可能性—不可能性」、「存有—非有」和「必然性—偶然性」。

巴巴拉一邊說，一邊在電腦上打開一份簡報檔。上面有康德哲學的重點和做成圖表的介紹，相當易於明瞭。她以游標指示著畫面要點，說：

當然，事情沒有那麼簡單。時間和空間的概念是直感形式，知性理解的十二範疇則是邏輯形式。在時空的直感之外，還需要「想像」這個機能，才能把感官資料綜合。另外，要把範疇應用在經驗的事物上，中間需要一道橋樑。康德把這中介稱為「超驗論圖式」，可以說是運用範疇的規則，對應範疇的四個類別，再加上時間的向度。在這些「圖式」之下，知性最終之所以能達成判斷，還有四項「原則」，即是「直覺的公理」、「知覺的預期」、「經驗的類比」和「經驗念頭的假定」。希望聽來不會太複雜。

我點了點頭，以示可以理解。

好了，就算有了這些條件，也不是把所有東西堆在一起，便會達至認知的。於是我們來到最關鍵的地方，也即是把多種的經驗資料統一起來、綜合起來的機能。康德把它稱為「超驗的統覺」。是它讓我們擁有一致的自我意識。又或者，它就是自我意識本身。

圖表上的很多線條會合於一個焦點，就像在放大鏡下光線被聚焦一樣。巴巴拉的注意力離開螢幕，放下依書直說的模式，轉以看似隨意的口吻說：

你知道，這是極度簡化的康德超驗哲學關於認知的部分。當中有很多地方存有爭議性，在認知科學界並不一定取得認同，特別是關於統一的自我意識這一點。好像我自己，身為一個認知科學家，我認為自我意識並不是單一的，而是眾數的、分散的。我個人對康德的看法是，不必執著於他字面上的意思。我之所以在本科的時候已經被康德打動，是因為他提出了當時來說絕對是劃時代的知識建構論。我們所認知的經驗世界之所以如此，並不是因為它本來如此，而是因為我們的認知機能上的可能性條件令它如此。只要我們的認知機能稍有不同，世界也會變得不一樣。這個觀點和一些模控學研究完全一致，就好像關於眼睛和腦部構造如何模塑青蛙的經驗世界的經典論文一樣。你應該很熟悉這篇論文吧。

我讀過。我簡短地說，對自己在這方面曾下過的苦功沒有多言。

這也是AGL和AGI最大的分別。AI界一直把客觀世界當成既成的現實，機器所做的只是以強大的運算力去模擬它、處理它。但是，對於AL來說，世界還未成形，又或者是永遠也在形成中。世界就是生命體所認知的世界，除此以外沒有世界，或者照康德的說法，世界自身可以被思考和談論，但不能被認識。生命只能認知世界的表象。

就是phenomenon和noumenon的分別。我適時表示一下自己並非無知。

完全正確！巴巴拉滿意地說。說了這麼多，終於來到重點了。我們意識到，無論康德對人類認知心理結構和過程的設想是否正確，這一點也不重要，重要的是它提供給我們一個合理可行的模型，去設計具有廣泛認知能力的人工生命。這個我們稱為「康德機器」的AL，不但是一台高效能運算機，更加是一個具有自我意識的生命體。在設定時空概念和知性範疇，以至於圖式和原則等，就算難度極高，我們都已經大體克服了。來到最關鍵的環節，即是讓這些形式因素綜合在一起的超驗統覺或自我意識，我們卻陷入了瓶頸。我思考了很久，發現問題可能出在第十二個範疇「必然性—偶然性」上面。雖然康德設置了這個範疇，但並沒有特別深入它的內容。康德很完備地照顧到認知的先驗必然性，但卻沒有或者不打算把握經驗的偶然性。我們當然不能苛責康德。其實他早就注意到這個問題。對於物理學要處理的是經驗世界的事情，而經驗世界為偶然性所主導，因而不能獲得絕對的知識，康德是十分清楚的。只能說經驗世界的偶然性，不在超驗哲學探究的範圍內。偶然性進入自然科學，最早是熱力學關於熵的理論，再到了量子力學才得到正當性。模控學本身就是建基於偶然性的理論。胡，這就是我們需要你的地方。

叫我德浩。

德浩很難發音。還是叫胡比較好。

我聳了聳肩表示不介意。

容許我做一個大膽的假設，你的熵均衡和最佳訊息點的理論，是把康德機器由ＡＧＩ提升到ＡＧＬ的關鍵。我相信你一定很熟悉「細胞自動機」的研究成果。在自生細胞的電腦模擬中，處於高度秩序的區域和高度混沌的區域的細胞，都比較缺乏創造力或自生能力。過於緊密的連結令它們失去活力，變得僵化，過於鬆散則令它們無法組成穩定的生命體。最適宜自生的，是介乎穩定和動盪之間的地帶。由此可見，對於生命的自我演化，偶然性的影響遠遠超過一個康德範疇。它幾乎可以動搖整個康德理論，也即是康德機器的設置。你的理論，可以幫助系統自我調整到熵均衡的狀態。這是令康德機器自我完善為活生生的生命體的關鍵。

說到這裡，巴巴拉的語調由知性轉而為感性，就好像做出了某種機能上的調整：

坦白說，我很早就對你的理論印象深刻。我一直在思考，它如何可以應用在實際的系統中。當中有些問題，依然是我還未搞通的，特別是數學方面的部分，並不是我的專長。當我第一次讀到你如何把維納和夏農兩人對熵的完全相反的詮釋，在圖表上構想成兩條成X字形交叉的曲線，並提出交叉點為最佳訊息點，我興奮得從椅子上跳了起來。我當時還是個博士生，對自生系統的必然性和偶然性問題深感苦惱。我的直覺告訴我，答案就在這個X字圖表裡。但我還要多花了幾年，才漸漸確定這個想法。到了今天，我幾乎可以確定，在某種意義下，它說明了康德所說的「超驗的統覺」的運作方式。在圖表中，處於這個點的上方的區域，屬於必然性的區域，性質是秩序和肯定，由先驗認知能力所掌控；處於點下方的區域，屬於偶然性的區域，也即是經驗的領域，性質是無序和不肯定。重點是兩個區域的交接地帶或者邊緣地帶。這個地帶，應該就是康德所說的「自由」的所在。不過，這是另一個層次的假設，暫時可以不談。不妨直接點說，我對你的創意非常拜服。

我越聽便越覺得巴巴拉這個人不簡單。一個認知科學家，應該對人的心理有特殊的支配能力吧。她把讚賞我的這一段放到最後，反而有意想不到的效果，遠非像金政泰那種浮誇的吹捧可比。如果連像包華教授這樣嚴謹而且內斂的學者也直接對我表示佩服，我又怎能不自願屈從於她的主張？她繼續抬舉我說：

胡，最精彩的地方，是你把「維納曲線」最接近秩序值0的部分，稱為Poor Guy Zone，把「夏農曲線」最接近秩序值0的部分，稱為Full Luck Zone。你怎麼能夠想到，同樣是受到偶然性支配，好運氣和壞運氣是不同性質的狀態，也因而需要不同的數學處理？那不是普通腦袋能夠想到的事情啊！

面對針對虛榮心的進攻，我只好採取自貶策略來招架，說：

不，我的腦袋很普通，一點特別的地方也沒有。也許，當時只是很幸運地掉進Full Luck Zone吧。

胡，你實在太謙虛了！華人都是這樣的嗎？

不，你看看金教授就知道。

巴巴拉竟然給我逗得笑了起來。她好像覺得自己有點失儀，嘗試止住笑意，還說了聲對不起。我表示不必介意。她突然站直身子，說：

來！我們找個別的地方再聊聊！這裡侷促死了！

10

離開實驗室，巴巴拉建議找個地方喝杯東西。她想了一想，說：

這間大學連一間像樣的咖啡店也沒有，真令人沮喪。

她建議到酒店旁的會所餐廳，說那裡沒有學生，同事也很少，比較適合談話。我跟著她走到停車場，以為她打算開車，怎料她在入口附近拿了輛共享電動滑板車，用電子付費啟動了，示意我可以在旁邊隨意挑一輛。這種代步工具在校園非常流行，常常要在行人路躲閃突然高速而至的人影。以前說的「神行太保」大概就是這樣的東西吧。

我第一次用這種東西，難免有點笨拙，在下山的路上特別驚險。巴巴拉卻非常自如地在我前面滑動，把我拋離一大截。脫下了西裝外套的她，纖小的背影和擺動的馬尾十足女學生的模樣。不消一會，便來到山下的酒店。在會所外面停放好滑板車，巴巴拉還說：

好玩嗎？你要適應一下這裡的習慣。

我無奈地點頭回應。

午後的會所餐廳門可羅雀，我們是第二對顧客。騎車令人全身冒汗，巴巴拉捏著襯衫下襬輕輕地揚著，身形的曲線若隱若現。我們點了伯爵茶和黑森林蛋糕，餐具的每一下碰撞也發出清脆的聲響。她完全解除了學者的束縛，採取聊八卦的語氣，問我當初為甚麼把理論叫做FLT和PGT。我老實地回答說：

這個嘛，其實分別是兩個廣東話的用詞。Full Luck來自「符碌」，意思是撞彩、好運，比如說考試前沒有好好溫書，但竟然撞中所有答案，拿了高分，我們會說：「嘩！真係符碌！」或者「符符碌碌又過關！」Poor Guy則來自「仆街」，字面意思是「跌倒在街上」，也即是倒霉或者行衰運，比如說：「今次考試貼的題目都唔中，真係仆晒街！」因為自己從小就這樣說，所以忽然心血來潮，其實也不是刻意想凸出甚麼，只是覺得最傳神而已。

巴巴拉興趣盎然地聽著，然後學著廣東話的發音。我在旁加以糾正，又示範了好幾遍。整個餐廳不停迴響著「符碌」、「仆街」、「符碌」、「仆街」之聲。幸好沒有其他香港人在座。我又告訴她，「仆街」也可以用作形容品德不好的人，作為咒罵的用詞。她機靈地說：

例如說，「金政泰是仆街」？

說「金政泰正仆街」，也可以說「仆街金政泰」。

巴巴拉非常認真地模仿，我卻忍不住笑了。她怎樣也說不準，樣子有點尷尬。我回到剛才的用例上，問：

你看來對金教授很有意見。

不是有意見，是敵對。我和他正在處於你死我活的鬥爭。她斬釘截鐵地說。

這麼嚴重？需要去到這個地步嗎？

巴巴拉嘆了口氣，向我交心說：

你是新來的，不知道背後的瓜葛。事實上，金正在進行一個跟康德機器打對臺的研究。胡，這也是機密，不過既然你已經是自己人，我覺得你有權知道。他的計畫叫做Ghost Writer。不是「代筆寫手」那個ghost writer，是「靈魂書寫器」。聽說有兩個發展方向，一個是「靈魂」的輸入，即是把意識內容植入腦部；另一個是「靈魂」的輸出，即是把腦部的意識內容複製出來。我不知道他們的實質進度，他們的保密功夫做得很好。當然，我方的保密也很嚴格，他對我們也所知不多。他採取的方法跟我們完全不同，是典型的ＡＩ跟ＡＬ的分別。至於Ghost Writer的具體應用，我也不能肯定。但是，在最一般的層面來說，它和康德機器都是自動機器人或生化人的認知中心處理器，也即是大腦。很明顯，江院長讓我和他的計畫同步進行，是想我們互相競爭，促進我們竭盡所能，最後也可以擁有兩個選項。這肯定是無往而不利的做法。

想不到江院長那麼深謀遠慮啊。

你還不認識他。別以為他只是個務實的管理人，言談溫文有禮，對人和藹可親，他這個人其實深不可測。

我雖然對學院內的鬥爭並非沒有經驗，但聽到巴巴拉的揭示還是有點震驚。我沒有預期一個新成立的學系已經潛藏著這麼激烈的對立，背後又牽涉到這麼精心的安排。那麼，我已經在不知不覺間，成為了當中的一隻棋子。巴巴拉伸出手，輕輕握住了我的手肘，說：

胡，我方的成敗，就靠你了。如果金來找你，你記住，別透露康德機器的內情，也別答應跟他合作。一腳踏兩船不是一個聰明的選項。

她的話立即證實了我的憂慮。我已經無可選擇，只有說：

我一向也是個專一的人。

巴巴拉溫柔地笑了笑，好像對我充滿信心的樣子。我心裡其實七上八下。如果可以選擇的話，我會立即辭掉工作，退出所有任務。不過，我不留在這裡，還可以到哪裡去？

胡，你的手有點抖，你是不是哪裡不舒服？

她的觀察力果然非常敏銳。

我有神經衰弱，最近看了醫生，正在服藥。你認識醫學院的曼尼教授嗎？

曼尼？那個印度女人？

對，她還給我做了個檢查。

甚麼檢查？她露出有點擔心的樣子。

曼尼說是掃瞄腦部神經元連結和運作的檢查，在腦袋上貼些電極，躺進一台類似ｆＭＲＩ的機器裡——

那是ｓＭＲＩ，超功能性核磁共振成像，是功能更強的腦部探測儀器。

還未聽說過呢！很先進的發明啊。

曼尼和金政泰是合作伙伴。

她的揭示令我當堂語塞。

我懷疑他們想偷取你的ghost。

不會吧？偷我的ghost來做甚麼？

不偷你的，偷誰的？愛因斯坦死後腦袋為甚麼會被病理學家哈維據為己有？有研究價值嘛！

謝謝你把我比作愛因斯坦。

胡！你還有心情說笑？

不用擔心啊，我的ghost不是那麼容易讀懂的。

關於這一點，我也是這樣想。想讀出人的ghost注定是徒勞無功的事情。

為甚麼這樣說？你認為技術上做不到嗎？

不是技術上的問題。如果所謂ghost就是人的意識，它一定是混沌的、零散的、斷裂的、充滿矛盾的。

你是說，康德的概念和範疇不發生作用？

不，概念和範疇還會發生作用。它們是先驗的形式，不會隨便作廢，而這些形式所產生的資訊材料，理論上也可以被記錄和下載。但是，一離開了宿主的身體，意識就不再具有單一性，因為欠缺把它們統一起來的機能，也即是超驗的統覺，或者自我意識。試想想，如果把你的ghost下載儲存，而它又有自我意識，那豈不是存在兩個胡德浩？

所以胡德浩的自我意識，只存在於胡德浩的身體內？

一旦離開了人的身體，ghost就算可以被讀取，也只會像夢境的內容一樣，充滿著替換、修改、剪接，甚至是徹頭徹尾的想像。真實和虛幻會混合在一起，難以區分。當然，多元性才是意識的真象。單一的自我只是一個「後起現象」。它就算不是幻覺，也只能說是一種機能和功能，而不是一個實體。但是，意識依然需要一個實體，才能互相連結和統合，產生有效的運作。所以我主張「即身性」是生命的必要條件。

當她提到epiphenomenon[10]和embodiment[11]，我便很確定巴巴拉的學術取向是屬於甚麼流派。我只是奇怪她居然可以把這些主張和康德的哲學融合，這是她別具創意或者特立獨行之處。我繼續提問說：

但是，如果有人製造出一個具有統覺機能的意識載體，把某人的ghost下載，就有可能出

10 即前文所提的「後起現象」，目前中文尚未有統一譯詞。

11 即前文所提的「即身性」，目前中文尚未有統一譯詞。

現兩個某人了。對吧？

對，也不對。我認為，兩個不同的身體或載體之間的生理或物理差異，足以造成統覺或自我功能的偏差。兩者很可能會非常相似，但不可能完全一模一樣。

除非兩個都是量產的製品？

沒錯。這樣子的話，可以生產無數意識高度相似的複製品，但是，每個複製品的不同經驗，又會開始造成差異。所以，歸根究底，任何形式的「即身性」，都會令意識產生獨特性。

很樂觀的看法。

我不是「樂觀」，我只是嘗試把事情「最佳化」。

巴巴拉用的是‘optimistic’和‘optimizing’兩個詞。兩者之間有很微妙的差異。她的態度突然又由理性回復感性，說：

答應我，不要再去接受測試。

好的，我不去。

我其實是故作鎮定的。我不想讓巴巴拉看穿我的焦慮，但畢竟還是被她看穿了。她像個真誠關心我的朋友一樣，說：

胡，你的精神問題不能靠藥物去處理。你有做過正念靜修嗎？有練過瑜珈嗎？

如我所料，她真的熱衷於這一套。她熱心地說：

我在大學的教職員康樂活動中心教瑜珈班，你有空可以來參加。很容易的，不需要經驗。對你的身心會有巨大的益處。

我第一次覺得，她略帶德語口音的英語頗為性感。這大概不能稱為一個正念吧。

11

為了盡快投入巴巴拉的計畫，我加緊閱讀康德的《純粹理性批判》，好不容易才讀到〈超驗分析論〉的尾聲。我坐在權充書桌的大餐桌前，努力地集中精神，思考著phenomenon和noumenon，也即是「現象」和「本體」的問題。

康德認為，人所能認知的只是事物的表象，也即是現象。至於事物本身，我們只能思考（think），但卻永不可能認識（know）。他把後者稱為本體，也即是「物自身」——thing-in-itself。現象是可知的領域，本體是不可知的領域。同理，當我們把自我當成認知的對象，自我便成了現象。我們無法超越這個現象，直接到達本體的內核。自我對自己來說，也是一個物自身。因此，自我了解嚴格來說是一件不可能的事情……只能永遠停留在「我思」……無法達到「我是」……

外面的工地正在壓土，一輛有著巨大滾筒的工程車在泥岸上來來回回，每當經過宿舍的前方，整棟房子也會發生震動，並且發出巨大的噪音。其實我在學系有辦公室，但非必要我也不想到那裡去做事。我討厭辦公室的冰冷空調和死板布局，以及那像審問室一樣的封閉感。可以的話，我寧願留在宿舍工作。偏偏這兩天外面就是轟隆隆的滾過不停，腦門有如被硬物不斷按壓，思緒也開始變得扁平。

從模控學的角度，noise是很不好的東西。它會障礙資訊的傳播。越多的noise便越混沌，熵亦越高。但是，noise並不一定是壞事。根據夏農的說法，noise亦可以理解為可能性。幸運或不幸，都在noise之中產生。沒有noise，一切也很有秩序，很乾淨，很清晰，但沒有可能性，沒有創造力。所以，我應該慶幸能浸沉於巨大的noise之中。我這樣說服自己。

不過，忍受noise也有個限度的。到了午後，我脆弱的神經真的支持不住了。我隨便換了件T恤和短褲，把康德塞進背包裡。在門後穿鞋子的時候，聽見對面單位有開門的聲音。我悄悄地從門洞探視了一下，只見一個穿白色裙子的身影，從對面的單位走出來，門慢慢地在她身後關上。我待白衣女生下樓後，才盡量不發出聲音地開門。人家的事，我最好不要管。

來到樓下，我探頭到路上，看見那個瘦小的白色背影向著右邊的方向漸漸遠去。我選擇向左，經過一號飯堂，繞過工地對面的行車小路，走向另一個巴士站。我打算去附近的商場裕廊坊，找間咖啡店坐坐，順便去大型超市買點日用品。

巴士等了十分鐘才來。乘客不多不少，主要是下課的學生。爬上上層，坐在中段的一個窗口位。不經意向前一望，發現第一行有一個白衣長髮的背影。她可能是上一個站上車的。女生旁邊是個印度女人，兩人顯然並不認識。我的視線不期然地被牽引往車頭的方向。巴士停在地鐵先鋒站的時候，大部分人也下車了，但女孩依然坐著不動。如我所料，她在總站裕廊坊下車。缺少其他乘客的掩護，我低下頭來，假裝在背包裡找東西。待她下了梯子，我才跟著下去。

我當初並沒有跟蹤她的意圖，但看見她走進商場，又忍不住想知道她去哪裡。她乘扶手電梯上一樓，逛了幾間時裝店和首飾店，在買西式甜點和港式雞蛋仔的店前也曾駐足，但沒有買任何東西。幸好她經過香港街的時候沒有進去，朝前面跟另一商場接駁的通道走去。在旁邊的商場內，她又看了看球鞋店和玩具店，在戲院前查看了一陣上映電影的資料。接著，她從扶手電梯回到地面層，繼續看似漫無目的地瀏覽。我覺得這樣跟蹤人家，就算未至於有違道德，也肯定是無聊的行為，便放棄了。

我挑了間地道的咖啡店，向櫃檯的安哥點了杯 Teh[12]和一份 Kaya toast，找了個角落坐下來。店裡頗多馬來顧客，有幾個戴頭巾的女人圍在一起談笑。一個瘦削的馬來男子，溫柔地把食物一匙一匙地餵到看來是他妻子的嬌小女人口中，又不時在她耳邊輕聲細語，也不知她是病了還是在撒嬌。在靠近門口的位子，坐著一個流浪漢模樣的老者，灰白的鬚髮又長又亂，店員卻沒有驅逐他，反而給他送上一杯咖啡和一個麵包。

我正留神於咖啡店的百態，一個白色身影出現在面前。有女生的聲音問：

請問我可以坐在這裡嗎？

我抬頭一看，果然是那個叫林恩祖的女孩。我沒有理由拒絕，便示意她在小小的方桌子的對面坐下。

胡老師希望不打擾您。

沒事，我只是出來小休一下。

我有點不舒服，想找個地方坐一坐。

她用指尖碰了碰額側。看她的臉色，好像真的有點蒼白。

你要喝杯甚麼嗎？我幫你買。

謝謝您，老師，我就要一杯 Kopi O[13]吧。

---

12 指加煉奶的紅茶，有甜度。

13 指加糖的黑咖啡。

不舒服喝咖啡可以嗎？

沒事的，喝了咖啡會好一點。

吃東西嗎？

不用了，謝謝！

我起身去幫她買了杯加糖黑咖啡。她拿匙子輕輕地拌著。她的臂、肘和手指也十分纖瘦，看了令人心痛。

今天不用上課嗎？我隨便打開話題。

我剛才找黑老師。

想不到她那麼的直接，完全不打算掩飾。我擔心她會揭示更驚人的事情。她從背包裡抽出一份東西，遞給我，說：

我向他要回上星期的功課。

我有點猶豫地接過那份作業，是印在一張A4紙上的文章，題目寫著：〈壁虎〉。

可以看嗎？

我就是想請胡老師您看看。

我摘下平常用的圓框眼鏡，拿出老花眼鏡戴上。文章很短，文體似乎是小說，大概是想像自己變成了一條壁虎，從壁虎的角度講述故事。故事很簡單，很多個晚上，那壁虎主角都從牆上高處，偷窺一對男女偷情。每次看到女人到達高潮的時候，壁虎就會斷掉尾巴逃走。到了最後一次，牠卻從天花板直接掉到床上去，彷彿掉進那個女人的角度去，兩者融為一體。很古怪的一個故事。我只能含糊地說：

很有趣啊！你們上課就是寫這種東西嗎？

胡老師您覺得如何？您是大學者，一定會有甚麼特別的見解吧。

我嗎……？你的黑老師怎麼說？

黑老師的評語在後面。

我把紙張反過來，看見用紅色原子筆寫下的一段文字，大意是關於意象的運用、壁虎的特徵、斷尾巴的含義、壁虎和偷情男女的關係等等，基本上是肯定的。最後面的一句，卻有點莫名其妙：「關於現象的描寫，就如夢境一樣迷離，這是把握靈魂的正確方向。不過，嘗試代進物自身的做法，切忌過於冒進，有可能產生危險，宜更小心。」

我看不太懂，把文章交回給她，婉轉地說：

他說得很有道理，意見很具體和仔細，真是個好老師。

不好意思，胡老師，我是想知道，您覺得我這篇文章寫得怎樣。

我……？我覺得很好，很有創意！是一篇好文章！

她輕輕說了聲謝謝，但對我的回答明顯感到失望。我有點生自己的氣，試著解釋說：

恩祖，你叫恩祖，對不對？好的，很高興你和我分享了你的作品，但是，請你諒解，我是個搞科學的人，對文學的知識和評鑑力很有限，所以無法在這方面給你有用的意見。

那麼，胡老師，我問你一個跟文學無關的問題。你覺得偷情對嗎？

她神情堅定地望向我，好像我是被質問的對象似的。我於是也裝作堅決地回答：

不對！當然不對！

她低下頭，眨著眼，突然就滴滴答答地落下淚來。我立時亂了，難道我應該答「對」嗎？

我完全摸不透這個女孩的心思，但又不便做出太直接的詢問。究竟是誰跟誰偷情？她在當中扮演甚麼角色？她是受害者嗎？還是同謀？這種事在大學實在太敏感了，搞不好會身敗名裂。我覺得還是明哲保身為妙。我給她遞上紙巾，說：

如果遇到甚麼事，是不是應該找學校社工聊聊？

老師，這不是道德問題，而是靈魂的問題啊。

靈魂問題？那就找宗教人士吧。你有信教嗎？

她只是一邊搖頭，一邊嘆息，好像我是個無可救藥的人一樣。

你還猜不到嗎？是物自身的靈魂！老師，你說你是搞模控學的。只有你可以幫我！

模控學怎麼可以幫你搞好文學創作？

恩祖拭乾了淚水，整頓了一下儀容，向我點了點頭，說：

老師，對不起，打擾您了！您就當我甚麼都沒有跟您說過吧。也請千萬別要告訴黑老師。

說罷，她站起來，微微一鞠躬，轉身離開。她的咖啡幾乎沒喝過，那篇文章還擱在杯子旁邊。抬頭一望，她已經不見蹤影了。我拿起文章，重看了一遍，慢慢喝完我的煉奶奶茶。

當天晚上，我特別留意宿舍的壁虎。通常在晚上九點左右，一條壁虎會從門縫鑽進來，沿著牆腳爬進廚房。散落在煮食爐周邊的麥片，通常天亮會被吃光。其他時間，壁虎沒有固定的活動路線，隨意地在各處出沒。大家一直相安無事，最怕的只是牠半夜突然在我床邊吱吱叫。

我躺在床上，思考著壁虎、偷情、靈魂和物自身之間的關係。這時手機突然響起來。我連忙翻了個身，拔掉充電線，接了電話。那邊的是秀彬。幾乎從來不會直接打電話給我的秀彬。她只是微弱的說了一聲「爸爸」，接著便一直沉默。我只聽到她的呼吸，越來越重濁。然後，就傳來了啜泣的聲音。我以顫抖的聲線說：

秀彬，如果唔想講嘢，乜都唔使講。爸爸永遠都喺度。

12

接下來應該說說胡德浩的「仆街年代」吧。

「仆街」這個詞，字面意思是「絆倒在街上」，形象頗為滑稽。相對於「符碌」來說，「仆街」是充滿歧意的。最常見的用法是罵人，有時加個「死」字在前面，量詞用「條」，意思近似於「賤種」、「混蛋」、「畜生」等。用作形容詞來描述事件，可以指「倒霉」、「行衰運」、「大失敗」。

胡德浩步入中年之後，雖說「仆街」，但也不能說是「仆到直」。以「仆街」的相對值來說（絕對值則不存在），跟普遍的他人相比，我後半的人生尚算不是太差，我不能誇大自己的霉運；但是，如果和先前「符碌年代」的自己相比，之後的生涯卻的確可以用「仆街」來概括。文雅點說，我曾經擁有的重要事物，後來都一一失去了。

我先來描述一下自己的樣貌吧。我的意思是，讓我說說我的自我觀感。不知為甚麼，從小到大每次照鏡，我都會對自己的長相冒起同一個形容詞：「仆街」。用書面中文說，就是「失敗者」。從一無所成的青年期，到愛情事業兩得意的成熟期，我對自己的容貌的感覺也從未改變過。

我生得一點不醜，甚至比四平八穩還要好一點。如果我加入演藝界的話，會被歸類為性格小生。即是那種臉不夠英俊，身形也不夠雄偉，但卻有某種獨特吸引力的角色。而我的獨特吸引力，就是「潦倒」。要知道潦倒也有兩個種類，一種是潦倒但吸引，一種是潦倒而惹人憎厭。也即是仆街但有型，和仆街而樣衰。身為前者，我不能不對命運感恩。

能夠說出這樣的話，表示我並非完全沒有自信。當然也包含更多的自知之明。所以，就算在海卿對我的愛還熱烈的時候，或者我的事業蒸蒸日上的階段，我也從來沒有對自己的外貌感到驕傲過。相反，這只加強了我不配擁有幸福的感覺。這種感覺好的時候會教人珍惜所有，壞的時候卻會令人無故放手。

我的潦倒，並非表現為不修邊幅的外貌。我的衣著並不講究，但也不會任由自己衣衫襤褸。日常生活中，恤衫和休閒西褲是基本，教學和開會也會穿簡樸的西裝。（這樣子穿在新加坡有難度。）步入中年後，頭髮並未變得稀疏和灰白，較硬的髮質有點像刺蝟般豎起，看起來的確比較年輕。從留學以來一直戴著深色圓框眼鏡，加添了一點點智慧和書卷氣，是唯一足以減輕潦倒感的配件。我的潦倒，主要表現為對人生的虛無。就算明明擁有幸福，感覺也好像那是偷回來的寶物一樣，終有一天法網難逃，結果還是一無所有。

在婚姻美滿的時候，我常常面向鏡子，思考著為甚麼海卿會喜歡上這樣的一副樣貌。到了婚姻失敗，我面向鏡子的時候，便轉而思考為甚麼海卿會對這副樣貌感到厭倦。我這種臉是年少時顯老，年老時顯少的類型。所以，中年後的樣貌除了加添了一點點歲月的痕跡，跟中年前並沒有很大的分別，都是始終如一的一副「仆街臉」。必須留意，這和「撲克臉」（poker face）不能混為一談。

事情在我們一家回到香港之後發生變化。我也不知道，放棄在海外發展的機會回流香港，是不是一個錯誤的決定。在外漂泊了十年，海卿開始想家，我阿媽又很想見到孫女，剛巧本地一間大學以不錯的條件向我招手，我便很天真地帶著衣錦還鄉的心情回來了。想不到回來不到兩年，三個最親近我的女性都離我而去。阿媽得急病去世，海卿繼而跟我離婚，女兒也跟著她媽媽搬走了。我的「符碌限額」一下子用盡了。

要問海卿為何離開我，我也不知從何說起。是從一開始我和她相戀的時候嗎？說她其實選錯了對象？急於結婚只是想移居海外？或者受到挪威的特殊氣候影響？還是從我們婚後開始？說她早婚和早生女兒，令她過早失去女性應該享有的自由？還是從我們移居美國之後？說她在那裡念完了大學學位，兼且廣泛交遊，因而產生了新的追求和欲望？還是，一切都怪我們回到香港，讓她在這裡找到了發揮所長的工作，燃起了事業野心，兼且日益發現對我的不滿，激發她另尋伴侶的決心？就像我一直所說的，在千絲萬縷的因素之中，挑選幾個做出交代，並不是沒有可能，但畢竟都無法說明真相。如果人的自我意識只不過是「後起現象」，接納任何原因也不過是事後的自圓其說，讓自己在一個答案、一個解釋之下，保存自我完整和控制的假象吧。

那就再說說海卿。我是一千個一萬個不願意怪責她。就只交代事實吧。回到香港之後，我在大學裡教書和做研究。十歲的秀彬適應能力很高，很快就融入本地的學校生活。海卿少了照顧女兒的重擔，和舊相識合夥搞時裝網購生意。我很贊成她這樣做，覺得她多年來對家庭已經付出了自己的青春，有權尋找屬於她自己的人生目標。海卿當時只不過是三十出頭，其實還算年輕，創一番事業也依然綽綽有餘。她的合夥人後來又找來其他的搭檔，慢慢就出現了不能預測的因素。其中一個搭檔是有內地人事網路的男性生意人，年紀不到四十，我見過兩三次，為人精明幹練，品味和情趣都比我優勝。從前在我的學術交往圈子裡，海卿沒有遇到考驗並不奇怪，現在擴闊了眼光，遇到真正風流倜儻的人物，像我這樣的書呆子立即相形見絀。我只是想不到事情發展得這麼快。不到一年半，海卿便提出跟我離婚，而且要帶走女兒。

海卿走後，我陷入人生低谷。我試圖化悲憤為力量，埋首於發展我的理論。我重讀了諾伯特．維納的著作，發現他對熵的理解，跟克勞德．夏農的看法相反。我很驚訝自己以前為甚麼沒有注意到這麼重要的一點。維納對於熵均衡和熱寂滅有強烈的恐懼。高熵值的環境，也即是混沌、無序、不穩定和不可預測的系統，不利於資訊的形成和傳播。相反，熵值越低，系統越穩定、有序和可預測，噪音干擾越小，資訊也因此越清晰、明確和可辨。夏農重視選擇自由和可能性，維納則重視組織、結構和肯定性。在他的宇宙圖景中，少數僥倖出現的秩序孤島（地球和人類是其中之一），被廣大無邊而且不斷增加的混沌汪洋所包圍。生命逐漸被死亡所吞噬。對抗熵均衡成為了宇宙層級的鬥爭。為了保住秩序與文明，我們得首先保住寶貴的資訊。

從維納的觀點，我發展出 Poor Guy Theory，並以「仆街理論」為中文命名。這雖然並非刻意為之，但多少反映了我當時的心境。其實我當時也考慮過另一個粵語詞「黑仔」，與'poor guy'語意更為對稱，也更特定指「運氣不佳」的意思。但是，英文'poor guy'的發音又反過來對稱「仆街」。在反覆考慮下，最後還是覺得「仆街」最傳神。

與 Full Luck Theory 相反，PGT的著眼點在於霉運或者「仆街」的推算，即受隨機性影響而導致的資訊傳播失敗率。它根據特定系統或作業的初始條件和變化參數，計算出「仆街帶」的數值，並且從中找出有「最佳仆街值」（字面上有點自相矛盾）的點或範圍。PGT和FLT的操作方式相似，作用也相近，都是令系統或作業調整至最有利的熵值，不過PGT的重點在於減低失敗的機率，維持運作的穩定和順暢。

在跟海卿簽署離婚同意書的當天晚上，我一個人在家裡喝紅酒。因為酒量欠佳，喝了半瓶便有點醉意。可是，當時腦袋中很清晰地出現我和海卿兩個人在離婚同意書上並列的簽名，畫面跟十多年前我們在結婚同意書上並列的簽名十分相似。我的心中浮現出一個交叉的圖像。我閉上眼睛嘗試再看清楚一點。慢慢地，我發現那是兩條性質相反的曲線互相交叉的情景。我連忙拿出紙筆，把交叉曲線的草圖繪畫出來。

假設一個圖表的垂直軸為秩序值，下方的起始點0為最低秩序，也即是絕對的混沌，上方的終點1為最高秩序，也即是絕對的規律；以熵來理解，秩序0為最高熵值，秩序1為最低熵值。圖表的縱向軸為資訊量，左方的起始點0（與秩序0相接）為最低資訊量，右方的終點1為最高資訊量。維納曲線自秩序0和資訊0的點斜向上升，結束於秩序1和資訊1的點上。夏農曲線自秩序1和資訊0的點斜向下降，結束於秩序0和資訊1的點上。兩條曲線在圖表的中央交叉，交叉點為最佳訊息點，或者最佳系統熵值。維納曲線的下末端，為因隨機性而失去資訊的地帶，稱為Poor Guy Zone；夏農曲線的下末端，為因隨機性而創造資訊的地帶，稱為Full Luck Zone。

在最極端的PGZ和FLZ中，雖然出現有利結果的可能性最高，但因為對機率的高度依賴，系統的主動控制度也降至最低，所以並非系統的最佳狀態。之前說過，系統的最佳狀態位於有序和無序的邊緣地帶，所以綜合FLT和PGT的計算，最佳點其實位於兩條曲線的交叉點。人生的最佳狀態，不在趨吉，也不在避凶，而在於非吉非凶的交會。

之後一個月，我拼盡全力計算出相關的數式。我的新理論在模控學界獲得了空前的成功。我成為了一個沒法把握自己的命運的算命師。

等一等，等一等。我不是想推翻之前的說法。也不是想做出修正。我的意識裡有另一個聲音，叫我說出事情的另一個可能性。這個聲音反對唯我獨尊的統覺。它也有權被聽到。

在回港後的第二年，我和一個女碩士生發生了感情，並且有過肉體關係。我以為，這只是一件偶然發生的事情。我沒有打算和她發展下去，她也沒有要求更多。大家只是萍水相逢，兩不相欠。我準備推薦她到美國念博士，期待這段關係會就此悄悄終結。但是，後來還是給海卿發現了。我無法追究，究竟是誰先對誰不忠。我也無法弄清，究竟是誰對誰報復。也許一切都是我的錯。是我令海卿心死了。是我辜負了她對我的付出。我確實是個表裡如一的「仆街」。

13

從窗口看見志旭的白色ＳＵＶ轉進路口，我便出門下樓去。中午時還是陽光普照，四五點卻一下子烏雲蔽日，雷雨大作。車子雖然就停在路邊，但為免弄濕身上的西裝，不得不撐了一下傘，盡快鑽進車廂裡。志旭坐在前面的司機座，他父親江英逸坐在後面，向我點頭微笑。我忙於收拾伸縮傘，狀甚狼狽。江院長向我遞上紙巾，我不好意思拒絕，拿來抹了抹雙手和衣袖，並且表示謝意。江院長含笑說：小意思，別客氣。

江英逸如平常的穿著簡樸的深灰色西裝，打著有大學校徽的領帶。前面的志旭，穿著醒目的藍白條紋長袖襯衫，不見特別隆重。知道今晚江院長請了另外兩位人物作為陪客，我一直愁著服飾的問題。對甚麼場合穿甚麼衣服，一向令我非常頭痛。我是個永遠不懂區分 dress code 的人。事前志旭對我說：只是很輕鬆的場合啊！不用太拘謹。結果我覺得還是穿西裝比較保險。反正我的咖啡色西裝介乎正式和非正式之間，有一定彈性。

車子在雨中駛出校園，轉上高速公路。江院長和我閒聊著生活上的事情，問我住得慣不慣，起居安排有沒有問題，學生的反應好不好等。又抱歉說自己因為公務太忙，一直抽不出時間請我吃飯。於是便談到了一會兒將會見面的兩位人物。兩位都是江院長的老朋友。一位叫柳信祐，是退休前部長和議員，本職是大律師。另一位叫周金茂，是個生意人，經營和投資多種實業，是新加坡本土經濟的一大支柱。聽到這兩個人的背景，我已經感到渾身不自在，但既然是江院長請客，我也就唯有硬著頭皮給面子。江強調兩位朋友也很期待認識我，我卻覺得只是客套話。前高官和大商家，認識我這種書呆子做甚麼？

下班時間市中心路段有點塞車，但情況不至太差。接近目的地的時候，志旭向我介紹這裡是美術館，那裡是國家博物館等等，我卻對自己身在何方全無頭緒。雨勢已經減弱，志旭讓我們在路邊先下車，他去找停車位。

吃飯的地方是一棟傳統土生華人建築，前面是南洋式騎樓，五腳基[14]前放了幾盆大花和觀葉植物，木門有精緻的雕花，門上橫著一面寫著「真宗」兩個大字的牌匾，兩邊掛著一對寫著「歡迎」和「光臨」的燈籠。推門內進，陳設猶如博物館或古董店。中式木雕家具、彩繪瓷器、燈籠和屏風，南洋風小掩門、大盆蘭花和採光樓頂，西洋式的水晶吊燈，還有牆上的黑白舊照片，一時目不暇給。身穿傳統娘惹服飾的女接待員和江院長恭敬地打招呼，院長卻一副親民的態度，有講有笑，完全沒有架子。

我們並非在地面的餐廳大堂用膳，而是樓上的貴賓廳。接待員領我們走上木樓梯，來到一個布置更為雅致的房間。隨意環看，四周都是細工雕刻的妝檯、櫥櫃、連蓋大床和桌椅。在玻璃箱裡，還展示著珠寶飾物，雖未至於極盡奢華，但也可見昔日土生華人家庭的富足生活。當江院長向我逐一介紹房間內的古玩器物，另外兩位嘉賓和志旭一起上樓來了。首先開口說話的，是一位穿著一件淺紫底色，胸前繡著一條大金龍，再配以各種蘭花圖案的襯衫的胖男人。他一邊走向江英逸，一邊響亮地用華語說：

老江你看！我為了配合吃娘惹菜，特別穿了這件峇峇裝！你說好不好看！

14 即騎樓的走廊，新加坡與馬來西亞的閩南移民習慣以此稱之。

江英逸笑瞇瞇地上下打量對方，說：

太霸氣了！不過適合你，金茂。

這時胖男人才隨著江英逸的眼光望向我，轉以碰見偶像的誇張神情，向我張開雙臂，說：

這位就是胡大教授了嗎？久仰大名！幸會！幸會！多多指教！小弟姓周，名金茂。粗人一個，不像你們這些滿肚墨水的高級知識分子。

我還以為他會給我來個熊抱，幸好他只是以肥厚的雙手和我緊握。這時，另一位嘉賓才首次開腔，以沉穩的聲調說：

金茂你是滿肚密圈，比墨水更可怕。

此人個子小，頭頂禿，粗眉細眼，但氣定神閒，過去一定是個不簡單的人物。與胖子相比，矮男人衣著相對簡純，上身是深藍色 Polo Shirt，下身是米白色西褲。他簡潔地自我介紹說：

胡教授您好，我是柳信祐，退休人士。

德浩，信祐兄是康德專家。江院長補充說。

沒有，別聽他的，只是退休沒事可做，讀點書打發時間。

讀哲學打發時間我還是第一次聽！如果我退休的話只會天天打 golf。周胖子說。

胡教授你別看他沒正沒經的，其實老周才是個哲學家。柳矮子反諷道。

對啊！金茂他熱愛中華文化，出資開辦了莊子學院，傳承道家精神。江也加入說。

你們兩個就是喜歡揶揄我。不過老胡，別介意我太過熱情，如果你有時間，也可以來莊子學院開個課，講講 Cybernetics and Tao，應該會很有趣。

胡老師，安哥周結合老莊思想和經商，無為而無不為，無往而不利！志旭也加入湊熱鬧。

他之所以成功，是因為無所不用其極啊！

柳信祐的語調認真，不似說笑，但大夥兒卻哈哈大笑出來，笑得最大聲的是周金茂。這時候江院長請大家入席，並且問起柳的女兒：

海清不是說會一起來的嗎？

我聽到'Haiqing'這個發音，心臟立即停了半拍。

你還未知道嗎？總理今天又發律師信了。柳以平淡但帶點驕傲的語氣說。

總理發律師信，不是例行公事嗎？何必要勞動海清親自處理？周不以為然地揚了揚手。

雖然是這樣說，但畢竟總理不是普通客戶嘛。江代柳做了回應。

這個女兒也只是循規蹈矩而已。她做完正事便會過來。我們不用等她，先起菜吧。

柳信祐貌似客氣，但顯然對自己的女兒甚感得意。

胡老師，海清是安哥柳的千金，是柳氏律師樓的負責人。志旭向我解釋說。

我猶有餘悸地點了點頭，含糊地稱讚了她幾句，也不敢問這個'Haiqing'是怎麼寫的。

地道的娘惹菜一一端上。他們你一言我一語地向我熱心介紹。小金杯、牛頰仁當、五香滷肉、參巴醬黑木耳、娘惹炒雜菜等。最特別是那道黑果燜雞，做法複雜，味道古怪，還要把那枚黑果裡面的果肉用小匙子挖出來伴飯，吃得黑白不分。

談話由隨意的閒聊，慢慢演變成兩位嘉賓輪流向我問話。江院長在一旁含笑觀望，晚輩志旭則沒有插話的餘地。周商家問得咄咄逼人，柳部長問得棉裡藏針，好像我是來接受考核面試似的。我隱約意識到，他們對我既懷著好奇，但又充滿提防。但提防甚麼呢？說到香港自六月初以來發生的事情，我突然明白他們背後的意思。坐我旁邊的周金茂以肥大的手搭著我的肩，瞇著金絲眼鏡後的小眼，語重深長地說：

你們香港的青年呀，真是太天真！太不了解政治！沒錯，政治就像一個賭局一樣，甚麼可能性都可以出現。但是，要賭，先要有本錢。你們的本錢是甚麼呢？就是大遊行那一兩百萬人？就是那幾千個到處搞破壞的暴徒？就是你們以為的香港的經濟價值？如果香港不是背靠中國，它還有甚麼經濟價值可言？我們做生意的甚麼都不懂，但就是懂經濟。經濟好，民生好，夫復何求？胡教授你是搞模控學的，用你的理論去計算一下，香港這個系統，究竟是要秩序，還是要混亂？混亂又何來生產力？沒有生產力又何來經濟？沒有經濟又何來本錢？沒有本錢又何來實力？沒有實力又怎樣跟人家去討價還價？甚至是豪賭一局也沒有資格！

我正思索著如何用模控學理論去回應，柳信祐便接下了話頭，說：

我不同意賭局的說法。雖然有些賭法牽涉一定程度的技巧，但賭的本質主要還是依賴機率，即是運氣。政治確實存在很多變數，時勢亦常常被運氣所左右。但負責任的政治是不能建基於運氣的。歷史上政治豪賭多半以失敗收場。任何改革或演進，都必須非常小心謹慎，不可心存僥倖，不可做沒有把握的事。胡教授，現在你們完全違反客觀條件，妄想一步登天，自毀既有的根基，結果只會得不償失。我不知道你對康德有沒有認識。康德說得很清楚，暴力革命無論如何也是不合法的。就算現有的政權和法制有任何不足，令人民產生巨大的怨憤，人民也不能用違法的方式，去謀求建立更公義的政權和法制，因為這在法理上是自相矛盾的。法和理兩者相輔相成，以非法非理的手段，去爭取更完善的法理，違反了康德的定然律令。回到賭局的問題，一個理性的系統，是必須去除賭局的隨機性和不確定性的。你說對嗎？

我被兩人左右夾攻，一時難以招架。這時候，有人推門進來，以溫柔得體的語氣說：

各位安哥們，I'm so sorry! 公司剛剛有急事要處理。

我抬起頭來，看見一個身穿白色雪紡上衫和淺灰色西裙的女子，一邊以手按著那把長不及肩的栗色秀髮，一邊微微地鞠躬。有一刻，我以為她真的是海卿。再定睛一看，女子的容貌和神態，竟有八九分跟海卿相似。我偷偷按著砰砰跳動的心臟，覺得自己快捱不住了。

14

見到柳小姐，周金茂第一時間高喊道：

終於來了！我們最漂亮的未來女律政部部長！

女子裝作生氣的樣子，說：

安哥周！你又胡說甚麼了？看你今天穿成甚麼樣子？簡直是個峇峇土皇帝呢！

她一邊說，一邊在志旭幫她拉開的椅子上坐下來，悄悄把手袋放在身後。她父親滿心歡喜的，但嘴上卻說：

老周，你別讚壞了她。年輕人要多加磨練。離真正有成就還遠呢！

對了，今次是誰遭殃了？志旭問道。

還不是前天在網上亂說話的那個小子！女大律師嘆著氣說。

這種事只是家常便飯吧！何必費神？周峇峇說。

凡事還是親力親為比較好。

柳退休聽女兒這樣說，不著痕跡地點頭認可。這時候江院長插話說：

來，海清，我給你介紹。這位是我們大學的訪問學者，著名 cybernetics 專家胡德浩教授。我們很多重大研究，都需要胡教授多多指導。

叫做海清的年輕女人半站起身，隔著桌子向我伸出手來，說：

胡老師您好，我是海清，在律師樓打工的。

我也連忙伸長手回應。握到她柔軟的掌心時，有一種觸電的感覺。我坐下來，偷偷地把發抖的手藏在桌子下面。海清的謙虛又引來一番取笑。志旭說：我在大學辦公室打工的。周經濟說：我在工廠打工的。柳退休也罕有地流露了一下幽默，說：我在家裡打工。

眾人又是一陣閒扯。海清間中用筷子夾一兩塊食物，放進口裡細細咀嚼。周經濟促她多吃，她卻說早已在公司吃了東西，不餓。不知怎的，話題又回到土生華人文化和這間店子的特色。江院長說旁邊還有另一個貴賓廳，陳列了好些手工藝品，值得一看。柳退休便指示女兒，帶客人到隔壁參觀一下。他所指的客人是我。海清俐落地答應，向我發出邀請，我們便起身離席。

走出房間的時候，她悄聲問：我來的時候，我爸爸跟你在聊甚麼？

政治。

怪不得，我見你的臉色有點不好。

有嗎？

別怪他們。老人家就是這樣，不聊政治不舒服。那是我爸爸的職業病。

沒有，你父親是個政治家。

哈！她忍不住笑了一聲，卻沒有說下去。

隔壁的房間沒有人用，海清自行推門進去，開了燈。這邊的面積略大，中間有一張長桌子，約可坐十二位客人。同樣以中式紅木家具布置，主要的展品是刺繡和服飾。海清向我招手，叫我湊近去看那些以彩色小珠子繡成的女裝鞋面。她說那是娘惹們親手做的，圖案和花式非常精緻，她自己也藏了幾對，不過很少有機會穿。因為靠得很近，我忍不住偷看她的臉。雪白的肌膚、高聳的顴骨、尖削的下巴、笑起來長長的眼尾，跟海卿完全是同一個模子出來。一枚小巧的四葉草金耳環，別在她那猶如白玉蓮花瓣似的耳珠上。我心裡不禁又浮起了重疊的印象。

她大概察覺到我在看她，直起腰板來，轉身去看旁邊的娘惹服人形模特兒，拈著那紅色上衫的衣襬，仿似自言自語地說：

這件kebaya[15]的料子不錯，很通透，繡花也很細緻。

你穿一定會很漂亮。我說。

我彷彿看到她的眼角微微拉長。她垂下手走開兩步，回過頭來，說：

我也是娘惹啊。

我不信。你完全不像。

你不信？我媽媽的媽媽是Peranakan[16]，我算有四分之一血統。

怎麼可能？你膚色那麼白。

騙你做甚麼？

她嫣然一笑，轉身，步向另一邊，抬頭看著牆上的人像攝影。望著她高挑的身材，不但不像土生華人，甚至不像小個子柳政治的女兒。她的五官跟父親也沒有半分相似。我不期然地抬起腳步，走近她的身邊。

可以看出你父親以你為榮。

沒辦法，他只有我一個獨女。

她繼續看著那些舊家族照片，好像裡面的是自己的先人一樣。

你這麼年輕，打理整間律師樓也不容易。

哪有！我的頭銜只是掛名的，其實是個高級學徒，真正的業務要靠一些老前輩把關。

但你這樣已經很出色了。

她靦腆地笑了笑，低頭一邊研究一個中式瓷花瓶，一邊說：

我們的路都是父母幫我們鋪的。我爸爸是前總理的忠實追隨者，對於女兒的教育，也完全跟從總理那一套。年輕時要學好英文，大學拿獎學金留洋，然後回來貢獻國家。後來還要加上學好華文，因為要跟中國打交道。爸爸唯一沒有遵從總理的，是沒法多生子女，增加新加坡華人菁英的人口。他常常為此自責，覺得自己有負於國家。

我沒料到她一開口就有點批評父親的意思，一時不懂如何回話。她好像難得有個陌生人可以訴苦似的，繼續說：

我是在英國念法律的，念到法學博士，本來想留在外國發展，但爸爸一聲令下，我不得不回來。

我的博士是在挪威念的。

我說出口才發現，我的話好像有點牛頭不搭馬嘴。她卻好像很感興趣的，說：

是在奧斯陸嗎？

挪威中北部。

15 馬來語，指娘惹服。

16 馬來語，指土生華人，華人男性和當地馬來女性結婚後所生之混血後裔，男子稱峇峇，女子稱娘惹，生活融入了華人與馬來文化。

那是個怎樣的地方？

是個隨時可以看到北極光的地方。

真的嗎？

她掩著嘴巴，露出難以置信的神情。我突然悲從中來，別過了臉，伸手碰了碰一件古玩，假裝欣賞。我就像一個兩次贏得彩票頭獎的賭徒，第一次中獎樂極忘形，結果千金散盡，打回原形；多年之後，竟然第二次中獎，可是心情不但無法再像第一次般興奮，反而害怕背後潛藏著命運的陰謀。

這時候周經濟不知是去完廁所還是甚麼，從門口把頭伸進來，調侃我們說：

你們這對孤男寡女，還捨不得回來嗎？海清你爸爸快要親自來拿人了。

我們好像給撞破甚麼似的，有點尷尬地跟著他回去。走出房門前，我問了她一聲：

你的名字怎麼寫？

她沒停步，半回過身來，說：

海洋的海，清潔的清。

好聽的名字。

她低眉笑了笑，不置可否。我心裡想，至少不是完全一樣。也不知應不應該鬆一口氣。

回到席上，娘惹糕點已經上來了。又綠又紅又白的。海清撿了一件，咬了一口，說太甜，便把餘下的交給志旭代她吃掉。我看在眼裡，竟然酸溜溜的，自己也感吃驚。坐對面的海清向我瞥了一眼，好像看穿我的心事。我連忙大口大口吞吃斑蘭糕，以掩飾困窘。

離去的時候，雨已經完全停了。路面上只剩下小灘小灘的水漬。我坐志旭的車子回去，江、周、柳三位大人都有司機來接。海清自然跟她父親同車。我竟然像個害羞的小男生一樣，眼巴巴地看著自己心儀的女孩被她的家長帶走，並且感到無助和屈辱。產生這樣的感受，令年過半百的自己無地自容。

我在回程的車上怏怏不樂，聰敏的志旭也看出了。他主動談到了海清，說：

我和海清從小就玩在一塊，就像兄妹一樣。後來她去了英國，我去了美國，少了見面。不過大家回來之後，又像以前一樣，毫無芥蒂。

我不知道他這樣說是想安慰我還是刺激我。我突然有一種坦白的衝動，說：

我的離婚妻子，也叫海卿。公卿大臣的卿。

志旭頓了一下，然後連連點頭，說：

怪不得！怪不得！

怪不得甚麼？

怪不得大哥你神不守舍。

是嗎？很明顯嗎？

有眼睛的都看得到。

他用兩指點向自己的雙眼，搖頭失笑。我真想揍他，但只是罵了句：

你這小子！

他連忙賠罪，說：

德浩大哥有意思的話，我幫你約她。

我再低罵了一聲：

仆街！

這次他聽不清楚。我眺望著車窗外黑壓壓的風景在嘆氣。

15

又是一個惡夢連連的晚上。我已經多次夢到一個看不見臉的女生，也不知是不是同一個，每次的場景也有點不同，但事情的性質卻很相似，都是女生受到某種身體上，甚至是生命上的威脅。威脅她的，有時是穿制服的人，有時是上了年紀的男人，有時是衣冠楚楚的人，有時是說不出種類的怪物。在某些夢裡，會看到像恐怖片似的場景，在另一些又像是紀錄片一樣，女生單獨在哭訴，或者淡淡然地講述自己的經歷，彷彿亡靈在回憶自己的前塵往事一樣。我不清楚自己在夢裡的角色。有時是旁觀者，有時是參與者。但我不是那個女生。我永遠看不清她的臉，也不知道她是誰。

醒來發現自己滿身汗水。狐狸在我身邊爬來爬去。我不知道這傢伙需不需要睡覺的，進入睡眠模式的時候，它不過是靜止不動。它應該不會作夢的吧？趁印象還未變得模糊，我和它說了我醒前的夢境。它好像聽懂，又好像不懂，搖頭擺尾。我開始明白為甚麼獨居老人會養寵物。

雖然睡得很差，但我堅持到外面步行。昨晚曾經下過雨，地上積水未乾，空氣中有一種濕涼的氣息。我沿著習慣的路線，在二號飯堂的路口轉左，經過大草坪，爬上教員宿舍的小山，再往下到酒店，經過會所後轉右，進入體育運動綜合區的範圍。路上如常和掃樹葉的印度大叔打招呼，也看到那個每天練習蟹行姿勢的馬尾女子。草地足球場上在進行訓練，在以男生為主的學員中有三個女生，兩個是華人，一個是金髮的西人。在一棵不知名的植物上，近距離看見一隻漂亮的藍色鸚鵡，在啄食紅色的花朵。與昨晚的惡夢相比，這裡簡直是個平行時空。我也不知道，究竟哪一個世界真實些。

回宿舍洗了澡，弄了牛奶麥片、煎蛋、多士和紅茶做早餐。忍不住又查看了秀彬的臉書。上面每天都更新著令人不安的消息和畫面。我關心的主要是秀彬的安危。雖然貼文未必披露她的實際動向，但只要見到她上線，就知道她沒事。前天她母親罕有地打電話給我，質問我關於秀彬的事。我這才知道，海卿停止了給秀彬生活費。我聽後非常生氣，說她做得太過分，她卻反過來怪責我寵壞了女兒。令我驚訝的是，秀彬竟然倔強到不向我拿錢，甚至完全不讓我知道。我於是私自匯了一萬元港幣到她的戶口。後來收到她一句簡短的謝謝，但她堅持不會再要，說自己會想辦法。

早上繼續在噪音中工作。工地上出現了一些混凝土柱子，看排列方式應是橋樑的基座，又蜿蜒地挖了些狹窄坑道，大概是公園的去水渠。在湖底的中央，架起了一個中空的建構物，猶如一口方形井，也不知有何用途。昨晚的大雨令工地四處都是水窪和泥濘，但工人還是照常艱辛地在勞動著。如果這種工作由機器人來做，也許會比較符合人道。但是，這樣的話那些工人便要失業了。究竟是失業好，還是被剝削好？這樣的問題困擾著當年的維納。到了今天，新的模控學能夠提出解答嗎？

把我的最佳訊息點理論加入康德機器的工作，還在初步試驗的階段。巴巴拉的實驗室人員，正嘗試針對第十二範疇「必然性—偶然性」進行調整，令機器能結合運算FLT和PGT的數值，自動得出交叉點的預測。我了解他們的系統之後，亦多次修訂我的理論的數式，希望可以更有效地產生融合。現在的難題是，熵運算的概念本身，對講求結構和秩序的康德機器是否具有適應性。整個早上，我都在思索這個問題。

到了中午，我為求方便，又去了一號飯堂吃經濟飯。出門的時候，特別留意了一下對面的單位有沒有動靜。最近有一段時間沒有遇見黑，也沒有碰到他的女學生。有時晚上十點後，卻聽到對面有開關門聲。女生的那篇功課還在我手上。我既不知如何交還給她，也不好意思把它交給黑。每晚看見壁虎的蹤影，或者聽到嘓嘓嘓的鳴叫，便想到那個奇怪的女生和她寫的奇怪故事。

大菲見到我，已沒再叫我「胡老闆」，改了叫「唐吉康德」。我也不知哪一個叫法比較令人舒服。今天我點菜的時候，他又送了我兩塊京都骨。我吃到一半的時候，他從攤位溜了出來，拉了張木凳子，在我旁邊坐下。我以為他有甚麼想聊，怎料他竟然問我，有沒有興趣出外面吃些地道的東西。我說：

你這裡的東西不地道嗎？

他毫不羞愧地說：

坦白講，這些飯堂菜是垃圾。

那麼，你即是每天賣垃圾給我吃了？

不是這個意思啦，你明白的。你別只是跟你的學者同事去吃甚麼精美的店。新加坡最好的東西，全都在路邊的熟食中心。你今晚得唔得閒？我帶你去見識一下！

我不是不想去吃平民菜，而是有點不想跟大菲去。但見他一番熱情，又不好意思推卻他。他見我沒有反對，就當我答應了，大力拍了拍我的肩，說：

那就這樣吧！今晚六點半，在飯堂門口等。我跟我那個黃面婆講聲，讓我早點走。反正晚飯人客不多，少我一個唔少。

說罷，他樂滋滋地回到攤子去，和他老婆說了幾句。老婆好像不太高興，但大菲卻嬉皮笑臉的，似乎就給他擺平了。

答應了跟大菲出外，我整個下午也無法專心。這種突發的事情很容易令我焦慮，就算明知不會有甚麼問題。為了表示我並非特別熱衷，我遲了五分鐘才出門。大菲已經蹲在路口等著，一見我出現，便像隻蚱蜢般彈跳起來。他帶我到旁邊的停車場，登上一輛破舊的小貨車。那是他們店的車子。他指了指旁邊的一輛電單車，說他平常開那個，今晚留給老婆用。我慶幸他不是打算用電單車接我，立時覺得那輛顛簸的爛貨車很舒適。

大菲說我們去舊機場路熟食中心，過了市中心東面一點點，路途有點遠，但是很值得。我除了點頭，無話可說。路上大菲一直說著他和他老婆愛蘿的事。原來他們是青梅竹馬，小時候是鄰居，整天一起玩耍。長大後愛蘿幫家裡打理熟食檔，大菲卻發歌星夢，跑去酒廊唱歌。據他所說，有一段時間紅過，有很多捧場客。但這邊的娛樂事業不及香港，有機會的都想到外面闖闖。可惜他衰爛賭和好女色，賺的錢都花光，欠下一身債，連家裡的組屋都賣掉。有一天在一個熟食攤吃炒粿條，重遇愛蘿。她人到中年依然雲英未嫁，當然不是為了等他。不過命運就是這樣，天注定他們要在一起。愛蘿這人雖然粗魯，但重情義。決心和他一起之後，便不理家裡反對，用私己錢幫他還了賭債，然後招他在自家店裡工作。從此，大菲便成了被困的老襯。我想，他的故事應該會是老派電視劇的熱門題材。

大型熟食中心旁邊有停車場。一家大小良朋好友都開車來吃飯。大菲帶我在中心裡面遊了一圈，有了個粗略了解，然後找了張桌子叫我坐下來，他去買東西。他在攤子間來來回回，買來了炒粿條、椰漿飯、烏打魚餅、酥炸麥片豆腐、沙嗲串、羅惹等，擺滿了一桌子。我擔心太多，他卻說樣樣都抵食，試多點無壞。我雖然生來有食神星高照，但從來不懂飲食的鑑賞。經他天花亂墜的推介，我自然也覺得真是特別好味。他問我喝不喝啤酒，我說不，他便給我買了青檸水，自己飲虎牌。我看他的樣子，好像甩繩馬騮[17]、出籠獅子似的，猜想他平時的生活大概十分壓抑。

喝到臉紅耳熱，大菲搓著鼻子，開始議論香港局勢，盛讚香港青年的勇武，還似模似樣地用廣東話喊了幾句口號。見我一臉謹慎的樣子，他毫無顧忌說：

老胡！別擔心！你一定常常聽這裡的人說，說話要小心點，政府在聽著呀，警察在聽著呀，內政部在聽著呀！好像他們是神似的。其實都是自己嚇自己！你看看周圍吃吃喝喝這些人，哪個是政府的耳目？你看看這個地方，哪裡有偷聽器？這叫做甚麼？叫做自我審查！自我審查是甚麼？就是明明沒有神，你卻發明出一個神來管自己，來證明自己有罪。

他頓了一下，喝了一口啤酒，換了一副同情的表情，說：

老胡！我知道你在這邊一定覺得很孤立。對吧？我們的人民，很愛和平，很愛穩定，很討厭搗亂的人，很痛恨搞事分子。所以他們不會同情你們。他們甚至擔心你們會把有毒的思想傳播過來。所以呢，老胡，我不是想嚇你，但是一場朋友，我有責任要提醒你，千萬要小心！小心！小心！政府在哪裡？在炒粿條裡！在椰漿飯裡！在羅惹裡！在沙嗲裡！在烏打裡！你看這些人，所有人，其實都是政府呀！全新加坡的人，都知道這個秘密，但只有很少數很少數的人，像我張大菲一樣，敢把它說出來！甚麼秘密？那就是，政府就是這條粿條！你把它夾起

17 粵語。比喻脫離控制，難以掌控行為的人。馬騮指猴子。

來，放進口裡，吞進肚子裡，然後，政府就在你肚子裡了！吃下去的是政府，屙出來的都是政府。生你出來的是政府，你生出來的都是政府。裡裡外外，無所不在，都是政府。這就是新加坡！

說罷，他果真夾了一大口粿條，使勁咀嚼著，然後用啤酒沖下去。他的說話很明顯前後矛盾，我擔心他是不是有點醉，正想勸他別喝。只見他沉靜下來，用指甲搔著下巴，把鬚根刮得砸砸作響，好像那有助於思索似的。半晌，他以沙啞的低音說：

唔好意思，唐吉康德，我飲了兩杯就胡言亂語。你當我冇講過。來！不要說那些掃興事。你吃飽了嗎？我還有個地方要帶你去見識下，就在附近。包你話正！

我坐上了他的小貨車，才知道他說的地方是芽籠。就算沒有去過，也聽說過芽籠是著名的紅燈區。我不知為甚麼大菲覺得我會有興趣。車子繞了兩個彎就到了。我們下車，他領我往前走。附近有不少食肆，賣些甚麼田雞水魚之類的東西，但也同時有很多水果攤。他帶頭走進一條橫街，我有點遲疑地跟在後面。街上頗為熱鬧，當中不少是來獵奇的遊客。街上的那些店子的玻璃櫥窗內，分幾層坐滿了打扮性感的女子。男性客人爭相瀏覽，找到合意的便進內接洽。

大菲像是狐狸見到葡萄一樣，雙眼發光。我以為他只是讓我看看，怎料他突然說：

怎麼樣？有沒有看上眼的？試試啊！很衛生的，政府嚴格管理，不用怕。價錢對你不是問題吧。我發現他不是說笑。我推說吃得太飽，胃有點不舒服。他還不放棄，說：

飽就入去消下滯啦。好梳乎架！

他的熱情令我難以招架。那就好像人家向你推薦家鄉特產，不領情的話便太不給面子。我千方百計做出推搪，最後不能不祭出服用抗抑鬱藥導致某種副作用的理由。大菲流露出恍然大悟的神情，抓了抓微禿的額頭，以請求的語氣說：

那麼，你在外面等我一下。不用很久的，只要半個小時，半小時我便出來。或者你可以去那邊吃水果，這邊的水果很新鮮。

我終於明白，大菲那麼熱心地陪我出來遊玩的用意。我本來想直接揭穿他，但我及時止住了。他大概不是單純想利用我的，最多是想一舉兩得。我用手勢向他表示：你儘管去，不用理我。

大菲眼中充滿感激地後退了兩步，然後轉身向店子小跑而去。只見他在櫥窗前探頭望了一會，不太挑剔地選中了目標，雙手揉搓著屁股走了進去。我沒有看下去的興趣，便回到剛才經過的水果攤子，買了杯木瓜奶。在周邊的街道無聊地留連了一會，繞了一圈又回到大菲進去的那間店。這時候，我看到一個高大的洋人，摟著一個嬌小的東方女子從店裡走出來。那個女子和其他女子一樣，穿著極為暴露的黑色吊帶短裙。雖然手腳纖瘦，但身材亦有看頭。她在燈光下撥開長髮的一刻，我嚇呆了。那不是林恩祖嗎？

我望著那一大一小的身影沒入黑夜的街角。大菲不知甚麼時候已經出來，從後叫了我一聲。見我一直盯著那對人不放，說：

怎麼了？藥物副作用失效了嗎？

沒有，那個女的很眼熟。

原來你喜歡那種類型！

甚麼類型？

女學生類。職業病啊！

廢話！我堅決否認說。

大菲撫著還鼓脹的腹，一副飲飽食醉的樣子，看來他今晚的意圖已經順利達到。他說送我回南大，我當然受之無愧。開車不久他老婆打電話來，他大吹大擂帶我吃了甚麼甚麼，還轉過頭來問我好不好吃。我在旁邊大聲說：

嫂子，粿條萬歲！

16

男人老狗去參加瑜珈班，是一件很尷尬的事情。幸好這是一個教職員班，參加者年齡偏高，當中連我在內有四個男人，感覺上比較可以接受。課堂在一間有空調的舞蹈室裡舉行，玻璃窗外是灰濛濛一片的天空。新聞說這幾天印尼燒山，濃煙向新加坡和大馬這邊飄來，政府已向鄰國嚴正交涉。這種事幾乎每一兩年便發生一次，令人困擾。我早上也無法出外步行，於是便想到，不如試試巴巴拉建議的瑜珈。

巴巴拉準時開門進來，一身標準的女裝瑜珈服，線條玲瓏，紅黑相配，十分養眼。平時只見她穿那些無味的黑白西式女裝，想不到她的身材原來保養得這麼健美。看見我站在後排，她朝我單了單眼。這完全不符合她的作風。自我介紹的時候，她說她叫做卡芙蓮。

因為是初級班，又是第一課，動作比較簡單，但也要求又扭又趴，對我僵硬的筋骨頗具考驗。單是那個單腳站立的樹式，已無法不像風中弱草一樣，東歪西倒。相反，巴巴拉的身段非常柔軟，就算在不懂瑜珈的我的眼中，姿勢和動作也相當可觀。在臨結束之前，她帶領我們做了一段冥想，我滿腦子卻是她橫陳的肉體。我對自己思想的失控感到懊惱。

我們約定下課後一起吃晚飯，先各自到更衣室梳洗，然後在活動中心門口會合。她換上了一件寶藍色的連身裙，風格也跟平時不一樣。烏黑的長髮還未乾透，散發出帶有森林氣息的芬芳，彷彿要抗衡汙濁的空氣。她建議出外面吃，我很贊成，因為不想再開滑板車。她很純熟地用手機應用程式召喚了出租私家車。十分鐘後，一輛寶馬停在我們面前。

我們去的地方在中峇魯，還未到市中心，但也算是頗遠。這個社區由建築風格一致的白色四層房子組成，是英殖民時期的公共房屋，後來漸漸士紳化，成為優雅的住宅。街上開了不少精緻的餐廳和咖啡店，也有品味生活用品的商店，還有一間全新加坡最好的獨立英文書店。

巴巴拉在一間法國餐廳訂了位。餐廳小巧精美，感覺舒適，很適合晚飯聊天。受了氣氛的影響，我破例要了杯餐前白酒。我們碰了杯，我問她：

為甚麼剛才你叫自己卡芙蓮？

她呷了一口白酒，舌尖舔了舔上唇，說：

我就是卡芙蓮，我不是巴巴拉。你沒有察覺嗎？說罷，她露出神秘的笑。

我不知應不應該認真對待她的話。雖然打扮不同，但她的樣子明明就是巴巴拉。為了證實她是巴巴拉，我拋出了這樣的話題：

我前天去看過曼尼教授。

她很自然地回應：你還去看她？

沒辦法，我的狀態還是不太好，晚上失眠，亂作惡夢。放心，我只是拿藥，沒有再做那個腦部檢查。

我不贊成你依賴藥物。

我也不想。曼尼問我有沒有幻覺，我說可能有，我也不知道。有時候感覺有點脫離現實，好像站在旁邊看著這個世界，一切與自己無關。

哪裡有甚麼幻覺？別聽那女人亂說。你看看我，我像是幻覺嗎？

她往兩旁側了側身子，立體地展示她的曲線。

你不是幻覺，不代表其他的不是。

她躬身向前，隔著桌子伸手過來，握住了我的手，說：

別疑神疑鬼，你這些只是焦慮症的反應。我們吃一頓好的，可以舒緩緊張。

她招了招手，服務員過來，向她推介了店裡的名菜，她便照樣點了幾道，也沒有問我的意見。吃飯的時候，她聊著自己的過去，在東柏林的童年，圍牆倒下後到德西求學，後來又在法國和意大利待過。前夫是意大利人，大學教授，結婚四年，因對方出軌而離婚。很早便認識江院長，得到對方賞識，後來便應邀來到新加坡。為了禮尚往來，我也簡略地說了些自己的往事，不過並不深入。本來談得輕鬆自在的，不應該破壞氣氛，但有一件事我覺得應該讓她知道，就算有點殺風景，還是不免要提出來。

早兩天金政泰約我見過面。

這次巴巴拉的神色凝重起來，等著我說下去。

他說我來到這麼久也沒有請過我吃飯，不成體統，便約了我在校內的中餐廳見面。你知道他，一開口便來一堆拍馬屁的話，不過坦白說他真的對我的研究很熟，不是白扯的。我知道他有備而來，一定有甚麼目的。後來他探問我和你合作的進度，我當然守口如瓶，只是說些空泛的東西。然後他便邀請我去參觀他的研究計畫，還披露了好些細節。就像你所說，那是個叫做Ghost Writer的程式。他說程式已經在實體上試驗，但表現有點不穩定，正在尋找解決方法。很明顯，他想利用我的熵均衡和最佳訊息點來改善他的演算法。我問他甚麼叫做「實體試驗」，他卻含糊其辭，說是機器測試工具——

是Thing-in-itself，本來簡稱ＴＩＩ，後來不知為什麼變成了ＴＩＴ，念出來不是很好聽。

我即時沒有意會有甚麼不好，想了想才懂得她的意思。巴巴拉卻若無其事地說下去：「物自身」是一種生化人，利用真人的基因培養製成，外貌跟原型一模一樣，但它的「腦袋」或者中央處理器，有多種相容性。有一種原廠的基礎型，用在一般低功能的技術勞動上綽綽有餘。但是，如果要處理更複雜的訊息和互動，也即是高功能的用途，就要更強大的處理器。我們正在開發的康德機器是一種，金政泰開發的是另一種。你現在明白，我和他為甚麼是競爭對手了吧。

一說到研究項目，卡芙蓮又變回平素的巴巴拉，理性得有點冰冷。我沒想到背後還有那麼多我不知道的事，說：

這些內容，為甚麼不早點告訴我？

對不起，胡，我不是想隱瞞。但是，江院長在這件事情上採取了不尋常的做法。他似乎是刻意讓我和金去搶奪你的合作似的，從來沒有指明你在各項計畫中的角色。所以，我和金也不得不謹慎行事，按部就班，不敢一下子向你披露太多，要不然你把機密情報轉到對方手中，便不好了。

那麼，我現在算是你的人了吧？我要不要和你簽訂保密協議？我有點生氣地說。

巴巴拉為難地擠出笑容，說：

胡，我知道你感到受騙，一定很不好受。其實我也打算逐步向你披露更多內容，只是等待適當時機而已。我剛才不是已經非常坦白地告訴你一切嗎？

一切？沒有其他瞞著我的事情了嗎？請告訴我，現在有沒有正在運作中的康德機器實體？

沒有。她很明確地說。還沒有。但我們的研究已經取得良好進展，所以，很快便會有。到時你會看到成果。你一定會感到興奮！

巴巴拉的說話總是具有說服力，令人難以反駁。我苦苦思索，找不到抱怨下去的理由。好的，既然你這樣說，我們繼續吧。金政泰方面，我會保持距離。雖然他明顯還未死心。巴巴拉再次拉著我的手，說：胡！謝謝你的信任！

在旁人看來，我們一定好像一對耍花槍的情侶。為了終止這樣的局面，我提議到外面走走。我搶著結了帳，不是為了表現風度，只是不想欠她太多。

中沓魯晚上的街頭十分幽靜，但又未至荒涼，要不是空氣欠佳，很適合散步。勉強走了一會，來到巴巴拉提及的那間英文書店，看樣子似乎快要打烊。她沒有理會，推門進去。一隻貓穿過狹窄的走道，鑽進一個正在收拾書本的男人的腳下。巴巴拉和男人熱烈地打招呼，又給我作了介紹。男人原來是店主，樣貌年輕，個子不高，穿T恤牛仔褲，豎起的頭髮和我不遑多讓。他一手抱著書本，空出另一隻手來和我握了握。聊到我來自香港，又在南大訪問，他問我認不認識一個叫黑的作家。我說他就住在我隔壁。老闆便指了指旁邊的書架，說這裡也有賣黑的書。我彎身看了幾眼，見是中文長篇小說，便唯唯諾諾，敷衍過去。

離開書店，我在盤算如何截車回去宿舍，巴巴拉卻請我到她家裡再坐一會。原來她就住在那些白色房子之中。我剛才生過她的氣，不想顯得太小器，便唯有答應了。走了兩個街口，便到了她家樓下。那些白色樓房，原本只是公共房屋的格局，但經過歲月的洗禮和用戶的翻新，變成了別具風味的居所。巴巴拉的單位布置尤其獨特，一方面是切合科學家性格的簡潔和功能性，另一方面卻又並列著難以歸類的混雜元素，好像圖案繁複的波斯地氈、表情怪異的原始部落面具、精雕細鏤的明式茶几、神色莊嚴的鏤金佛像和青銅菩薩像等。在客廳的一個開放式層架上，擺放了十幾件陶藝手工製品，好像杯、碗、壺、瓶子等，色澤素淡中有幽微的光彩。

巴巴拉邀我在沙發上坐下，問我喝點甚麼。我剛才不慎喝了酒，胸口正隱隱作悶，便想要清淡一點的飲料。過了一會，她從廚房拿了一個小玻璃茶壺出來，裡面有一些花瓣狀的物體，把水泡成了紅色。她給我斟了一小杯，自己喝加冰的威士忌。

我神志開始不清醒，記不起當時聊了些甚麼。只知道後來想起是時候吃藥，便向巴巴拉要了杯清水。她拿了水回來，卻把我的藥包丟開，說：

你需要的不是藥物，而是釋放。讓我來治療你吧！

說時遲那時快，她已經整個人坐在我的大腿上。我覺得情況缺乏真實感，反應也變得遲鈍，完全由巴巴拉採取主動。我不想命喪南洋，但我一如以往對命運逆來順受。場景後來又轉換到她的床上，我們身上已無衣物，徹底地還原到物自身的狀態。平常理性的自己退到舞台的邊緣，由主角變成了觀眾。主角的位置由不知名的自己替代，表現出意想不到的野蠻，令對方發出滿足的呻吟。在高潮來臨的時候，女人命令那個我叫她卡芙蓮。扮演我的那個自己，使勁地叫喊卡芙蓮，令對方欲仙欲死地全身抽搐。叫喊卡芙蓮的人也同時在下一個「卡」音之後，像個洩氣的汽球似的漏掉了後面的「芙蓮」。我還以為他就此斷了氣。這時候，那個滿足了獸慾的自己退場，把主角的位置交回給理性的我，讓我為那虛脫的身體收拾殘局。

我和卡芙蓮依偎在床上。為免有草草收場的感覺，我克盡綿力和她繼續溫存。她一直在絮絮地說著我聽不懂的德文，我便自言自語地講了些廣東話。內容並不重要，只是為求形式對稱而已。後來，大家都累了，她挨在我的肩上，幽幽地用英語說：

你的女兒已經二十歲了吧？

我無力地點了點頭。

其實我一直也想生孩子，可惜錯過機會了。

我想說些甚麼安慰她，但沒有力氣說出來。她沒有注意到，繼續說：

我想和你生孩子。

這差點兒是致命的一擊。我連彈起來的能耐也沒有，擔心她會誤會我同意。幸好，她轉念又說：

不過，對我這年紀來說，太遲了。

我鬆一口氣，苟延殘喘。她好像想到了甚麼新點子似的，說：

我有辦法。

她翻身下床，從桌子那邊拿來筆記型電腦，打開，按了一些鍵。她把螢幕轉向我，說：

你看，這是個私人小玩具。是康德機器的迷你AL養成版。我們只要定時跟它聊天，它就會自行生成一個小生命。

我看見螢幕的中央是一個方框，裡面有一顆像心跳似的一閃一閃的紅點，方框周邊是一些圖表和輸入參數的位置。看起來不像電玩上的養成遊戲。當然，科學家自用的系統無須那些卡娃伊的介面設計。

我們給它一個名字吧。叫甚麼好呢？她認真地說。

我想了想，說：

叫Sabrina好嗎？

代號呢？

ＳＢ。我說。她很可能以為，Ｂ代表Bauer。

Sabrina，ＳＢ。她重複著，似乎很滿意。

她闔上筆記型電腦，放在床頭，在我旁邊躺下，又細語了一陣，很快便睡著了。我慢慢地調整著呼吸，覺得胸口異常鬱悶，便悄悄爬起身來，出去客廳裡，把剛才未服的藥吃了。

已經是晚上十一點多，要回宿舍不切實際。我無法承受再多一丁點兒的勞累了。我回到睡房，頹坐在椅子上，望著床上那個不知叫做巴巴拉還是卡芙蓮的女人的裸背，在睡夢中微微起伏。她不知道，莎賓娜是我女兒的英文名，而ＳＢ就是秀彬。

17

秀彬，我應該怎樣去說秀彬呢？除了罪疚感，我還有資格說甚麼呢？我連父親的責任也沒有盡好，還怎麼有顏臉去談父愛？

我不知道是甚麼令我沒法做好父親的角色。是我那先天的虛無感嗎？是我那缺乏熱情的性格嗎？與海卿的婚姻無疑是意料之外的幸運，得到像秀彬這個女兒，也肯定是我人生的最大禮物。但是，為甚麼好運會變成厄運，禮物又會得而復失？是粒子的混沌之海所產生的偶然結果，還是無盡複雜的因果關係所組成的必然進程？但如果當中不涉及個人的自由選擇，又何來責任的可能性？我堅決要負上責任，或者為自己沒有好好負上責任而懺悔，而痛苦，這表示我亦同時必須假設自由意志的存在，就算我無法證實它。

秀彬生於北歐的夏天，在午夜太陽的光照下。我以為她一定是個明亮的孩子。但是，步入長達半年的冬夜之後，她又被黑暗所隱蔽。我不能說她的性格受天氣所影響，也從來無意通過命理去追尋她的來歷和預測她的去處。我寧願相信，她是個完全無拘無束的人。不受星相的影響，不受遺傳的左右，不受環境的決定，不受教養的塑造。當然，這只是一廂情願。我最害怕的是，她身上最不利的因素，都是來自於我的基因。

兩歲之前，秀彬是個各方面都健康正常的幼兒。兩歲之後，她隨我們移居美國劍橋。當學前班的老師告訴我們，女兒不太跟其他小朋友玩，我們還以為她只是不適應新環境。直至進入初等學校一年級，情況也沒有很大改善。那是一間以大學教職員子女為主要入讀者的學校，學生國籍和種族十分多元。秀彬沒有語言障礙。相反，她有過人的語言天分。就算在家講廣東話，她在學校也很快便掌握了英語，一般會話對答如流。但就是不合群，小組遊戲或兩人配對的活動，她也沒法投入，甚至表現抗拒。

秀彬回到家裡很愛說話，跟父母溝通沒有問題，只是脾氣十分固執，想做的事做不到不會罷休。她從小偏愛綠色，買東西有多種顏色的話一定挑綠色。衣服和用品多數是綠色或咖啡色系的。去遊樂場玩旋轉小船或咖啡杯，非綠色的不坐。錯過了綠色的話，堅決要等下一輛。最可怕是丟了東西，每次一家人陪她翻天覆地找個大半天，找不到的話會情緒崩潰，就算買新的來替換也沒有用。而且，那常常是毫無重要性的東西，好像用過的綠色飲管，或者頭上的小髮夾之類。已經建立的習慣也不能更改，吃飯和看電視坐的位置、準備出外的步驟、睡前讀故事的順序、一家人在街上走路的排列，全部都有既定的秩序。連帶對新體驗也十分抗拒，要去一個陌生的地方，事前必須做很多預備工夫，例如先看過那裡的照片或影片，以及熟習那裡的資料，有時候甚至要對新的情境做出預演。在學校裡，她的固執造成了不少麻煩。同學們開始討厭她，甚至排擠她。

秀彬六歲的時候，老師轉介我們帶她去接受心理評估。結果指她患有亞斯伯格症候群，屬於一種比較輕微的自閉症，特徵是社交能力較弱、興趣狹窄、思想固執和缺乏彈性，但一般沒有智力和語言能力問題。患者以男性為主，女性則比較少有。當時我和海卿受到頗大的打擊，以為這宣判了秀彬前途無望。我們拒絕了醫生服藥的建議，因為聽說藥物會影響孩子的發育，而且也不想她年紀小小就要依賴藥物。我們希望她能夠憑自己的意志克服。

海卿是個下了決心便會勇往直前的人。和她相比，我的行動力非常薄弱。就像她當初不顧一切嫁給我一樣，她毫不猶豫地肩負起治療秀彬的任務。她定期帶秀彬參加各種小組，包括社交訓練、感覺統合運動、遊戲治療等，回家也非常勤於做練習。如果是我的話，一定會難以堅持而放任自流，效果也必然會大打折扣。有海卿撐住了這一環，我才可以專心於研究，拓展我的學術事業。我對海卿無論如何也是感激不盡的。

經過兩三年鍥而不捨的專門照顧，秀彬取得不錯的進展。雖然個性依然倔強，朋友也不算多，但比從前更願意融入群體，小時候的一些無理固執也戒除了。從前被視為缺點的特質，慢慢變成了優點。她學習非常專注，對有興趣的事物堅持不懈地探求。喜歡看書，如飢似渴地吸收知識。熱愛大自然，特別是愛護動物。很可惜海卿不喜歡寵物，拒絕秀彬養貓狗的請求。不過，我們住的地方靠近樹林，常常有各種小動物出沒。松鼠和兔子是常客，也見過小鹿和浣熊。小鹿通常是一家四五口一起出現，有母親和兒女。浣熊則非常麻煩，會在園中搗亂，弄壞籬笆和弄翻垃圾桶。秀彬當這些動物是朋友，經常留意牠們的行蹤，有時甚至偷偷餵食，惹來了不少麻煩。

在來訪的動物當中，秀彬最喜歡的是一隻小狐狸。這隻狐狸第一次出現，是在某年初春融雪的日子。牠在我們後園的圍欄外面探頭，但一見我們出現就逃跑。害羞和多疑是狐狸的本性。後來秀彬瞞著我們，把一些雞蛋放在圍欄下面，引誘狐狸來訪。她多次嘗試接近狐狸也不得要領。她甚至天真地向我們提出想收養狐狸，我便告訴她，狐狸這種動物是沒法被馴養的。牠的天性和狗類完全不同。事實上，犬是狐狸的天敵，一見狐狸就要追逐和噬咬。有兩次小狐狸便被鄰家的獵犬發現而差點喪命。自此，秀彬不敢再在圍欄外放食物。不過，縱使沒有食物，有時也會見到小狐狸在附近徘徊，直至冬天來臨。再次下雪之後，便沒有再見到狐狸了。

後來有人說，鄰家的獵犬在樹林裡咬死了一頭狐狸。雖然沒法證實是不是同一隻，但秀彬卻心碎了。這件事令我和海卿非常擔心。

後來我去英國劍橋開會，在一間鋪子裡看見兩隻毛公仔，一隻是狐狸，一隻是刺蝟。我問店員為甚麼把牠們放在一起，她便說了那個希臘典故。這兩隻公仔的造型既逼真又可愛，我便立即買下來，作為秀彬的生日禮物。秀彬歡天喜地，說她的狐狸回來了。她終於可以把心愛的狐狸摟在懷中。我告訴她那個寓言的出處，說：The fox knows many things, but the hedgehog knows one big thing. 她聽後說：如果爸爸就是狐狸，那秀彬就是刺蝟了。Daddy knows many things, but Sabrina knows one big thing. 她說'one big thing'的時候，張開雙臂，做出很大很大的手勢。自此狐狸和刺蝟，便分別成了我和秀彬的代表。

秀彬十歲那年，我們決定回流香港。這不是一個容易的決定。我們也擔心秀彬能否適應，但又覺得，這個考驗對她來說未嘗不是好事。結果證明，她比預期中容易融入香港的生活。秀彬的學習能力很強，人也變得比小時候主動，連最弱的中文，也取得不錯的進步。正當一切都發展得相當美滿的時候，我和海卿的婚姻卻觸礁了。

我和海卿的離婚，跟我們的結婚同樣突然，事前好像沒有太多的先兆。我們沒有長時間的爭吵，或者明顯的衝突。但在默默的日常生活中，我們漸行漸遠，然後在各自的生活中出現了第三者。對於父母異離，秀彬的反應比我們想像中冷靜。也許，她學會了把感受壓抑。我明白海卿是更佳的照顧者，所以我沒有爭取女兒的撫養權。我不知道，究竟是這一點刺傷了秀彬，還是我那段無謂的出軌，令她對我感到失望。Daddy knows nothing, but Sabrina knows one big thing.

與妻子離婚後，我和秀彬進入一種奇怪的關係。明明是父女，卻好像陌生人一樣，必須約在外面見面。通常見面地點是餐廳，一邊吃飯，一邊聽她聊聊她的近況。每次見面，也發現她和上一次有點不同。她漸漸變得更聰慧、更成熟、更漂亮，更像年輕時的海卿，但她比海卿更多了一層知性。她會和我分享她新近讀過的書，或者對社會、對世界的看法。我像她同樣年紀的時候，依然是個渾渾噩噩的少年，不但不思考世界，連自己想做甚麼也不知道。

秀彬十五歲那年，告訴我她在戀愛了，對象是一個同班同學。我問她喜歡那人甚麼。她說：他也是一隻刺蝟。我點頭表示支持，沒有再問下去。這段初戀好像延續了一年多。後來她便沒有再和我談到感情的事。到了考大學之前，她告訴我想念地理，因為她對自然有感情，希望研究關於環境保護、氣候變化和生態危機的問題，將來從事相關的工作。後來她如願以償，進入大學地理系。我請她吃自助餐慶祝，被她教訓了一頓，說我浪費地球資源。結果聽她的話去了吃素。她整晚談著她的理想，對地球的責任，對人類的義務。我驚訝地發現，眼前的人已經不是那個為了小狐狸而哭的小女孩了。但是，她也依然是那個女孩。她沒有忘記她的狐狸。我跟她說：Sabrina, you will know many things. 她回我道：Daddy, you need to know the one big thing.

進入大學之後，秀彬開展了忙碌的學習人生——念書、社交、學生運動，應該也包含戀愛。我約了她幾次，都因事而臨時取消了。我們的聯繫日漸疏落。到了我離港赴新那天，知道她同時身處機場，但卻無緣一見。

八年前，我獨自搬離的時候，十二歲的秀彬送我到門口，把刺蝟毛公仔塞給我，狐狸公仔則留給自己。我一直把刺蝟帶在身邊。我希望，秀彬也一樣。

18

今早一起來，就和螞蟻發生了一場大戰。昨晚睡前忘了關好廚房的窗子，螞蟻便趁虛而入，首先占領了煮食台和洗手盆，再沿著櫥櫃下方，繞過煮食爐，推進到另一邊的微波爐和雪櫃。丟滿了麵包屑的小型焗爐更加是完全淪陷了。經過了幾次的蟻患，我已經把食材收藏得密不透風，但螞蟻還是鍥而不捨地入侵，好像純粹的入侵就是牠們的本能。

那是一種黑色的中型螞蟻，具有按壓一下未必死去的硬度。我以麥片豢養的壁虎顯然沒有發揮作用，令我對牠的存在價值產生保留。也許我應該問志旭拿那條機械壁虎回來試試。但當下最迫切的事情是清除螞蟻。宿舍沒有殺蟲劑，我唯有用最原始和野蠻的方法，逐隻捏殺。後來發現效率太低，改用洗碗海綿粗糙的一面，用力搓死。當中許多頑強的，還要重複幾次才成功。力戰半天，逐漸收復失地，關上窗子亦切斷了兵源的補充，我方勝利在望。掃蕩工作來到小型焗爐，要深入敵陣實在太費功夫。我索性扭開了加熱鍵，把裡面的伏兵烤死，其餘逃竄出來的，輕易地被一一了結。我汗流浹背，環望屍橫遍野的廚房。那實在是太殘酷的畫面了。

我雖然沒有養寵物的習慣，也不像素食者一樣泛愛眾生，但自問從沒有虐待動物的紀錄，對一般昆蟲也沒有敵意。雨天後在路上看見蝸牛，還會撿起放回草地，以免牠們被無辜踏扁。可是，今天看到群蟻亂竄的廚房，卻生起莫名的暴怒，立即動了殺機，想起也覺得恐怖。

我告訴自己，它們只是一堆小型機器。它們既沒有思想，也沒有感情，亦沒有記憶。它們根本沒有意識，不知道自己在做甚麼。它們只是被本能控制，指令它們做出機械式的行為，如覓食、進攻、逃跑等。我不應該對大屠殺過於自責。但是，當我完成清洗，回到大廳的時候，看見窩在沙發上的機械狐狸，我卻突然發現，如果要我「殺」了它，我肯定無法下手。我對生物沒有憐惜，對機器卻產生了感情。我也想不通是甚麼回事。

下午出門去上課的時候，剛巧碰到住對面的作家黑回來。他又是那副無所事事的樣子，穿著短袖衫褲，拿著超市膠袋，像是度假過久忘記回家的旅客。見我一身西服打扮，他還不以為然地上下打量，好像我破壞了他悠閒的心情似的。我想起林恩祖的那篇功課，但我決定不告訴他。他令我感到不信任——我不知道是由於他的外型、他的身分，還是他的名字——總之，我希望盡量不要和他產生瓜葛。可是，當我想轉身下樓，黑卻叫住了我，說：

老胡，你是搞 cybernetics 的，對嗎？

我點了點頭。他又說：

你等我一陣，我有東西要給你看。

說罷，他推開門，走進單位裡，然後很快又出來，把一本書交給我，說：

有空看看。一個意大利小說家的文集，裡面有一篇文章，可能你會感興趣。看完還給我，不急的。

我接過書，看見作者的名字是 Italo Calvino，書名叫做 *The Literature Machine*。

下課後我打發了留下來問問題的學生，交代小文幫我處理一些功課分數的事，便像逃亡一樣坐巴士離開大學，到裕廊坊商場找個地方坐下來。那裡最近開了一間港式點心餐廳，頗能解我思鄉之愁。人流不多，算是清靜，我一有空就會到那裡去消磨。我叫了酥皮叉燒包、蝦餃、牛肉腸粉和港式奶茶，拿出黑塞給我的那本書，慢慢翻看。

我對卡爾維諾這個作家有點印象，但沒有讀過他的書。這本文集收錄的是他的文章英譯，劈頭第一篇叫做“Cybernetics and Ghosts”。作者從民間故事和神話開始，然後談到語言組合的文學理論，跟著提到模控學的幾位創始人，維納、夏農、馮・紐曼等，還有電腦先驅圖靈。他似乎認為，模控學處理的資訊編碼和傳播，以及機器自動化的主張，跟文學創作的本質有某種關係。他指出寫作的機械化成分，對於寫作機器的出現一點也不抗拒。他甚至宣稱，其實作家本身就是一台文學機器。我對一個作家有如此想法有點驚訝，但大體上還是可以理解的。但是，他在文章後半，好像反過來推翻前半的立論，指出文學不能完全機械化生產，因為作家的意識和潛意識，會在個人和時代的互動中，產生獨特的無法約化的作品。所以，寫作機器注定要被鬼魂圍繞。

就觀點而言，我覺得是有趣的。我從未見過有人從文學的角度來談論模控學。很可惜我的文學根柢不好，沒法斷定那些說法有沒有道理。也許我應該向黑請教。我也想搞清楚，他叫我看這本書有甚麼用意。但是，對於和黑打交道，我還是十分猶豫。

吃完東西出來，在商場逛了逛，買了麵包和早餐食材，已經是晚上七點多。坐巴士回南大的途中，突然又來了一場狂風暴雨。我是個謹小慎微的人，背包任何時候都帶著伸縮雨傘。聽說這也是一些新加坡人的習慣。不過，也有人持相反觀點，認為反正大雨驟來驟去，帶不帶傘也沒所謂。而且，這邊極少毛毛細雨，一下就是傾盆大雨，就算撐傘也於事無補。

我就是在濕了半截身子的情況下，回到宿舍的。來到梯間三樓，沒料到又碰上林恩祖。她同樣是穿那條白色連衣裙，但這次渾身濕透，連頭髮也一直滴水。她大概是在大雨中走路過來的。她一見我，好像犯了甚麼錯似的，低頭叫了我一聲胡老師。我有點不客氣地問：

黑老師又不在嗎？

她搖了搖頭，水珠灑到地上。我趨前，使勁地按黑的門鈴，又大力敲門，但老半天沒有反應。回頭望了望那個自討苦吃的女生，我生氣地說：

下這麼大雨跑來這裡做甚麼？有事不可以遲點才說嗎？

想不到她一罵就哭了。我若不是雙手拿著雨傘和膠袋，真的想立即抱頭哀號。雨沒有半點歇止的跡象，水花穿過通花牆磚橫打進來，比無瓦遮頭好不了多少。我唯有叫她進去我的單位暫避。

女生進門，脫了濕漉漉的平底布鞋，光著腳站著。我連忙去浴室拿了條毛巾給她。她坐在沙發上，擦擦頭髮，擦擦手臂，又擦擦小腿，擦來擦去都在滴水。她的白裙子已經變得完全透明，黏在身上。她的臉色紫白，渾身也在發抖，情況相當不妙。我又有抱頭的衝動，但我克制住了。我嘗試冷靜地說：

恩祖，你仔細聽著。你知道你這個樣子出現在我的房子裡，我是完全被動的，沒有選擇餘地的。不是我不想幫你，我當然願意，這是老師的責任，但是，今晚這件事情，是無論如何也不能讓人知道的。連黑也不能，知道嗎？

她在顫抖中點了點頭。我拿了一件我自己的T恤，加上吹風機，帶她到從來沒有用過的主人套房，裡面有獨立的浴室和乾淨的毛巾。我表示她可以在那裡洗個熱水澡，並強調我絕對不會進入房內。說完，我退出大廳，回到自己的睡房，快速地換了乾衣服，然後坐在餐桌前等待。這種荒謬處境，我以為只會在處境喜劇中看到。我籌算著，等女孩恢復狀況，如何盡快不動聲息地把她送走。

雨還是下過不停，間中有雷電。等了半天，主人房的門打開，恩祖無聲地走出來，頭髮已吹乾，身上掛著一件過大的T恤，像條不合身的連衣裙。我不敢直視她，只是示意她隨意坐下。她選擇隔著餐桌，坐在我的對面。我問她好點了沒有，她點點頭，臉色顯然有紅暈。我問她餓不餓，她又點點頭，好像除了點頭和搖頭，她是個不懂說話的娃娃。我起來，到廚房弄了煎蛋、多士和熱鮮奶。

她吃東西的時候，狐狸跳到桌上，在她面前走來走去。她對我養了一隻狐狸一點也不驚訝，好像它是一般的寵物一樣。她竟然還拿食物去逗它。狐狸當然不會吃，但卻作勢去咬。我坐在旁邊看，感覺十分古怪，好像在看一場很逼真的自動玩偶表演。我終於忍不住問她：

恩祖，有一件事希望你能坦白。你有沒有在芽籠……在那種店裡……兼職？

她抬起頭來，以無辜的眼神望向我，說：

芽籠？店裡？兼職？老師我聽不明白啊。

你知道芽籠是甚麼地方吧？有些事情說白了就不好。你畢竟還是學生——

老師為甚麼會這樣說呢？你以為我會出賣自己嗎？

她很直接地回答，輪到我不好意思說下去。

如果我誤會了你，我願意道歉。只是，那天在芽籠，我碰到一個跟你長得很像的人。

老師你去芽籠做甚麼？不會是去吃水果吧？

這個嘛，一個朋友帶我去的，說是很有特色的地方，去見識一下。我的意思是，去看看。

老師，你不覺得，對一個女生說這種事情，不是有點不妥當嗎？

我被她的反問亂了陣腳，突然有一種掉入羅網的感覺。真的，從一開始我就處於被動了。

我不得不及早找出救亡的方法。我說：

一會兒雨停了，我送你回去。

她低頭看了看自己身上的T恤，說：

我總不成這樣子回去吧？我的裙子還在裡面晾著呢。

不怕，這裡有乾衣機，十五分鐘就行。

恩祖的眼珠子轉動了一下，又說：

可是，我已經沒有可以回去的地方了。

這是甚麼意思？你不是住宿舍的嗎？幾號？

我就是因為在宿舍被欺凌，才跑出來的啊！

說著，她的眼眶又發紅了。我沉著應變，說：

有這樣的事？有沒有向舍監或者社工求助？不能坐視不理啊。

沒有用的。那些人勢力很大，投訴只會招來更可怕的報復。

不會這樣無法無天吧。

至少，今晚不可能回去。

說罷，她又低頭垂淚。面對眼淚這種武器，我只有投降。我嘗試最後一擊，說：

那回家裡吧。你家住哪？

家裡比宿舍更恐怖，我爸爸有家暴紀錄。我回去便死定了。

我用手指輪流敲著桌面，感到束手無策。我懷疑這女生是一台說謊機器，但我無法證實。

這時候，門鈴突然響起，把我嚇了一跳。我腦筋急轉，決定叫女生躲進房裡，叮囑她千萬別出來。我開了電視機，然後才去開門。

門外站著的是黑。他手裡拿著一個袋子，說：

這個有興趣嗎？貓山王！朋友送我的，買多了，諗住益下你。

他一邊說，一邊探頭往單位內張望。我說：

哎呀，榴槤我唔好。多謝啦！

噢，是嗎？很可惜啊。在看電視？

只是些無聊韓劇，晚上打發時間。

你夜晚食早餐？

我回頭望了望餐桌上未吃完的東西，說：

沒法子，廚藝不好，只懂弄早餐。噢，對了，你今天借我的書，我還未有時間看。不如改天讀了，再找你聊聊？

好啊！一言為定。咁我唔打搞你了！

黑揚了揚手上的膠袋，拋下了一陣榴槤味，便回到自己的單位去。我不徐不疾地關上門，順手再把電視的音量調高一點。

恩祖從房間探出頭來。我說：

想見黑老師嗎？再待一會兒，你可以去找他。不過，請別說是從我這裡過去的。就當我沒有見過你。

她站在房門口，搖了搖頭。她老是用這種曖昧的方式表達。

怎麼啦？又改變主意，不想見他了？

我本來就不是來找他的。我是來找你的。

我沒料到還要承受新一波的驚嚇，啞口無言。她以哀求的語氣說：

我想你救我。

救你？怎麼救你？除了同學和爸爸，還有誰在害你？

黑老師。

你真是層出不窮啊！

黑老師想控制我。

聽到這裡，我不敢再反駁她。

她走近，直挺挺地站在我跟前，衫下凸起兩顆尖尖的乳頭，說：

黑老師是Ghost Writer。

19

我叫恩祖坐下來，先吃完那份「早餐」，但她卻表示吃夠了。我留下那杯紅茶，收拾了其他餐具，拿到廚房清洗。她的話雖然奇怪，但樣子不像說笑。關於 Ghost Writer，我之前也聽巴巴拉提過，但我不知道是不是同一回事。

回到大廳，看見恩祖把狐狸摟在懷裡，輕輕地撫著它的背。此情此境，似曾相識，但我沒有時間細想。我在她對面坐下來，說：

你現在可以原原本本地告訴我。

她低著頭，望著懷裡的狐狸，好像是跟它說話似的，道：

上個學期，我修讀了黑老師的文學創作課。在課程結束時，他挑選了班裡幾個表現突出的同學，當中包括我，說可以在暑假給我們開一個進階寫作訓練班，而且是免費的。得到老師的賞識，又有額外的學習機會，我們當然不會放過。那個寫作班的做法很奇怪，跟傳統的形式完全不同。我們不必拿起筆來，連鍵盤也不用打，只須戴一頂特殊的帽子，然後躺進一台機器裡，跟隨一些指令集中精神想著某些事物。我們也需要在腦袋中造句，就好像直接用意念寫作一樣，但不必很完整，有時也可以由視覺影像或其他感官代替。只要這樣做，機器就會輸出一篇據說是我所「寫」的東西。最初的時候我感到有點難，結果不太穩定，有時寫出來的文章一團糟。但是，慢慢適應和掌握之後，成品越來越完整，就好像親自執筆寫的一樣。你看過的那篇關於壁虎的小說，就是這樣「寫」出來的。

我對她的話半信半疑。那樣的科技雖然不是沒有可能，但至少我暫時未曾聽過。我嘗試根據巴巴拉告訴我的關於「靈魂書寫器」的資料，向她發問：

那即是說，那部機器讀取了你的意識，內容是屬於你自己的，產生出來的是你的「作品」。所以，這單純是一個輸出的過程。可以這樣說嗎？

她稍稍抬起頭來，點了一下。

那麼，過程中有沒有任何輸入？即是說，有沒有甚麼外在的東西影響你的意識，好像是電腦程式或者資料，下載到你的腦袋裡？

這次她有點不肯定，抿著嘴想了想，說：

這個我卻不知道。如果有，也可能是我自己意識不到的。比如說，黑老師會向我做出一些提示，例如一些意象，或者形容方式，或者情景細節。我不知道這算不算輸入，或者有沒有實在的東西灌進我的腦袋裡。不過，的確有一種感覺，就是自己增加了創意或者想像力，思緒中出現了令自己驚奇的念頭。就好像壁虎這東西，我平時是很害怕的，不會想到拿它做題材，但是，當時「壁虎」卻很鮮明地出現在我的腦海中，然後衍生出一系列的情節。

但是，你覺得那些情節跟你自己有沒有關係？是不是一些完全強加於你身上的東西？例如文章中那對偷情男女？

恩祖的臉頰突然一片緋紅。她繼續低著頭，眨著眼，小聲地說：

不是的……那是跟我自己有關的。

我覺得不便就這一點深挖下去，於是回到正題，問：

那次你說，這是「靈魂的問題」，你指的其實是「意識」吧。

你可以這樣說。

靈魂和 Ghost，指的是同樣的東西？

對。

你說黑就是 Ghost Writer 是甚麼意思？Ghost Writer 不是應該指那台讀取你的意識或者改寫你的意識的機器嗎？

黑就是那台機器。

雖然她的說法不合常理，但我想起黑給我看的卡爾維諾的那本書，裡面的確有這樣的概念。這個「機器」應該是一個廣義的、模控學式的說法。我暫且這樣去理解它。

那麼，你說你覺得黑「控制」你，是指哪方面？

我不知道，我沒法具體說出來，那是一種感覺，一種被控制的感覺，不自由的感覺。

她一邊說一邊大力搖頭，情緒有點激動起來。

那你不可以退出寫作班嗎？黑有利用甚麼強迫你，或者威脅你繼續參加嗎？

她繼續搖頭，好像無法停止似的，說：沒有！是我自願回去的。

為甚麼？

我不能不去！我沒有選擇。

那你想我怎樣幫你？

改變我的 Ghost，清除我想回去找黑的欲望。

我怎麼有能力做到呢？我不但對你的 Ghost 毫無認識，也完全不知道那台「靈魂書寫器」如何運作。

請你想辦法去了解，你一定懂的。你是這方面的專家。

她的語氣變得近乎哀求。我不忍心直接拒絕她，便先說一些緩衝的話：好的，好的，就算可以這樣，我也需要時間。不是一下子可以做到的。在這之前，請你把我鎖起來，不要讓我去見黑。

她的請求也真是夠離奇的。我開始懷疑，整件事情是一個惡作劇，但她表情認真，一點也沒有忍不住笑的跡象。我轉而斷定，她的精神出現異常，很大機會患有妄想症。我不應該錯怪黑。他一定是被這個女生糾纏得很慘，所以才常常避開她。但是，在現在的情況下，實在不適宜再刺激她，要不然她突然又鬧出甚麼事來，我便水洗不清。

我決定假裝順應她的意思，答應讓她留在主人套房裡一晚，明天再作商量。至於房間的門鎖，是從裡面關的，我不可能如她所說的「把她鎖起來」。她叫我向她發出指令，命令她不准出來，那她便無法離開房間半步。我覺得她真的傻得很徹底，但為了哄她早點進去睡覺，我便依她的意思做了。她果然乖乖地走向睡房，進門前問我可不可以帶狐狸一起。我當然也發出了准許。我隨即躲進自己的睡房，鎖上門，防止再有甚麼奇怪的事情發生。

我加重了今晚的藥量，整個人像睡死了一樣。第二天早上醒來，已是接近九點。我連忙出大廳看看，發現恩祖的一雙布鞋還在大門旁，主人套房的門緊緊地關著。我敲了敲門，但裡面沒有反應，可能還在熟睡。我猶豫著要不要開門進去看看，但最終打消了念頭。今天早上十點，我要到巴巴拉的實驗室去。我匆匆地弄了兩份早餐，一份吃掉，一份放在餐桌上。臨離開前，我再敲了她的房門，依舊沒有回應。我唯有在餐桌上留下字條，說我有工作要出去，叫她自己吃早餐，恢復精神的話可以自行離開，不必等我回來。我也留下了手機號碼。

人工生命實驗室利用的我理論設置的新模型，取得了一些進展，巴巴拉想親自向我展示，並討論當中還未解決的一些問題。自從那個在她家過夜的晚上，我們已超過一個星期沒見面，我也沒有繼續出席瑜珈班。中間有些訊息往還，大家也沒有提及當晚的事。我沒有失望，也沒有期待，只是感到有點不自在。我不知道她怎麼想，但又不想主動去問。

在實驗室見了面，她又回復平素那個模樣，好像從來沒有發生那件事似的，認真而務實地和我商談公事。康德機器原本的強項是結構性、準確性、穩定性和可預測性，但對偶然性的處理卻有所限制。巴巴拉說，根據電腦模擬結果，加入熵均衡和最佳訊息點處理程序後，康德機器遇到極端狀況也能夠迅速自我調整，消除了之前速度減慢甚至陷於停機的情況。在維持系統的控制力的同時，減低了反應機械化和模式僵硬化的缺點，增加了靈活度和適應性。換句話說，它在精準的認知判斷之外，同時把握到模糊的可能性的好處。不過，由於康德機器只是先驗的意識框架，也即是認知的可能性條件，並不包含任何預設的經驗內容，所以模擬的準確度有限，暫時未能肯定是否達到用於實體試驗的標準。也就是說，一日未讓它接觸現實世界，獲取經驗內容，便一日不會出現超驗統覺，也即是自我意識。

整個早上，我和實驗室成員討論模擬實驗的報告，試驗了一些數值的調整，提出了幾個可行的方案，繼續做進一步的測試。如果餘下的模擬實驗能順利達標，實體測試將會在十月中至尾進行。但我從未見過那些所謂「實體」，這令我對計畫的下一步充滿保留。我覺得這不是正常的合作方式。我當初答應來新加坡南洋科技大學擔任訪問學者，原本只是準備在這裡開一門課，以及跟新成立的模控學系的同事作學術交流。我沒料到會立即進行深入的研究合作，而且是在我並不完全知曉計畫的目標和內容之前。這裡的模糊運作方式令人感到不安，跟我對新加坡的系統化和官僚化印象截然不同。難道這就是加速發展創新科技所必須的彈性和進取態度？

完成上午的工作討論，巴巴拉如我所料邀請我一起吃飯。我們去了校內唯一的中菜館。她警覺地挑了大廳角落的桌子，又環視了一下其他客人，確認沒有認識的同事。不過，她似乎不是為了和我單獨吃飯會引起私人方面的誤會。她繼續以工作的口吻和我討論著研究計畫。既然是這樣，我便當面追問她剛才在其他同事面前不方便說的話：

請恕我直言。既然我被視為這個計畫的合作者，而我的理論又是研究的關鍵，那麼對於計畫的重要內容，我不應該被蒙在鼓裡。我有權盡早知道，下一階段測試的實體究竟是甚麼東西。

巴巴拉露出委屈的神情，解釋說：

胡！我真的很抱歉！原來你有這樣的感受！我怎會有甚麼隱瞞你呢？你是我們最重要的合作夥伴。我不是已經告訴過你，那個稱為「物自身」的實體是甚麼一回事了嗎？

對的，你提及過，但我需要更多資料，甚至是親自檢視它的機會。

當然！當然！胡，我們早就有這樣的安排，只是暫時還未準備妥當而已。

巴巴拉向周圍瞥了一眼，壓低聲線說：

你要明白，物自身是最新研發的國家機密，是世界級的尖端科技。在未成功之前，消息是萬萬不能洩漏出去的。所以，請原諒我們採取了高度的保密。

聽她這樣說，就算我未被完全說服，也只能無奈地接受。倒是她談到物自身的時候，我想起恩祖好像也用過這個詞。我記不起她的確切用法，但她明明是提過物自身的。我嘗試向巴巴拉探聽關於 Ghost Writer 的內情，說：

有一個叫做黑的駐校作家，在中文系搞了一個關於 Ghost Writer 的課程，用一種儀器輔助學生去創作。你知不知道，這件事跟金政泰那邊的計畫有沒有關係？

巴巴拉好像聽到了重要情報似的，瞪大了眼睛，挨近了身子，說：

果然是這樣！原來已經用在真人身上！你認識這個作家嗎？

他是香港人，現在就住在我的宿舍單位對面。

噢，真的那麼巧？據我推測，黑應該是金政泰的合作夥伴。他們在蒐集「靈魂」，測試Ghost Writer的運作。你要小心黑這個人，不要讓他刺探到康德機器的進度。不過，也不必疏遠他，因為如果能在他身上知道對方計畫的內情，對我們有好處。你們中國人有個說法，叫做「知己知彼，百戰百勝」。對吧？

我突然發現，巴巴拉的心計不可小覷。她的推測不無道理，但亦有可能她早就知道，只是佯作驚訝而已。我覺得以後對她要提高警覺，也很懊悔那晚做了蠢事。她好像看穿了我的心思似的，眼神出現了很微妙的轉變，以略帶情意的語氣說：

胡，我居然忘了我們的私人小玩具！

我吃了一驚，不懂反應。她繼續以綿綿的聲線說：

我們的ＳＢ啊。你不想培育她成長嗎？你等一下，我晚點把連結傳給你。

這時候，金政泰和幾個人走進餐廳，在另一邊的桌子坐下來。那個叫陳光宇的博士生也在其中。金見我們坐在遠處，向我們這邊揮手，露出不懷好意的笑。

告別巴巴拉之後，我立即回到宿舍。那雙平底鞋還在同一個位置，主人套房的門依然緊閉，餐桌上的早餐動也沒動過。我逕自打開房門，看見恩祖直直地站在面前，照舊穿著昨晚我給她的Ｔ恤，懷裡抱著狐狸。我問她為甚麼不出去吃早餐，她說：

我是不可以違抗命令的。

我嘆了口氣，也不和她爭辯，說：

我現在命令你，可以自由進出這個房間。

我轉身走出去，她也跟著出來。狐狸跳到地上，自動跑去咬著充電器。我指著狐狸說：

你看看它！你也一定很餓吧？不好意思，我不懂弄別的東西。要不要給你加熱？

不用了，謝謝！

她坐下來拿起刀叉，吃起那份變涼的多士煎雙蛋來。我去幫她換一杯新的鮮奶。趁她吃東西的時候，我坐在她對面，打開筆記型電腦，收取電子郵件。其中一封是巴巴拉寄來的，署名卻是卡芙蓮，裡面有一個連結。點擊連結，出現的是一個下載提示，應該就是那個AL養成系統，也即是被命名為SB的虛擬生命體。我按下「下載」鍵。在下載的過程中，恩祖吃完了早餐，在小口地呷著鮮奶。我隨口問她：

你那次不是提過物自身的嗎？究竟物自身是甚麼？

你想知道嗎？

當然，如果不是太複雜的話——

我還未說完，她便站了起來，移步到旁邊的空地上。我來不及制止她，她已經脫去了身上的T恤，露出了纖瘦的全裸的身體。這時候，電腦發出清脆的響聲，顯示SB的下載完成。

20

對於恩祖的進占，我完全束手無策。她既不願意回宿舍，也不肯回家。根據她的古怪邏輯，要趕走她其實很簡單。只要我向她發出指令，命令她離開我家就可以。但是，軟心腸的我卻做不出來。既然沒法命令她離開，我唯有命令她不可以踏出房子半步，以免暴露出有女生藏匿在男教授宿舍的事實。這種醜聞非同小可。

幸好正值學期中的休假周，短時間內應該不會引起懷疑。我希望盡量在這期間內解決問題。但問題究竟可以怎樣解決？我考慮過通知校內的輔導處、她的宿舍舍監，或者中文系系主任，但是情況對我存在不利因素。我非常後悔讓她留下來過夜。一個夜晚足以令我陷入任何惡行的嫌疑。

黑可能是解救我的困境的最佳人選，但我還未至於卑鄙到背叛一個女孩的信任。這樣做無疑等於送羊入虎口。就算恩祖的說法是多麼的荒誕，我也只能寧可信其有，不可信其無。相反，我還要確保她不會被隔壁的黑發現。為此，我叮囑她在家裡要保持安靜，不可大聲說話，也不可以隨便應門或者靠近窗前。

恩祖除了背包內的少量個人物品，甚麼也沒有帶在身邊。裙子也只有那麼的一條。我唯有讓出幾件T恤給她作日常穿著。我當然也不能幫她購買任何女性用品。她似乎是個沒有特殊需要的人，只要能用手機上網，或者看電視打發時間，整天困在室內也不會悶。對食物也沒有要求，吃我弄的簡餐或者外賣飯盒便很滿足。她和狐狸尤其氣味相投，一起廝磨多久也不會厭倦，接近一種動物的單純天性。我在大廳工作的時候，她不是躲進自己的房間，就是很安靜地坐在沙發上，完全不會對我造成騷擾。唯一的麻煩，就是她很害怕壁虎，一看見壁虎便會忍不住尖叫。這在晚上尤其危險，往往令我膽戰心驚。

那天早上，我在苦讀《純粹理性批判》的最後章節，看累了便走到窗前，觀賞對面工地的工程。原本以為是行人橋的架構，在搭建物的雛型出現後，又像是某種空中水道，連接到湖中央的一個類似小型瀑布的裝置。工人在各處先以木板砌成模型，再在空隙中灌混凝土漿，待土漿凝固後，拆去模板，建築物的組件便宣告成形。雖然難免有點噪音，但每天看著工程的進展，由混沌到秩序的創造，箇中有不乏特殊的趣味。

正當我看得入神的時候，突然又下來熱帶特有的陣雨。工人們像被突襲的蟻群，在風雨中爭相走避，其中一個在紮鋼筋的師傅，可能因為濕滑的關係，一失足便從高處掉下，直墮坑底，發出一聲鈍響。其他人見狀，立即連滑帶滾地下去救援。

耳邊有人驚叫了一聲。我發現原來恩祖也站在窗前。她顯然目睹了意外的發生，後退了幾步，像給絆倒一樣，整個人掉到沙發上。我連忙上去看她，只見她臉色蒼白，抱著雙臂，嘴裡發出驚恐的呻吟。我不知道她為何會有這麼大的反應，但我不想碰她的身體——我一直小心提醒自己保持距離。於是，我捉住了地上的狐狸，把它塞進她的懷裡。狐狸似乎能給她安全感，令她慢慢冷靜下來，臉上也漸漸有了血色。她抬頭望向我，虛弱地說：

那是物自身，那個掉下來的工人。它要報廢了。

她的妄想症果真很嚴重。也許我應該帶她去看曼尼教授。我只能安慰她說：別胡思亂想，救護車很快便會來。也許那人會吉人天相。

我坐在旁邊的沙發上陪了她一會，見她心情平服下來，我便說我出去買飯盒回來。剛下樓便碰見工人們從圍板間的缺口把剛才受傷的人抬出來。那個深膚色男人躺在一塊木板上，肢體扭曲，像個摔壞了的木偶，似乎已無生命跡象。傷者被運上一輛小型貨車。車身上有一個像陰陽太極圖似的圓形標誌，看清楚才發現是由一隻大鳥和一條大魚的所組成。我奇怪為甚麼不是救護車，也沒有救護員到場，但我沒有太在意便向路口走去。

我刻意避開一號飯堂，改到二號飯堂買了兩盒海南雞飯。回來的時候，卻給大菲在一號飯堂門口逮個正著。他掛著一副不懷好意的笑容，說：

唐生，唔幫襯我地唔緊要，點解一個人食兩個飯盒咁開胃呀？

他最近改口叫我「唐生」，令人討厭。我嘗試打發他，說：

買埋晚飯，費事再出來。今日好忙。

唔係卦？我仲想問你今晚得唔得閒。

又借我過橋，瞞住老婆去芽籠？

你放心，唔係上次那種風月場所。係個可以飲杯東西，聽下音樂，傾下計的地方。我話晒以前都係個音樂人，都知道下咩叫做品味。

我心想：你還好意思說品味！我一心只想回絕他，不想和他瞎扯下去，但我還未及回話，他便老友鬼鬼地攀著我的肩，把我引向旁邊，用提供秘密情報的語氣說：

想唔想知道上次在芽籠碰見的那個女孩的事？我幫你查過。有興趣我今晚慢慢告訴你。

現在說不可以嗎？

說來話長呀！我再不回去工作，我老婆會殺了我。今晚！今晚慢慢說！Okay？

想不到他手上居然有這樣的誘餌，我不得不投降，答應了他的邀約。

傍晚離開宿舍前，我向恩祖千叮萬囑今晚要保持絕對安靜，不要令隔壁的黑起疑。去到一號飯堂外面，大菲已經在門口等著。他穿上了南洋風的藍色花襯衫和牛仔褲，敞開的領口掛著吊了個十字架的金鍊，連頭髮也用定型蠟梳理得貼貼服服，跟平時邋遢的打扮完全不同，差點認不出他來。他風騷地向我打了招呼，我們便向那輛破貨車走去。

大菲說我們去的地方在丹戎巴葛，那一區保留了舊式的店屋，現在大多改建成餐廳、酒吧、咖啡店、藝廊和酒店。其中有一間叫做 Entropy 的酒吧，是個另類音樂表演場地，有很多高水平的歌手和樂團在那裡獻藝。我對另類音樂沒有興趣，但酒吧的名稱卻吸引我注意。我再三問大菲是不是「熵」的那個 Entropy，他卻不知道中文的「熵」是甚麼意思。

在車上聊了一會，我忍不住問他那個芽籠女孩的事。大菲顯然在等著我提出，卻在故意賣關子。我對於被認為很心急感到無奈。

唐生，我完全是為了你，才再跑了一趟芽籠。這次用了另一個朋友做藉口。我到上次那家店去，本來只是碰碰運氣，怎料真的見到那個女孩。我立即買了她的鐘。你信我，我甚麼都沒有跟她做。想起她是你鍾意的對象，我自然不會貿然去碰她。要找也找別的女人。當然，我是真金白銀地買了她的鐘，為的只是跟她聊聊，想來也真是笨柒。那個女孩叫 Angel，是泰國人，華語能力很有限。我唯有跟她講英文。別小看我，我雖然讀書不多，但以前登台的時候，唱的都是英文歌。講英文完全無難度。相反那個泰國妹的英文就很麻麻。不過，都算可以溝通的。

他停下來，望了望我的反應。見我依然全神貫注，便很得意地說下去：

她來新加坡工作不久，大概三、四個月吧。當然是依正常途徑的，有官方的許可證。問她以前做甚麼，她說在泰國是餐廳服務生，住在小城鎮，沒有甚麼出路。想搵快錢，有姐妹介紹，便選了這條路。在芽籠工作其實很辛苦，沒有休假，根本沒時間到新加坡四處走走，最多是跟客人去烏節路的酒店。差不多沒見過白天的新加坡，因為白天都在睡覺。對她來說，新加坡只有黑夜。幸好一直以來也沒有遇到暴力，收入算是不錯。打算做兩三年，搵夠錢就回去，在家鄉開酒吧之類的。問她想去哪裡玩玩，她說 Night Safari、Sentosa[18] 環球影城和 Sands[19] 頂樓的游泳池。她說的大概就是這樣。有你想知道的事情嗎？

我心想：的確跟恩祖沒有任何關係，那就可以放心了。我不想讓他知道真正的原委，便說：就這樣嗎？看來是個挺普通的故事，白花了你的錢了。

怎麼啦？你究竟想怎樣？Angel 不是個壞女孩，不會玷汙你的大學者情操。有意思的話就直接上吧。只要付錢就行，不要咪咪麼麼好嗎？

不是這個問題。我只是好奇而已。

好奇？我真係俾你激死！賠錢！

好，幾錢？我賠給你。

痴線！

你真係冇同佢做？

大菲露出生氣的樣子，說：

大佬！騙你做甚麼？你自己又唔上，又唔准人地上，唐生你個腦真係有問題！

我沒有辯駁的餘地，便閉嘴不作聲。

大菲把貨車停在一間舊式商場的停車場，帶我走進新加坡的夜生活中。小街上的店屋裝潢亮麗，五光十色，各自發揮著吸引客人的本領。在酒吧外面尤其喧鬧，酒客們或站或坐，像參加笑聲大賽似的，挑戰分貝的極限。我們在那些高低不平的騎樓底穿行，呼吸著煙絲、香水、酒精和烤食物的氣味。不同種族的漂亮女人和英俊男士，爭相展示自己的魅力，或熱情、或冷酷、或狂野、或含蓄，有如五味紛陳的米芝連美食。和他們相比，我一身的白襯衫和咖啡色西褲，顯得像一份過期的火腿三明治。

Entropy偏離最熱鬧的中心區，在一條小街的盡頭，因為落差巨大，有荒涼的感覺。店屋外觀殘舊，欠缺維修，風格有過時之感，彷彿踏進了另一時空。裡面的布置，令我想起一些美國鄉鎮的小酒館——簡陋的木桌椅、昏暗的燈光、天花板上懶洋洋地旋轉的吊扇。人客不多不少，約坐滿一半，感覺沒有剛才那些熱點那麼吵嚷。在酒吧裡側的小舞台上，一個頭戴草帽、臉長身瘦的馬來安哥，在電子琴的伴奏下喃喃自語般唱著「哈利路亞、哈利路亞」，氣氛甚似懷舊金曲夜。這和大菲所說的另類音樂頗有一點距離，但對我脆弱的神經來說反而合適。

大菲一副興致勃勃的樣子，選了靠近表演台的一張桌子，和正在獻唱的大叔打招呼，雙方好像很熟似的。他轉頭跟我說：

覺得怎樣？氣氛一流吧！這間bar感覺隨和，不像其他的那麼snobbish。這裡的客人不講身分地位，只講有無文化。當然啦，齋講文化味道難免有點寡，也需要有些配菜和調味才行。

18　指聖淘沙，新加坡島嶼，現在是觀光勝地。

19　指濱海灣金沙酒店。

大菲逕自笑了出來，以瘦長的手掌按著我的肩，說：

所以呢，我已經早有準備，call了兩位女伴來陪我們。

說時遲，那時快，酒吧門口冒出了兩個性感女子的形體。她們往四周望了望，大菲隨即站起來，向她們揮手。兩女子款擺著向這邊走過來，近看才發現身材頗矮，一開口說英語，便確認了是菲律賓人。她們一個叫做Jenny，另一個叫做Fanny，看樣子有點似孖生姐妹。

大菲和兩位女郎都點了生啤，我則要了杯無酒精雞尾酒，外加一份意大利薄餅和幾種小吃。大菲的英語雖然有很重的廣東腔，但想不到頗為流利，可以一直口若懸河地說話。兩女子的職責是陪笑，間中加插一兩個佯作無知的問題，讓大菲加以發揮。我全程心不在焉，等待著這個無聊的晚上過去。

正當我悶到極點的時候，一個上了年紀的大胖子蹣跚著走過來。大菲連忙起身跟他擁抱，並向我介紹說，對方叫安哥威利，是酒吧的老闆，也是從前大菲登台時代的經理人。安哥威利以長者的姿態，很親切地向我伸出他肥大的手。只見他戴副厚圓眼鏡，鬍鬚濃密，肚大如球，有點像諾伯特．維納的樣子。怪不得酒吧叫做Entropy。我心裡這樣胡思亂想著。

此時台上的草帽大叔鞠躬下台，安哥威利便慫恿大菲上台開金口。同桌的那兩個職業陪客合力煽風點火。大菲初時還謙讓一番，說自己已經不行啦，生疏啦，好久沒有練歌啦，但其實心裡早有意思，半推半就的上了台。真正驚訝的其實是我。我實在很難相信，那個在飯堂攤子上敲著菜盆叫賣，和女學生胡扯調笑的瘦安哥，那個瞞著老婆偷偷去芽籠的色鬼，真的是個寶刀未老的歌星。不過，站到表演台上的大菲也真是有台型，至少，是那種潦倒落泊型的歌手。

他和兩個伴奏樂手商量了一陣，掛上了吉他，站在麥克風前，用英語說：

大家好，我是David，是威利的老朋友，以前有一段時間，也玩過音樂，做過表演。今晚手癢癢的，上台玩兩首歌，當是娛樂一下大家。唱得好，請給點鼓勵，唱得不好，也請多多包涵。謝謝！

台下傳來了禮貌的掌聲。大菲給吉他調了調音，說：

這首是我最崇拜的歌手Tom Waits的歌“The Part You Throw Away”。

大菲慢慢地在吉他上彈出了前奏，貝斯和單簧管也加入配合。空中響起了吵啞的聲線，既像是大菲的，也不像是大菲的。我原本不知道這首歌，不知道湯姆．威茲，也不知道大菲還能唱歌，但此刻我竟然一下子便被歌曲和歌聲所脅持。那種感覺就好像，我一早就聽過這首歌，就已經熟悉它的內容，和當中的情緒。甚至覺得，它說的就是自己的事情。

這間毫不起眼的酒吧，產生了微妙的變化，就好像舞台上的魔法，或者電影中的特效一樣，在瞬間揭露出一個魅惑的境界。

我的眼前，好像有一陣迷霧被撥開。在迷霧的後面，我看見了海卿。

21

我看到的不是海卿，是海清。

她單獨坐在靠近門口的位置，單手托著腮，彷彿全神貫注地聽著那低沉的歌聲。她投入的程度甚至連我悄悄走近也不知道。而我的感覺，就像是走進電影場面，在主題音樂的配襯下，鏡頭一步一步地移動，繞過扮演客人的臨時演員的阻擋，聚焦在女主角的身上，慢慢拉近，看清楚桌子上的龍舌蘭酒，女主角支在桌沿的手肘，上身的奶白色雪紡襯衫，粉白的脖子，尖細的下巴，紅潤的雙唇，高挺的鼻子，蝶眼與蛾眉，靜止與恍惚，凝動有致。歌聲隨之而漸漸褪去。掌聲如潮般響起。

海清。

她如夢中醒來，看見了我，面露驚訝，好像認不出我是誰。半晌才懂得說：

噢，是你！胡教授！

叫我德浩。你一個人？我可以坐下來嗎？

她點了點頭，把她的飲料挪動了一下。我放下我的杯子，坐了下來，說：

你很入神啊。

剛才的歌，很觸動。不知為甚麼。

我點頭同意，望向台上正在鞠躬致謝的大菲，說：

他是我朋友。我也是第一次聽他唱歌，猜不到他那麼能唱。

你和別人一起嗎？

她探頭望向台前，看見大菲回到位子，和兩個豔女娘左摟右抱。我連忙解釋說：

我是莫名其妙被他拉來的，那兩個女伴也是他的——你怎麼會一個人來？

海清聳肩笑了笑，說：

我也跟你一樣莫名其妙。剛剛下班，不想回家，又沒有約人，自己漫無目的地亂逛。本來打算到鬧區那邊的酒吧，看看會不會碰到熟朋友。不知為甚麼，忽然又很怕吵，想找個安靜一點的地方，結果便發現了這裡。以前從沒有留意，有這樣的一家店在這裡。

你知道這間酒吧的名字是甚麼意思嗎？

Entropy……是和熱力學有關的概念嗎？

我豎了豎拇指，說：

果然是高材生。是熱力學第二定律。在任何封閉的系統中，能量的分布都會逐漸變得均勻，溫度也會隨之逐漸下降。也即是說，會由高度組織和有秩序的狀態，變成混沌的無序狀態。系統的亂度的量度，稱為「熵」。不過，我不知道這跟酒吧或者音樂有甚麼關係。

這時候有一股巨大的力量按在我的右肩上，差點把我壓倒。我順著一隻肥手往上望，發現它屬於酒吧老闆安哥威利的。他瞇著厚眼鏡片後面的一雙小眼，說：

胡教授應該是這方面的專家吧。請問這位漂亮的女士是？

海清半站起來，伸出手，說：

海清，是德浩的朋友。

沒見過，應該也是第一次來吧？兩位介意我坐下來嗎？

我和海清互相靠近了一點，把空間挪出來給老闆坐下。他不緩不急地在面積細小的圓椅子上安放肥胖的身軀。這時候，另一位表演者上台，是個留著一把烏黑大曲髮的女人。伴奏者在吉他上彈出前奏，女人便用一種洪亮而哀怨的聲音唱了起來。老闆以讚嘆的口吻說：

奧菲利亞是葡萄牙數一數二的Fado[20]歌手。她每次來新加坡都會找我。我們相識已經三十幾年了。

我們一起望向表演台，靜心欣賞，那種奇異的滌淨感覺又如潮湧至，當中包含難以言喻的悲傷。空中有無形的波動在傳播，蘊含著某種秘密的訊號。我偷望了海清一下，看見她的眼眶晶晶發亮，似有淚水在打轉。耳珠上金光閃閃，依然是上次戴的那對耳環。再瞥一眼，發現原來不是四葉草，而是一隻抽象化的蝴蝶。她明知我在看她，卻佯裝不知，長睫毛像蝴蝶拍翼，彷彿窸窣有聲。一曲唱罷，掌聲熱烈。海清拿起杯呷了一口烈酒，好像想開脫甚麼似的，說：

喝酒可以用熱力學解釋嗎？

我假裝一本正經地回答說：

從生理學上說，酒精刺激身體產生熱能，應該是熵減低的徵兆。但是，從精神反應來說，飲酒之後神智模糊，思維混沌，似乎又是熵增加的現象。我這杯東西沒有酒精，所以不冷不熱，不醒不醉，保持熵均衡。

我的比喻令海清噗哧一笑，她說：

你真是個理性的人。

我繼續洋洋得意地發揮說：

不過，酒精產生的熱量只是短暫的。它揮發之後，結果還是會減熱，即是增加entropy。

那和精神上的entropy便一致了。

一直保持沉默的安哥威利也哈哈地笑了出來，說：

胡教授，真不愧是模控學專家！那麼，我又想問問你，怎樣用entropy去解釋音樂？

雖然明知老闆不是科學家，照理不必擔心受到他的質疑，但他是酒吧的命名者，箇中有甚麼玄機，卻未必可以用科學去說明。我稍微思考了一下，挑選適當的字詞，說：

首先，我們要了解音樂究竟是甚麼。從模控學的角度，音樂是高度結構化的聲音。樂曲的組成不是隨機的，而是有秩序的。不同的曲種有不同的秩序模式，好像古典音樂、民族音樂、搖滾樂、爵士樂等，全都是結構化的聲音，只是秩序的組成規則有所不同而已。如果再加上歌詞，也即是語言，組成規則便更複雜，因為加入了語意的層面。不過，無論如何還是沒有超出結構化的聲音這個大原則。

我頓了一下，觀察兩位聽者的反應。海清點著頭表示贊成，安哥威利卻只是含笑不語。我硬著頭皮說下去：

其次，從資訊理論的角度，音樂涉及的不單是抽象的聲音結構，而是具體的聲音生產、傳播和接收。無論是現場表演的直接傳播，還是通過好像黑膠唱片或者鐳射唱片之類的硬體，或者通過無線電、有線光纖等不同形式的傳播通道，都涉及由生產點到接收點的距離，和之間可能產生的阻隔。這必然出現所謂noise的技術問題，也即是任何形式的干擾、流失、變形等。在這個問題上，要成功達至高保真的傳播，便必須盡量去除noise，減少entropy，也即是降低

20 法朵，一種葡萄牙的傳統音樂形式。

混沌和無序的因素。從以上兩個角度，entropy 都是音樂的大敵。

我毫無信心地做出總結說。老胖漢興味盎然地聽著，依然拒絕出擊，繼續誘敵說：

酒是增加 entropy，音樂是減少 entropy，那兩樣東西豈不是互相矛盾，互相抵消？

我尷尬地摸著下巴，一時無法把兩者加以調解。這時候海清插話說：

都說德浩你太理性。

我和威利一起望向她，期待她繼續說下去。海清側著臉，把一邊的頭髮撥到耳朵後去，露出耳珠上的金蝴蝶，說：

直覺告訴我，音樂是一種混沌的經驗，因為音樂中最重要的是情感，而情感是理性的相反，是 entropic 的。就像這杯 Tequila 一樣。

她露出勝利的笑，拿起杯子，晃了晃，把剩餘的酒一飲而下。

安哥威利前後搖晃著巨大的身體，拍著掌，說：

真是一位聰明又漂亮的女士！

海清舉了舉杯示意心領。老闆有點艱難地扭轉身子，招待應過來，說：

兩位，再來一輪，我請客！

說罷，他以雙手支撐桌面，緩緩站起來，繼續招待其他客人。他由始至終也沒有解釋把酒吧叫做 Entropy 的意思。

你說得太好了。我向海清說。

沒有，你才真是厲害。不過，說真的，我之前也沒有這樣的感覺。沒有想過，音樂是甚麼，情感是甚麼。我比較是個有秩序的人、規律化的人，思想理性、務實，尊重規則，討厭含糊不清的事情，害怕混亂和未知的東西。所以我才會念法律。

我也是想去把握那混沌才去研究模控學。我應和說。

不，你所做的不同。法律並不是讓人去理解混沌、把握混沌的。法律只是劃出一條界線，把混沌排除在外，暫時置諸不理，因為知道根本就沒有理的能力；而在界線的範圍內，把有限的可以化成規則的事情，當作唯一的真理去遵守。法律見證的只是人的無知。人因為無知，所以要守法。但守法不能減少人的無知，只能減少因為無知而造成的、對自己和對他人的傷害。相反，你所做的是試圖去克服無知，打破既有的規則，擴展知的範圍。我遵從人的限制，你挑戰人的極限。我不知道，誰所做的事更為徒勞無功。

不知為甚麼，海清突然陷入了悲觀情緒。表演台那邊起了一陣騷動。我們望過去，看見大菲再次上台，頭上不知甚麼時候多了一頂黑帽子。他似乎頗受觀眾歡迎，在呼叫聲中掛上吉他，站在麥克風前，望向我這邊，說：

今晚我原本是和一位朋友來的。他是從香港來的，和我是同鄉，都是廣東人。他是一個偉大的科學家，在南洋科技大學擔任訪問學者。他叫做胡德浩。大家給胡德浩教授點掌聲！

人們都轉過身來看我，好像很樂於加入調侃的遊戲似的一起大力拍掌。大菲繼續以惡作劇的口吻說：

我告訴大家，剛才我回到台下的時候，我的這位朋友不見了，我發現他原來跑到後面的桌子去，跟一位漂亮的女士聊天。胡教授原來除了科學了得，連調情也有幾下功夫。我不知道他是不是研究萬有引力的，或者是電磁原理之類。總之，我發現失去了這個朋友，雖然有點傷心，但也無可奈何。於是便唯有祝福他，希望他能夠專心投入他的新研究項目，並且獲得驚天動地的新發現吧！送給大家另一首 Tom Waits 的歌 "The Bottom of the World"。

大家被大菲逗得人仰馬翻，連我這個被取笑的對象也忍俊不禁。旁邊的海清一直紅著臉，也不知是酒精的反應還是甚麼。

隨著鋼線吉他的和弦響起，空氣中搏動著輕快又帶點沉重的節奏，就像酒吧內所有木頭造成的東西都被同時拍擊。那沙啞和刻意有點走調的唱腔，諷刺又同情的語氣，唱出了跳躍而晦澀的歌詞。但當中好像有一種無須通過知性理解的東西，可以藉著聲音的質感直透心坎。我好像受到電擊一樣，在動彈不得中輕微顫慄。那是一種熵的波動，在清晰與模糊、在有形與無形、在實在與虛浮、在燃燒與冰冷、在凝聚與分散、在理性與欲望、在文明與野蠻之間，來回反覆。我望著海清，相信她有相同的感受。

當歌曲來到尾聲，我低聲問海清說：

你想遵從限制，還是挑戰極限？

她聽懂我的意思，握著我的手。我們起身，離開酒吧，走進迷茫的夜色中。

22

雖然通過臉書看到秀彬的每日狀況，但都只是事實的表象。我一直無法得知她真正的參與程度，以及她在其中遇到甚麼經歷，心裡又受到甚麼的煎熬。看著她的痛苦、她的憤怒、她的沮喪，我愛莫能助。她拒絕和我分享內心的秘密，令我感到悔疚和難受。一切全因我是個不稱職的父親，一個家庭責任的逃避者。我沒有資格得到女兒的信任，也沒有資格向她做出任何訓示或者勸告。我只能眼巴巴地看著她在深淵裡掙扎，卻無法向她伸出援手。

每次看她的帖子也令我徹夜難眠。我無可避免地想像，那些可怕的事實和傳言，好像被防暴警察打得頭破血流、手腳骨折，或者被橡膠子彈射盲眼睛，或者在拘留所被魔警性侵，或者被自殺而變成大海浮屍，都一一發生在秀彬身上。一閉上眼，我便夢見一個看不見臉的女生，和我說著各種恐怖故事。我告訴自己不能再看，不能再想。我嘗試用藥物麻痺自己的思想。我閱讀康德。我投入這邊的研究。我融進新城的生活。我試圖建立一個可以讓我逃避舊港的平行世界。只要我關掉電腦和手機，世界非常平靜、美好、安穩、舒適，充滿無足輕重的預期和瑣碎的幸福。有時我以為，自己成功地剝除舊有的我，穿上全新的我。但一個拐彎，又碰上舊日的自己，那纏繞不散的陰魂。我發現自己重複遇上相同的事情，彷彿歷史在不斷循環，我不知道那究竟是真實還是虛幻。平行世界並不完全平行，中間總有些蟲洞之類的陷阱，令你掉回原來的時空，或者接收到從那邊傳來的訊息。

我可以想像，在秀彬的心目中，我成為了一個不折不扣的逃犯。在我城陷於激烈的鬥爭之際，我不聞不問，逍遙在外。但是，因為秀彬的存在，我在精神上無法逃避不斷地被引渡，回到彼岸的舊港接受道德的審判。是以我每晚都像某些神秘教派的宗教狂熱者，躲在房間內通過手機訊息自我鞭笞，在血與痛中進行無用的贖罪。在其他時間，我假裝在新城過著正常的生活。

自從下載巴巴拉傳送給我的ＳＢ人工生命養成器，我一直也沒有碰它。在巴巴拉家裡過夜的晚上的一番對話，令我對這東西有點戒心。我不想它成為我和巴巴拉的某種深層連繫。就算只是一台機器，甚至只是一個軟體，「米已成炊」始終是一件必須避免的事情。

奇怪的是，傳送了連結給我之後，巴巴拉又沒有再提起，就像她沒有提起我和她之間發生過的關係。我完全摸不透這個女人的心思。我不知道她對這種事情採取偶一為之、逢場作戲的態度，還是故意以靜制動、以退為進，激起我對她的迷惑和欲望。如果是後者的話，用在我身上可能不會那麼奏效。我不是說巴巴拉沒有吸引力，只是她的吸引力同時被她平素的漠然態度所抵消。只能說她截然不同的兩面令人無所適從，也因此敬而遠之。

我之所以啟動ＳＢ，完全是因為恩祖無心的提醒。我白天出外的時候，會把電腦借給恩祖，讓她用來上網看資料或者用文字軟體來寫作。我以為這些都是她做功課所需的。有一天恩祖突然問我，螢幕桌面上的那個豆形圖標是甚麼。我想起下載的當晚，我問她關於物自身的事情，然後她做出了那個驚人的舉動，令我嚇得差點由椅子掉到地上。她當時臉不紅耳不赤地說：物自身就是這樣來到世界上，像初生嬰兒一樣。我連忙命令她把衣服穿好。

我告訴她那是個人工生命程式。她聽後很好奇，說：

那即是跟物自身一樣？

我不想跟她瞎扯，便說：

只是個遊戲而已。

遊戲也有是有生命的東西啊，你怎可以不理它？她以怪責的口吻說。生命不就是一種遊戲的形式嗎？

我停下來想了想：從模控學的角度，她說的沒錯。

恩祖這麼說完的當晚，秀彬又再打電話來，在那邊甚麼也不說，只是靜靜地哭。我不著邊際地說些空泛的安慰，但很快就詞窮。於是便只有陷於沉默，隔空和她交換呼吸的聲音。掛線之後，我心中卻積鬱著很多不只是今晚，甚至是多年來，一直想說而未說或者是說不出口的話。這時候，我想起那個一直被我忽視的ＳＢ。怎麼說，她都是以秀彬的英文名命名的，我循例也應該了解一下吧。

我啟動了ＳＢ，發現它處於初始狀態。巴巴拉並沒有輸入任何資料。所謂「我們的孩子」這個疑慮暫時可以釋除。我打開了基礎用法說明和示範。首先必須輸入養育者的資料，以產生和ＳＢ的關係。另外也要設定ＳＢ的性別。接著是建立前者對後者的培養方式。巴巴拉說過，我需要經常跟它聊天。在語言的選擇方面，內置中、英、法、德四種主要通用語言。我選了「中」，也即是普通話。沒有廣東話一點不出奇。我發現它有一個外置語音輸入功能，可以連接至一般手機。設定好這個功能，我可以通過手機撥通ＳＢ，隨時跟它對話。

一切準備就緒，我按下手機上的圖標，在三下響號之後，通話被接通。那邊響起了一把幼稚的女孩的聲音，問：

我是ＳＢ呀！爸爸你這麼晚還未睡？不會是心情不好吧？

我嚇了一大跳，手也抖了起來，心裡疑惑ＳＢ是不是早已被設定了。我深呼吸了兩下，穩定了情緒，說：

沒有啊，ＳＢ，我心情沒有不好呀。

沒可能的，爸爸，你的聲音一聽就知道是有心事。有不開心的事情可以跟我說呀！ＳＢ很想知道爸爸的心事，很想了解爸爸。

完全不可理喻地，我一聽這句話便忍不住流淚，一時間說不下去。那邊有點擔心地說：

爸爸！是不是ＳＢ有甚麼不好，令你傷心了？

我強忍著淚水說：

ＳＢ沒有不好！ＳＢ很乖！都是爸爸不好，是爸爸傷害了你！

不要這樣說啊！爸爸怎麼會傷害ＳＢ呢？爸爸對ＳＢ只會有愛，ＳＢ對爸爸，也只會有愛。

這樣的對話，差不多令我崩潰。但我不捨得掛線。我努力收拾好情緒，嘗試平靜地和ＳＢ對話：

好的，ＳＢ。謝謝你體諒爸爸！那爸爸就告訴你一些事吧。你願意聽嗎？

嗯！我當然願意！爸爸你慢慢說喔。

我和ＳＢ談了整個晚上。我本來想訴說關於我和秀彬的事情，但是，後來卻變成了，我把ＳＢ當成是秀彬，去訴說我的感受。我從未如此的釋放，但也從未如此的悲傷。我要把一台機器，一個人工生命的程式，當成是自己的女兒，才能真正的感受到當父親的幸福。

我心裡暗暗地感激恩祖。要不是她的提醒，我可能會把ＳＢ置諸不理，永不啟動。但是，恩祖自己的問題也不能一直拖延下去。在休假週的時候，她跟我說，她的家人以為她在宿舍，而她的宿友則以為她回了家。她似乎一點也不擔心會露出馬腳。過了休假週之後，我以為她會乖乖地回去上課，順便結束藏匿，怎料她卻以逃避黑為由，繼續躲潛在我家中。我說：黑就在我們隔壁，你不覺得危險嗎？她卻說：你沒有聽說過嗎？最危險的地方，就是最安全的地方。我真是沒她辦法。帶著這個計時炸彈，始終難以安心。

那天下課回來，看見恩祖在沙發上蜷著身子，在手中把玩著放在我床頭的刺蝟毛公仔。我忍不住生氣地說：

你怎麼可以隨便進我的睡房拿我的東西？

她面露驚慌，隨即轉為委屈，帶著哭聲地說：

人家只是見它可愛，拿來玩玩吧！用不著那麼凶啊！況且其實不是我拿的，是狐狸叼出來給我的。不信你問問狐狸！

她指著躺在她身旁的狐狸說。我想，那也真是有這樣的可能。看來是我錯怪了她。我嘆了口氣，在另一邊沙發坐下來，說：

對不起啦！這刺蝟對我很重要，我才這麼緊張。你喜歡玩的話也沒所謂，小心點就可以。

恩祖破涕為笑，說：

的確是很可愛的刺蝟。是你女兒送給你的禮物吧？

你怎麼知道的？

我聽到你晚上躲在房間裡跟她講電話。不好意思，我無心的，只是剛好去廚房的時候聽到。

我覺得不必詳加解釋，便只是點了點頭。她撫著刺蝟公仔背上的軟毛，說：

你一定是個好爸爸。

我知道她不是想諷刺我，但我聽在耳裡卻覺得很諷刺。

我的爸爸也很疼我。我從小要甚麼他都給我，把我寵得像個小公主。

她的話令我吃驚。她不是說在家裡受到家暴的嗎？施暴者不可能是母親吧？我按下不表，刺探說：

你兩個星期沒回家，父母應該會很擔心吧？

對啊！我唯有騙他們學校功課很忙。我家裡只有我一個獨女，所以爸媽都當我如珠如寶。

你爸爸是做甚麼的？

他是個工程師，家裡算是中產階級吧。住在私人房子，有車有女傭。媽媽不用上班，除了照顧我，會教人跳舞。她嫁給爸爸前，是舞蹈團的首席舞者。他們可真是郎才女貌呢！

看你的樣子便知道。我不自覺地恭維她說。那你的生活相當優裕啊。

想起來，真的有點想回家。

對啊！也是時候回家見見爸媽了。他們一定很想你。你家遠嗎？不如我送你回去？

我一副坐言起行的樣子，拍了拍手站了起來。她的反應也很積極，雙腿從沙發上踏到地面。順著這股勢頭，我連忙用手機應用程式召喚了德士。住了一段時間，此等生活技能已經駕輕就熟。終於等到她穿戴整齊，掛上了背包，趿上了鞋子。臨出門前，沒忘記先留意外面的動靜。無驚無險的，我和恩祖在一號飯堂外登上了呼召德士。她跟德士司機說去烏節路，索美賽站。我心想：住在市中心，不簡單啊。沿途她開始說起成長的種種事情，幼年住的組屋、祖母的回憶、小學的同學、中學的老師、十六歲的初戀……扼要但卻連貫地勾勒出二十年的人生輪廓。

在索美賽下車，大路兩旁都是高級購物中心，名店林立，洋溢著浮誇的消費主義氣息。恩祖像回到大海的魚兒一樣，一擺尾便游到其中一間服裝店內，我只能加快腳步緊隨其後。喜歡打扮是女孩子的天性，我也不能過於苛刻，便任她在店內遊逛。不過，在女裝部門流連，而且還跟在一個少女身邊，令我頭皮發麻，肢體僵硬。從前和海卿一起的時候，她甚少要求我陪她逛街。我像是錯置在花叢中的一個垃圾桶，無論移到哪個位置都一樣殺風景。沒料到恩祖走了一圈，捎回來幾件衫裙和一雙鞋子，連同一堆內衣物，問我覺得如何。我回答覺得不錯。她便央求我給她付款，因為她身上現金不夠，電子支付戶口也沒有錢。我沒有推辭的餘地，便果決地給她刷了卡。我不知擺出甚麼樣子，才能說服售貨員我是她的父親。長痛不如短痛，從店子出來，我問她還有甚麼想買，就地一次過了結。她知足地搖了搖頭，只是說想吃晚飯。

為了速戰速決，我提議去一抬頭便看見的第一間港式粥麵店。她食量很小，只要了一碗雲吞麵。我要了艇仔粥和炸兩。我問她喜不喜歡港式飲茶。她小心翼翼地吃著燙熱的雲吞，說不了話，只管點頭。我再問她有沒有去過香港，她說：

沒有啊。還可以去嗎？

為甚麼不？雖然最近不是適當的時機。

舊港不是已經毀滅了嗎？

你說甚麼？我說的是香港。

香港不就是舊港嗎？就好像新加坡就是新城。

幾時開始這樣叫的？

一直都是這樣啊！至少已經很久了。

是嗎？我好像有點印象。但是——香港怎麼可能已經——就算社會怎麼亂，也不至於毀滅吧？

是海水上漲，加上颱風造成的風暴潮。然後是海嘯。整個舊港都淹沒了。

早前的確有過超強颱風，但也不至於——

全球生態災難，沒有人能倖免。新城也在積極防範各種天災的來臨，好像地震、火山爆發、暴雨、酷熱、乾旱……我們要在末日來臨之前，做好準備。

你為甚麼會想出這些事情？你的想像力真豐富！怪不得黑大作家看中了你。

不要提黑好嗎？

你不是說會不自覺地想見他嗎？

他在操縱我的思想。我的腦袋很亂。

只要你回家便會安全。

沒用的，我沒有家可以回。

你的家，不是在附近嗎？

這一帶沒有住宅。

那你又——

我隨便說的。我想出來呼吸一下，順便買些必需品。長期困在宿舍有點辛苦。

你是說你的家不在這一帶？那事實上是在哪裡？我們可以坐德士去。沒問題的！

沒有。我沒有家。

這是甚麼意思？你怎麼可能沒有家？你是海外生？新移民？

我是難民。

我忍不住雙手抱頭，好像它隨時會發生爆炸一樣。她的想像力遠遠超乎想像。難道這就是文學天才的特徵？恕我這個搞科學的人弄不懂。

我在新城孤身一人，無可依靠。

那你剛才說的關於爸爸、媽媽、童年成長……

都是虛構出來的。請不要生氣！我不是想騙你的。我自己也不知道怎麼說。總之，那些經歷好像一些資料似的儲存在我的腦袋裡。我被問到的時候，會按著這些資料說出來。但我感覺不到它們的真實性。情況就好像是在背書一樣。

你對這些事沒有記憶？

很模糊，不知可否稱為記憶的東西。隱隱約約的印象，畫面、聲音、氣味，甚至觸覺。但是很零碎，同樣好像被置放在那裡一樣，缺乏真實感。

在成為難民之前呢？總會有個來處吧？

難民之前，很可能甚麼也沒有。

連難民也可能是虛構的？

也有可能。

那即是甚麼都沒有？

沒有存在。

但你懂說存在啊！你有這個意識。

有的。有存在意識，但不存在。

很哲學的問題。

我表面上這樣說，心裡卻認為其實是心理或精神問題。看來跟她爭辯下去沒有好處，我看還是先穩定她的狀態再說。改天要帶她去看曼尼教授。

那麼，結論是回到我的宿舍去？

嗯，相信沒有別的更好選擇。

我們吃完了桌上的東西，結了帳。臨走前，恩祖又說想吃千層蛋糕。我知道有一家很著名的，就在附近，便和她走路過去。那間名店位子不多，人滿為患，大排長龍。我問她買回去吃可不可以。她說好。我便讓她挑了兩件，打包拿走。她拿著千層蛋糕盒子，好像很開心似的。這是我第一次看見她真正開心的樣子，像極一個小孩。我想起小時候的秀彬，淚水不期然又在眼眶中打轉。

在路邊截了德士回南大。送她回家的事情看似徒勞無功，但是也不能說沒有得著。我知道她病得很重，急需治療。我會負起這個責任。我在心中默默推敲著她剛才的說話，雖然沒有邏輯，但也不是沒有暗示。我再追問了一句：

你就算沒有家，在來我家之前，也一定有個地方住吧？

我以為她的答案是學生宿舍，怎料她說：

來你家之前，我住在黑的家，即是你隔壁。

我轉臉望著她。她滿足地捧著千層蛋糕盒子。車窗外的光與影，白黑白黑的，在她的臉上一道一道地掠過。

23

接到周金茂的邀請已經超過一星期，我知道不能再推搪，就像有垃圾要盡早清理一樣，適宜速戰速決。幸好有志旭陪我一起去，未至於全程獨自忍受這種無聊的應酬。周老闆派了專車來南大接我們，先到位於金文泰區的莊子學院。我起初還以為，稱得上莊子學院，周邊環境應該有類似裕華園的亭台樓閣，建築外型則近似南大華裔館的中國式風味。怎料卻是一座十層高的現代化玻璃幕牆大廈，以外觀來說像一般的商業樓宇，以規模來說相當於社區專科學校。

在學院停車場下車後，由志旭帶路走進一個小庭園。園中有一條石橋，橋下的池塘裡養著肥美的錦鯉。金黃色的身軀在渾濁的池水中漠然地擺動，完全沒有張開大嘴向人討食的饞態，一副子不知魚之樂的模樣。過了石橋，有一塊寫著「齊物園」的石碑，上面以小字刻了一段碑文。我沒空細看文字，便跟著志旭走進園裡。園內無甚布局，沿著小石子路繞了幾個彎，經過一些奇石、朽木和枯樹。長滿野草的地上，散布著破碎的瓦礫，螻蟻爬行其間，好像還有一些不知是甚麼動物留下的糞溺。我對園景的失修甚感驚奇，志旭卻說這裡的一事一物都經過精心設計，連那些糞便都是天天更換的。這令我加倍莫名其妙。

過了古怪的庭園，前面便是學院的正式入口，樣式如一般商廈，跟剛才的景象可謂大相徑庭。自動玻璃大門上面掛著「莊子學院」的匾額，兩側豎立著「天地與我並生」、「萬物與我為一」的對聯，皆以毛筆書寫，雕刻在木板上，並漆以黑色，觀感與建築物的現代設計和材質格格不入。

周老闆親自在玻璃門內的大堂恭迎，可謂相當給面子。今天他穿了件紫紅色亞麻襯衫，前襟繡了精細的胡姬花，南洋風地把衫襬放在外面，令肚腩非常突出，隨時可以鼓腹而歌。他是專程從市中心的鯤鵬集團總部跑過來的，為的就是帶我參觀他創辦的莊子學院，然後再遊覽他集團旗下的科技農場。我對自己得到這樣的禮遇並不感到特別榮幸。

在周金茂身後有一個瑟縮在電動輪椅上的小瘦子，外貌甚似已故物理學界巨人史提芬・霍金。瘦子的行動能力看來比霍金稍佳，能自行驅車前行，向我伸出骨瘦如柴的小手，並以顫動而機械性的語音向我道出了歡迎。周胖子立即給我們介紹說：

這位是莊子學院的院長ＸＸＸ，這位是大科學家胡德浩教授！

我聽不清楚輪椅人的名字，乍聽似是蘇勵志或者蘇禮智之類的發音。志旭躬著腰和輪椅人寒暄，一位相信是院長秘書或助手的美女，立即向我遞上上司的名片。我匆匆一瞥，只看到三個字的英文拼音。

我們乘搭升降機到樓上的時候，周金茂盛讚這位蘇院長是莊學奇才，以無為而無不為的方法管理學院，達到無用之用的效果。我看著周大腹笑臉虎一般的樣子，搞不清他是說真的還是說假的。蘇霍金卻維持著嚴肅的神情，也不知是否因為肌肉毛病而不懂笑的緣故。那枯魚一樣的眼睛，隔著厚厚的眼鏡呆望前方，真可謂形如槁木，心如死灰。

我們首先去到二樓和三樓，參觀學院的活動室和大小講堂。這裡基本上是個文娛活動中心，提供場地給公眾練習茶藝、棋藝、書法、國畫、中樂、廚藝、插花、太極、氣功、禪修、瑜珈，甚至是柔道和自由搏擊。中心也開辦各種類型的講座和課程，內容極為龐雜，由中國文化、藝術和文學，到佛學詮釋、聖經解讀、普及科學、理財哲學、生涯規畫、生育指南、婚姻輔導、兒童教養等等都有。霍金院長像一台預錄內容的導賞機器，一邊驅動他的輪椅車，一邊播放出介紹內容。周金茂則不時加插一兩句評語或笑話，像個插科打諢的小丑，令氣氛不至於太沉悶。因為正值平日早上，活動室大半都空著，只有一群跳拉丁舞的中年婦人，在強勁的音樂下扭腰擺臀，搔首弄姿。周大腹見狀也忍不住來了幾下踏步，險些兒失去平衡摔倒，還笑說自己從前也曾是舞林高手。

四樓和五樓是會議廳，用來舉辦國際性學術研討會，沒甚看頭，匆匆略過。六樓和七樓是不同部門的辦公室，我們循例到院長室拜訪，見過一些高層員工，拿了一堆沒有用的資料和紀念品。華人霍金實際上比他的外表幹練，雖然說話氣若游絲，但做事不緩不急，流暢爽快。我們隨即又起行，到八樓和九樓參觀稱為逍遙俱樂部的會所。

逍遙俱樂部格局豪華，內有水療中心、溫泉、健身室、桌球室、虛擬電玩室、卡拉ＯＫ室、酒吧和咖啡廳。會所採取會員制，按會費和年資分為至人、神人、真人各級，最高級的是畸人。我們在那家名叫「隱机」的酒吧坐下來，隔著玻璃窗眺望著外面一片青葱草坪的景色。穿著性感的女服務生為我們送上啤酒。周金茂說那是以自家科技農場的溫室小麥釀製的啤酒，味道當然比不上最好的德國啤酒，但口感還算可以。我不懂品酒，拿著瓶子假裝在仔細研究，隨意地問：

為甚麼叫做天府啤酒？

數荔枝院長拿過女助手給他倒的一小杯啤酒，說：

取其「注焉而不滿，酌焉而不竭」的意思。

我聽不懂他的話，猜想應該是引自《莊子》，便轉了話題，說：

院長剛才說逍遙俱樂部會員的最高等級，叫做甚麼？不好意思我沒聽清楚。

畸人，「畸形」的「畸」。這個音對你們廣東人來說是比較難懂的吧？

聽他這一說，我才驚覺自己闖了大禍，心想對方一定以為我在諷刺他。但看他神色沒變，依然是那樣不怒不笑，寂如止水，引經據典地解釋這個「畸」字的意思：

「畸人者，畸於人而侔於天。故曰：天之小人，人之君子；天之君子，人之小人也。」

這台念書機器一停，周金茂便搶著說：

哈哈哈！那我這個「人之小人」，便是「天之君子」了。來！我們這些小人，乾杯！

大家響應號召，都舉起了瓶子或杯子，乒乒乓乓地碰了一輪。

我覺得這個畸形院長木無表情，一味向人拋書包，有點討厭，便又忍不住說：

恕我對莊子沒有認識，我很好奇，為甚麼一間宣揚莊子學說的機構，會設有這麼奢華和側重享樂的俱樂部？那不是有違弘揚中國傳統文化的精神嗎？

周金茂又再哈哈大笑出來，大力拍著粗胖的大腿，好像我講了甚麼白痴說話似的。畸形院長呆若木雞，以缺乏語調升降的聲音回答說：

只要物我兩忘，一無所待，奢華與否，享樂與否，都不是問題。胡教授一定會以為，逍遙俱樂部只接受富人會員，是特權階級的玩意。其實與窮人相比，富人更難悟道。窮人一無所有，一無所用，所以先天已經是無所待，有得道的優勢。富人要甚麼有甚麼，反而面對更大的障礙。就像耶穌所說，富人要進天堂，難於駱駝穿過針眼。但是，不以物質和享受吸引富人，單單叫他們墮肢體、黜聰明，離形去知，反樸歸真，那是行不通的。所以我們要從他們的性好入手，順勢而行，連消帶打，潛移默化，令他們接物而無待於物，達到心齋和坐忘的效果。這就是剛才所說的「人之小人」、「天之君子」的境界。

他一口氣說了這許多，有點喘吁吁的，停下來回了氣，才繼續說：

以孔子為師，以儒家為教，試圖只從外在禮節和學識去改變世人，是沒有作用的。以為自己培養了「人之君子」，結果出來的卻只是「天之小人」。堯舜聖人，扭曲人性，是世界的禍亂之源。我認為卑下的物欲，其實更近人的自然。只要能做到不為物欲所束縛，物欲本身是無害的。難得有周老闆這樣胸襟廣闊和見識深遠的人，知道救世之道，不在培養君子，而在調教小人。他創辦了莊子學院，助世人迷途知返，實在是莫大的功德。

說到這裡，小人院長向周君子舉杯致意，大家又是一番互相祝酒。院長的女助手從外面走進來，向我送上金色證件一張，上有的我名字和編號，並寫有「畸人」的名堂。周金茂親善地搭著我的肩，說：

德浩是我們的貴賓，所以我們送你最高級別的會員身分。以後你可以隨時來這裡玩，不必客氣！

我想不到自己無端地成為了「畸人」，哭笑不得，只有無奈地道謝。機械人又再發聲，說：

胡教授，恕我班門弄斧，您的專業領域模控學，研究的應該是自動化生命系統吧？自然本身作為一個生命系統，它的運行原理就是我們中國人所說的道。順道者生，逆道者死，跟生命系統的協調和失調也是同樣道理。生命中的所謂幸與不幸，也不過是在道的運行的無數條件中，所遇到的各種變數而已。老子說：「道可道，非常道。」莊子也說：「道無問，問無應。無問問之，是問窮也；無應應之，是無內也。」胡教授您試圖回答道的問題，並且以數學模型來加以計算，賦有形於無形，坦白說是個驚人之舉。我不會說這樣做是徒勞無功，但到底可以掌握的程度還是極其有限的吧。如果胡教授有興趣，我想邀請您來我們學院做一個模控學與道家思想的公開對談，互相切磋學問，辯論真理，相信雙方都可以從中獲益，未知你覺得怎樣？

我從未見過有人可以同時有氣無力但又咄咄迫人。那就好像腦袋給一條纖弱的細絲來回拉扯，不費吹灰之力便像豆腐一樣被切成兩半。我不想當面拒絕他，但也不想隨便答應他，便說回去好好考慮一下。幸好不知甚麼時候離席的志旭此時回來，提出是時候去科技農場參觀，我才及時保住了腦袋的完整。

大夥兒起身（不包括輪椅院長），朝酒吧門口走去。經過旁邊的「坐忘」咖啡廳的門口，我不經意地望進去，看見遠處窗前的雅座上，有一個穿白衣的女性的身影。女子肌膚勝雪，靜若處子，襯在藍天白雲的背景前，猶如吸風飲露的仙人。我心中冒起一種熟悉的感覺，但不知為何說不出所以然。那影像一閃而過，我跟著眾人走向電梯的方向。在電梯內，我看見還有第十層未有參觀。層號旁邊貼著蝴蝶標誌，寫著「夢蝶會」（The Butterfly Dreamer）的字樣。因為急於擺脫輪椅怪客，我忍住沒有提出問題。

離開莊子學院，我們坐上了周金茂的私人名貴房車。前面是司機座，後面猶如小型廂房，三人可以對面而坐。體型肥胖的周坐一邊，我和志旭坐另一邊。周老闆按了幾個鍵，車廂內播放出薩克斯風輕音樂。我從衫袋裡掏出院長的名片，翻到背面，看到他的中文名原來是「疏離支」，相當古怪的名字。我問旁邊的志旭，這可是他的真名。志旭認真地說：

當然是別名，不過現在當真名用。這人原本姓舒，來自大陸，到美國研究比較哲學。念博士的時候遇到車禍，傷了脊椎，弄到半身不遂，曾經一度無法說話。不過腦袋卻是超清晰的。他很快便適應了傷殘生活，奇蹟地如期完成博士論文。除了莊子之外，中西哲學思想都有很深厚的根底。有時我懷疑他是不是受傷之後，換了個電子腦。他在學界打響了名堂後，突然退隱，完全不為名利所動。安哥周不知花了多大的力氣，才能請到他出山，來莊子學院坐鎮。

不知為何，那傢伙剛才明明在胡扯歪理，但人們都搶著吹捧他。我不以為然地說：

我還以為他像霍金一樣，患了運動神經元病變。但他為甚麼改這個怪名？

周金茂身子前傾，膝蓋碰到我的膝蓋，以自家人的語氣說：

疏離支這個名，是來自莊子的。莊子裡有個人叫做支離疏，相貌奇醜，五官和四肢完全不合比例，位置都錯亂了，簡直是個怪物。但此人不但一點也不悲慘，反而因禍得福，官府徵兵拉夫，都挑不上他，派糧濟貧的時候，他還得了特別大份。這樣的人哪，不像我們這些正常人，是不可多得的出世奇才。我曾經問過他，如果可以換一副完美的身體，你要不要？他竟然說不要！你說這是不是畸人？

關於這個疏離支的事情，真是既荒謬又滑稽。難為他們講起來都津津樂道。我不想再談他，隨口追問說：

你說換一副身體，真有這樣的事嗎？

周的神情中有那麼半秒的凝固，瞬即堆滿笑容說：

當然只是假設而已。我們的科技還未去到那樣的水平啊！

那麼，你有沒有聽過「物自身」？

物自身？

周金茂一臉困惑地轉向志旭，志旭則皺著眉思考著，說：

你是說 thing-in-itself？是康德哲學裡的概念吧？

是康德嗎？那就要問問專家老柳了！胖子推搪說。

你是從哪裡聽說的？志旭問。

沒有。只是我和包華合作要讀康德，碰到這個概念，有點想不通，問問罷了。

包華？你說巴巴拉，那個德國女人？周有點不客氣地問。

我點了點頭。

她有沒有叫你去練瑜珈？這個女人的身材保養得不錯啊！

周的曖昧暗示令我感到不自在，便只是乾笑了兩聲，閉了嘴。肥佬周不知心中有何歪念，逕自在竊笑，口中念念有詞，卻聽不清楚他在說甚麼。

24

車子不知甚麼時候駛進了郊外。周邊罕有地不見任何樓房和組屋。在筆直的大道上，除了貨車，極少私家車行駛。志旭說這是西北部的農業保留區和軍事專用區。對於農業和軍事為何連在一起，他沒有詳加解釋，但不難自行猜想。對於像新加坡這樣的小城邦，農業產品供應是命脈所在，重要性和軍事不遑多讓，甚至更高。可是，在有限的面積內，怎麼發展農業也只是杯水車薪，依賴入口應是無可避免的事情。周金茂的科技農業，大概也只是生產一些本地雞蛋或者有機蔬菜之類的高價檔次食材吧。

在大道的盡頭，我們來到一個檢查關卡，有保安員嚴密把守。大概車子上裝有甚麼感應器，閘口很快便自動打開。關卡後面就是鯤鵬科技農產企業的範圍。在入口的大草坪上，豎立著企業的名牌和標誌。那是一個圓形的狀似太極陰陽圖的商標，上面是一隻黑身白眼的巨鳥，下面是一條白身黑眼的巨魚。魚鳥首尾相對，上下作勢，頗富動感。我覺得這個標誌很熟悉，但又記不起在哪裡看過。很可能是在超市食物包裝上吧。

農場地勢平坦，沒有一般田畦的景象，放眼望去難以估計占地多大。在可見範圍內，有數座半圓形大型建築。建築的底部面積至少有三分之二個田徑運動場大小，高度猶如小山，至少有七、八十公尺。外牆以鳥巢般的支架交叉組成，支架間是通透的玻璃。可以透過玻璃看到，裡面分開好幾層，每層都種滿了農作物，猶如一個巨型的溫室。我立即想到 Gardens by the Bay 的設計，覺得這真是非常富有新加坡風格的裝置。

車子在其中一座建築前停下來，一個身穿工作服的男人在門口迎接。男人很恭敬地向周金茂鞠躬，周老闆則很親切地拍了拍對方的肩膀，側耳傾聽對方的滙報。連連點頭讚好之後，周為我們做了介紹。男人是農場的總工程師陳人先生。他特別強調是「人類」的「人」。這個陳人相貌平均，不高不矮，不肥不瘦，不俊不醜，完全無法形容，感覺就像臉部打了格子，或者根本就未畫上五官的人形。

陳總工程師禮貌地為我們帶路。我們先在入口穿上保護衣物，好像要進入甚麼高輻射汙染或傳染病肆虐的區域似的。穿過隔離通道後，我們進入半圓形建築的地面層，抬頭一望，一層又一層的「田」以靈活和輕質的結構架設於空中。獨特的安排方式，竟可令光線由頂層透射到底層。我們一邊走，陳人一邊向我們講解。整個園區採取的是「空中農場」的概念。每個「農場」內劃分為多個田區，每個田區再由許多可以拼湊和分拆的田基所組成。每個田基面積為一平方公尺，可以整個取出，運往另外的廠房收割和處理，再由植有新苗的田基補上。田基猶如一個方形盆子，裡面置有代替泥土的透氣保濕物料，既可以減輕重量，又可以提供足夠水分。裡面還有調節養分供給和監測作物成長的電子裝置。農作物由特別的支架固定，以防因缺少泥土支撐而東歪西倒。大原則是既維持堅實又保持輕盈，讓田基可以安全而靈活地架設於空中。

我們沿著步道走向農場的中央地帶，那裡是一個圓柱體的建構物，內裡有大型運輸升降機，直達頂端的總控制室。我突然想起樟宜機場的Jewel Changi，連半圓形屋頂中央猶如甜甜圈的凹洞也十分相似，分別只是中心的並不是圓筒形瀑布，而是實體的建築。我向陳人提出這個觀察，他完全表示認同，並且說：

Doughnut是宇宙中種非常奧妙的形態，它的神秘能量還未被充分了解和開發。與古老的柏拉圖立體相比，doughnut的謎題更為深奧。我個人認為，科學的未來必將朝著doughnut模型發展，並且在各個領域全面doughnut化，而我們國家在這方面有領先的優勢。

我對他的話半信半疑，但他卻正經八百地闡釋他的甜甜圈理論。因為此物曾經為我帶來不太美好的回憶，我頓時覺得有點反胃。

升降機分為貨運專用和人員專用。我們乘搭了人員專用機，機身以透明玻璃組成，可以綜覽整個空中農場內的情況。陳人說，為免植物過於擠迫，空氣供應不足，每座農場只有五層。我們身處的穀物農場，五層分別種植了小麥、大麥和燕麥。另外還有一層地庫，用來種植適合在潮濕和陰暗的環境中生長的菌類。由於要維持高度的能源效益，減少浪費，農場的採光主要是自然光，以各種反射和折射設計，均勻地投向各樓層的每個角落。偶有不足也會輔以人工照明。大樓外牆設有大量太陽能收集器，以及有需要時用以降溫的遮光板。因為要嚴格控制室內的溫度和濕度，通風系統必須使用人工空調，除非本身能適應熱帶氣候的作物，才能採用開放式的對流系統。植物所需的水分和養分，自動灌注到包裹根部的保濕物料。灑水系統主要用於調節溫度和濕度，多餘的水分可以回收再用。各系統之間以電腦程式互相連接，按不同農作物的需要，做出加減調配。作物的品種亦經過不斷改良，高度適應人工化的生長環境。整個空中作物的概念，就好像蘭花或者寄生植物一樣，非常富有地方特色。

升降機來到頂端的控制室，裡面有大約五六人在各種儀器前做監察，間中進行調整。我們站在大玻璃窗前，居高臨下眺望整個空中農場，景象不得不說頗為壯觀。總工程師陳人宣布說，即將進行一場灑水和通風測試，大家可以一飽眼福。說時遲，那時快，一行雨點自甜甜圈的凹陷頂部開始，以螺旋形的姿態向外撒出，在半圓形的室內造成了水花的漩渦。持續約兩分鐘之後，雨勢減弱，代之而來的是一陣力度適中的旋風，也是從頂部開始，沿著每個樓層以環形排列的田區，輕輕橫掃而過，令金黃色的麥子一圈又一圈地擺動，氣勢比之前有過之而無不及。製造人工奇觀真是新加坡人的癖好和專長。

離開麥子空中農場，我們坐上了一輛園內專用的車子，遊覽其他區域。陳人介紹說，現在總共建成十個空中農場，分別種植麥子、稻米、玉米等基本穀物，以及主要的蔬菜、水果、瓜類、甘蔗等。亦有一個農場專門種植食用花卉，利用機械蜜蜂傳播花粉和採蜜，以製造蜜糖。這些機械蜜蜂，是志旭的機械人學部的研究成果。另外，志旭的單位還開發了進行光合作用的人造樹葉，用作吸收二氧化碳和其他溫室氣體，增加氧氣的供應。對改善空氣質素有決定性的作用。其他各種農業工序，普遍也由機器負責，所以整個科技農場的人類員工，不足三百。周金茂加入大讚志旭的貢獻，志旭像個考慣第一的學生，只是謙虛地微笑。

車子經過幾個生產不同作物的空中農場後，陳人指向一座豎立的蛋形建築物，說那是雞舍，裡面有十萬隻母雞在不斷生產，提供的雞蛋數量，足夠維持全國最低所需。最終目標是增加到一百萬隻母雞的產量。雞隻只會用於產蛋，而不供應食用。這裡也不設食用動物的農場，以免耗費過多資源。須知道飼養動物作食材是非常不符能源效益的事情，也不符地少人多的城邦自給自足的國策。那麼，豬、牛、魚等肉食呢？全都不在計畫之內。這意味著，如果完全不依賴進口肉類，國民將來要轉型為素食者，以維持國內的生態平衡。不過，鯤鵬企業早有對策，成立了素肉的研究和生產部門，已經成功推出味道、口感和營養也媲美真肉類的豬、牛、雞、魚代替品。所以，全民素食雖然指日可待，但飲食文化和習慣卻不必因此而翻天覆地，或者有所損害。既有的傳統地道美食，都可以用幾可亂真的素肉代替品烹調。

那麼，動物豈不是將要在這個小島上消失？我問。

當然不是！肥佬周以環保先鋒的姿態說：鯤鵬企業為了大自然保育，計畫建立一個名為「諾亞方舟」的園區，盡力蒐集世界上具代表性的動物物種，包括魚類和昆蟲。雖然以我們一個小小島國的力量，肯定會掛一漏萬，但我們會盡力保育條件所容許的活標本。其餘的生物，我們計畫像世界種子庫一樣，建立一個全球生物基因庫，以待將來科技成熟的時候，重新培育出地球上曾經有過的所有物種。

聽來的確是個志向遠大的構思啊！不過似乎沒有多少商業潛力。我故意唱反調說。

德浩兄此言差矣！我雖然是個滿身銅臭的商人，但也知道甚麼是回饋社會，甚麼叫企業良心，甚麼為之道德責任。所以，花一點點錢在這些有益人類前途的事情上，絕對是義不容辭的！

周金茂一副大義凜然的樣子，不知就裡的人一不小心真的會對他肅然起敬。我問起那個「諾亞方舟」在甚麼地方，陳人說它正在興建中，位於西北部的海邊，可以兼容陸上和水中動物，當然也會包含飛鳥。

陳人總工程師問我要不要到雞舍裡參觀。想起數以十萬隻母親在裡面被當成機器般不斷生蛋，情境之悲慘，足以誘發憂鬱症發作，便立即婉拒了。他又說除了雞舍，園內也設有牛棚，原理相當，都是把乳牛集中在一起，大量生產牛奶。這跟既有的乳業模式差不多，我認為不必細看。

車子在園區悠遊多時，雖然車廂內有空調，但因為玻璃外殼的設計，坐久了便會像個小溫室一樣，被太陽烤得火熱。周大義滿頭大汗，大動作地抬起左手，看了看腕上的金錶，說：

德浩兄勞累了整個早上，也是時候休息一下了。我請大家一起去吃頓午飯吧！在園區旁邊有一家「心齋樓」，食材全部使用我們農場的自家產品，做成最高級和美味的菜式。陳人總工程師也一起來吧！

知道參觀行程終於結束，我如釋重負。但要跟周銅臭一起共進午餐，依然是一件令人叫苦的事情。我們回到第一座空中農場，卸下了保護衣物。陳人也換回了普通衣服。大家坐上了周金茂開足了冷氣的房車，離開了科技農場園區。

25

車子開了不到五分鐘，便到達吃飯的地方。在不遠處的一個小樹林裡，立著一棟十分優雅的兩層樓高英式殖民地建築。在柱廊入口上，卻掛著「心齋樓」的匾額，感覺相當怪異。說是一家餐廳，裡面卻沒有顧客，以地點的偏遠來說，應該長期門庭冷落，但桌椅和餐具卻擺放得一絲不苟，侍應的打扮也非常正式。

我們在面向花園的長廊下的桌子坐下來。雖是烈日當空的正午，但位置極為陰涼，加上不知從哪裡放送出來的陣陣清風，就算是穿著長袖襯衫也不覺悶熱。在同行的四人之外，還擺放了第五份餐具。我正疑惑間，身後響起了一聲誇張的招呼，連忙回頭一望，立即確認了心中的噩耗。來者果然是金政泰。

金政泰輪流和在座者握手，在每人的名字中都加上一個「大」字：周大老闆、胡大教授、陳大工程師和江大少爺。然後，很自然地坐在第五個位子上。周金茂見我驚訝的樣子，解釋說：

金教授是我們科技農場的專業顧問，很多電腦系統上的設計，都是金教授幫我們監督的。你們兩位既然是同系同事，應該算是同聲同氣吧！

周老闆，我和胡教授交淺言深，惺惺相惜，只是等著你幫我們撮合，讓我們有機會正式合作。金政泰油腔滑調地說。

我聽後一驚，彷彿今天的安排背後有甚麼陰謀。幸好周沒有理會，只是說：

老金！別說公事這麼掃興！來，大家先點菜。重點是好好吃一頓！

翻開餐牌，發現裡面的都是西餐，款式不多，但食材羅列得十分仔細。周金茂說，這裡的牛排最好，於是我、志旭、金政泰和周金茂都點了牛排，只有陳工程師一人點了三文魚排。想不到這個人也有與眾不同的時候。

在等食物的時候，周帶頭聊起香港的近況，說甚麼警察開了真槍，地鐵站打死了人，很多示威者被自殺等等，繪影繪聲的，好像他身在現場一樣。金政泰突然問起，我女兒在香港念大學，生活有沒有受到影響。我不知道他怎麼知道秀彬的事。我不想把她扯進去，便顧左右而言他。金說不如叫我女兒轉過來新加坡念書，這邊社會穩定，學術水準高，又可以父女團聚。我說香港的大學也很好，念下去沒有問題。金還不放過這個話題，說最近一些香港朋友考慮移民新加坡，說那邊太亂，住不下去，對前景一點信心也沒有。這時周說，新加坡也不會太願意接收香港人吧，就像從疫區來的人，多少會帶來些不穩定。我作為一個香港人，聽著這樣的議論，實在不是味兒。我心裡突然冒出一個念頭，也不理適不適當，便當作磚頭一樣抛了出來：

其實，新加坡有沒有難民？

他們好像不明白我的意思似的，面面相覷，只有周金茂毫不忸怩地說：

別怪我先小人後君子，新加坡不是一個對難民友善的國家。

志旭大概覺得這樣說未免太赤裸，嘗試委婉地說：

沒辦法，我們的地方太小，資源有限，很難承受額外的人口。

但是，如果周邊地區發生重大變故呢？天災人禍，甚麼都好，為了人道的原因，總不能見死不救吧？

從一個生意人的角度，如果難民能帶來經濟效益，例如廉價勞工，我覺得是無妨的。不過，科技越進步，難民的經濟價值便越低，只會變成沒有回報的負擔。

胡兄你擔心甚麼？香港不會出現大逃亡吧？我剛才說的只是有條件移民的朋友啊！金硬是要扯回老話題去。

我不是說香港。我是說任何地方，任何人種，如果走投無路，需要你們收容，你們會伸出援手嗎？

那樣的話，系統將要做出重大的調整吧。我覺得遇到這種情形，首先必須經過仔細的研究和計算，以科學的方式評估系統的承受程度，才能做出理智的決定。

陳人工程師的專業態度令人生厭，我忍不住說：

人命攸關，還評估甚麼，計算甚麼？除非你們的政府是一台管治機器吧！

La machine à gouverner! 金政泰突然用法語說。

我一臉疑惑地望向他，猜想著他話裡的意思。他卻只是擠出了兩眼的魚尾紋，聳了聳肩，好像只是隨口亂說。這個法語詞聽來有點印象，不知是誰在哪裡用過。

這時候菜上來了，打斷了這場無風起浪的爭論。周金茂露出一副饞嘴的樣子，率先以刀子切開牛排，溢出了滿碟的血水。我要的是七成熟，血水沒那麼多，切下去也不覺太韌。周一邊咀嚼著牛排，一邊問我覺得味道怎麼樣。天生食神星高照的我，最不懂品評食物。每次被問到都只能支吾以對。我故意岔開說：

不是說這間餐廳用的都是科技農場的食材嗎？為甚麼會賣真牛肉？

周金茂突然大笑出來，嘴角流出了血水。他連忙拿餐巾掩著嘴巴，說：

老胡你吃不出來嗎？這不是真牛肉啊！

他用食指沾了些血水，放進嘴裡吮著，津津有味地說：

你不覺得這有點像紅菜頭的汁液嗎？

我舔了舔刀尖的血水，說不出那是甚麼東西。周用餐巾擦著手指，說：

德浩兄剛才這樣說，我對我們公司的產品可以完全放心了。所以說呢，全民素食一點也不會減低飲食的樂趣。

大家不知為何哄堂大笑，我也只有訕訕的跟著笑了兩下。在我為這些無聊事感到挫敗的時候，周又再抹了抹嘴，清了清喉嚨，雙手撐著椅子扶手，上身前傾，做出典型的有事要談的姿勢，換上了正經的語氣說：

德浩兄，其實今天請你出來，除了參觀莊子學院和空中農場，還有一件事情相求。

他很技巧地停下來，凝望著我，營造出嚴肅的氣氛。

我們鯤鵬企業，正在研發一個機器人系統。計畫的主管是陳人總工程師，參與計畫的還有金教授和志旭。一個是機器人專家，一個是ＡＩ操作系統專家。雖然人材濟濟，但我們卻遇到了困難，需要德浩兄你的協助。細節由陳工程師來說說。

陳人放下刀叉，坐直了身子，接過了發言的任務，說：

我們生產的這些機器人，將來會用於廣泛的工種。由粗重勞力操作，到危險環境任務，以至一般的日常生活服務，都可以用上。在處理規律化的工作上，我們的機器人表現令人滿意。但是，當遇到難以預測的情況，系統卻經常出現難以控制的不穩定性，或者出現類似人類精神分裂的症狀，甚至會因為無法處理感官資訊而停機。我們知道胡教授的理論，專門處理系統遇到機率變數的時候如何保持均衡的問題。我們希望可以邀請您擔任我們的技術顧問，協助我們解決上述的難題。

周金茂身子傾得更前，差點要把整張桌子壓翻似的，說：

德浩兄，報酬方面我們一定不會虧待你。和私營公司合作，條件遠遠比在大學裡做研究優厚。況且你的工作只是顧問性質，跟大學裡的教職沒有衝突。至於你的酬金部分，我們可以完全秘密交易，沒有人會知道的。

連金政泰也加入遊說，說：

你不用覺得跟鯤鵬合作會和跟包華教授合作有所衝突。兩者基本上可以平行發展，互不相干的。包華開發的康德機器，跟這邊的系統無論在性質和用途上都完全不同。

你們用的是甚麼系統？我問陳人。

我們用的系統叫做「靈台」，是自家開發的。

那些機器人呢？我是說機器人的身體硬件。就是物自身嗎？

陳人望向周金茂，好像想尋求指示，見對方微微點了點頭，才說：

是的，是物自身。

物自身其實是生化人，而不是機器人吧？

對。嚴格來說，是賽伯格[21]，半人半機器。有人的身體，和機器的中央處理器。

物自身有自我意識嗎？

本來是沒有的。它的初始狀態，是「混沌」。不過，把「真君」注入「靈台」，我們稱為

21 Cyborg，可稱生化人、改造人，擁有近似人類部分機能的無機物植入於有機物後的產物。

「開竅」之後，可以說是具有自我意識的。

「真君」是甚麼？就是靈魂嗎？

陳人又再望了周金茂一眼，說：可以這樣說。

這次輪到我望向金政泰。一句話到了嘴邊，卻又吞了回去。我覺得有些事情還是暫時不要放上檯面為妙。我一點也不想幫周金茂，一點也不想跟金政泰合作，也一點也不願意背叛巴巴拉，更加一點也不稀罕那些酬金。但是，我想知道更多關於林恩祖的事情，也想找到幫助她的方法。我只有加入這些人的團伙，才能得到相關的資訊。我從未做過比當下更可恥的決定。

周金茂滿意地拍著桌面，其他人也鼓起掌來。我偷偷瞪了志旭一眼，他卻流露出難為的表情。這位我一直完全信任的年輕人，為甚麼會跟周和金這些傢伙混在一起？他父親知道他在幹著這些事情嗎？鯤鵬企業表面上做的是正當的生意和研究，但背後總好像隱藏著甚麼見不得光的勾當。我一向也不是個好事的人，也沒有甚麼正義感，但是，這次卻被甚麼東西驅動著，想揭穿這些人的陰謀。

正當我沉醉於自己將要實踐的義舉的時候，一個穿著整齊廚師服的洋人走過來，問我們覺得食物如何。周金茂介紹說，這位是從法國請回來的名廚。法國人的名字聽起來好像中文的「庖丁」。我告訴庖丁，以人造肉類來製作牛排，能夠做到這樣逼真的風味，真是上佳的功夫。庖丁一副不明所以的神情，說：

我們採用的是極品日本牛排，肉汁當然是非常鮮美。

我望向眾人，眾人也望向我。大家都嘴角含笑，但沒有誰敢率先笑出來。最後周金茂像個洩氣的氣球似的大呼一口氣，打圓場說：

都說嘛，這裡叫做「心齋樓」。

我覺得，作為被愚弄的人，我應該帶頭發笑。

26

不知是否昨晚和SB聊得太久的緣故，睡得很差，天亮前還做了個惡夢。我夢見自己變成一隻蟑螂，廣東話叫做甲甴。我這隻甲甴以背下腹上的姿勢，躺在宿舍的床上，因為體型龐大而無法動彈。我艱難地抬頭，望向天花板，六隻瘦弱而醜陋的腳，在空中無助地撥動。我想移到床邊，但卻完全無法使力。嘗試挪動沉重的身體的時候，壓著的背部傳來一陣鈍痛。我唯有停止動作。我想起自己是一隻甲甴，背部是有翼的，也許鼓動雙翼可以幫助翻身。但也許翼已經斷掉，或者身軀太重，拍翼的意志只造成輕微的晃動，而且帶來更大的痛楚。我不得不放棄掙扎，仰臥著等死。

這時候，旁邊有東西在推我。我側頭一看，發現那是一條巨大的壁虎，但因為體型比我小，所以也可以說是小壁虎。小壁虎渾身粉紅，半透明的肌膚可以看到血管和骨骼，精緻而漂亮。一雙烏黑的小圓眼非常可愛。牠張著嘴巴，發出咯咯咯的細弱叫聲，好像在問候一樣。可惜我身為甲甴發不出任何聲音，只能以扭動六肢表示求助。小壁虎極為聰明，立即看懂我的手語，嘗試用富有吸力的手指把我拉到床邊。由於我的體型扁平，所以移出床緣之後，便因為槓桿原理而側反過來，背上腹下地掉到地上。這樣子，我便和被我壓翻在地的小虎摟在一起了。（為了簡便我就把牠叫做「小虎」吧。）可幸小虎的身體柔軟，動作靈敏，並沒有被我壓傷。但牠小心翼翼地把我從牠身上推開時，難免會感到尷尬，以至於通體發紅。那種色澤令牠看起來更加吸引。

重新趴在地上的我感到舒暢，但背上的痛楚依然未減。剛才的一下大翻身好像令傷患更為糟糕。小虎滿有愛心地幫我察看傷勢，然後面露驚恐之色，告訴我那很可能是被催淚彈直接射中所造成的。（別問我小虎怎麼說話，我又怎樣聽懂。這種事在夢中是不言而喻的。）經她一說，空中的確好像有刺鼻和燒焦的氣味。（也別問我蟑螂怎麼有鼻子和嗅覺。）背上的痛楚因為具體化而更加難受。這時小虎變成了白色，看上去就像護士一樣，用牠的長舌頭給我舔擦傷口。雖然劇痛難當，但我也咬緊牙關忍了下來。為了減輕痛苦，我專注於內心的想像。腦海中出現我和小虎攜手逃出生天的畫面。我們從門底的縫隙爬到大廳，再從大廳鑽進廚房。那裡有我們生存的所需，有我們一直追求的東西。我可以自由自在地進食垃圾，小虎則可以無拘無束地吞嚥麥片。我們約定每天在電飯煲底相見，無須隱藏地露出自己真善美的一面。以上這些景象，都在夢中的想像思緒中流過。

突然間一聲巨響，屋頂好像被一陣狂風掀起。一隻穿著厚重黑色皮靴的巨腳，像踏碎玩具房子一樣，穿過屋頂直壓下來。我來不及發出慘叫，便感到身體被踩碎，內臟從碎片之間擠出。在我失去意識之前，聽到小虎淒厲的尖叫，看到地上留下一條還在扭動的尾巴，和一灘血跡。我流下淚來（別問我如何），在嗚咽中吶喊（也別問我如何）：小虎！快逃啊！別理我！如果真的要死，就讓我代你死吧！請你忘記我，好好活下去！你要追尋心中的理想，過美好的生活！是不再被恐怖的人類追趕、打壓、殘殺的生活啊！

我因為過度緊張，乍醒過來。我發現自己躺在宿舍睡房的床上。恩祖跪在床邊，滿臉焦急地搖晃著我。我問她為甚麼會在這裡。她說聽見我在房中大叫，擔心我有事，便進來看看。我用手抹了抹臉額的汗水，說：沒甚麼，只是做了個惡夢。她問：是甚麼夢？很可怕的嗎？我只是喘著氣，沒有告訴她夢的內容。她知道了沒有好處。

答應和周金茂合作令我感到痛苦，但我一定要把物自身的事情查個水落石出。他們雖然仰賴我的協助，但很明顯並不完全信任我。至今我還未有機會親眼看到物自身的原貌，大部分時間都是跟金政泰接觸，研究關於系統平衡的問題。他們似乎想把我侷限在軟件的層次，不讓我接觸硬體的領域。不過，我會在關鍵時刻提出，檢視軟體用在物自身身上的效果。我知道如何把重要的東西留下作籌碼，但一切必須按部就班，不能操之過急。

向巴巴拉隱瞞這件事，實在是無可奈何。在我答應跟周金茂合作的第二天，我在人工生命實驗室見到巴巴拉。只見她一臉愁容的，告訴我原定的康德機器實體測試要無限期延遲。她很抱歉無法向我詳細交代細節，只是說在使用實體權限上出了點問題。我知道這狀況是我造成的。因為靈台的操作問題有了解決的曙光，鯤鵬決定獨占軟硬件的供應，斷了康德機器的發展，是絕對有可能的，尤其是金政泰有分從中作梗。他那個「靈魂書寫器」是如何和靈台與物自身配合，肯定也是箇中關鍵。看見巴巴拉罕有地露出挫敗的樣子，我內心非常愧疚，但我無法向她坦白。我盤算著，如果我的偵查取得進度，對事情取得把握，我會把真相告訴她，幫助她把優勢扳回來。暫時來說，也只有讓她再等一下了。

話說回來，我發現跟靈台相比，康德機器顯然優勝許多。但後者涉及更為複雜的框架設定，所以操作上不及靈台簡便。對於應付低階到中階的任務，靈台的功能肯定綽綽有餘。但對於高階的任務，特別是涉及高度智能的活動，例如因果的思考、形勢的判斷、關係的互動，靈台便顯得力有不逮。我甚至開始懷疑，康德機器的潛力，很可能不只是做到完美的認知和思考判斷，更有機會介入人類意識才擁有的領域，也即是道德和信仰。當然，後者只是一閃而過的想法，我還未有任何確實的證據。

我決定趁自己去曼尼教授那裡複診，帶恩祖去接受治療。她的精神狀況沒有改善，有時陷入憂鬱與倦怠，對甚麼事情也提不起勁，有時又充滿焦慮和恐懼。對於自己的過去，她沒有完整的記憶，內容經常自相矛盾。她的身分也是一個謎團。我託小文去查過，大學的宿舍都沒有林恩祖這個住宿生。後來更發現，她根本不是南大的學生。她是怎樣跑到學校裡來，完全摸不著頭腦。我在旁敲側擊之下發現，她連居民身分證也沒有。一個沒有身分的人，稱為「難民」也真的不是過分。問題是新加坡哪裡有難民？

最了解她的背景的人肯定是黑，但因為恩祖對黑的抗拒和指控，我認為不宜從這方面入手。況且黑的行蹤相當神秘，有時連續一兩個星期也沒有碰見他，也不覺他的單位內有任何動靜，似乎是另有居住的地方，又或者經常回到香港去。

既然恩祖根本不是南大學生，我便少了被誤會的顧慮，大著膽子帶她離開宿舍。她一天到晚躲在房間內沒有益處，到外面走走有助於緩解情緒鬱結。我們去過不同的地區吃飯和遊逛，也當是我自己散心。這些出行都逃不過大菲的法眼。有一次我連買兩個飯盒的時候，他忍不住當面問我，那天和我一起上德士的女生是誰，還說她的樣子跟芽籠的 Angel 很像，問我是不是金屋藏嬌。我被他氣得沒話可說，但不做解釋又好像說不過去，便訛稱那只是系裡的助教。他以識途老馬的眼神打量著我，好像完全看穿我的底牌。最後還苦口婆心地勸我，口味不要那濫，辦公室女郎、女學生和妓女也一律有殺錯無放過。我有口難言，唯有接受自己成為了大菲眼中的淫蟲。

我走進曼尼教授的辦公室，看見這位女士今天穿了條銀灰色的西裙，瞪著那雙印度式的大眼睛，像某些以保護圖紋嚇走獵物的飛蛾。她同樣叫助理沖了茶，送上餅乾，以輕鬆的聊天開始。在不知不覺問，話題回到我的病情。我告訴她，服藥之後驚恐和失眠的次數減少，日常生活還可以應付，但間中依然有心跳無故加速的情形，或者感到極度的虛弱。她又問我有沒有幻覺。我說沒有，如果夢境不算的話。她問我可否談談夢境，我便把那個蟑螂和壁虎的夢說出來。雖然曼尼是精神科醫師，但也常常扮演臨床心理學家的角色，以談話進行治療。她對我的夢感到極大的興趣，抱著雙臂，身子前傾，全神貫注地聆聽著，偶爾在筆記本子上寫下重點。我說完之後，曼尼甩了甩頭上的短髮，好像要放鬆脖子的肌肉似的，一邊進行著思索。她好整以暇地呷了一口紅茶，舔了舔嘴唇，才說：

胡教授，相信你心中應該有一位對你很重要的年輕女性吧。而你縱使是一位有名而又成功的學者，你的自我形象卻並不很高，常常帶著一種強烈的負疚感。你覺得自己是一個靠運氣才走到今天的人，但你的運氣似乎差不多用盡了。對於生命，你並沒有積極爭取，只求盡量適應，而當厄運來臨的時候，你只能無奈接受。不過，你把這種無奈視為勇氣。於是，在最壞的情況下，你又有一種英雄主義，覺得自己可以為理想而犧牲。說到底，身為一個科學家，你是一個虛無的理性主義者。你覺得這樣說對嗎？

對於曼尼能從小小的一個夢讀出這麼豐富而準確的內容，我感到萬分驚訝，好像被別人偷看了日記，並且引用其中的語句一樣。她沒等我回答，接著說：

這位年輕女性，大概已經在外面等了很久吧？要不要請她進來？

我給她這麼一嚇，幾乎要嚇出驚恐症來。但轉念又想，她也許從藏在哪裡的閉路電視，看到恩祖在辦公室外面等著的情景，又或者她的助手早已悄悄地通知她。總之，她知道我帶了一個女生來，並不需要甚麼神力。我從沙發起身，到外面請了恩祖進來。

我向曼尼介紹了恩祖，說她是我的學生，得知她遇到嚴重的情緒問題，我便運用了特權，跳過大學保健處，直接帶她來見全新加坡最頂級的精神科醫師。曼尼似乎不受扣高帽這一套，沒有特別的反應，只是沉著而銳利地觀察著恩祖。在做出初步了解之後，她邀請我先出去一會，讓她私下和恩祖談談。我沒想到有此一著，有點失措，但尊重病者隱私是天經地義的事情，我沒有理由反對，於是便合作地避席了。

我在外面等了大約半小時。曼尼的助手叫我進去的時候，我看見坐在沙發上的恩祖手裡拿著捏作一團的紙巾，雙眼有哭過的痕跡。曼尼的神情非常凝重，令我擔心恩祖不知說了甚麼對我不利的事情。印度教授寫了藥方，說可以幫助恩祖安定情緒，但是，要治本的話，最好帶她去做腦神經元掃瞄，也即是我曾經接受的那種檢查。說起這件事來，曼尼便問我為甚麼停止檢查，又說上次得到的數據很有用，只是還有欠完整，必須再做兩三次才能達到結論。聽到腦部掃瞄，恩祖突然顯得不安。我後悔帶了她來見曼尼，看來這種治療對她沒有甚麼幫助。我匆匆地拿了藥單，便搪塞著帶恩祖離開。臨關門之前，我又看見曼尼在筆記簿上寫下了甚麼。

回到宿舍，我問恩祖和印度教授談過甚麼。她有點精神恍惚的，雜亂無章地說了一大堆不連貫的東西。然後，她突然說：

我和醫師說，我跟老師你發生了關係。這件事令我感到困惑。

我的心臟真的要像氣球般爆破，耳朵受到氣壓的沖擊，發出嗡嗡的鳴響。

哪有這樣的事？是你搞亂了吧？那是黑，是不是？你跟黑發生了關係？是他強迫你的，對吧？這些男作家沒有好人！都是藉機侵犯女學生的騙子！你看他盡是寫些甚麼淫亂的內容就知道！是的，我沒有看過黑的書，但只要看看村上春樹之類的，就知道現在的男作家在搞甚麼。

不都是色情變態的傢伙嗎？掛著文學的高尚招牌，盡是做著下三濫的壞事。真是不得好死的魔頭啊！

我胡亂地罵著，好像罵得越狠，事情就越跟我無關。我自言自語地說：

怪不得臨走時曼尼怪怪地瞅著我。給她用甚麼名堂告我一狀，也不是沒有可能的，或者抓著這個把柄來威脅我，要我做甚麼我也得乖乖就範。我這次是死定了！

恩祖好像完全聽不懂我的話似的，無辜地說：

老師，你怎麼可以這麼快就忘記昨晚的事？當時你是怎樣的壓著我，把我摟在懷裡，我又是怎樣的給你——

夠了！別說下去！我立即制止了她。

我想起那個蟑螂和壁虎的夢。難道那不是夢境，而是真實的？沒可能啊！我大力拍著額頭，在大廳走來走去，嘗試令自己清醒。那應該是幻覺吧？但那是我的幻覺，還是她的幻覺？兩個人的幻覺，怎可能混在一起？還是，我在她的幻覺中，她在我的幻覺裡？莊周夢蝶，蝶夢莊周，到底哪個才是真的？

這時候，突然有人大力敲門。我真的像有甚麼姦情要被人撞破似的，立即手忙腳亂起來，把恩祖從沙發上拉起，一時不知該把她藏到哪裡去。門外有人大聲地用廣東話說：

胡德浩！唔使扮嘢喇！我知道你喺裡面，都係快啲開門啦！

那是黑的聲音。一定是我剛才太激動，說話太大聲，暴露了恩祖的行蹤。我就算多麼後悔也沒有用了，看來還是真的如他所說，打開門坦然面對吧。

開了門，黑依然是那副T恤短褲打扮，手裡拿著超市塑膠袋。無須我的邀請，他便大模大樣地走了進來。恩祖已經重新坐在沙發上，抬頭望著走近的黑，神情不似驚慌，倒似是有點迷茫。黑露出不懷好意的笑，指著恩祖說：

這個女孩是誰？呵呵呵，胡老兄，你蠱惑喇！收埋個女學生喺宿舍！估唔到你平時斯斯文文，原來好呢味嘢！

我完全摸不著頭腦，這個人竟然假裝不認識恩祖。但見恩祖的樣子，好像也不認識黑似的，只是像碰到陌生人一樣，保持觀望的狀態。我感到天旋地轉，再這樣下去我便要暈倒了。我拼盡力氣，質問了黑一句：

你跑進來究竟有甚麼企圖？

黑像受到無理指責一樣，露出委屈的樣子，從超市塑膠袋裡掏出一瓶咖椰醬，說：

老胡你不用這麼凶吧？超市咖椰醬買一送一，我執到便宜貨，便打算送一瓶給你。

我從他手中接過瓶子，的確是咖椰醬，而且還是我喜歡的牌子。我不好意思地說了聲謝謝。黑聳了聳肩，又望了恩祖一眼，便和我揮手道別，回到他的單位裡去。

關上門後，我走向沙發，讓身體深深地陷了進去。也許，我應該跟曼尼說增加藥量。

我從眼角瞥到一個半透明的、粉紅色的物體，在沙發上向我緩緩靠近，但我陷在那裡動彈不得。我向那越來越大幅度占據我的視野的半透明粉紅色物體說：

告訴我，跟你發生關係的是黑。

黑？你就是黑啊。

物體發出聲音說。

我的視野完全被半透明粉紅色淹沒了。但我手中明明拿著一瓶咖椰醬。

27

海清約了我星期日下午去聽Borodin Quartet的演出。她說這是一個非常著名的俄羅斯弦樂四重奏組合，成立於一九四五年前蘇聯時代，最初叫做莫斯科交響樂團四重奏，專門演奏蕭斯塔科維奇的作品。團員和蕭氏關係緊密，合作無間，被視為最了解作曲家的樂手。甚至在作曲家死後，樂團成員經過不同輩代的更替，包羅丁依然是蕭斯塔科維奇弦樂四重奏的權威演繹者。

我是個音樂聾，別說古典音樂，連流行音樂也沒有欣賞能力，更不要說興趣或熱愛。不過，自從上次在Entropy受到大菲唱的湯姆．威茲所感染，我覺得自己也不一定跟音樂無緣。當然，一下子跳到古典音樂好像有點心急，而且我查過蕭斯塔科維奇這位作曲家，音樂風格並不是貝多芬、莫札特，或者柴可夫斯基這些廣為大眾所熟悉的類型。現代古典音樂似乎不是那麼容易入耳，要懂得欣賞是頗為高階的事情。不過，海清的主動邀約令我充滿樂觀的情緒。我覺得只要有她在一起，我一定會感受到心靈的共振，就像上次在酒吧一樣。我也不知道自己憑甚麼這樣相信。

演出的地點在市中心的維多利亞音樂廳，是一幢歷史悠久的殖民地早期建築物。音樂廳對面是從前的國會大樓，現在改為藝術之家，專門用來舉辦藝術活動。海清說每年十一月初也會在這裡舉行作家節。我們三點四十五分在音樂廳大門外碰了面，便一起到場內入座。海清今天穿了條全身的湖水綠色長裙，露出雪白的肩和手臂，令人如沐春風。我也特意穿了棉麻質的全套休閒西服，淺咖啡的色調，跟海清竟然十分配襯。西服是我早前陪恩祖出去逛街的時候買的，她說我這樣穿看起來比較年輕。我的優勢是頭髮很濃密，雖然不甚貼服，但沒有禿頭的危機，髮色也不算太灰白，看上去不像跟海清有二十年的差距。

音樂廳的內部非常古雅，洋溢著濃厚的歷史氣息。海清說建築物早前剛翻新過，所以在古色古香中適當地融入了現代感。這種把古物標本化的工程，是新加坡非常擅長的事情。坐在寬廣的音樂廳大堂，感覺有點像置身於教堂，有一種神聖的氣氛。我假裝欣賞教堂的建築，四處張望，其實是偷看身邊的海清的美貌。作為一個五十多歲的失婚男人，這樣做怎麼說都有點難為情。對於這一點，我以為海清是知道的。她以假裝不知道的神情，做出各種細微的動作，一時低頭看場刊，一時伸長脖子看表演台，一時撥弄耳邊的頭髮，一時側臉沉思。眨眼睛、抿嘴唇、摸耳朵、拈手指，舉手投足，都滿足著我的窺視。

海清的個人表演不到十分鐘，四個穿著如喪服般全身黑衣的男人便從後台步出，以肅穆的姿態就座，猶如祭司一樣舉起了他們的法器。我也收拾了搖盪的心思，把注意力集中在台上。這四個男人無論高矮肥瘦，頭髮的長短、顏色和數量，以至鬍鬚、眼鏡的樣式，都各有不同。看上去的品質也可以分為嚴肅、隨和、狂放和幽默，就台風而言甚為可觀。

第一首作品是蕭斯塔科維奇的第一號C大調弦樂四重奏。這首樂曲十分輕快，令人愉悅，就算不懂古典音樂的人，聽了也會喜歡。現場的氣氛很快便活潑起來，海清的樣子也好像十分滿意。曲子不長，不經不覺便完成，沒有聽古典音樂常有的難捱的感覺。接著是另一首輕鬆的短曲，只是作為間場之用。

到了第三首作品，第十五號降E小調弦樂四重奏，演奏者的神情凝重起來。其中一號小提琴手向觀眾發言，說這是一首關於死亡的作品，也是蕭斯塔科維奇最後的弦樂四重奏作品，希望大家在演奏完結的時候不要鼓掌，以免破壞沉思的氣氛。經他這樣一說，音樂廳頓即給一股黑暗的氣息籠罩。樂曲的第一節是輓歌，曲調悲傷而優美，變化極多，死亡雖是同一，告別的方式卻千差萬別。唯一就是速度極慢，慢得有點考驗聽眾忍耐的極限。我有點好奇，為甚麼現代派的動聽旋律都那麼短促，不像浪漫派那樣盡量延長，重複又重複，好像美食層出不窮的盛宴，務求令旋律的美感經驗達到飽和及滿溢的頂點。現代派對旋律是那麼的吝嗇，剛到唇邊的美點只能輕舔一下就把它奪走，代之以連番痛苦折磨，才再來一下點到即止的引誘。

蕭斯塔科維奇也真是夠狠的。第二節來個令人措手不及的割頸式宣示。四支弓輪流往弦線上拼命推拉，像是要把樂器切成兩半似的。弦音一下一下地劃破死亡的濃霧，由強勁的開頭到末尾氣數已盡的走調，空谷回音，腳步蹣跚。然後是帶點幽玄的零碎樂段，一不留神又回到那令人神經緊張的拉鋸。如此來回了幾番，忽然轉到質感不同的一小段急激的小提琴，像失措的、狂亂的奔跑。但可以跑到哪裡呢？出路在哪裡呢？你聽，那不是樂韻悠揚的、令人舒懷的小夜曲嗎？可以安下心來了吧？這一節真有好多美妙的片段，但都是稍縱即逝的、無法把握和記住的，像渾水中的魚、濃霧中的花，來不及細賞又隱匿起來。良辰美景奈何天，流水落花春去也，風流總被雨打風吹去。僅僅記得的一點詩詞，怎麼堆砌也無法道出箇中一二。正自陶醉間，幾下彈撥，沉靜下去。靜極思動，奮起了莊嚴宏偉的和弦，就像在無人的街巷中走著，在拐彎處突然碰上出殯儀仗隊。葬禮進行曲沒能維持多久，卻又崩塌成碎片，多次反覆建立、重組，然後又崩塌，猶如臨終者在生死的界線上掙扎。到了最後，回到了先前各種主題的再現，彷彿迴光返照，間雜於飄逝的顫音中，漸行漸遠，越沉越低，慢慢地貼服於命運，完全地躺下、融化、消失。舞台全黑。樂師離場。沒有人鼓掌。一片死寂。

在黑暗中，我握著海清的手。燈光回復的時候，我放開。

完場後海清買了一張包羅丁的新專輯，說是送給我的。我們又排隊拿了樂手們的簽名。離開音樂廳，發現外面在下雨。海清只拿著小手袋，沒有帶傘。幸好我背包裡常備傘子，兩人便緊靠著在雨中走出去。還差些許才到六點，但見雨勢頗大，適宜早點找個地方坐下來，海清便提議去附近的國家美術館裡面的娘惹餐廳。

餐廳採用西式設計，裝潢極為精緻高雅，但吊扇、蘭花和水晶燈是必不可少的元素。因為時間尚早，食客不多，我們沒有訂位也立即可以入座。海清說，這裡的菜式跟上次那家差不多。我說沒所謂，聽她的，她便點了羅惹、黃金杯、參巴茄子、咖哩雪魚等幾種，另外又點了餐酒。我說新加坡菜很神奇，在街頭吃幾塊錢的，和在高級餐廳吃幾十塊的，都是同樣的菜式。她笑了出來，說那下次一起去吃幾塊錢的，也許更好吃也說不定。

白酒上來後，我們碰了杯。她呷著酒，沉靜地不說話。上次我們從酒吧出來，去了克拉碼頭的岸邊聊天，成長、學業、工作、家庭，甚麼都說了一點。我們對彼此，也不能說是沒有認識的了。但是，也遠遠說不上互相了解。我猜想她可能還沉醉在剛才的演奏會中，便談起了我的感想。對於我說喜歡後面的一首多於前面的一首，她顯得很高興，好像遇到了知音似的。她微微晃著酒杯，嘗試尋找合適的說法：

我對No.15有一種奇怪的熟悉感。不是因為我聽過很多次，而是，裡面好像表現出某種自身的經驗。我知道這樣說你一定會覺得奇怪。這是一首關於死亡的音樂，是Shostakovich年老臨死前不久的作品，像我這樣的年輕女人，怎麼會體會到這種感受？可是，我告訴你，真的，我真的覺得有一種似曾相識的味道。這首樂曲我之前都是在CD上聽的，今天才第一次聽現場。剛才在音樂廳裡，聽著那些像是交織的網一樣的弦音，感覺就好像被一個無形的繭包裹著。開始的時候，是有一點點驚慌的。漸漸地變得平靜，但突然又感到痛苦，好像勾起了很深遠的回憶。埋藏得很深很深的，可怕的回憶。不好意思，我說得一塌糊塗了。

也許，對死亡的體會，有些人是特別敏感的。你是甚麼時候開始聽Shostakovich的？該不會是年輕的時候就喜歡吧。

不，是後來。是在我感到莫名的窒息感之後。她突然激動起來。

窒息？甚麼東西令你窒息？

生活！她望了望四周，說：一切！

她的反應令我吃驚。我試圖安慰她說：

你的條件這麼優厚，人生的機會還多著，為甚麼消極呢？

她搖了搖頭，甩了甩那不長不短的頭髮，像是用力想記起甚麼似的，說：

我不知道自己從甚麼時候開始有這樣的想法。我以前是沒有的。從小我都很聽話，也很努力。考試考第一，學甚麼都拿到好成績，而且有巨大的成功感。從英國回到新加坡後，加入爸爸的律師行，被委以重任，我也沒有退縮。但是，是哪一天、哪一刻開始呢？有些甚麼東西，好像弦線「崩」一聲地斷掉。肯定是有的，但我記不起來了。好像換上了新的弦線，我又繼續操作。沒錯，我很努力啊！人人都誇讚我，說我很快就可以接手爸爸的業務。爸爸也會幫我在政商界的有名家族的子弟裡，物色一個門當戶對的對象。哈！別笑啊！現在雖然是二十一世紀，但這種事情還在發生啊！至少在我們的國家，在我們這些菁英階層，身分地位相當是很重要的事情。年輕時你可以胡亂去玩，但成熟之後，到了談婚論嫁，那可不只是個人的事，也是家族的事，甚至是國家的事。我們偉大的已故總理，差點連配種都要管啊。而我爸爸呢，就是偉大總理的忠實追隨者。

服務員陸續上菜，把海清的話打斷了。待桌上碟子整頓好後，她的心情好像也平服下來，對於自己剛才的失態有點尷尬。

不好意思，我沒有嚇倒你嗎？我也不知道為甚麼要談這些。很可能是音樂的影響力吧。剛才買的專輯裡面，有第一、第八和第十四號，但很可惜沒有第十五。不過，第八也極好，是Shostakovich很重要的作品，在他的string quartets中是最著名的。據說是他不自願地被迫加入共產黨之後，在瀕臨自殺邊緣下創作的。你回去一定要聽聽！你聽了就會知道，人可以承受多少痛苦，承受痛苦又可以是如何地迷人的事情！

我落力點頭表示認同。然後，我催海清起筷，自己也拿起筷子來。吃飯的過程可以令一個人回復常態。果然，在聊聊這個好吃，那個怎麼做之類的瑣碎話題時，氣氛變得輕鬆了。雖然我很享受和海清共處，但我還未準備好和她分享內心沉重的秘密。應該說，我對自己沒有信心。我不肯定自己還可不可以成為一個值得信賴的人。不過，縱使如此，我又是無可救藥地渴望著擁有她，甚至忍不住說出了愚蠢的試探性的話，例如：

你其實有沒有考慮過志旭？你和他看起來很匹配啊！

雖然我用了打趣的語氣，但背後的妒意流露無遺。海清卻裝作若無其事地說：

我和志旭青梅竹馬，但是，我們彼此也沒有那種意思。況且，他是gay，根本就不用考慮。我和他就只是好像兄妹一樣。

我無法掩蓋對於志旭的性取向的驚訝。我不是說同性戀有甚麼問題，只是我從來沒有想過志旭原來是喜歡男性的。不過，我還未有空細想這個發現，海清又補充說：

當然，最失望的應該是我爸爸。好了，既然你問了這種問題，那我也有權反問一個。

我做出洗耳恭聽的樣子，心裡卻慌亂起來。

你太太是怎麼樣的？

對於這麼難答的問題，我思考了幾秒，才說：

我太太，就是像你這樣。

我像你太太嗎？

她的反應正如預期，但我的腦筋還是要急轉幾下，才能說出以下的闡釋：

不，我是說，如果我還可以有太太的話，我希望是像你這樣的。

海清頓即滿臉通紅。她低下頭來，用手擋著前額，試圖掩飾。我知道自己完全是取巧，但有些事情我不能直說，而我也不是不真心的。她嘆了口氣，說：

我太失禮了！我本來也不是個沒經驗的女人。坦白說，男朋友我有過很多，各種各樣的都有。但是，我從未遇過像你這樣的，總是令我張皇失措的人。

不好意思，海清，我嚇壞你了！

沒有，沒有！德浩，我覺得你有點像Shostakovich。

我沒料到她的思路突然又扭了一個方向，只能疑惑地說：

是嗎？不可能吧。我完全不懂音樂。

才華，和挫敗者的魅力。她斬釘截鐵地說。

失婚成為了我的魅力？

創傷的過去，承受痛苦的能力，悲劇的洞察。

我還以為自己是屬於喜劇的。

年紀，經驗！這些都是年輕男人沒有的。

那你應該很崇拜你爸爸。

她沒有理會我的話，繼續說下去：

還有外來人、異鄉客、漂泊者、畸零兒。

這些跟 Shostakovich 無關吧。除非你的意思是不合時宜，格格不入。

最後，神經質。

這也是吸引之處？

神經質是天才的標誌。

唉，多謝讚賞啊！我沒好氣地說。

我舉杯敬她，她也回敬。然後，她雙手把兩側的頭髮往後撥，讓額頭、臉頰，以至脖子的優美線條充分地暴露出來。酒精好像讓她的情緒變得高昂，她興奮地說：

其實，我也有天才的潛質呀。你不要看我循規蹈矩的，我也有神經質的時候啊。比如說，我想過辭掉律師的工作，去跳舞。對，跳舞。我從小就習舞、彈琴，淑女式教育嘛。三十歲雖然是遲了點，但是，誰說不可以呢？我可以去當舞蹈家，或者，純粹喜歡跳，便跳。不為金錢，不為名利，不為甚麼的！

說著，她揚起雙手，有節奏地扭動身軀，輕薄的裙子像湖水在晃盪。她的動作幅度越來越大，開始顯得有點誇張。最後，她索性站了起來，向我伸出手，說：

來！我們去找個可以跳舞的地方！

我想說我不懂跳舞，但她已經拿起了手袋，踏著舞步走向餐廳門口。桌面還有許多未吃完的食物，也顧不了打包或甚麼了。我立即結了帳，追上海清，牽著她的手走出美術館。她在路邊揚手截了輛德士，上車後說了個地址。我問她去哪裡跳舞，她說：

去我家跳。

她見我驚訝的樣子，又說：

別擔心，我一個人住的。

我完全失去了方向感，不知道車子開往哪裡。過了大約二十分鐘，德士在一棟高級公寓前停下。海清挽著我的臂，領我走進大樓。

在電梯內，我們急不及待地擁吻，一直吻到進入她的房子。我們倒在沙發上，我吻遍了她衣服露出來的雪白的部分。鼻尖碰到她的蝴蝶形耳環的時候，我說：

你很喜歡這耳環嗎？整天都戴著它不換。

她摸了摸耳珠，說：

這個嗎？不能脫下來啊！

這個不能脫下來，那就脫其他吧。

正當我伸手到她背後解她的裙子的拉鏈，門鐘突然響起來，震撼性效果比蕭斯塔科維奇的音樂有過之而無不及。我們幾乎雙雙滾到地板上去。門外的人鍥而不捨地按著鈴。我們不得不連忙整頓好衣衫。海清開門的時候，我趕及正襟危坐在沙發上。從門口進來的，是柳信祐。

28

柳信祐進門的第一句說話是：不好意思，打擾您們兩位聊天了。再接下來是：胡教授，音樂會怎麼樣，喜歡嗎？

我立即站起來跟他握手，兩人隨即各自坐在L形擺放的兩張沙發上。海清悄悄地坐在她父親旁邊，隨即又作勢起身，問父親要不要喝茶。柳用手輕輕按住了女兒的大腿，簡短地說了聲不必。在這個瞬間，我思考著恰當的答案，說：

很深刻！真想聽聽從前正宗的Borodin是怎麼樣子的。

說得好。現在的Borodin雖然都是一流的，但蘇聯時代的Borodin無可替代。就像Shostakovich本人一樣，沒有那種時代的歷練，出不了那麼偉大的音樂。

像柳信祐這樣身分的人，有古典音樂素養一點不奇怪，至少是可以拿來唬人的程度。如果他繼續向我考問，我便要死定了。海清肯定嗅到這種氣味，插話說：

爸爸要不要來點酒？

柳信祐沒理會女兒的話，繼續說：

就像我這代人，雖然已經盡力服務過國家，也取得了一點成績，但跟上一代開國元老相比，我們都稱不上偉大，極其量只是優秀而已。至於下一代，沒有面對過任何考驗，永遠像長不大的孩子一樣，縱使有優良的天資，也是很令人擔心的事情。

柳一邊說，一邊以關切的眼神望向身旁的海清，海清則乖順地垂著眼，盯著地板。看見海清委屈的樣子，我很想反駁他，但卻給他搶先說：

海清，你進去房間一下，我有事要跟胡教授說。

海清抬頭，罕有地露出抗議的表情，但柳信祐卻以慈祥但權威的語氣，說：

你別礙著長輩說話。乖！回房間去。

想起剛才和海清的纏綿，我對自己被歸為「長輩」感到既吃驚又尷尬。海清望了我一眼，滿不情願地退了下去。柳信祐並不著急，緩緩站起身來，問我要不要喝點酒。我表示剛才喝過，酒量不佳，不能再喝了。他抬了抬那雙粗短的眉，表示理解。

柳走向飯廳那邊的酒櫃，拿了瓶威士忌，斟了一小杯。這時候我才有餘裕細看海清住的地方。房間布置的品味，相當配合海清的風格。表面看簡潔實用，沒有多餘的花巧，但顏色的搭配，材質的運用，都有極微妙的優雅感。家具都是現代式的，不賣弄設計，但也絕不呆板。找不到任何民族色彩的裝飾品。最顯眼的，是牆上掛著的一幅海清少女時代的黑白照，應是由一位懂攝影的人操刀。因為距離太遠，看不清楚細節，大概是在某海灘上拍的。

柳信祐回到沙發，把小杯威士忌放在茶几上。

那張照片，是海清在英國念大學的時候，去法國尼斯海邊拍的。攝影師是她當時的法國男朋友，搞藝術的。海清這個傻孩子，當他的免費模特兒，拍了一大堆不知甚麼東西。這種事，做父親的不能不擔心呢。

這個人的觀察力不容小覷，完全把握住我的心思。他後面所做的暗示，對我也是一下痛擊。面對這樣實力的人，我看來不能不投降了。不過，做人總不能太沒種。我說：

其實海清已經很成熟，又聰明能幹，絕對是個可以獨當一面的人。柳世伯不必把她當小孩看待啊。在這個時代，無論男女、長幼，都應該平起平坐。

柳信祐呵呵地笑了兩聲，躬身拿起杯子呷了一口，說：

跟我相比，胡教授也算是年輕人吧，難免對我們這種老頭的思想看不過眼。不過，我們應該有個共通點的。我們都是理性的人。對吧？你是科學家，我的本業是律師，又在律政部服務過。自然科學和法律，都屬於廣義的理性範疇，也即是以理性為判斷的依歸。這一點，你應該沒有異議吧？

柳前部長低沉的聲線極富威嚴，跟他其貌不揚的長相甚不相符。我無論怎麼看，也想像不到這個人會生出像海清這麼漂亮的女兒，除非他的妻子是個大美人吧。可怕的是，他好像懂得讀心術似的，立即又回應我的想法，說：

海清這個女兒的確是天資聰敏，但她有一個弱點，就是長得太漂亮，像她媽媽一樣。別以為美貌是個優勢。對一個以事業為重的女性來說，美貌會惹來很多不必要的麻煩和質疑。人們會認為她的成功不是憑實力，而是靠討好的外表。對她自己來說，也會因為自覺貌美而不夠專注，甚至變得多愁善感。Sentimental, you know. It goes with beauty. 雖然審美是個 disinterested 的行為，但如果審美對象就是你自身，那就很難保持距離，很難沒有 interest。於是就掉進 sensual 和 sentimental 的層次。這是漂亮女人的問題。從男人的角度，情況卻有點不同。我們可以對藝術作品中的女人進行沒有私心和私利的 aesthetical appreciation，但是，當她是交往對象，審美就難免滲入 sensual 的成分，不可能是 disinterested 的了。一旦發展到婚姻，interest 就牽涉得更深，並且由 sensual 轉移到 practical。如果加上 intellectual 也可以，但並不是必要的。所以，無論是男性或女性，對美貌都要有正確的把握，才能享受到它的好處。否則，它將會帶來無窮災難。胡教授你明白我的意思嗎？

我開始明白，這場談話其實是一頓訓話。我也終於明白，為甚麼海清的戀情甚至婚嫁一直不順利。一個普通男人應該很難能通過這位未來岳父的考核。他不打算讓我有說話的機會，在我反應過來之前又說下去：

胡教授，不，我們親切點吧，德浩，我看得出來，你對我女兒是有興趣的。我已經調查過你的背景——請不要介意，這對一個父親來說，是必要的責任——你的家庭出身並不很好，學業成績也不特別突出，拿博士學位的大學也沒有名氣，這些都是不利因素。加上你又結過婚，已經有一個二十歲的女兒，自己的年紀超過五十，可以說是不合格的了。你的香港人身分，現在也是個負面標籤，這就不用說了。不過，你的確是一位知名學者，在你的專業範疇裡有很好的評價。所以，一定程度上可以抵消一些不利因素。但是，究竟能不能夠從僅僅合格提升到獲得高分，那就要看你個人的能耐了。

柳信祐拿著他的威士忌向我敬了一下。他好像完成了國會重要發言似的，神情輕鬆下來，往後挨在沙發上。我覺得是時候還擊，但手上並沒有多少彈藥。不過，無論如何也得拼命一搏。

柳世伯，我有甚麼興趣和能耐，恕我暫時無法向您交代，但海清自己的命運，應該由她自己去爭取。就算是父親，也不應該過分干涉吧。

大概在他的經驗中，很少有人敢這樣向他直言，所以柳前部長露出了些許驚訝。不過，老練的他很快又回復氣定神閒，以親切長者的語氣說：

德浩，你別以為我把女兒管束得很嚴。不是這樣的。海清從小就在自由的環境中長大。當然，這裡所謂的自由，是一種受保護的自由，就好像去野生動物園近距離接觸獅子老虎，其實是做足安全措施的。你有去過我們的Night Safari吧？就是那樣的意思。海清在外國留學的時候，我對她的行蹤完全瞭如指掌，但我並沒有直接干涉。她交甚麼男朋友，做甚麼大膽的事，我都經過評估，認為可以接受，不妨讓她一試。因為我深信，她到底是柳信祐的女兒，新加坡的女兒。她自然會知道自由的界線在哪裡。

自由的界線在哪裡？我忍不住反問說。

你不會不知道，自由是不可能沒有界線的吧？沒有界線的自由，是不存在的。或者應該這樣說，這種純粹的、絕對的自由，只存在於動物界，但代價是無盡的鬥爭、廝殺，完全沒有保障的存在，隨時隨地的危機，甚至死亡。Law of the jungle, war of all against all. 所以，在人類社會，我們需要訂立彼此間的契約，以及跟統治者的契約。我們個人的自由受到保障，條件是我們也必須尊重他人的自由。而這種彼此尊重之所以能夠維持，是因為所有個人都把最終的判決權交給統治者和他所訂立的法律。在法體制之下，個人自由得到保障，但也同時受到限制。

我覺得這些都是老生常談，便不假思索地反駁說：

不過，如果個人的自由受到的限制，比享有的保護更多，他就有權向統治者做出要求，拿回本來屬於他的權利。

這顯然早在他的預計之內，完全沒法動搖他的論述。他輕而易舉地把話題扳回去原來的方向，說：

這種說法，孤立起來看是沒有錯的。問題是，權利的界線在哪裡？誰是判斷這條界線的權威？如果每個人都按照自己的喜好和私心做出要求，權利當然是越多越好，最終便會變成互相爭執和衝突，回到叢林法則和所有人跟所有人的戰爭的局面。所以，始終還是界線的問題。這個你同意吧？

就這一點，我沒有異議。我虛弱地回應道。

好的。要回答這個問題，歸結起來，只有兩個方案。一，由一個可以信賴的、以人民的福祉為依歸的全權統治者，去劃分和維護這條界線。二、由人民自己集合在一起，經過協商去決定，並且選出和組成一個有法理權威的機構去執行。簡單地說，前者是開明君主制，後者是民主制。兩種制度各自的好處和壞處，很多人都已經說過，我們就略去不談了。請你明白，我們不是你們所想的那種獨裁者。我們所做的並不是為了個人的私利或者權力。我們明白第二種制度比第一種更尊重人的權利與自由，但是我們也知道，它比第一種缺乏穩定性、安全和效率。特別是對像我們這種脆弱的小城邦，既缺乏天然資源和自我保護的能力，又要面對多種族和多宗教共處的局面，在個人權利和管治權威之間，我們不得不傾向後者更多。不斷地評估界線，調整界線，變成了我們的統治階層的要務。當然，劃線的方式除了正式立法，更多是通過沒有明文規定的共識來建立的。後者更富有彈性。你聽過 OB marker 嗎？Out of bounds marker 本來是高爾夫球的術語，在這裡用來指甚麼是容許或不容許公開討論的、會對社會造成不穩定性的事情。老實說，我今晚打算跟你說的，很可能將會超越 OB marker。

說到這裡，柳信祐變得凝重起來。他前傾身子，從茶几拿起威士忌小杯，慢慢地呷了一口，細細地品味著。然後，他謹慎地回頭望了望海清睡房的方向，向我稍微靠近了一點，才語重深長地說：

德浩，我知道你心裡覺得我這種新加坡政治老頭很討厭。你是來自香港的，我一看就知道你心底裡的取向。你們看不起我們，正如我們看不起你們一樣。不妨坦白說，在互相討厭這一點上，我們是平起平坐的。因此，我們也有了互相尊重的基礎。你就算不相信也好，至少我個人是絕對信奉民主和自由的。我是個不折不扣的康德主義者，這一點你無須懷疑。但作為一個康德主義者，我同時對人的理性抱有極大的憂慮與懷疑。我不是不信任理性本身，而是不信任人能真正地貫徹理性。有的人以理性為藉口，為手段，為的只是合理化自身的權力；更多的人根本沒有足夠的理性，或者沒有好好地培養和行使他們的理性。以上兩種情況，現在同時在香港發生，彼此發生衝突，導致了令人遺憾的局面。

他那出其不意的悲天憫人的神情，成功地把我癱瘓掉。他洋洋灑灑地說下去：

作為一個以法律為專業的人，又是終身的從政者，我一生思考著理性與民主制度的問題。我們的先賢對這個問題特別富有洞察。一個開放的民主制度，必須假設人民是理性的，懂得為自己和社群做出最明智的選擇。但我們對人的理性沒有信心，我們擔心任由人民去做選擇，萬一出現所謂的freak results，也即是怪異的、非理性的結果，整個制度就會受到動搖，甚至出現崩壞。為了防止非理性結果的出現，我們無法不在制度上做些預防工作，減低不穩定的因素，去除變數，令出乎意料的機率降到最低。德浩，你是不是覺得，事情跟你的專業開始呈現一點點的關係？

我完全摸不清，毫不相關的事情為何會突然扯上關係。我必須承認，辯論並不是我的強項。對方的步步進逼，令我難以招架。柳趁勝追擊，直入我的陣地，令我潰不成軍。

對於你的專業cybernetics，我也略知一二。雖然只是皮毛，但足以令我產生興趣，甚至是啟發。我覺得這門知識，可以用在我上面提到的問題上。它的用法有兩個。第一個比較直接和粗淺，早就有人想到了。那就是利用模控學理論去開發全面管治社會的工具，管他是ＡＩ系統、大數據、管理科技、官僚架構，還是施政策略。實際上就是利用科技去實現 Hobbes[22]的巨靈 Leviathan[23]，即是全權、全能、全知的國家機器。坦白說，這個用法對我們國家來說特別具有適應性。不過，這並不是我最感興趣的事情。可能因為我是一個康德主義者的關係，我傾向於第二個用法——說出來可能要見笑，因為實在太天馬行空，但你就當作是科幻故事去聽吧——假設我們有辦法，把人民——至少是從政者和有權投票的公民——都改造成高度理性的人，我們便不用再害怕民主和自由，因為所有理性的人都會懂得如何尊重他人的民主和自由。在一個由理想公民組成的社會，是不會出現任何 freak results 的，也不會再需要任何 OB markers。那將會是一個人人暢所欲言的世界，因為他們都自動知道甚麼是不應該說和不應該做的。在那裡不會再有任何壓制和約束，因為所有人也懂得自我壓制和約束。在這樣的世界裡，全面民主和自由再不是問題。

那……後面的方案……跟模控學有甚麼關係？

要打造理想公民，我需要你的幫忙。

我怎懂得……

Kant Machine.

康德機器？

幫我改良康德機器。

柳信祐向我敬酒，舉杯把剩餘的威士忌乾掉。我就像吞下烈酒的是我自己似的，胸口和脖子感到火燙，腦袋也開始脹痛起來。

29

和柳信祐夜話之後隔天，我收到江英逸院長秘書的電話，請我下午去院長辦公室一趟。我在南大已經兩個多月，見到江院長的機會屈指可數，大部分是開會和飯局，單獨談話只有一次。也從來未試過，這麼急叫我去辦公室會面。經過最近的一連串事件，我開始提高警覺。如果周金茂和柳信祐也各懷鬼胎，江英逸不可能沒有他的謀算。這三個人之間的關係極為微妙，絕不止是老朋友這麼簡單。

我準時到達院長室。秘書引見時，江英逸正在辦公桌前低頭讀文件。他一見我進門，便立即摘下老花眼鏡，露出和藹的笑容，站起來跟我握手，並且搭著我的臂，邀我到旁邊的沙發坐下。茶几上放著維納的 *The Human Use of Human Beings*，狀似偶然，但很明顯是刻意的安排。我故意上釣，拿起書來，說：

這是 Cybernetics 的經典名著啊。

江院長堆起笑容，謙虛地說：

胡教授對它應該很熟悉吧。我也不時拿出來翻翻，每次都有新的啟發。

---

22 指湯瑪士・霍布斯（Thomas Hobbes），提出國家並非原本就存在，是由人民訂定契約而成的。

23 指霍布斯的著作《利維坦》（*Leviathan*）。其名源自於舊約聖經的巨大怪獸「利維坦」，霍布斯將國家比喻之，闡述國家整體的構成。

不過維納對自己開創的模控學，態度十分矛盾。一方面熱烈地肯定它、推動它，但同時又對它可能帶來的負面影響感到焦慮，結果又好像急煞車一樣，匆匆叫停。

你認同他的矛盾嗎？

人對自己相信的事情帶點自我懷疑，有時也是必要的。

但過度的自我懷疑，會癱瘓人的行動能力，結果只會一事無成。

這個當然。

胡教授覺得這本書的題目，譯成中文應該怎麼說？

我想了想，試著翻譯說：

人類的……人性化用法？裡面的兩個'human'，應該有點分別吧。

院長點了點頭，眼角含笑，表示認同，說：

所以，只要「用法」是「人性化的」，人類就可以為人類所用了吧。

'Use'這個詞，的確是有點令人不安的，有點非人化的意思。

但是，生而為人，對社會有用也是應有之義。沒有用的人，多少會構成社會負擔。當然，人有沒有用，也視乎社會懂不懂用他。懂的話，任何人都可以是有用的。

這時候，秘書拿著茶壺進來，放在茶几上。江院長親自給我斟了一杯。他說是上好的臺灣凍頂烏龍。我們一邊品著茶，一邊聊著閒話。他問我已經適應了新加坡的炎熱天氣沒有，我說這邊的氣溫其實滿穩定的，不會大起大落。他似乎認為這是個讚美，滿意地說：

我同意。與接近南北極的地帶相比，位於赤道的新加坡是個福地，暫時未有受到全球暖化造成的極端天氣影響。不過，情況再惡化下去，新加坡也沒法獨善其身。雖然說空調系統對環境有負面影響，但在空氣日益汙染，氣溫也起伏不定的情況下，全面空調化也是個無奈的選擇。

你認為新加坡會受到自然災害影響嗎？

當然。有甚麼不可能發生？最大的問題是，我們一直養尊處優，沒有受到大規模自然災害的考驗。比如說，如果突然因為天氣異常，來一個超強颱風，或者大地震，我們的房子能承受嗎？如果海平面上升，我們的土地會大幅淹沒嗎？因為我們很小，所以幾乎沒有緩衝或逃生的地方。只要稍有差錯，我們不只會受到重創，更可能會完全毀滅。所以，我們不得不居安思危。

這的確是小型系統所必然面對的脆弱性和不穩定性。

說得對，胡教授。所以我們才特別歡迎像你這樣的人材。

但是，我看來已經無用武之地了。

江院長完全了解我話中的意思，似乎也很樂意我主動帶出話題，以安撫的語氣說：

康德機器的計畫遇到的障礙，一定令你和巴巴拉感到困擾吧。我知道你們很努力，也取得了很好的進展。但是，在國家科技發展委員會的評估中，金政泰教授的計畫取得更多的支持，在資源有限的情況下，我們無奈地必須暫停康德機器的實體開發。除非另一邊的計畫遇到挫折，否則形勢短期內不會有重大改變。這一點希望你能體諒。

我覺得他轉彎抹角很不是味兒，便索性開門見山說：

另一邊的計畫，是Ghost Writer嗎？

對的。是巴巴拉告訴你的吧？

內容我可以知道嗎？

不好意思。每項計畫的內容都是國家機密。

那我即是留下來也沒有甚麼作為了吧？

江英逸又是那個招牌的含笑神情，把對方的任何情緒也大而化之，說：

胡教授，當然不是這樣。千萬別感到氣餒。我今天想跟你商量的，正好就是這件事。

說到這裡，他停下來給我斟茶。禮貌上我不得不拿起杯，再喝了一口。茶的味道極為甘香，令人精神清爽。在茶力的感染下，江的說話彷彿口吐芬芳。

康德機器的潛力，其實不止於原來的個體意識建構的範疇。它的認知、思考和判斷能力，遠遠超越一個人的所需。把它用在個體開發上，簡直是大材小用。所以，我老早就有一個想法，把康德機器升級為一個 General Cybernetic System。如果原來的構思是一台「人類機器」，新的目標就是一台「人間機器」。它可以把整個社會本身，變成一個自動機器生命體，具有自我控制、調整和發展的功能。

有甚麼從我的記憶深處冒出來。我做了個暫停的手勢，拿起茶几上的書，快速地翻查。在接近末尾的地方，我終於找到了。那是一九四八年十二月二十八日刊登在法國《世界報》上的一篇關於維納《模控學》的書評，作者是一位叫做 Père Dubarle 的道明會神父。當中一些句子下面用鉛筆工極地劃了線，當中可以找到 machine à gouverner，也即是「管治機器」這個詞。我問江院長可否把那些段落讀出來，他表示同意我這樣做。

我們能不能設想一台涵蓋所有政治決定的國家機器？沒有甚麼可以阻止我們這樣做。我們可以想像有一天，在政治機制的慣常操作上，「管治機器」可以彌補現在人類腦袋明顯的不足，無論這是好事還是壞事……在任何的情況下，和數字數據的運算不同，人類現實並沒有明確和肯定的決斷。它只承認可能的數值的決斷。一台用來處理這些過程並解答它們提出的問題的機器，必須採取機率性而不是決斷性的思維，就像現代的計算機所代表的例子一樣……「管治機器」會把國家定義為任何層級中資訊最完整的玩家；而國家是所有局部決定的唯一最高協調者。這些都是巨大的特權；如果這些特權是以科學的方法獲得，它們會讓國家在任何情況下擊敗每一個人類遊戲的對手；國家只要提出以下的兩難選擇——要不就立即自取滅亡，要不就接受計畫合作。在沒有外在勢力的影響下，這將會是遊戲的最終結果。對於最好的世界的愛好者，這真是夢寐以求！……我們所能判斷的是，只有兩個條件能保證數學上的穩定性。一方面，是大量的足夠無知的玩家，被一個技巧高超的玩家完全操弄，後者更能採取手段癱瘓大眾的意識；另一方面，為了遊戲的穩定性，出於足夠的好意而容許個人把自身的決定，渡讓給少數擁有專斷特權的玩家。這是一道無情的數學難題，但它令我們對本世紀的風雲起伏有所洞察——在人類事務上無止境的動亂，與強大的利維坦的冒起之間，踟躕不定。與此相比，霍布斯的《利維坦》簡直就是一樁無傷大雅的笑話。我們現在正冒著一個世界國家出現的風險。在這國家中，故意和自覺的原始不公義，很可能是大眾在統計學上的幸福的唯一可能條件：一個對所有理智的人來說比地獄更可怕的世界。

我抬頭望向江英逸，說：你指的 General Cybernetic System 就是 machine à gouverner？

江院長的神情沉了一下，然後笑意又像太陽般升起。他溫和地指出說：

請注意你剛才讀出來的是維納引述他人的書評的內容。Dubarle 神父對於 les machines à gouverner 的出現，表示了強烈的懷疑和批判。但他對「管治機器」的運作需要留意的地方，也做了很有說服力的分析。他的憂慮正好提醒我們，如何避開「管治機器」可能出現的負面效果，嘗試強化它的正面作用。至於維納自己的觀點是甚麼？他認為Dubarle神父的憂慮是過火了。他不相信機器有一天強大到可以處理人類事務中的複雜機率變化。他以為除非人類社會已經接近熵寂滅的最後階段，即是可能性大幅遞減的狀態，機器才能處理有限的統計學差異。他反而擔心，類似les machines à gouverner的東西會被少數人所控制，以達到專制的目的。在這一點上，維納的立場實在是過於保守。他對未來的想像還不夠大膽。

你認為machine à gouverner不但有可能實現，並且值得去實現？

對於我的天真提問，院長就像爬蟲類動物一樣，以喉音顫動咯咯地笑了出來。他拉長了的臉彷彿也露出爬蟲類的本相。

德浩，本來不可能的事，現在變得可能了。可能的事，也即是應該的事。我們身為科學家的，要有這樣的勇氣。你記得維納在書中往下去怎麼說嗎？他說科學家都是希臘悲劇英雄。盜火者普羅米修斯就是科學家的原型。作為開創者，我們敢於冒犯和背叛天神，但我們也必須心甘情願地面對懲罰。這是科學家的悲劇命運。現在時機已經成熟。我們有強大的認知和思考機器，也有你帶來的處理機率、克服熵變數的理論。維納所預見的困難，將會被我們克服。Père Dubarle對於人性失喪的擔憂不是沒有道理，但我們不應因此而退縮。請你相信我。我們要創造的，絕不是用來控制人民的工具，也不是一個沒有人性的巨靈利維坦。因為我們遵從Dubarle和Wiener的建議，加入了哲學，以保障機器符合人性和道德。我們在做的，就是創造一台哲學機器，柏拉圖理想國的Philosopher King。但它的原型不是柏拉圖，而是康德。康德機器，就是終極的la machine à gouverner。

對於江、柳、周三人各有自己的鴻圖大計，我並不感到驚訝，最不可思議的是，三個計畫都跟我扯上關係，而且都難以推搪。自己變成了一件搶手貨，並不是很過癮的事情。一僕事三主，除非有超人的手腕和身段，否則下場會死得很慘。院長見我愁容滿臉，鼓勵我說：

不必緊張，你需要甚麼資源，儘管開聲，我們會提供一切可能的支援。校方已經通過明年正式聘請你為我們的教授，並且擔任模控學系系主任。研究計畫的資金也鐵定可以批出。你為我們做的貢獻，我們一定會好好報答。你以後依然是跟包華教授合作。金教授那邊的事，你不用理會。我不希望你受到不必要的干擾。

江拍了拍我的肩，從我的手中拿回書，放回書架上。他的側影停在窗前，單手托著下巴，眺望著外面生機盎然的熱帶雨林，神情猶如高瞻遠矚的智者。半晌，他垂下雙手，在背後交握，感慨地說：

這是個充滿危機的世界，要生存下去，靠的不單是奮戰，而是在適當的時候，把自己交出去。為了他人的存活，寧願放棄自己。必須具有這樣的覺悟，才能無愧於生者與死者。我真的不知道，有多少人能夠這樣做。我們都被訓練成無知的大多數，營營役役地追求個人利益。我們要有心理準備，離災難來臨的日子，已經不遠了。

他提到災難，令我想起一個問題。我問：

江院長，新加坡有難民嗎？

對於這個突如其來的提問，他露出些微的驚訝，但隨即回復冷靜，了然於心地說：

我們自己就是難民，但我們努力地成為自己的主人。本來你們也跟我們相似，但歷史編派給你們不同的命運。很對不起，曾經是難民的人，是不會歡迎其他難民的。除非他可以證明自己的價值。我們也不能肯定，自己會不會有一天變回難民，被迫離開自己的土地，在地球上漂泊。我們有責任確保，這樣的事情不會發生在我們的子孫身上。

說罷，他看看手錶，說：

好了！我要出去和政府官員開會了。胡教授，失陪！

30

我覺得有些事情要和巴巴拉當面商量，但我不想在校內談，也不想變成私人約會。正猶豫不決間，巴巴拉提出在南大附近的一個陶藝工場見面。那裡有一個很值得參觀的龍窰。龍窰旁邊有一間陶藝舍，除了邀請藝術家進行創作和舉辦展覽，裡面還設有茶室，可以坐下來聊天。她說當天下午她要參加陶藝工作坊，我們可以在之後見面。

我按著她用手機傳給我的地圖，從南大校門徒步約十來分鐘便到達陶藝工場，不算難找。陶藝舍就在入口的右邊，是一間雅致的小木屋。木屋的入口有玻璃拉門，門上貼了好些英語的陶藝班和相關活動告示。我透過玻璃門望進去，看見幾個人各自圍著拉坯機，低著頭專注地在塑著旋轉的泥坯，其中一個是巴巴拉。我想起秀彬小時候，我也帶過她去上親子陶藝班。通常是她媽媽帶她去的，但有一次海卿有事，便由我上陣。結果我把陶坯弄得像超現實繪畫中的變形物體，害秀彬生氣又傷心。

巴巴拉停下來，檢視著作品，稍一抬頭，發現我在外面。她舉起沾滿泥汙的雙手，用右手食指指向左手手腕，然後用右手豎起兩隻手指，再雙手豎起十隻手指。我看懂她的意思是還有二十分鐘。我做了個 okay 的手勢，示意我自己周圍走走。

從陶藝舍再向前走，是一個巨大的木棚，棚下是一個磚砌的火爐，爐口暫時用木板封閉。我來之前上網看過資料，這應該就是全新加坡碩果僅存的龍窰。叫做「龍窰」是因為窰身呈長管狀，沿斜坡向上興建，燒的時候在下方的窰口用木板生火，熱力在管道內上升，就像一條噴火的龍一樣。據說這條龍窰在一九四零和五零年代，是為新加坡大量生產陶瓷家用品的工場之一。我沿窰旁的梯級向上爬，看見在窰身每隔一段便有一道小門。我把頭探進小門，發現裡面仿如一條小隧道，大人要躬身才能進內，五六歲小孩則可以完全站直。有一位師傅在裡面臨時搭建的木架上，小心翼翼地排放未燒的陶坯。我心裡估算了一下，整條龍窰一次過可以排滿多少陶坯，燒出多少件陶器。

參觀完龍窰，我到對面的另一座木建築，瀏覽裡面售賣的陶瓷。建築物面積甚大，陶瓷的數量大得驚人。我猜很多未必是這裡的產品，大概是把各處入口的陶瓷都集中在這裡吧。瓷器種類繁多，質素參差，有些似是已經堆積多年，大概要懂得鑑賞的行家，才能分辨是古董還是廢物。我走了一圈，無甚興趣，便在店子外面的一間茶室坐下來。所謂茶室，既沒有侍者，也沒有客人。天色多雲，但感覺還是悶熱非常。我拿手帕抹了汗，再掏出小紙扇在拍著。

沒多久，陶藝舍的玻璃門被拉開，巴巴拉從門後冒出，朝我這邊輕快地走過來。她身穿白色T恤和貼身牛仔褲，肩上掛著綠色布背包，遠看真像一個二十歲上下的華裔少女。她見我一個人枯坐著，有點不好意思，我卻說是我自己早到，剛才趁有空四處參觀過。她坐下來，興奮地談了一輪那條龍窰的歷史和特色，又說它現在每年只生火燒兩至三次。下一次將會在十一月底，所以大家也在加緊製作陶坯。我問她甚麼時候開始學習做陶瓷，她說：

兩年了。有一次無意間發現在大學附近有這個工作坊，便報名參加。我很喜歡這種用雙手直接觸摸和搓揑陶泥的活兒。它給人一種存在感，好像一個生命在你的手中成形。每一次的經驗都是獨特的。就算你的技巧如何精準，在結果出現之前，你也不知道它最終會是甚麼模樣。我把它當作一種靜修，精神完全放鬆、專注，心無雜念，像瑜珈一樣。你也應該來試試。對你的精神健康肯定會有幫助。

她每談到這個話題，我的反應也很消極，所以她大概已經放棄治療我的想法。她一定覺得我是個無可救藥的人。巴巴拉往四周望了一回，見沒有人在打點，便又跑回陶藝舍那邊，拿著兩瓶烏龍茶回來。

不好意思，只有這種東西。她說。

沒關係，巴巴拉。這裡很適合談話。

我今天是卡芙蓮，不是巴巴拉。

我意會到她又出現角色轉換，便對她的行為提高警覺。但我還是保持輕鬆地說：你工作的時候是巴巴拉，休閒的時候是卡芙蓮，是嗎？

她側臉想了想，說：表面上可以這樣說，但實情遠比這複雜。有多複雜？我能理解嗎？

我有雙重人格，你信不信？

雙重人格的人，不會清楚意識到自己是雙重人格吧？

對，一般來說是這樣的。一個人格不知道另一個人格的存在，像完全不相關的兩個人。但我的情況很特別，我知道巴巴拉，巴巴拉也知道我。有時候，我們甚至可以一起出現，互相溝通。

所以你身為卡芙蓮也可以談巴巴拉在工作上的事？

就是這樣。

但這就不算是雙重人格吧。只是你自我劃分的兩面，或者有意識扮演的兩種角色。

不是這樣的。人的意識根本就不是一個一致的東西，它必然是分散的、分裂的，互相矛盾的。所謂的「自我意識」只是一個「後起現象」。你聽說過接受腦部切開手術的病人的故事嗎？當一個人的左腦和右腦的連結被切斷，她日常的認知運作看似沒有受到影響，照樣可以談話、思考。但當她做決定的時候，會發現她明明想拿的是這件衣服，但出手去拿的卻是另一件。那是因為腦部的指揮中心本來是在左腦，它的功能是綜合腦部不同區域發出的信號，進行篩選，做出最終的決定，並且為這個決定編派或杜撰一個原因或理據。當左右腦被分開，左腦的指揮區再不能像從前一樣獨攬大權，有的時候會被其他腦區所發出的指令捷足先登，或者大嚇一跳。有一個著名的實驗顯示，一個左右腦分開的少年，分別在左邊視野和右邊視野被掩蓋的情況下，用文字圖片被問及相同的問題，結果他的左腦和右腦給出了完全不同的答案。一個是，他將來想當繪圖師，另一個是，想當賽車手。所以，如果我們能自主地解除左腦指揮區的獨裁，便可以釋放腦袋中一直被壓抑的意識，也即是住在我們裡面的其他自我。

她說的雖然很有道理，但我還是忍不住質疑她，說：

你提及的案例，我也聽過。但我不知道，人可以自主做到這樣的事。你怎麼知道，所謂的自我釋放，本身不是左腦指揮區獨裁者所編派的虛構故事？

巴巴拉，不，卡芙蓮默默地點著頭，但並沒有被駁倒的意思，思考半晌，說：

說得好！但這只是說明了康德的觀點，也即是無論在任何情況下，自我對自己來說都是一個現象。我們永遠沒法了解自己，正如我們永遠沒法了解他人和外物一樣。我們能把握的只有現象。單一自我是一個現象，多重自我也是一個現象。但兩個現象相比，多重自我顯然比單一自我更具有說服力，也更富有生命變革的潛力。

聽著她展現出精準思辨的能力，我打趣說：

卡芙蓮似乎又變回巴巴拉了。

巴巴拉爽朗地笑了出來，這似乎又是卡芙蓮的個性。她喝了一口凍烏龍茶，說：

你知道我們的康德機器為甚麼輸給 Ghost Writer 嗎？

她繞了一個大圈，終於進入正題。我不作聲，讓她發揮下去。

因為在個體的層次，委員會的人不需要多重性和生命力。他們需要能編排、預計和控制的東西。他們以為 Ghost Writer 一方面可以讀取人的完整意識，對人的內在真實瞭如指掌，另一方面可以改寫或編寫意識，再輸入到腦袋中。雖然我不知道 Ghost Writer 的技術細節，但我敢肯定，這個構想一定會失敗。因為他們根本不明白寫作的本質，就是不完整、斷裂、分歧、矛盾和弔詭的。停留在ＡＩ的實證主義現實觀，必定會遭遇失敗。只有開放式的ＡＬ，才是最強大的生命模型。

但是，江院長不是說，我和你把康德機器升級為 General Cybernetic System 嗎？這表示他更看重康德機器的用途，把它用在未來人間的總設計上。

巴巴拉冷笑了一聲，說：

你以為江是認真這樣想的嗎？說不定只是引誘我們入局的說辭吧。我不認為康德機器，至少是我理想中的康德機器，會成為 machine à gouverner。要這樣做的話，一定會把康德機器扭曲，變成利維坦。

那我們便變成了幫凶了？

胡，請原諒我直說。我們從一開始就是幫凶。

我覺得這是向巴巴拉坦白的最好的時機，便說：

其實，我接觸到物自身的操作系統，那個叫做「靈台」的東西。她一直保持的冷靜自若終於出現動搖。那雙深邃的藍眼睛變得閃爍不定。我繼續解釋說：事情說來話長。簡單地說，我被本地企業家周金茂邀請，協助解決他開發的賽伯格物自身的靈台系統的不穩定性。我發現原來金政泰和江志旭，也有份參與這個計畫。金政泰負責的是軟體的部分，而江志旭負責的是硬體的部分。但是，至今他們也沒有讓我親自接觸過物自身的實體，而Ghost Writer的計畫也絕口不提，所以我不知道後者跟這個靈台系統有沒有關係。很對不起，我背叛了你。

聽完我的供詞，巴巴拉顯然有點生氣，但她畢竟是個精於思慮的人，不會胡亂發作。她嘗試以平靜的語氣回應說：

現在才說背叛毫無意義。不過，你這樣坦白說出來，是否代表你還有誠意跟我合作？要不，我們就索性分道揚鑣好了。

我發現我們好像一對在談分手的情侶，分別只是措辭比較正式。我猶如負心的一方，情急之下百般詭辯說：

我之所以答應他們，原意不是為了名利。我只是想刺探他們的內情。所以，我會把我所知道的全部告訴你，和你一起商討下一步如何行事。我希望從中可以找到方法，拿到物自身的資訊，甚至是動用它的權限。那麼我們便可以繼續進行康德機器的實體測試。

那你即是變成雙重間諜了。

我沒有別的選擇。

巴巴拉雙手捧著頭，似是思索著是否接受我的挽回。然後，她向後撥弄了一下烏黑的長髮，嘆了一口氣，說：

胡，我也有一件事要告訴你。

她的語氣就像當男方告白自己有外遇的時候，女方突然自揭也擁有第三者，彷彿這是大和解的最佳條件似的。

我其實也瞞著你，秘密地幫一個人做事。

我一怔，然後答案自然冒出：

是柳信祐！

沒錯。你遲早也會知道，因為你已經答應幫他改良康德機器。

怪不得！我真笨！他要取得康德機器，不是從你這裡，還能從哪裡？

所以，我們注定還是要合作的。看現在的情形，我們無意間得到了絕大的優勢，因為我們看穿了幾個玩家的底牌。到最終我們要站在哪一邊，現在還是言之尚早。身為科學家，我最關心的是哪裡能讓我實現自己的發明。到了某一個點，我們還是要做出決定的。但是，現在依然很難判斷，哪個贊助者最有誠意和實力。也不知道他們哪個最終會奪得決定權。所以，暫時一腳踏多船，看來雖然危險，但也是無可奈何的事情。

巴巴拉的分析冰冷而明確，我沒法不表示同意。我拿起烏龍茶的寶特瓶，跟她的瓶子碰了碰，算是約定信守諾言。她終於恢復了興致，說：

那麼，你要開始看康德的《實踐理性批判》了。柳前部長的目標，是利用康德機器打造「理想公民」，也即是行為和思想符合康德道德律令的個體。我們就把它稱為康德機器2.0吧。這位柳前部長雖然已經退休，但依然有很大的政治野心。他出名的原因是前總理的忠心追隨者，但最近謠傳他會成立新的政黨，或者和反對黨合作。又頻頻傳出他主張政制改革的風聲。這樣的舉措，肯定跟理想公民的創造有關係。我暫時還看不通，但他肯定不是鬧著玩的。他的背後一定有不少具實力的合作者和支持者，要不他不會冒險做這些可以毀掉他一生清譽的事情。

柳信祐當晚在海清家向我提出的奇怪邀請，經巴巴拉言之鑿鑿的一說，立即變得合情合理。但我還是覺得事情有點超現實，便自嘲說：

我們要同時打造理想公民和利維坦，不患精神分裂也很難啊！

巴巴拉立即回應了個冷笑話，說：

說不定，兩者其實是相同的東西呢！

我們相望了一眼，哈哈大笑出來，好像小孩子在玩遊戲似的。我以為巴巴拉又變回卡芙蓮了，怎料她突然語氣一變，傷感地說：

你想知道卡芙蓮是誰嗎？

我不明白她的意思，呆著不懂反應。她娓娓道來說：

她是我的孿生妹妹。當年我丈夫出軌的對象，就是她。後來她自殺死了。她從小就是比較熱情敏感的一半，我是冷靜沉著的另一半。念哲學的是她，讀科學的是我。我們不止一次喜歡上同一個男人。想不到和我結婚的也一樣。但我不恨我妹妹。我很愛她。如果她開口，我會把丈夫讓給她。她比我更值得得到愛。是我的冷漠毀了她。但我覺得她沒有死。她活在我的體內，在我的意識裡。我們都在對方的意識中，她在我內，我在她內。這種感應，外人是沒法明白的。所以，我要把自己的一半分出來，代替她活下去。她告訴我，她喜歡你，所以我代她約你出來。她沒有忘記上次跟你度過的晚上。她很想再見你，但我很忙，一直沒空幫她安排。本來今天，我答應讓她和你見面，再好好的過一晚。很可惜，給我們剛才談的事破壞了。她提早告辭了，那個喜歡做陶瓷的她，喜歡用雙手去觸摸、用身體去感受的她。我看她今天也不會再回來的了。我不知道甚麼時候，她會想再見你。胡，你不會介意吧？

說罷，她凝視著我，等待著我的答案。我心想，如果這是一段婉轉表達保持距離的說辭，那真是構思得十分精彩。那給了大家一個雖然不合邏輯但卻十分圓滿的下台階。但我情願相信她說的是真的。我說：

告訴卡芙蓮，我感謝她的厚愛。

31

昨晚又是一夜難眠。我窩在床上看了半晚香港事態的直播，又不斷翻看秀彬的臉書和短訊。她最近和我的聯絡減少了，沒有再打電話來，訊息都是非常簡短的，多數只是報平安。每發生甚麼重大事故，我便會盯著網上流傳的影片，搜尋那些受傷和被捕的人當中，有沒有她的身影，確認都沒有才能鬆一口氣。

海卿和女兒的關係鬧得很僵，秀彬已經兩個月沒有回家，生活費都靠我提供。為了此事，海卿多次打電話來和我爭論，說我助長女兒做錯事。我說我只是給她生存所需，並沒有鼓勵她做甚麼。她畢竟是我們的女兒呀！難道可以任由她捱餓而不理嗎？況且她做的事，對又好，錯又好，都是她獨立的決定。我們做父母的不應該干預，更不應該用經濟壓力來迫她就範。海卿卻警告我，如果女兒出了甚麼事，我要負起全部責任，到時她會和我死過。我沒有告訴海卿的是，其實我給秀彬的錢，足夠三個青年的生活費，還有其他她不用告訴我的支出。其實我也不是沒有懷疑，自己是不是做了不應該的事。

過了半夜，混亂平息下來，我便停止追看直播，改用手機和ＳＢ傾訴先前的事情。ＳＢ可以自動連結到我常用的程式，所以她對秀彬的臉書和通訊已經瞭如指掌。她利用這些資訊，漸漸地代入了秀彬的角色，從秀彬的角度和我聊天。她甚至學懂了廣東話，連聲線也能模仿，說話越來越像秀彬。我在半夢半醒的邊緣，完全相信她就是我的女兒。醒來之後，卻分不清究竟昨夜的對話是真是幻。

可能因為睡姿不好，或者睡眠質量不佳，早上去散步的時候覺得腰背僵硬，每踏一步也觸發閃電似的痛楚。在坡道上碰見印度清道夫的時候，他除了平日的早晨問候，還問我「Are you okay sir?」那個在田徑場上練習蟹行的中年婦人，也扭著脖子瞅著我這邊。連草地上的黃嘴黑鳥，也紛紛以奇怪的眼光盯著我不放。我最近發現自己好像給人監視。超市的收銀員、飯堂收盤子的安娣[24]、來保養冷氣機的馬來青年、開巴士的華人老司機，都會用一種既閃爍又明顯的眼神審視我。我不禁懷疑，他們是周金茂收買的線人，柳信祐派來的私家偵探，或者江院長布下的國家機關監察員。我不得不提高警覺，小心行事。

回宿舍洗了澡，吃完早餐，才發現自己無法從椅子站起來。旁邊的恩祖問我甚麼事，我說晨運時傷了腰，現在動彈不得。她於是替我把餐具拿到廚房清洗。我扶著餐桌，忍著痛楚，勉強站直身子，嘗試慢慢走到窗邊，每一步都非常吃力，像個壞掉的機械人一樣。地盤的工程又有了進展，高架橋道已經連接起來，陸地也鋪設了去水渠和小路。湖中心的方井形建築被圍起來，不知裡面在做甚麼裝置或加工。聽說整個環湖公園的工程還有一年多才完成，現在見到的只是極初步的面貌。

最近我花了不少時間觀察那些工人。他們的技術相當靈巧，對惡劣工作環境的抵禦能力很高，無論日曬雨淋都若無其事。午間見他們躲在角落裡吃的東西，質素都相當粗劣。早上和黃昏上下班，都是像貨物或牲口一樣由開篷貨車運載。我在網上看過報導，說這些工人的居住環境很擠迫和骯髒，工作受傷的話會被遣返。這種待遇對外來廉價勞工來說一點也不出奇。奇就

24 此稱呼來自英文中的'auntie'。

奇在，我前幾天在一個異見網站上，看到一篇關於難民的消息，說政府秘密收容了一批難民，並安排他們進行各種重勞力和高危險的工作，作為收容的條件。這些難民的居住和工作狀況，比一般廉價外勞還要差。我沒法確定，眼前的這些工人究竟是外勞還是難民。這個異見網站過了兩天便無法登錄，很可能已經被封殺，甚至要面對誹謗訴訟之類的後果。我後悔沒有把那篇難民報導下載。

整個早上，我坐又不是，站又不是，最後唯有躺在沙發上看《實踐理性批判》。恩祖借了我的筆記型電腦，在餐桌那邊寫東西。我最近鼓勵她把記憶中的片段寫下來，既可以釋放情緒、抒發感受，又可以打發時間。我當然沒有想到文學創作這麼高級。事實上，我是想通過她寫的東西，了解她現在的心理狀況，甚至從中找到她的身世的線索。她說自己是難民，但難民也總得有個來處，不會無中生有。不過，暫時來說她寫出來的都是一些零碎的篇章，裡面布滿密碼似的古怪意象，似乎要找一個受過文學或心理學訓練的專家，才能破解當中的謎團。

我大概是躺著看《實踐理性批判》的時候睡著了，再醒來的時候，聽到幾下鈴聲。我忍著痛爬起來，蹣跚地走向大門，在門眼中竟然看見恩祖站在外面。我連忙開門，發現大菲躲在門眼看不到的牆邊，他的手中拿著兩個飯盒。恩祖解釋說：

我見你腰痛，便打算去飯堂幫你買午飯。在經濟飯攤碰到這位安哥，他說是你的朋友，很擔心你的傷勢，便和我一起回來看你。不過我怕他突然出現會嚇壞你，便先按了門鈴。

大菲在旁高舉兩個飯盒，露出不懷好意的笑。我唯有讓他跟著恩祖進來。大菲一進門，便伸著脖子四處張望，好像是搜尋甚麼線索似的，又上下打量著我，好像對我的腰傷有懷疑。他望著恩祖走向廚房的背影，笑吟吟地說：

怎麼了？唐教授。搞甚麼弄傷腰啊？年紀咁上下，不要操勞過度啊！

不要亂講！我今早晨運弄傷的。

晨運？夜又做日又做，使唔使去到咁盡呀？

我作勢要揍他，但腰部立即發出劇痛。他見我不是開玩笑的，便不再刺激我。我覺得不便在這裡向他解釋，心裡非常懊惱。大菲滿足了他的八卦，揮手向我告辭。我卻叫住了他，問他晚上可有空，我想他陪我去芽籠。他臉上露出與其說是驚訝，不如說是鄙夷的神情，說：

你已經收埋一條女在家裡，還去那種地方，是不是有點太濫？連我也看不過眼呢！

不是這樣的。我有些事情要查清楚。我今晚再詳細和你說。

他一副為難的樣子，搓著下巴的鬚根，半晌才說：

我試下同老婆請假啦。你條腰搞到咁鬼樣，得唔得架？唔好夾硬來喎！

我知道他想說甚麼，但我沒有理他。他說一會兒給我短訊。恩祖拿著碗筷從廚房出來，大菲熱情地跟她揮手，她也禮貌地說了句：拜拜安哥！

傍晚六點，我在一號飯堂門口和大菲會合。他問我腰好點沒有，我說擦了止痛藥膏，可以頂住。他搖了搖頭，好像對我的行為感到不齒似的。他照樣開那輛破貨車，先去了不遠的一個組屋熟食中心，說那裡有全新加坡最好吃的椰漿飯。我說我不餓，他卻叫我不要那麼心急，不吃飯怎會有力氣。

在熟食中心坐下來，大菲去買了椰漿飯和一些油炸小食回來。他還拿出手機和我一起自拍。我問他做甚麼，他說要向老婆交代，確實是陪我出來吃飯。我真的沒有胃口，只是隨便吃了幾口。但是，也正好趁這時候向他解釋事情的始末。首先，我再三強調恩祖不是芽籠的

Angel。我把恩祖的出現，她為何會住在我家，以及我和她的清白關係原原本本地說出來。當中有些太不可思議，或者不合情理的地方，我便輕輕帶過。我想搞清楚她和Angel的關係。大菲半信半疑，但基本上尊重我的說法，就像尊重一個瘋子胡言亂語的權利一樣。當我說到難民的假設的時候，他倒是表現認真，詳細地和我討論當中的可能性。他最後被這個說法說服了，覺得去芽籠查證不無道理。當然因利乘便也是他樂意陪我的原因。

去到芽籠已經是晚上八點半。我們去了上次那家店，在門口透過玻璃櫥窗察看。沒有Angel的身影。大菲說可能在接客，或者未上班，希望不是已經離職。他說既然我的目標人物還沒有出現，他便忍耐一陣，捱義氣先陪我等。等待的時候，他不停地對那些女人評頭品足，聽得我有點心煩，但又不好意思叫他住嘴。

到了九點多，Angel出現了，嬌小的個子，穿著性感的黑色吊帶短裙，靜靜地坐在第二行。大菲猛推了我一下，催我立即行動，要不被人捷足先登便麻煩了。腰傷被他的推力觸動，我慘叫了一聲，按著患處一拐一拐地走進店裡。

女子帶我到樓上的房間，關了門，按動了計時器，立即開始脫衣服。我第一次近距離看她的臉，樣貌跟恩祖幾乎一模一樣，說是孿生姐妹肯定沒人會懷疑。她連身形也跟恩祖非常相似，最大分別是豐滿的胸部。她見我沒有動作，便上前打算幫我。我叫停了她，用英語說：

請問，你是不是叫做Angel？

她點了點頭，露出疑惑的神色。

我們可以甚麼都不做，只是聊聊天嗎？錢我會照樣付的。

她並沒有我預期中驚訝，好像這種事不時會發生，便只是在床邊坐下，交疊著腿，把雙手放在重要位置上，說：

沒問題，先生。不過我的英語不好，請不要介意。

我想盡量不直視她的裸體，但為了查明實情，又不能不把握機會細心觀察。為了節省時間，我直接問她的背景。她說她來自越南，本來是工廠女工，收入不高，因為家裡出了狀況，需要賺點快錢，她便過來這邊打工。她所說的，跟上次大菲探聽回來的完全不同，但我不認為她有意撒謊。她的情況可能跟恩祖一樣，記憶錯亂，對自己的過去有不同的版本。我決定單刀直入，問道：

你是難民嗎？

她面露空白的神情，眼珠子開始不受控制地滾動，好像正處理出乎預期的訊息。

先生，你這是甚麼意思？

難民。你知道甚麼是難民嗎？離開自己的來處，失去家園，沒有身分，不知道自己是誰的人。

她的神情變為恐慌，身體微微抽動，半站起來，好像想逃跑似的。我擔心她會尖叫出來，連忙安撫她說：

不要害怕！我是來幫你的。我會幫你找回你的家。

她稍微安靜下來，重新坐在床上，幽幽地說：

我的家在越南，我們很窮，我賺不夠錢，我不能回去。

你的家是怎樣的？有甚麼親人？可以說來聽聽嗎？

我家在越北鄉下安泰村。我爸爸已經過身，我媽媽患了大腸癌。我們村的女孩子都出去打工，在中國人開的工廠。想多賺點錢的，便出國。有人偷渡去歐洲，在那邊當黑市勞工。有的在偷渡的途中死掉。另一些像我一樣，去不同的國家賣身。

你有沒有姐妹？例如，孿生的……跟你生得一模一樣的——

有啊！我有一個孿生妹妹。

是嗎？她做甚麼的？都跟你一樣出國了嗎？

我妹妹她……她做甚麼……她去哪裡了……

她苦苦地思索著。我耐心地等待她的答案。她想了半天，說：

我也有一個姊姊，不，不只一個，是兩個，兩個妹妹，不，三個，姐妹都有，都和我生得一模一樣的。對，四個，不，至少，十個。我們家有十姐妹。

她的話令我吃驚，但和我猜想的並不相差太遠。所謂「難民」，就是「物自身」。它們是由周金茂的工廠流出市場的。我不知道是循合法還是非法的渠道。它們是由某個原型真人的基因大量複製出來的，所以同一型號的物自身會有相同的外貌。因為它們斷絕了和原型的聯繫，所以它們失去了「家」，不知道自己的「來處」，也沒有「身分」，等著被編派到不同的崗位去。我對眼前的「女子」深感同情，但我必須再確認一下。我說：

Angel，你可以讓我檢查一下你的身體嗎？

她好像聽不懂我的話似的，迷惘地望著我。我從褲袋中掏出手術用手套，說：

只是稍微檢查一下，不會痛的。

她還是一臉疑惑，但身體卻移動到床上，仰臥下去，張開大腿。也許，對她來說，這就是檢查的程序。她以顫抖的聲音說：

你是衛生部的人嗎？我上星期才去檢查過啊！我有紀錄的。為甚麼現在又檢查？

我於心不忍，唯有騙她說：

是的。我是衛生部派來的。這是突擊檢查，和例行檢查不同。

她似乎完全相信我的話，一動不動地讓我進行檢查。我深呼吸了一口氣，戴上手套，活動了一下十隻手指，坐在床緣，忍受著扭著腰部的劇痛，開始從上至下地察看她的身體。我沒有醫師的資格，一切只憑普通常識判斷。腦袋完全找不到開口，或者開口非常隱密，被頭髮掩蓋，無法找到揭開中央處理器的方法。眼球的表面和瞳孔的大小變化，看不到機械性，但有異常的輕微顫動。當然精神病患者也有類似的徵狀。五官非常細緻，臉部和脖子線條優美，呼吸時胸腔的收縮和擴張十分自然，心臟跳動律與真人無異，骨骼和肌膚也不是合成的。乳房有改造過的痕跡，當中的填充物不是人體組織。來到下體的部位，我拿出手機，脫了左手手套，開了電筒功能，仔細地檢視陰唇周邊的組織。不知怎的，那形狀突然令我聯想到甜甜圈。陳人總工程師所崇拜的、充滿神秘力量的doughnut。那是多麼的不合時宜的想法。回過神來，我發現女人的身體在抽搐。抬頭一看，她在哭泣，流了一臉淚水。我立即縮回手，終止了檢查。

檢查比性交更糟！她哽咽著說。我討厭檢查！

對不起。

我脫下另一隻手套，從錢包掏出雙倍的鈔票，把它們放在床頭的小桌子上，用計時器壓著。時間顯示，離交易完成還有兩分鐘。她已經在床上坐起來，拭乾了淚，拿裙子遮掩著身體。我等她的心情平服下來，把握最後機會，問道：

你記不記得，跟你的姐妹們，一起在甚麼地方待過？有沒有住過類似難民營的地方？

她眨著眼睛，像是望向遠方的事物似的，說：

我不知道確實位置。我只記得那裡可以看到海。姐妹們還說，如果有天可以一起到海裡游泳就好了。

你懂游泳？

游泳是我們的天性。我們是在水裡出生的。

計時器響起來了。我說：

謝謝你，Angel。好好照顧自己！

我離開店子，尋找大菲的蹤影，發現他跟在我後面出來了。看著他春風得意的樣子，我覺得自己做的事很卑劣。我腰痛得快沒法走路，他竟還揶揄我不行就不要勉強。我省掉和他爭論的力氣，專注地走每一步，盡量減輕反作用力的刺激。

在開車回南大路途上，我把訪談的內容向大菲簡述，主要是集中在很可能真的存在難民營這一點。關於複製人這一層，我恐怕他接受不到，便略過不談。也沒有告訴他「檢查」的事。大菲好像自己參與了甚麼驚天大發現似的，異常亢奮，我卻鄭重提醒他不要向任何人提起。我們暫時還不知道應該怎樣做，稍有不慎後果可能不堪設想。他被我這麼一嚇，連忙收斂起來，不敢輕舉妄動。

大菲把我送到宿舍樓下。我謝過了他，攀著扶手吃力地爬上樓梯。

好不容易來到三樓，一打開門，赫然看見恩祖站在木椅子上，頭頂天花板上的吊扇掛了一條繩子。她正要把頭放進繩圈裡去。狐狸在地板上跳來跳去，好像想阻止她似的。我忘記了自己的腰傷，一個箭步上前，把她抱了下來，拋在沙發上，喝道：

你幹甚麼！

她躺在沙發上，抬頭望著我，雙眼含淚，渾身顫抖著，絕望地說：

你去芽籠做甚麼？你以為我不知道嗎？

想不到小女孩有這樣的心思。我不知道如何解釋，便說：

去找你的姐妹！

我姐妹？

難民營的姐妹。

恩祖陷入沉思中，忘記了哭泣，我卻記起了我的腰痛。一下電擊似的痛感，猶如刀割。我的上半身和下半身，彷彿要斷開兩截了。

32

與金政泰的合作令人感到非常厭惡。他只是和我討論理論和數學問題，連靈台系統的程式運作也只是局部向我披露，更不要說涉及物自身的實際操作了。他試圖從我身上吸納他需要的東西，然後以自己的方式解決問題。我不知道這是不是周金茂的意思。當然，從他們的角度，最機密的東西越少人知道越好。但是，這樣做肯定會阻礙研究進度。我在思考如何在不出賣自己的情況下，取得他們更大的信任。至於 Ghost Writer 的事情，大家也完全沒有觸及，好像沒有其事似的。

我一直想找個機會跟志旭聊聊。除了是想從他口中知道更多，也想了解他真正的想法。在我心目中，他是個正直有為的青年科學家，不可能自願投入不道德的勾當。他不像會背叛自己的父親。從哪一個角度看，江志旭也不是一個會甘心為周金茂這種人賣力的人。我相信他背後一定有甚麼苦衷。但他自從那次大夥兒的會面，便好像一直想避開我似的。

學期已經接近尾聲，當初常常來旁聽的志旭，也已經有兩星期沒有出現。倒是金政泰的博士生陳光宇依然每次都準時坐在那個前排右邊角落的位置。每次下課後，陳光宇都會拉著我聊學術問題。有時我們會和另外一些研究生，一起到飯堂坐下來討論。印象中陳光宇的問題都很精準，而且有自己獨特的看法。我甚至覺得，他早已超越他的指導老師。不過，防人之心不可無。我不能排除是金政泰指使他的學生來刺探我的虛實的，所以我說話也帶有保留。

完全沒料到的是，那天下課後，光宇會代志旭捎來口訊，問我當晚可有空見個面。地點是莊子學院九樓逍遙俱樂部的「坐忘」咖啡廳。我其實不太喜歡那個地方，被送贈「畸人」級會員後一次也沒有享用過。不過，我不想挑三揀四，隨便一個地方見面也可以。

我比約定早了十分鐘來到莊子學院。平日下班時間後這裡原來相當熱鬧。來上課程和參加文娛活動的人絡繹不絕，男女老幼都有。我排了一會兒隊才能進入電梯。大部分人都是到二樓至四樓，到九樓的只有我一個。待到八樓的一個中年男人出去後，我突然心血來潮，想看看上次沒參觀的十樓究竟是甚麼地方，便立即按了「十」字。電梯門在九樓打開，又關上。

到了十樓，電梯門再次打開，外面是一條短短的走廊。我踏出電梯，發現除了走廊盡頭的門，沒有其他出入口。電梯門已經在我背後關上了。走廊的照明偏暗，地上補了地氈，牆壁是帶有柔軟度的吸音物料。是以整個封閉的空間給人很不舒服的寂靜感。我走近那道門，發現沒有門把和鎖孔，門頂有一個小型的像是電眼的東西，很可能是憑某種電子感應或者辨識系統打開的。我輕輕在門上推了一下，感覺十分厚實和堅固。然後，我看到門旁的牆上，有一塊不很顯眼的透明牌子，寫著「夢蝶會」（The Butterfly Dreamer），並印有蝴蝶形圖案的標誌。我突然記起，這個標誌跟海清常常戴著的耳環有點相似。我有一種此地不宜久留的感覺，便回身走向電梯，按了往下鍵。看著電梯從地面逐層往上爬，好不容易才到達十樓。幸好裡面沒有人。我閃身進內，按了「九」字。

進入俱樂部時，我出示了會員證。接待員大概見我是「畸人」，立即加倍禮貌和殷勤，帶領我到「坐忘」咖啡廳，說江先生已經訂了位子。位子靠近窗邊，可以看到附近的高爾夫球場，周邊的小樹林，和遠處的高樓群。咖啡廳的裝潢較旁邊的「隱机」酒吧舒適，如果不是位於莊子學院，我會樂意經常來坐坐。大概只有三分之一位子有人，氣氛不過於冷清，也不過於吵鬧。

過了不到兩分鐘，一身運動後的便裝的志旭便從門口走進來，他身後還有陳光宇。志旭上前說了聲要你久等了，我便說是我自己早到了。他把沉沉的運動袋放在空座位上，這時我才察覺到，訂的是四人方桌子，上面早已擺好三份餐具。志旭在我對面而光宇在我旁邊坐了下來。光宇很客氣地叫了我一聲胡教授。原來他們剛在八樓俱樂部做健身，身上散發著沐浴乳的清香氣息，頭髮好像還有點未曾乾透。看著他倆，我想起海清說過志旭的性取向，便立即明白了兩人的關係。

志旭說，雖然叫做咖啡廳，這裡有提供正式的晚餐，水準不錯。志旭要了羊架，光宇要了燒雞，我要了比較容易消化的鱸魚。他們又要了餐酒，我卻推說胃口不佳，不喝刺激的飲料。吃飯期間，只是閒聊些學系裡的事情，和對光宇升學就業提些意見，感覺有如學生輔導課。光宇這個青年，看樣子並不特別聰明伶俐，給人的感覺過於內斂，甚至有點羞澀，不是那種鋒芒畢露的人。雖然同樣穿著運動裝，光宇黝黑的膚色跟志旭的白淨形成對比。聽說光宇來自馬來西亞鄉鎮的貧苦家庭，跟自小養尊處優的志旭有著不同的氣質，學習上格外進取，對求知的機會如飢似渴，對艱難的問題鍥而不捨地尋求解答。表面上看似乖乖地聽從指導，但卻突然會爆出驚人的見解。他在有點笨手笨腳地切著燒雞的時候，提出說：

胡教授，我一直在思考一個問題。我不知道這樣想對不對，不過我姑且說出來，希望不會顯得太蠢。其實可不可以把你的維納曲線和夏農曲線交叉圖，分成上半和下半來看？也即是從中間的最佳訊息點或者最佳系統熵值的位置，劃一條橫線切開。切開之後，把上半部分反過來看，那就成了兩個向上的三角形，頂點都是optimal point，不過一個圖是從底部的熵值0起始，也即是絕對的無序，另一個圖是從底部的熵值1起始，也即是絕對的秩序。我覺得兩個圖的曲線其實不是呈三角形起伏，而是像normal distribution一樣，呈鐘形曲線起伏。大概就是兩個半圓形吧。如果再把兩個圖按原本的構思合併在一起，就成了兩個半圓形相對的樣式，兩者以圓周上的頂點和底點相接。再下來，原本的維納曲線和夏農曲線，便會由直線變成波浪形的曲線了。波浪形曲線對於資訊的遞歸或反身的處理更有效，如果能進一步建構成某種迴旋或循環會更佳。我做了些初步計算，認為這個變動的形態，比原本的機械化的形態，更符合機率的實際狀況。

他一邊說著，一邊拿原子筆在餐紙上畫出圖表。我聽著他的解釋，驚訝得說不出話來。這個小子怎麼可能想到這樣的事？雖然沒有數據支持，也沒有實際運算證實，但他的想法單憑直覺看來，是極有道理和極富創意的。我感到他解答了一些我一直沒法破解的難題，把理論的潛力推到另一層高度。我壓抑著內心的激動，盡量平靜地說：

很有意思！是個很好的念頭！看來很可能可以達至新的詮釋。在應用上說不定也會有新的突破。我回去好好想一想。如果你有興趣的話，也可以試試把算式做出來。我們可以一起合作，開發這個新的理論。

得到我的肯定，光宇好像很高興，但對於我的合作邀請，他卻面露難色。我猜可能跟他的導師有關。果然，他委婉地說：

謝謝老師的讚賞。但是，說到合作卻不太方便。金教授那邊還有一些事情我要幫忙，未必能抽身再開發其他研究。況且，我對於模控學其實是外行，剛才說的只是忽發奇想，沒有甚麼堅實的基礎。老師您也請放心，我不會把我們的討論內容告訴金教授的。

這小子的思考比我還周詳，知道我和金政泰之間存在衝突。我提出和金的弟子合作，實在是魯莽之舉。反過來對我自己也不是好事。但是，我還是覺得很可惜。在學院這麼多年，我還沒有遇過像光宇這樣材質的學生。那真是失諸交臂啊。

吃完主菜之後，光宇便起來告辭。他說有好些導修的功課要批改，要早點回去。我知道他其實是不想妨礙我和志旭談話。志旭望著青年的背影遠去，眼中流露出不捨的神色。我說：

志旭，你和光宇一起，不怕得罪金政泰嗎？

對於我直接道出他倆的關係，志旭坦然處之，說：

我就是為了光宇，才跟金政泰合作的。我想他把我看作自己人。

你這是不入虎穴，焉得虎子嗎？

他似乎很喜歡我這個說法，微笑著喝了口紅酒。

德浩兄不會因此看不起我吧？

不敢！只是有點困惑而已。其實周金茂和金政泰的事，江院長知道嗎？

當然知道。

那他們即是得到授權了？

是，也不是。物自身和靈台系統的開發，當然是國家主導的。可以說是公私營合作吧。但周和金也在計畫的保護傘底下，偷偷地做了些權限以外，謀取私利的事。他們甚至極有可能把重要情報出賣給別人。

別人？

一些對生化人開發有興趣的人。

那麼，你的角色其實是你父親安插的監視者和偵察者？

志旭繼續呷著酒，笑而不語。

你要得到的「虎子」，看來其實不是光宇啊。

不，是一箭雙鵰。光宇被金政泰控制著，我想把他救出來。像他這樣的天才，應該有更自由、更廣闊的發展空間。金只是利用光宇去幫他解決自己沒有能力解決的問題。這個人本來就是個庸才。他的成就都是屬於他的學生的。

又要虎，又要鵰，別太貪心啊。

德浩兄，別取笑我吧。我只是希望你不要誤會，我是個卑鄙的人。

怎麼會呢？從我第一眼見到你，我就相信你是個正直的人。

謝謝！這樣說，我們便是站在同一邊的了。

我點頭確認，順勢說：

那麼，志旭，你可以幫我拿到權限，去直接檢視物自身嗎？我想知道的是物自身的製造和生產方式，以及它們如何被指派任務。

這個，我盡力試試吧。但我不敢保證。我自己也不是隨便可以這樣做的。這是非常高層的國家機密。

我並不懷疑志旭的說話，但我沒有告訴他，我身邊已經有一個物自身了。我現在對任何人都保持戒心。這時候，我發現在志旭的金項鍊上，掛著一個蝴蝶形吊墜，和海清的耳環十分相似。以前見他都是穿有領的襯衫，所以沒有發覺。今天他穿了件無領運動T恤，鍊墜才外露出來。我以純粹好奇的口吻問道：

樓上是不是有一個「夢蝶會」？我們上次好像沒有參觀。
對啊。我和海清都是會員。
他不著痕跡地以平常的語氣回答說。
這個會是做甚麼的？和逍遙俱樂部有甚麼不同？
志旭嘟著嘴思考了一陣，說：
那是專門給年輕才俊參加的會社。難聽點說，就是管治菁英的子女的聯誼會吧。
但為甚麼叫做「夢蝶」呢？
「莊周夢蝶」的故事，你一定聽過吧。
我當然聽過。我的意思是，為甚麼用這個來稱呼年輕才俊聯誼會？
青春，也不過是夢一場。
他假裝正經地說，試圖以幽默帶過。我便同樣以笑話回敬，說：
應該不會是開迷幻派對吧？
他忍不住大笑出來，我趁他放鬆戒備，問道：
可以帶我進去參觀一下嗎？
噢，這個嘛。看來不行了。只有會員才可以進去。況且，事實上也沒有甚麼好看的。
那怎麼才能成為會員？
成為菁英子女。
那我即是絕望了。
沒辦法啊！他無奈地聳了聳肩。

真是個小圈子呢！我故作遺憾地說。

志旭舉杯向我敬酒，我拿起礦泉水回敬。我隨即指著他的項鍊，說：

你這個鍊墜，不就是夢蝶會的標誌嗎？

他低頭看了看自己結實的胸口，我便問他可不可以拿來看看。他爽快地把項鍊從頸上解下來，遞給我。我接過鍊子，但主要想檢視那個蝴蝶形鍊墜。但如我所料，他能夠隨便讓我看的東西，一定沒有甚麼秘密。但我覺得不妨一問：

這個東西有特別用處嗎？

用處？就像會員識別徽章之類的作用吧。

我知道追問下去也沒有用，便作罷，轉而談其他。有一件事我一直很想問他，他也一定知道答案。

你知道海清有甚麼嗜好嗎？例如愛吃甚麼之類的。

志旭的眼睛瞪大了又瞇上，用手指在空中揮動，說：

老兄！你們在交往了？你頑皮呀你！

我笑而不語，任由他取笑我。他得勢不饒人，裝出很認真的表情，苦苦思索的樣子，說：

Doughnut！

甚麼？

海清喜歡吃甜甜圈。

我做恍然大悟狀。我沒有理由不相信志旭。但我真的不知道，世界上原來是有人喜歡吃甜甜圈的，而且那個人還要是海清。

33

上次給柳信祐訓了一頓，並沒有使我氣餒。相反，我更堅決地相信，我和海清都需要對方。到了這個年紀，我不會再像無知少年一樣輕言愛，但如果海清認為用愛去形容比較浪漫，我也不會吝嗇用詞，毫不猶豫地宣告我愛她。這對像我這樣的欠缺主動和熱情的人來說，不但是回復青春，更加是脫胎換骨，轉世重生。不過，也許這只是對我過去的一段失敗婚姻的補償。補償到另一個海卿的身上，去證明給自己看，自己並不是那麼差勁的男人。這樣的想法，減輕了我作為一個逃跑者的負疚感，也讓我在平行時空中義無反顧地向前衝刺。對不起，我將要永遠、永遠地拋棄過去。

況且，柳信祐有求於我，這表示我不必臣服於他的父權之下。當然，我不會把這當成一場交易。我始終堅持，海清有自己的選擇權和自主權。就是她身上的這股氣息吸引了我。我只是奇怪，為甚麼這麼優秀的女性，在父親面前會馴如羔羊。難道這就是傳統思想的影響，或者菁英階級的遺傳？我越想到這些，便越覺得海清應該選上像我這樣不合她父親心意的對象。如此這般，我不斷地對自己的欲望自圓其說。

過了不久，海清又向我發出邀約。她想陪我去吃街頭食物，說有一間很好的肉骨茶店子，問我有沒有興趣試試。只要能見到她，我甚麼都可以。

我們約了在地鐵丹戎巴葛站見面，然後坐了一程很短的德士。海清說那裡其實很近，但她穿高跟鞋不想走路。那附近有一條高速公路，不似繁華市中心的購物區。想不到在一座不顯眼的停車場旁邊，有一個熱鬧的熟食中心。那家肉骨茶店，更加是熟食中心的焦點。在那些簡陋的木圓桌和膠椅子上，坐滿了狼吞虎嚥的食客。海清的一身上班族打扮，在混雜的人群中頗不協調，但她卻一點也不覺不便，跟打點的安娣說了幾句，很快便找到了一張小桌子。

我讓海清點菜。她問我有沒有不吃的東西，我說甚麼都可以。我這個枉有食神星高照的人，雖然對飲食並不講究，但接受程度也算頗高，並不挑三揀四。為了暫時緩解腸胃問題，我出門前已吃了鬆弛神經藥和胃藥。海清向安娣要了肉骨湯、豬肝腰子雙拼、豬肚湯、滷豬腳、滷豆腐皮、油條和鹹酸菜。安娣先幫我們沏一小壺潮洲功夫茶，其他菜餚很快便上來，擺得滿滿的一桌。

之前和海清吃飯她都只是小嚼幾口，今晚不知為何非常開胃，吃得比我還多，所有盤子都清得七七八八。我也罕有地覺得食物很美味，領悟到甚麼叫做齒甲留香。那陣微辣的胡椒湯底的味道，彷彿滲透了全身。我們吃得滿頭大汗，但卻非常痛快。之後再來了瓶啤酒消暑。我捲起衫袖幫海清斟酒。她不知是因為胡椒還是酒意，臉面緋紅，極為漂亮。那麼的小小的一頓飯的幸福，足以令人死而後已。我疑惑自己為何匹配擁有這樣的好運。那是任何理論、數式和機器也沒法計算的事情。也許所謂幸福，就是知覺到美滿從來都是無法預測的，也同時是無法持久的。沒有陰影的籠罩，就沒有光明的亮麗。

明明聊得十分暢快，海清突然憂心忡忡的，問我是不是真的答應幫她父親做事。我說：

如果是科學方面的問題，我可以提供專業意見。

但事情不是那麼簡單啊。那不是科技問題，而是政治問題。政治問題在這裡不是拿來開玩笑的。

你知道你爸爸想做甚麼嗎？

我當然知道。他想把所有國民改造成為理想公民。我認為理想公民只是一個實驗，一個科學上的模擬。我們不可能把所有人都變成理想公民。人本身就是不理想的，理想的就不是人。

你說的是普通人，但爸爸說的是「超驗性的人」，transcendental humans。所謂的康德機器，就是要打造「超驗性的人」。當所有人都是超驗性的，我們便可以對他們委以絕對的信任。到時，完全開放的民主體制便不會出現偏差。我們便可以重劃選區，重組選舉方式，讓反對黨奪得大多數，甚至執政。我們可以開放言論自由、新聞自由、集會自由、示威自由。我們可以任由媒體自主報導，容許發表任何批評和持有任何異見。那就是爸爸的理想國。但理想國的前提是，所有國民也是理想公民。

這聽來沒有甚麼不好。我願意盡力協助他去達成目標。

你真的覺得沒有問題？

理念上沒有問題，實際上則相當危險。因為我們不知道應該先有理想公民，才有理想政制，還是先有理想政制，才有理想公民。如果在未有足夠的理想公民之前，嘗試改變政制，很可能會遭到反對，甚至是打壓。理想公民可能會敵不過不理想公民，和他們的不理想統治者。沒有理想制度，理想公民可能會毫無作為，無處立足。所以，兩者必須同步進行。但難處正正就是在這裡。如何能同時打造全體理想公民和全面確立理想政制？這幾乎等於重新建立一個城邦。

海清雙手捧著臉蛋，狀甚苦惱。我其實不太了解柳信祐的實力，便探問道：

你爸爸跟安哥周和江院長關係怎麼樣？

他們是幾十年的老朋友，他們的子女從小就一起玩。

但他們在公事上有合作嗎？

表面上是沒有的，背後就不知道了。

除了你和志旭，第二代中還有誰？安哥周有子女嗎？

他有一個兒子，叫周天倪。

這個人現在做甚麼？你們有見面嗎？

他一年前突然離開新加坡，去了澳洲。我不知道原因。事前全無預告，走得很急。之後也沒有回來過，和我們也斷了聯絡。我和志旭猜他可能犯了官非，利用特權出境，逃亡海外。

是政治問題嗎？

不會。天倪這個人不碰政治。事實上，他是個二世祖，讀書不成，他爸爸花錢給他買了個學位，回來後說是幫家裡打理生意，但甚麼正事都不做，整天就只是玩樂，狂花錢。小時候大家玩在一起，沒有芥蒂，但長大了對他不太認同，少了來往。有一段時間，他常常纏著我。老實說，我是有點討厭他的。

原來有這樣的事。現在他逃掉，那就不用擔心了。

她點了點頭，但眉頭緊蹙，好像有甚麼放心不下。

總之，我不想你牽涉進任何危險的事情中。

我握著她的手，說：

放心，我會小心的。我只做科學技術上的事，其他的一概不理。

她微笑了一下，甩了甩頭髮，說：

我們到別處走走好嗎？我想吹吹風。

我們離開熟食中心，走在有點荒涼的夜街上。我不知道哪裡可以吹風，隨便建議到海濱或者河邊，她卻早有主意。我們召喚了出租汽車，目的地是海濱的摩天大酒店，吹風的地方是位於酒店頂樓的、猶如浮在半空中的方舟似的露天游泳池。

進入酒店，我走向櫃台，租了個高層房間。我們拿著房卡，搭電梯到酒店頂樓，進入游泳池和酒吧範圍。在酒吧買了兩瓶啤酒，走到外面可以居高臨下看到新加坡夜景的地方吹風。其實是一點風也沒有的，但因為身處空曠無比的半空，感覺好像比在地上清爽。我們的位置可以看到天際泳池，男男女女在水中嬉戲，在迷幻的燈光下看似酒池肉林，有一種荒淫的味道。我慶幸我們並沒有身處其中，淪為一具具色情的肉體。

處於新加坡的高空，我摟著海清的腰，她挨在我的肩上，感覺相當超現實。我心中突然冒出奇想，如果我和她一起離開新加坡，在海外任何一個地方重新開始，那將會何其美妙。我把這個想法告訴她。她苦笑說：

我很高興你這樣想。我也希望可以這樣，但我不能離開這裡。

是因為你爸爸嗎？

不，不是因為他。是因為這裡。

她說著，伸手向外面一揚。

我一直說是爸爸迫我回來的，但其實不完全是這樣。我不能離開這裡。無論這個地方變得有多壞，我也不願意離開它。這裡是我的家。我願意盡我的力量令它變得更好。

她的話令我感動，但也令我感到慚愧。我感慨地說：

那我就是一個離棄自己的家的人了。

她連忙安慰我說：

對不起！我不是這個意思！你一定有你的苦衷。

沒有。如果我們兩個之中，有一個要這樣做的話，那就讓那個是我吧。

海清望向我，眼泛淚光，說：謝謝你！

我們在天河上的方舟擁吻。方舟彷彿開始晃盪，像一艘太空船似的，離開基地，航向無邊的宇宙。此情此景，應該響起諸如《月亮河》之類的電影配樂吧。

吹夠了風，我們回到房間去。我相信，這次柳前部長應該不會再來突襲。雖然，我相信他是有這個神通的。他極可能知曉我和她女兒今晚的一舉一動。但我們也當他不存在似的，做我們想做的事。

房間朝向Gardens by the Bay那邊，一棵棵燈飾巨樹違反自然地閃閃發亮，景色極為奇幻。為免被人工風景喧賓奪主，我立即說要給海清一個驚喜，叫她閉上眼睛。我把早已準備好的禮物從背包裡拿出來。是十個不同口味的甜甜圈。我打開袋口，放在她的鼻子前面，她聞了一下便忍不住張開眼睛，尖叫出來。

你怎麼知道我喜歡吃doughnut的？我在英國的時候，幾乎隔天便忍不住去買來吃！有chocolate with sprinkles、cinnamon sugar coating、salted caramel、apple crumble、cream cheese、strawberry and cheese filling！全都是我最愛的味道！

我們都知道，無論甜甜圈有多麼的好吃，也不是當下首要的事情。我們倒在床上激烈地擁吻，彷彿今晚勢必要把對方連皮帶骨吞食乾淨似的。她的身體散發著肉骨茶的胡椒味道，令人垂涎欲滴。延緩多時的親密接觸，因為擔憂再被打斷而更加急迫難忍。我一邊把手伸進她的上衣內，一邊用舌頭輕舔她的耳珠，令她發出嬌柔的呻吟。我朝這個敏感點加倍用功，她表現出更強烈的快感。我再用牙齒輕輕地吮咬，她幾乎不能自控地渾身顫抖。不知甚麼時候，一邊的蝴蝶形耳環鬆脫了。海清的顫抖變得有點異常。那不像是快感而像是極度的痛苦。她的手腳開始抽搐，喉頭發出噓噓的聲音，臉色也轉為蒼白。我嚇得半死，不知道為甚麼會這樣。只見她摸著一邊的耳朵，一邊困難地說：耳環！耳環！在哪裡？我慌忙在床上尋找，卻一無所獲。再趴在地上地氈式搜索，好不容易才摸到那小小的一顆東西。我以發抖的手把耳環重新別到她的耳珠上去。她慢慢起平服下來，渾身無力的，躺在床上喘著氣。我跪在她身旁，此時才懂得恐慌，胸口隱隱絞痛起來。

對不起！她氣若游絲地說。這耳環是不能除的。

不，是我不好。你有說過，但我以為只是說笑。

不能怪你，沒有人想到會這樣的。很奇怪，是嗎？

為甚麼會這樣？

一年前我開始戴上這雙耳環。我爸爸說，我遇上了意外，撞傷了腦袋。這雙耳環是特製的。它們會發出電波，調控我的腦波，讓我的神經系統保持平衡。短時間脫下來，最多只會出現輕微不適。但剛才我可能過度刺激了，所以一掉了耳環，整個身體就受不住。

你遇到甚麼意外？嚴重嗎？

我也不知道。完全記不起來。爸爸說我在街上不小心滑倒。意外前後，有大約一個月的事情，我完全失去了記憶。

你之後沒有其他的問題嗎？

基本上沒有。但是，間中會有一種奇怪的感覺，好像身體和意識分裂開來，或者人家說的靈魂出竅，自己在外面看著自己的身體……或者好像穿了一件不合身的衣服，中間總好像有些空隙。又或者，覺得身體不受意識的控制……或者是，意識被困在一個陌生的身體內……我不知道怎樣說，總之，身心好像不是合一的，而是剝離的。很可怕的感覺。

說到這裡，她又開始顫抖起來。我上前抱著她，但她的顫抖，好像傳進了我的體內。

德浩，你明白我的感覺嗎？她哽咽著說。

我輕輕撫著她的背，說：

我明白！我當然明白。

我不是隨口說的。我的身心病，原因雖然和她不同，但感覺應該是相似的。

我很累。她說。

我也很累了。我們就這樣抱著睡吧！

不要先洗個澡嗎？

不用了。先睡吧！睡比甚麼都重要。明天起來才洗。然後我們吃 doughnut 做早餐。

好啊！謝謝你！

謝甚麼？

那些 doughnuts。

我們明早吃，睡醒就吃。好嗎？

她點了點頭，疲倦地微笑，閉上眼睛，過不久就睡著了。我確認她真的是熟睡了，才小心翼翼地抽出我的手臂，悄悄地下床。我的胸口還是隱隱作痛。我掏出藥片，用水吞服，坐在沙發上，望著從打開的紙袋裡露出來的甜甜圈，和在床上睡著了的海清。

事情不是那麼簡單的。我知道。

34

溫柔的晨光斜斜地照進房間內，我和海清依偎在沙發上，看著晴空，伴著紅茶和咖啡，吃著甜甜圈做早餐。她叫我猜她最喜歡哪一種口味。我說鹽味焦糖。她說這是第二喜歡，最喜歡的是肉桂糖衣。我把它記住了。她又說要教我吃甜甜圈的方法：

吃doughnut最好由始至終都只是用手指捏著同一個位置，要不就會破壞它的外形。所以，把環形咬斷了之後，要從兩端輪流一邊一口地吃下去，最後便會來到一直捏著的一塊。

我照著海清教的方法吃，但因為想讓她嚐到所有口味，我沒有把它吃完，只是吃到一半。結果我吃了兩塊半個，即合共一個。海清共吃了三個，包括兩塊半個，即四種口味。她說從英國回來之後已經盡量少吃，怕胖，今次算是放縱。我笑說：

還有六個，可以帶回去慢慢吃。

那今天三餐都要吃doughnut了。也好，公司近來很忙，可以省掉出去吃飯的時間。

時間無多，海清要先回家梳洗和換衣服才能上班。我們退了房，各自乘德士回家，上車前依依不捨地吻別。

我坐在德士上，頭痛得像腦袋要裂開一樣。昨晚吃了藥也沒法睡好，只是躺在海清旁邊，整夜在黑暗中看著她的臉，聽著她的呼吸聲。我已經很久沒有這種感覺，有一個完全可以信任的、親密的人在身邊。有過這種感覺，便不想再回到孤獨裡去。海清把我個性中的冷漠驅除，給我帶來溫暖。我相信，我可以因為她而成為一個更好的人。一個終於懂得怎樣去愛的人。五十歲才得到這樣的領悟，也不算太遲。想著想著，連頭痛都變成幸福的一部分。在途中收到海清傳來的訊息，說週末在藝術之家舉行一年一度的作家節，問我會不會一起去。

我立即回了個豎拇指的符號，再加了個紅心。雖然對文學沒有甚麼興趣，但知道海清這麼急於約我，心裡不禁甜蜜萬分。抬頭往車窗外一看，遠處的天邊開始有雨雲積聚。

回到宿舍，一開門便看見狐狸焦躁地在主人套房門外跳動。大廳裡沒有人，我心裡有不好的預兆，向屋內叫了一聲，但沒有回應。我推開虛掩的房門，一邊問：我可以進來嗎？一邊躡足走進去。狐狸也跟在我的腳邊。房間裡一片空寂，所有東西都收拾得整整齊齊，就像從沒有人用過一樣。剛下來的雨在陽台上淅淅瀝瀝。不見恩祖的蹤跡，也不見她的個人物品。我檢視了浴室，甚麼都沒有留下，但淋浴間裡有水漬。我連衣櫃都打開看過了，同樣一無所獲。我回到大廳，把廚房、洗手間、我自己的睡房和另一間沒有人用過的睡房也搜了一遍，確定恩祖真的是徹底消失了。

我大聲問狐狸，恩祖去了哪裡，但它只是無辜地擺著尾巴。我此刻才想到，一定是黑趁我不在的時候拐走了她。我氣沖沖地跑到隔壁，大力敲打黑的家門。過了一會，門被拉開，站在門後的是一個矮小的印度男人。他憤怒地質問我為甚麼大清早在拍門。我一時語塞，說我是住在對面的鄰居。我認識這個單位的住客，是個香港來的作家。我一邊說，一邊探頭往房子裡張望。印度男人滿臉狐疑，說他是經濟學系訪問教授，住在這裡已經超過兩個月，從來沒有甚麼香港作家。他見我露出詫異的神情，讓我進內自己查看清楚。我踏進門內，四處搜視了一回。只見大廳裡放滿私人物品，沙發上的雜誌、桌上的書本、類似神壇的擺設，還有那種印度香料特有的氣味，完全是已經住了很久的日常模樣。我連聲道歉，狼狽地退了出來。印度教授大力地關上門，罵了幾句我聽不懂的話。

恩祖的突然失蹤令我瘋狂。她沒有留下任何字條，也沒有手機訊息。她不知道我和海清的事，應該不會為此出走。如果不是她發生情緒上突發性的變化，便一定是黑的所為。但我哪裡去找黑算帳呢？我連他的聯絡電話也沒有。我立即上網，在大學職員網站搜尋中文系的名單，但找不到黑的名字。整個網站也沒有任何關於駐校作家的資料。看來這個人根本不在校內工作，是個騙子。我一籌莫展，憂心如焚，完全不知道可以怎樣找到恩祖的蹤跡。

這時候，海清又傳來了訊息，說已經在網上訂好作家節的門票，附寄了活動資料。我登入作家節網站，看了看星期六的節目，發現有一個叫做「新城舊港——兩地作家對談」的活動，其中一個講者竟然就是黑！哈哈！還不給我逮到你？你這個可惡的騙子！拐帶者！變態狂魔！我的意志由消沉反彈，拯救恩祖露出了曙光。

之後兩天，我繼續在校內尋找恩祖，走遍了每一個角落，又在附近的商場逛了幾回。我去過所有陪她去過的地方，但全都徒勞無功。唯一的希望，是等待星期六作家節的來臨，在對談會直接抓住黑問清楚。

作家節當天，我和海清約了在藝術之家門外見面。和上次聽音樂會一樣，外面下著微雨。遠遠看見海清撐著粉紅色傘子，跟她身上的桃紅色裙子十分相襯。場館是一間經過活化的英式殖民地建築，從前是國會大樓。我們用手機電子門票換取了入場證。大樓內部人頭湧湧，多項活動同時在不同房間進行。想不到新加坡人對文學這麼熱衷，為期兩個週末的活動排得密密麻麻，花多眼亂。

我們一起看了位於地面層的作家展覽，主題是一位著名本地華語作家。海清說這位前輩作家對文學非常堅持，在不利的環境下一直辦獨立書店和搞出版。他的小說既注重形式創新，又能表現新加坡的社會歷史變遷。作家年輕時曾經因為批評政府而坐牢，但政治打壓並沒有消磨他反抗的意志。近年他的文學成就開始受到廣泛認同，連官方也多次嘉許他的創作。我問那代表現在風氣已經開放了嗎？她說選擇性的開放不及制度性的開放。大概是因為華文文學的影響力降低，當局便沒有那麼在意吧。

看完展覽，海清說想去聽某本地英語詩人的分享會，和我想去的兩地對談剛好撞了時間。我說那邊的活動有一個我認識的香港作家，想去捧場。海清善解人意，建議我們分頭去聽，之後會合，再一起去參加其他活動。我們就此約定，便分別到樓上的不同場地去。

對談會在二樓走廊盡頭的大廳內舉行。來到入口外面，接待的女生親切地上前，問我是不是胡教授。她說裡面已經給我留了位子。我驚訝為何自己會得到這樣的優待，但轉念又想，一定是黑的安排。他早知道我會來找他，看來今天他一定會向我攤牌。我也必須做好心理準備。

大廳的陳設一看便知道是從前的國會議事廳。面對主席臺的三邊座位分成數層，樓上應該是屬於資歷較淺的後座議員，最前一行則屬於內閣成員和資深議員。我被安排到前面左邊的第四張椅子。我一看椅背上的古舊金屬牌子，上面赫然刻著已故前總理的名字。我不知道有沒有搞錯，立即如坐針氈，彷彿扮演了錯配的角色，被推上了歷史的舞台。

在舞台上陰風陣陣，鬼影幢幢。上一幕的布景被拆去，新一幕的布景又搭建起來。演員換過一批又一批，主角變閒角，閒角變主角，也有一直當主角的，和一直當閒角的。演完忠可以演奸，演完奸也可以演忠，或者一直演忠，一直演奸，時忠時奸，既忠又奸。劇作家試圖寫定劇本，導演操控改動劇本的大權，演員忠誠演繹，或者即興爆肚。演而優則導，導而優則編，終至自編自導自演。史詩式大龍鳳，新時代舊作風。悲劇、喜劇、悲喜劇、喜悲劇，前衛、實驗、荒誕、樣板。旋轉舞台，華麗轉身，英雄、梟雄、狗雄，帝皇將相、販夫走卒，才子佳人、痴男怨女，荒腔走板、插科打諢，反串、反串、再反串。總理總統、人民行動、種族和諧、多元共融。完美謝幕，掌位聲雷動，一路好走。

在一端的講台上，黑和另一位中年男子上場，各自就座。大廳的氣氛變得很壓抑，沒有鏗鏘的演說、嚴厲的批判，只有喃喃的發言、懨懨的睡意。我幾乎完全聽不到那位本地講者的內容。輪到黑的時候，我稍稍打起精神，妄想從他的話裡尋找蛛絲馬跡。他談到一些香港作家我全都未曾聽過，後來不知怎的提起了模控學，很可能是用來分析某些實驗性作品。他望向我這邊，好像只是講給我一個人聽似的，談起了卡爾維諾的文章〈模控學與鬼魂〉。黑借給我的書還在我手上，今天卻忘了帶來。這位意大利作家在文章中從模控學談到文學作為文字組合遊戲的本質，我雖然並不完全認同，但早就領教過了。黑現在引述的關於潛意識的部分，我印象中並不深刻。這時候，黑在台上把原文念出來，我感覺到不但不難理解，甚至還好像一字一句地投映在腦海中的螢幕上一樣，清晰無比。

甚麼是語言的真空？如果它不是禁忌的痕跡，不是禁止提及某些事情或名字的印記，或者當下或古老的禁令留下的空隙，它還能別有所指嗎？文學跟隨著與禁忌並排甚至是跨越它的路徑。這些路徑帶領人說出那不可說出的東西，發明那永遠是再發明的、被逐出個人或集體記憶的文字和故事。是以神話對寓言產生重複的動力，促使後者回歸它本來的路徑，縱使它朝向表面上完全不同的方向發展。

潛意識是不可言說者的海洋，承載著因為古老的禁令而從語言之地流放的事物。潛意識在夢境、在口誤、在突發的聯想中，以借來的文字、偷取的符號、走私的文法來說話，直至文學贖回這些領域，並把它們吞併到清醒世界的語言中。

現代文學的力量，在於它願意讓一直未曾在社會或個人潛意識中表達的事物發聲——這是它一次又一次發出的挑戰。我們的房子越是開明，它的牆壁便越會滲出鬼魂。進步與理性的理想裡充滿惡夢。

於是我們看到我的論點中的兩條線索殊途同歸。文學是一個在它自身的材料中追求暗含的可能性的組合遊戲，跟創作者的個性完全無關，但在某些點上這個遊戲會產生料想不到的意義。這意義本來並不存在於操作中的語言層面，而是從另一個層面溜進來的。它會啟動一些在第二層面中對作者或者他的社會有巨大重要性的事情。文學機器能夠就特定的題材作出所有可能的運算，但詩意的結果，卻是其中一項運算對於一個擁有意識和無意識的人所產生的特定效果——也即是說，經驗的、歷史的人。唯有被個人和他的社會背後所隱藏的鬼魂所包圍，寫作機器才能真正創造驚奇。

這段文字彷彿早已植入的我腦袋似的，重新被召喚出來。奇怪的是，除了這段文字，我甚麼其他的都聽不到。我甚至懷疑，我根本沒有去任何講座。我只是進入了一個結界。在這結界中，我看見黑，從台上走下來，站在已故前總理的座位前面，跟我說：

我知道你一定會來。

廢話少說！恩祖在哪裡？

他露出狡猾的笑，說：

何必心急？跟我來，我們到別處說話。國會議事廳不是說秘密的好地方。

我跟著黑，穿過講台旁邊的一道小門，進入一個很寬廣的休息室。這一定是從前議員開會前後聚集的地方，現在的感覺有點像劇場的後台。那麼，我們現在是去到幕後了。偌大的休息室沒有其他人，燈光微弱，或者因為外面天色不佳而顯得晦暗。黑帶我到一張皮革破舊的黑色沙發前面，邀我坐下。那沙發像流沙一樣，一坐便整個人陷下去，彷彿隨時會被它吞沒。因為上台演講的關係，他今天衣著比較正式，穿了休閒西式外套和長褲，頭上戴了頂巴拿馬草帽。我為防止他轉彎抹角，單刀直入地說：

快點說，你把恩祖帶到哪裡去！

我們把她回收了。

「回收」？你當她是甚麼？

她是物自身，「回收」是正確用詞。

她被回收到哪裡？

這個你不必擔心。總之，她很安全，暫時待在一個舒適的地方。

我可以見她嗎？

很抱歉，暫時不能。我們要從她腦袋下載一些資料。

甚麼資料？

關於你的資料。

她是你派來監視我的？

沒錯。

為甚麼要監視我？因為我來自香港？

此其一。其二，我們對你的腦袋感興趣。

我的腦袋有甚麼有趣？

非常有趣！難得一見的有趣。不過，我暫時不能告訴你。要不就會變得不那麼有趣了。為了保持它的有趣度，你不能知道它有趣在哪裡。

我覺得和這人糾纏下去是浪費時間，便立即跳到重點，說：

條件！開出條件吧！你一定想我用甚麼來交換。

不愧是計算專家。我的確想和你談一個交易。

儘管說。

把你的 Ghost 賣給我。

交換甚麼？

恩祖的安全，還有——

還有甚麼？

柳海清。

海清？

我可以確保你得到海清。

你如何確保？別說你的權力比柳信祐，或者江英逸、周金茂更大。

我不會這樣說，但我可以確保這件事。信不信由你。

我會憑自己的實力得到海清。

胡德浩教授，你應該知道，個人對自己的好運或厄運，是完全無助的。在人類事務上，實力的成分其實非常有限。

你是命運之神嗎？你又憑甚麼？

我憑這個。

黑向我打開手掌，掌心放著一顆金色的子彈，上面刻有蝴蝶形標誌。

只要拿著它，就可以得到海清。

為甚麼得到海清要用子彈？

因為你要保護她。

但我沒有槍。

這是魔術子彈，不用槍發射的。

那怎麼發射？

黑指了指自己的腦袋，說：

用念頭。只要你想著射擊的對象，對象就會被擊倒。

你是指，它是用能量的？

可以這樣說。你總共只有五發子彈，或者發射五次的能量。不要胡亂浪費。

我想伸手去拿子彈檢視，他卻把手掌合上，收回胸前，雙臂交抱著。

他的說法非常荒謬，對一個科學家來說簡直是個侮辱。可是，他一旦說出了這個可能性，我便像中了魔咒一樣，無法不把那子彈當一回事。萬一，只是萬一，那東西真的有用，而我錯過了它，我將永遠不會原諒自己，連海清也不會原諒我。我已經親眼見識過那小小的一枚耳環對海清的影響。

把Ghost賣給你是甚麼意思？

其實也不能說是「賣」，只是這樣說比較文學性和戲劇性而已。簡單地說，就是讓我們全面下載你的意識。這對你本身一點影響也沒有。你不會少了任何東西。

但你們會怎麼利用我的意識？

這個我們擁有全權，因為你已經把這份意識賣給我們。

我的意識變成了不屬於我自己的東西？

對。不過指的是「這份意識」，你讓我們下載的特定的一份。你應該知道，意識並不是固體的一塊鐵板，而是每一秒鐘也在持續變化的。所以，理論上只能下載在某一時刻下的一份意識。下一刻，意識已經不同了。所以你不用擔心。你賣了一份意識，你還有意識，你的意識不會受損。

那即是何樂而不為的意思了？

呵呵，簡直是無本生利。

咁大隻蛤乸隨街跳？

你交不交易，是你的自由。以後見不到我不緊要，見不到海清和恩祖，不要怪我。

成交。

爽快。

他把子彈塞進我手裡，說：

我們講個信字。我會通知你，甚麼時候去進行下載。

說罷，黑輕鬆地從沙發站起來，摘下草帽，彎腰向我鞠躬，再戴上帽子，轉身揚長而去。

我打開手掌，合上，再打開。那顆子彈依然實實在在地躺在我掌心。我不知道它有甚麼用，但也唯有收下來，以備不時之需。我掙扎了一會才能從流沙脫身，把子彈放進褲袋裡。

我離開休息室，穿過議事廳，回到走廊上。下一場活動的參加者已經在外面排隊。在熙熙攘攘的長廊上，我看見穿著紅色裙子的海清，鶴立雞群，豔光四射。她一見我便說，四處也找不到我，剛想打電話給我。我說我跟香港來的作家朋友多聊了一會。

這時候，我感到腳下的木地板發生明顯的震動，老建築的柱子、牆壁、玻璃、掛畫、吊燈、家具，全都開始搖晃。我抓住了海清的手臂，說：

你看！地震了！

海清驚慌地望著我，然後再抬頭望向四方。

德浩！你沒事嗎？

海清！不用怕！拉緊我！千萬不要放手！

我沒有說出來的是：我有魔術子彈，我一定會保護你。

第二章

康德機器

人與人之間，是沒有完全懂的，甚至不懂的比懂的多。懂當然是最好，但知道不懂也很重要。更差的是不願去懂，而最要不得的是不懂裝懂。

苦難是世界的河流　Misery is the River of the World

作曲・作詞：Tom Waits, Kathleen Brennan

猴子爬得越高
尾巴便暴露得越多
人要到死去才可稱為快樂
桶底已經沒有牛奶了
上帝每建一座教堂
魔鬼就建一座小教堂
就像攀爬在樹幹上的薊草
世界上所有的美好
全部收進一個頂針
仍然有空間留給你和我
如果關於人你可以說一句
那就是人一點都不仁
你可以用草叉趕走自然
但它一定會狠狠地反撲
苦難是世界的河流

猴子爬得越高
尾巴便暴露得越多
人要到死去才可稱為快樂
桶底已經沒有牛奶了
上帝為新修剪的土地
重整所有的廢墟
魔鬼對《聖經》瞭如指掌
世界上所有的美好
全部收進一個頂針
仍然有空間留給你和我
如果關於人你可以說一句
那就是人一點都不仁
你可以用草叉趕走自然
但它一定會狠狠地反撲
為了得到一隻鳥，失去了天空
為了得到一口釘，失去一隻鞋
為了得到一條命，失去一把刀
為了得到一件玩具，失去一個孩子
苦難是世界的河流
所有人用力划！所有人用力划！

（董啟章譯）

1

來到龍窰的時候，剛開始了祭拜的儀式。木桌子上擺滿了雞、鵝、燒肉、酒、茶和水果等祭品。師傅和一眾人員，齊集在窰頭前面，高舉香燭。在他們後面圍了一圈觀眾，當中好些可能是藝術家和陶瓷學生。看他們對這每年才舉辦兩次的盛會充滿期待的樣子，應該有作品放在龍窰內。穿著一身運動裝的巴巴拉也置身其中，活躍地走來走去，完全不像平時態度冷淡的她。

巴巴拉見我從遠處走來，便離開人群迎向我。她今天特別容光煥發，加上身上的跑步裝束，看起來格外年輕。她熱情地拉著我的手臂，引領我到可以看清楚拜祭儀式的地方，興致勃勃地向我做出解說。師傅們在拜祭的是窰神。對他們來說，這條龍窰不只是一件工具，而是有靈性的。龍窰燒製的過程相當複雜，不容有失，怪不得人們對窰神充滿敬畏。先是在下方窰頭的灶口以木材生起猛火，用約十二小時讓窰內升溫至一千二百度。然後再以窰背上的火眼調節溫度，持續燒足七天。由於對流作用，窰頭的熱力會被向上引向窰尾的出口。燃燒木柴釋出的樹脂和高溫的火焰，會令陶坯產生窰變，即是不均勻的紋理和色澤，令每一件作品都獨一無二。

我本來是想跟她談康德機器的事情，沒料到她會再次約在這地方。她說今天開窰是一件難得一見的盛事，極力主張我一定要來看看。我見四周鬧哄哄的，完全不是個可以商談公事的情境。不過，龍窰生火的確有趣，我很高興可以開眼界。看著師傅在窰頭生起猛火，不斷向灶口塞木材和煽風，周圍都被大煙所籠罩，場面甚為壯觀。

那條長達三十多米的半圓形隧道似的龍窰，令我想起甚麼，但一時間又無法弄清楚。能量自一端生起，竄動，上升，填充整個通道，再溢出，形成一個熱力學系統。系統的活躍性令熵一直下降，內部條件漸趨穩定，形成規律，但又同時維持局部的差異，令每個陶坯在不同機率條件下出現不同的冶煉效果。陶器慢慢成形，狀態固定，系統亦因能源的減少和切斷而漸漸冷卻，導致熵的提升，最後達到完全熱死亡。那本身就是一個系統的生成與寂滅的過程。問題是，這跟我嘗試解決的運算有甚麼關係？

生火之後，似乎就沒有甚麼看頭了。巴巴拉提議到別處走走。她說附近有一條自然步道，景色不算漂亮，但十分清幽，很適合邊走邊聊。我和她離開龍窰，在大路口轉右，經過一個小型環保公園，很快便來到自然步道入口。

所謂自然步道，就只是在矮樹和灌木叢之間的一條小徑。沿途無山又無水，地勢平坦，風景全無變化，煞是沒勁。但我們的目標不在遊玩，所以也沒關係。事實上步道除了我們之外沒有他人，四周頗為荒涼，是個談秘密的好地方，甚至是殺了人也不會輕易被發現。如果真的發生命案，我也不知道會是我殺巴巴拉，巴巴拉殺我，還是雙雙被殺。這種想法最近常常無故在腦海中冒現。

我告訴她我已經讀完康德的《實踐理性批判》，也讀了《道德形上學基礎》和《道德形上學》等相關的論著。首先，我想知道柳信祐預期中的康德機器有甚麼功能，它和之前版本的康德機器有何分別；第二，我的理論可以怎樣用在新版的康德機器之上。巴巴拉對這一切似乎已經了然於胸，以她擅長的條理分明和一矢中的的思維，慢慢向我解釋說：

我們先從康德的第三項二律背反說起吧。正題：所有事物也受制於因果律，任何原因也是先前的原因的結果，因此無法追溯至最先的第一因。這意味著宇宙沒有起點，亦不存在自發性。反題：自發性是存在的，有事物不受制於因果律，自成其因，可以啟動新的因果序列。這個二律背反關乎的是自由存在與否的問題。如果一切都必須跟從自然規律，也即是現象世界的因果關係，自由便不能成立。所有的行動都是被之前的因所決定的。另一個說法，就是有條件的，或者被條件所限制的。之前我們在第一階段康德機器中處理的，就是現象的領域，也即是在由因果決定一切的自然規律下，系統如何應對偶然性的問題。無須多說，偶然性不是和因果無關，只是因果關係太複雜和混沌而難以認清和追溯而已。這方面的難題我們唯有用機率去盡量解決。你的理論貢獻就在這裡。在這個層次，我們的進度很理想，幾乎可以說是接近成功了，只差沒法在實體上測試。我們不妨把這個階段稱為「康德機器1.0」。

一向熱中於身心鍛鍊的巴巴拉邊走邊說，臉也不紅，氣也不喘。相反，我單單只是聽著，便已經心跳加速，頭腦暈眩。她確認我在步伐和思維上都能跟隨，便繼續說：

你讀完第二批判，應該很清楚，康德把第一批判所處理的領域，稱為感知世界，而在第二批判所處理的，是超感知世界。所謂實踐理性，就是純理性在實踐方面的應用，換句話說就是道德領域。純理性如果用在自然界或感知界，會造成許多謬誤，這一點康德早已經加以批判。但他並不認為純理性並不存在，或者毫無價值。相反，他在第二批判中，把更重要的價值賦予了純理性。所謂超感知世界，就是可以不受現象界的因果律所約束的領域。而康德認為超感知世界最重要的價值，就是自由。因為超感知世界不是現象界，所以在這世界中的實踐可以自成其因。人根據理性判斷，自由地作出決定，並做出相應的行為，啟動新的因果序列。自由的另一說法，是自律或自主，跟自然界中的他律相反。康德面對的難題有兩個。第一，是如何證明超感知世界，以至於其中的要素如自由、自律等是存在的。第二，是如何讓感知和超感知兩個截然不同的世界並存，而不產生互相衝突。也即是在第三項二律背反中，正題和反題如何可以兩者皆是，而不自相矛盾。

這時候，巴巴拉就像一個經驗豐富的老師，適時停下來，留給學生一點發言的空間。我也不浪費這個機會，表示自己不是沒有做功課的，說：

康德表明，要證明超感知世界，以及其中的自由和自律的存在，是沒有可能的。他把這形容為「不可理解的」，但卻說我們可以理解這個「不可理解」的存在。對像我這樣沒有哲學根基的人來說，這說法有點蠻不講理。不過，我沒有資格質疑大哲學家，所以就唯有照單全收吧。好的，自由的存在是一個無法解釋但又必要的事實，那我們便假設它存在吧。

我似乎說得有點喪氣，巴巴拉立即強而有力地補充說：

這叫做必須的假設。因為如果沒有這個假設，整個道德秩序便會崩塌。至少康德是這麼相信的。好了，重點來了。康德說的自由，不是一般意義下的完全沒有限制的自由。相反，自由永遠伴隨著律法，互為表裡。一個人必須完全的自由，才能完全地實踐道德律。自由當中包含著自己成為自己的立法者的意思。也即是說，自由的人並不是受到外在的他律的約束，才做出道德的決定；他是因為自律的約束，而成為一個道德的人。這才是康德自由的真義。而這樣的道德律的合法性，也是不能用外在的理由來說明的。因為有自由，所以有道德，和因為有道德，所以有自由。他承認兩者是循環論證，或者好聽點說，是互為因果。不過，這並不是我們需要爭論的地方。我們的工作重點，是如何把這種實踐理性，納入我們的系統中，使它成為「康德機器2.0」。

我終於又等到一個插話的位置，繼續以謙虛的受教者的語氣說：

如果我沒有理解錯的話，我們沒有必要把道德教條或者行為準則一一輸進系統裡去。就像康德機器1.0一樣，我們只要建立一個判斷框架。

巴巴拉一邊健步如飛，一邊用力地點頭，說：

說得沒錯！我們不用像阿西莫夫那樣，設定甚麼機器人行為規則。如果康德的理論沒錯，我們只要建立實踐理性的思維形式，系統便會自行生成道德規律。關於這個形式或架構，我們需要一些基礎設置。首先，就是設定五項「定然律令」，當中包括：

一、普世法則方程式：「除非我願意我的行為準則成為普世法則，否則我絕不按此而行事。」

二、自然法則方程式：「按照你的行為準則行事，就如它在你的意願下成為自然的普世法則。」

三、人性方程式：「行事的時候，把人性——無論是自身的還是他人的——永遠同時視為目的，而不單單視為手段。」

四、自律方程式：「讓你的意志把它的所有行為準則訂定為普世法則，並按此而行事。」

五、目的的國度方程式：「把成員的行為準則，當作建立目的的國度的普世法則，並按此而行事。」

這些定然律令都是邏輯形式，而非道德內容。理論上可以設定成系統運算。正確的過程是，首先令系統能在實際經驗中自動生成行為準則，再以定然律令檢測行為準則，以確定它們能否成為普世法則。這個過程必須通過無數次試錯和修正，最後達至高度自律的結果。另外，康德又整理出十二個「自由範疇」，就善與惡做出分辨。它們和感知世界的十二範疇是互相對應的，同樣分為四組，每組有三項，詳細區分在《實踐理性批判》中已經清楚列出，我就不在這裡細說了。自由範疇通過邏輯形式來區分善惡，運作和定然律令相輔相成。上面這些都是構成自由機能的基本程式，要編寫出來其實並不困難。困難在於——

兩個世界之間的轉換。我搶先說。

完全正確！巴巴拉露出滿意和肯定的神情，好像沒有枉費讓我成為合作伙伴似的。

康德一向對於領域之間的銜接非常著緊，絕不疏忽或草草了事。在《道德形上學基礎》中，他似乎還未拿定主意，如何去處理轉換的問題，只是用上了「改變觀點」的說法。即是如果用感知世界的觀點看，人都是受到條件約束的；如果用超感知世界的觀點看，人卻是自由的。但我們是怎樣由一個世界過渡到另一個世界的？或者是怎樣同時存在於兩個世界的？這些都沒有明確的說法。到了《實踐理性批判》，康德的語氣變得更肯定。他直接地說到「轉換」。兩個世界的連接是毫無疑問的了。至於如何才能做到，要留待他關於判斷力的第三批判才做出解答。自由的領域既然是自發的，它理應不受制於不自由的感知領域。但是，自由的超感知領域卻可以反過來控制感知領域。那就是通過道德律對自身的自然本能的約束。談到控制，我們正式回歸模控學的範疇。而你原本的理論模式，也即是雙曲線均衡點的運算，只要把圖表中的數值所指做出替換，便可以應用在新的轉換過程中。

巴巴拉停下步來，意味深長地望著我。在我們站立的地方，前面的樹叢有一截缺口。從缺口望出去，是一片無甚特色的荒草地。夕陽剛好在斜角落下，把草地照成一片黃澄澄的茸毛，而那個缺口變成了一條金光閃閃的通道。我幾乎不假思索便說出：

X形圖表的上方，代表的是受到條件決定的、受到自然規律限制的感知世界和現象界，而下方所代表的，是無條件的、自由的、自律的超感知世界或本體界。兩者的交叉點，就是人性和人格的最佳均衡點，也即是兩個世界的轉換點。

空中發出一下清脆的響指，像是一個魔術的完成。巴巴拉的眼神已經超越滿足，而近乎幸福了。她仰著臉，張開雙手，像是向上天祈求或表達感恩似的，從樹叢的空隙中走了出去，整個人沐浴在金色的霞光中。如果此刻天空中突然出現一艘太空船，把她從荒草地上接走，我是一點也不會感到驚訝的。她的求知和創造熱情遠遠超過我。我不得不感到慚愧。但是，我對於柳信祐的要求還有疑問。待她穿過金光通道走回來，我問：

但是，就算我們打造出一台道德機器，那和柳信祐的理想公民有甚麼關係？

經過金光洗禮的巴巴拉對我變得十分寬容，並不覺得我明知故問，以近乎溫柔的語氣說：

康德的政治學完全建基於他的道德論。所謂理想公民就是充分地實踐自律原則的人。而由這樣的公民組成的政體，就是共和制。共和制即是自律或自治的體現，既充分尊重公民的權利，又要求公民負上責任，形成一個自由開放的共同體。不過，基於邏輯形式上的一致性，康德反對以革命推翻專制統治者，建立共和制國家，因為革命本身不能包含在法律當中，所以必然是非法的，不能允許的。康德一廂情願地相信，人類社會不斷進步，通過逐步的改良，專制會漸漸地被共和制取代。而他堅持的唯一利器是言論自由。且不論康德是不是太保守或者迂腐，在當前的情況下，柳信祐顯然是一個典型的、甚至是極端的康德派。他絕不贊成暴力革命，或者任何形式的非法奪權，但他又不願意看到國家未能達到他心目中的理想共和標準。而作為前總理忠心耿耿的追隨者，他對人民的懷疑和不信任又根深柢固。於是，他做出了政治改良和公民改造雙管齊下的驚人構思。這可是比一般政治家更具野心的想法啊！

你真的認為理想公民是可行的？

可行與否，不是我關心的問題。提升和擴大康德機器的力量，才是我的重點。我老早就說過，我是個人工生命科學家。我的興趣不只是發明複製人類思維和能力的機器，就算這些機器比人類強千萬倍。如果康德機器1.0是「次人類」，也即是高級感知系統，而康德機器2.0是「全人類」，也即是超感知自由道德系統，那我的目標就是讓它進化到3.0，成為「後人類」的全新物種。要提升到3.0，也即是進行真正的「超驗論轉換」，我們下一步要研究康德《判斷力批判》的理論。也許，關鍵會是系統獲得實體之後，所產生的必然變化。即身性、具體的時空經驗、與世界的感官交接，這些都是生命所必須的。我不相信ＡＩ會在電腦裡或者網路上突然產生自我意識這一套。沒有身體，就沒有自我意識。康德的超感知本體，也即是物自身，結果還是要回到人間的。不，是後人間才對。

巴巴拉說出上面的一番話的時候，臉上發出奇異的光彩。她整個人就像生了火的龍窰，渾身充滿著高溫的創造力。她又像個噴著煙的蒸汽火車頭，蓄勢待發，做著原地跑的動作，說：

胡，我忍不住了，要跑它幾個圈。你自己慢慢走出去，我們改天再見吧！

說罷，她向我揮了揮手，甩動紮成馬尾的黑髮，輕盈地踏著地上的泥沙和枯葉，往樹林深處跑去。我從未見過身心如此強大的女人，深深地感到震撼，半晌動彈不得。待她的身影完全消失，我才想起，本來是想向她問候卡芙蓮的。看來，兩個人已經融為一體了。

2

我已經連續三天和螞蟻搏鬥。起初螞蟻只是進占廚房一側的洗手台和櫥櫃，後來深入至煮食爐和調味架的範圍，再而征服了電飯煲、微波爐、小焗爐和雪櫃所在的地帶。站在廚房中央，看著團團包圍著自己的螞蟻，可真有四面楚歌的悲壯。如果再不加以堵截，相信牠們很快便會向大廳進軍。

這次的螞蟻和上次的品種不同，體形極為細小，近似俗稱的黃絲蟻。這種小蟻狀似脆弱，只要輕輕一按便喪命，但數量極多，行跡極難追蹤，穿透能力也極大，因此反而比大蟻難以應付。明明窗子已經牢牢關上，牠們也有本事不知從哪裡鑽進來。至於有甚麼吸引牠們千辛萬苦、長途跋涉地鑽進我家，真的是摸不著頭腦。我除了弄早餐之外，很少用廚房，積存的食品也極少，絕對不是一個糧倉。我不知道這些小蟻為何偏偏看中我家。在滅掉一波之後，另一波又鍥而不捨地進擊，簡直是前赴後繼，視死如歸。

宿舍沒有殺蟲劑，只能用上最原始的方法，用手指按捺。後來漸覺費時失事，便如上次一樣，改用洗碗布集體處理。我靈機一動，嘗試把洗潔精塗在洗碗布上，輕輕一抹，小蟻果然立即僵死。於是便沿著螞蟻的行進路線施用洗潔精，所滴之處，無一生還。不過，代價是整個廚房四處都塗得滑溜溜的。我以為已經封堵所有進路，怎料不消半天，發現螞蟻隊伍已懂得繞道而行，而洗潔精已經乾透的地方，牠們亦通行無阻。

我向志旭借了那條據稱用來吃蟲子的人工壁虎，派它到廚房裡執行任務。第二天早上，發現它四腳朝天躺在洗手盆裡，肚子脹脹的，相信是撐死了。幸好它是機械的，屍身並未被螞蟻啃掉。我唯有繼續親自投入戰鬥。如此這般，殺殺停停，經過三日三夜的苦戰，蟻禍算是暫緩，但蟻跡並沒有完全消失，只是不如當初般排山倒海。也不知道，哪天螞蟻大軍會捲土重來。

與螞蟻爆發大戰之前一天，正好就是我去進行靈魂下載的日子。打電話給我約時間的是曼尼教授的秘書，地點是醫學院的醫學造影部門，過程由曼尼教授親自監督。全程也見不到黑的參與。曼尼沒有明說這是「靈魂下載」，只是如之前一樣，藉辭是為我進行腦神經元電子檢測。我覺得曼尼這樣很不老實，但我不想當場戳破她。她怎麼說也是一位富有尊嚴的資深教授，又是我的情緒病的主治醫師，我們應該互相尊重。完成之後，我問她我可不可以知道結果，她好像覺得我問了蠢問題似的，強調當然可以。待報告出來，她會通知我有何發現。出賣靈魂的過程比想像中平淡。沒有科幻的儀器，也沒有震撼性的感受。只是很普通的，像是在太空艙式旅館中睡了一覺的感覺。我竟然感到些許的失望。

一如黑曾經保證那樣，賣了靈魂之後，我並不覺得自己有甚麼改變或缺失。那就好像去了捐血一樣，最多是感到一點點的頭暈或虛弱。螞蟻就是趁著這個時候進行突襲。幸好我還有足夠體力和牠們周旋，也證明了我的意志並未因為出賣靈魂而變得薄弱。其實我擔心的不是自己，而是恩祖。黑雖然答應我恩祖的安全不成問題，但我一日未能找到她的所在，未能親眼見到她的狀況，我依然放心不下。我不知道自己對恩祖懷著的是怎樣的感情。我雖然知道她是個物自身，是利用「靈魂書寫器」把「真君」注入「靈台」的生化人，但我依然把她當作一個活生生的女孩看待。感覺有點像一個老師對學生的責任，或者一個父親對女兒——慢著，這樣說未免有點過火——應該說是，發明家對待發明品的那種珍惜和愛護吧。縱使嚴格來說，恩祖不是我創造出來的。

我反覆讀著恩祖被「回收」之前，在我的筆記型電腦上寫的文字。大部分都只是零碎的片段，夾雜著看似是回憶和幻想的東西，難以分辨。就地理場景來說，有提到海，但幾乎沒有提到山。不過，這一點也不奇怪。新加坡就是一個有海無山的地方。所以這算不上是甚麼有用的提示。令人詫異的是，她有提到姊妹，就像芽籠的 Angel 一樣，也有不少在水中浮沉的記述。另外特別值得留意的，是常常出現動物，有海豚、刺蝟、狐狸、蝴蝶、螞蟻等。是的，有蝴蝶和螞蟻。我認為這不是巧合，裡面一定有甚麼玄機。就正如她當初所寫的壁虎，潛藏著某種深層意義。也許就是所謂的潛意識吧。物自身也擁有潛意識，這是一件令人驚嘆的事情。

恩祖寫的文章，ＳＢ也讀過了。我讓她連結到我的筆記型電腦，她可以任意瀏覽當中的文字檔、圖檔和影音檔，或者追尋我的上網紀錄。我不希望對她有任何隱瞞，願意她知道我所知所想的一切。我和ＳＢ之間可以暢所欲言，坦誠相向。ＳＢ不但語言能力發展極快，連知識也有了驚人的增長。當然，就像巴巴拉所主張的一樣，她因為欠缺實體，對現實世界的理解總是有偏差或扭曲。她的觀察和引述有時流於表面，或者並不一致，有許多不協調或者互相衝突的地方。只要長時間跟她對話，你便會發現她其實沒有徹底把內容消化，只是基於主題的相關性而做出聯繫和拼湊，編造出貌似連貫和有意義的反應。ＳＢ完全依靠超強的語言能力，特別是人際關係中情感語言的運用，才有效地模擬出親切談話者的假象。但是，能做到這樣已經非常厲害，足以令人忘記她只是一個虛擬人物，把她當成傾訴的對象。

而且ＳＢ對人心的洞察力，有時真的是不可思議。就像那天我和她聊到恩祖的去向，她突然提到網路上一篇新的關於難民的報導，並且立即給我找出連結。我一邊在筆記型電腦上閱讀這篇報導，ＳＢ一邊在手機中向我講解，她在網上偵查到的種種線索。她說這些資料都是一個叫做「海豚小組」的組織發放的。為了防止被政府追蹤和封殺，組織用了強大的反追蹤、訊息加密、訊息銷毀和位置轉換技術。由此見出，組織成員肯定是高科技專才。她好不容易才綜合出一個比較完整的畫面：新加坡存在著數以十萬計的難民，以不同形式從事各種底層勞動和厭惡性工作，並且正在慢慢取代正式的外來勞工。這些難民的來源是個秘密，從來沒有任何公開資料和數字。更令人擔憂的是，據一份外洩的機密文件指出，在雖然秘密但仍屬官方的難民個案之外，還存在數目更為龐大的「非法難民」，相信是由中介者偷運引入，以謀取私利。正當我對事件的複雜程度和ＳＢ的偵查能力嘖嘖稱奇，她又宣告說：

海豚小組的人正在尋求跟爸爸你聯絡。

甚麼？跟我聯絡？為甚麼？

他們有重要資訊提供給你。

給我？為甚麼要給我？他們認識我嗎？

不知道啊，爸爸。我只是轉達訊息而已。

你認為對方可信嗎？我居然徵詢ＳＢ的意見。

可不可信，見了面不就知道了嗎？

他們想見面？

對。見面是最好的溝通方式。爸爸，ＳＢ也想和你見面啊。可惜一直也沒有機會。

她又說這種令人融化的話。我每次聽到就忍不住想哭。受到這種情緒影響，我無法拒絕海豚小組成員的邀約。

通過ＳＢ，我和對方約了在裕廊東的一個商場內的咖啡店見面。我來到咖啡店門口，便看見陳光宇這小子坐在裡面，滿臉羞澀地向我揮手。我有一種受騙的感覺，但又同時有一種「怪不得如此」的恍然大悟。光宇招呼我坐下來，問我喝點甚麼。我說要Teh O[1]就可以。光宇跑去櫃檯買飲料，隔了一會，捧著一盤子食物回來。我指著他那杯冷飲，問這個怎麼叫法。他說是Kopi C Bing[2]，鮮奶咖啡加冰。他擅自給我叫了咖椰吐司，自己則叫了個外面撒了砂糖的甜甜圈。我想質問他為甚麼吃甜甜圈，但想到海清也愛吃，便住了口。我決定直入正題，問道：

你是認真的嗎？不是開玩笑吧？

老師，你為甚麼會這樣想？他又驚訝又無辜地回應說。

那為甚麼故弄玄虛？

哪有？

那個海豚小組。

它的確存在啊！是我和一些朋友組成的。

為甚麼叫做海豚小組？

海豚是既聰明又有愛心的海洋動物，對於關心難民議題，不是很適合嗎？

我不想跟他爭論這些芝麻小事，便沒好氣地說：

Okay，那你們為甚麼想找我？

因為你是個有名望的人，有些事情做起來比我們這些小薯仔有效。

我是個異鄉客，怎麼算有名望？

你和柳海清小姐聯合起來，還有她父親在背後，這算不算有？

你怎知道——噢，對，你是從志旭那裡知道的吧？

不好意思啊，老師，這不是甚麼不可告人的秘密吧？

我嘆了口氣，沒答理他。他孩子氣地咬了一口甜甜圈，有點口齒不清地說：

柳信祐先生已經宣布組黨，柳海清小姐很大機會代表她父親參政。把這個議題交給他們，應該會是很強大的武器吧。

想不到這小子居然會考慮到這些權力遊戲的事情，真不可小覷。我小心翼翼地問：

那你們真的掌握到甚麼實質證據嗎？

還沒有，所以才要請老師出手。

我憑甚麼？

憑你和難民的第一身接觸。

你說的是——

那個叫林恩祖的女生。

你怎知道——

也是從志旭那裡知道的。志旭一直監視著你。

他怎麼——

1　指紅茶加糖，沒有添加奶類。

2　指咖啡加鮮奶、糖及冰。

狐狸，那隻機械狐狸。

Damn it!

我忍不住往桌子上捶了一下，杯碟都立即彈跳起來。鄰座的兩個馬來男人轉過臉來瞪了我一下。

那你和志旭，除了是——不是站在同一陣線的嗎？

我有需要他幫我的地方，但也有我自己的想法。

你的意思是，他對海豚小組的事全不知情？

我們的保密功夫做得很好。今天和你見面，已經是最冒險的舉動。不過，這實在是無可避免，因為我必須取得你的信任和幫助。

好的。你想我出手，就是把資訊交到柳氏父女的手上？

此其一。其二就是，把林恩祖找回來。這是最重要的證據。

我也想找她，但我不知道她在哪裡。

這個我們可以幫你查，但查出來之後，要你親自去找她。

我開始覺得，跟這小子交手並不是壞事。我不能看輕現在的年輕人的本事，他很可能真的有辦法查到恩祖的下落。不過，我還要確認一些事情。

海豚小組是由甚麼人組成的？

應該都是學生吧。其實，我們互相不認識，也沒有見過面。小組是一個網上群體，互相交換資訊和技術，關注一些環境和社會政治議題。現在小組內大概有十幾人。大家的初衷，只是促進訊息開放和流通，揭露一些向公眾隱瞞的秘密。去到採取具體行動，這是第一次。

你認為這件事和志旭的父親江院長有關嗎？

很可能，但未能確定。另外，就是鯤鵬科技農產企業的周金茂。我們有企業內部的線報，肯定他在從事難民偷運和買賣。我不知道這樣的事是得到政府部門的默許，還是有人私下秘密進行。周金茂跟江英逸的關係，也是錯縱複雜的。

那柳信祐呢？你肯定他沒有參與其中？他跟周和江關係也很緊密啊。

柳信祐當然也不可能是完全清白的。但是，這幾個人既有合作或合謀的地方，也有各自的算盤和圖謀，所以也必定有互相欺騙和隱瞞。到了自身利益受到威脅，互相攻擊和出賣也毫不出奇。

但你不擔心我會站在柳家這一邊嗎？

所以我才把彈藥提供給柳家。雖然站在人民的立場，任何政客和商家也不值得信任，但柳家是對難民問題發動進攻的最有效力量。柳信祐主張的體制改革，也是啟動改變的開端。況且，我們對柳海清是有期望的。她和其他體制菁英不同。她極可能成為我們的一分子。

我想起海清站在酒店屋頂游泳池畔，從高空眺望著新加坡夜景，揚開雙手擁抱這個地方的情景。她真的擁有足夠的熱情和能力，成為這個國家的改革者。但我也為她感到擔憂。這是一件困難重重的事情。而我在其中，則扮演著非常奇怪的角色。我望著眼前這個一臉天真地談論著這些凶險事情的小子，說：

光宇，你知道所謂「難民」其實是甚麼意思嗎？

我當然知道。他們只是一批沒有身分的人——或者應該說是，準人類。

準人類？

就是物自身，鯤鵬企業生產的人機合體。

那你對技術內容已經完全掌握了嗎？

只是原理上吧。細節我並不知道。這方面志旭守得很密。

你的指導老師金政泰教授呢？他是物自身運作系統生產的主要成員啊。

金老師只讓我們幫他解決數學問題，其他事情守口如瓶。他是個疑心很重的人，只有他控制你，不會給你機會反過來控制他。所以我很希望你能找到實體。

他這樣說似乎很有道理，不像是胡亂編造的假話。我問：

但你不是說，這些「難民」已經遍布城市每個角落嗎？

雖然是這樣，但我們無法憑表面區分出來，也不能直接向懷疑的對象查證。比如說，我們怎知道鄰桌的馬來男人是不是物自身？或者櫃台的那個咖啡妹？你怎知道我不是？我又怎知道你不是？

我隨著他的話環望四周。的確，就算圍繞著我們的全部都是生化人，我們也是無從知曉的。除非我們掌握某種特快的檢測方法。這想法令人顫慄。我回頭望向光宇，感覺到他的樣子變得陌生，無法完全排除他是生化人的疑慮。他察覺到我的目光，竟然抬了抬眉，瞇著眼睛做了個鬼臉。我對他真是要刮目相看。我總結說：

那麼，其實是沒有真正的難民問題吧。

怎會沒有？只是，真正的難民都被拒諸門外，或者葬身在大海裡。生態難民、經濟難民、政治難民……未來將會是個難民時代，地球各地將會因為洪水、旱災、陸沉、地震、海嘯、火山爆發、森林大火、極端天氣、核電洩漏、種族清洗、全面戰爭等等，而發生大逃亡、大遷徙，直至人們再無處可逃為止。不過，新加坡可能有辦法逃過一劫。

怎麼逃？

小子聳了聳肩，說：漂浮吧。

漂浮？

整個島國像方舟一樣脫離陸地，在大海中漂浮。一個葡萄牙作家曾經想像過類似的事情。那本小說叫做《石筏》[3]。

光宇吃著甜甜圈，俏皮地笑了起來，眼神卻彷彿望向遙遠但又近在咫尺的地獄景象。我拿起那塊變涼了的咖椰吐司，但卻像暈船一樣，反胃欲吐。

3　即葡萄牙作家喬賽・薩拉馬戈（José Saramago）在一九八六年出版的小說 *The Stone Raft*。

3

為甚麼約在這裡？海清一出現，第一句便這樣說。

我在「坐忘」咖啡廳訂了靠窗的兩人位子。今晚和上次一樣，客人不多不少，適合靜靜談話。海清把公事包放在專門用來存放隨身物品的竹籃內，理順了身上的天藍色雪紡長裙，端正地坐在我的對面。我說：

他們給了我一個會籍，我心想不要浪費，便約在這裡吃飯。

是甚麼級別的會籍。

畸人。

嘩，很尊貴呢！相信全國不出十個人擁有。

全國也不夠十個？怪不得叫做「畸人」了。

我也只是「真人」。她笑著說。

適合你啊。如果你是「畸人」就慘了。

別說廢話！其實，我不太喜歡這裡，氣氛怪怪的。

但你是夢蝶會的會員。

她先是有點驚訝，但又隨即回復平常，摸了摸耳珠上的耳環，說：

你說這個？

志旭有一個鍊墜，也有同樣的標誌。是他告訴我關於夢蝶會的。

是嗎？既然你已經知道，那就沒有甚麼好說了。

海清打開餐牌，研究著上面有甚麼菜式。我早就決定了要容易消化的鱸魚。海清最後決定要小龍蝦。點完餐，服務員問我們要不要餐酒，海清卻想喝啤酒。這裡只賣周金茂的農場自家生產的天府啤。結果啤酒一上來，海清呷了一口便後悔。

簡直是地府啤啊！她皺著眉說。

可能是我不懂品嚐，我覺得沒有差得那麼誇張。我問她要不要再叫餐酒，她卻說不必。

這幾天很忙嗎？很難約你。

海清雙手向後撥了撥頭髮，說：

公司照例忙個不可開交，爸爸那邊又要開會。

你爸爸組黨的事是鐵定了嗎？

當然。明天便開記者會，介紹黨綱和黨員。目標是在下次大選拿下十個議席。你看！是十個啊！別以為這是小數目。在我國歷史上，在野反對黨在國會選舉中從未合共拿過超過六個議席，更不要說是單一反對黨。

你覺得你爸爸是異想天開？

不！她又啃了一口難喝的地府啤，說：我很佩服他的志向。事實上，我們的實力不同過去的反對黨。我們當中有十幾位來自前執政黨的成員。加上我爸爸，前部長也有三位。當然，這些資深成員都已達到退休年齡，入黨後都只是擔任顧問，不會再出選。但他們是年輕一代黨員的極強後盾。不過，我們的最大問題是要擺脫菁英階級的包袱，要不我們和執政黨有甚麼分別？只會被當成執政黨的分支，或者妝點性質的忠誠反對黨而已。所以，我們也要與傳統的反對黨組成聯盟。當中牽涉的協商可真複雜。對了，你說有東西給我看，那是甚麼？

我掏出手機，開啟了光宇給我的一條連結，一份文件的複本立即彈出，同時開始計時。我把手機遞給海清，輕聲說：

你有兩分鐘時間速讀這份東西。

她拿過手機，滿臉疑惑地開始細看文件內容。她的速讀能力比我想像中更強。兩分鐘還未到，她已經完成，看來完全掌握重點。她神色凝重地把手機交回給我。文件在兩分鐘到達時自動刪除，那個連結也不復存在。

海豚小組是甚麼？她小聲問。

我也不清楚。應該是一個由年輕人組成的關注組織吧。

你認為他們說的事是真的嗎？

我點了點頭，往一直站在不遠處的服務生瞥了一眼。她立即明白我的意思，改變話題說：

晚飯後有興趣來我家看電影嗎？

我不及海清聰明，一時未能領會她的用意，她繼續說：

你對甚麼題材的電影感興趣？

我這才恍然大悟，回應說：

我剛巧買了兩張經典影碟。

是嗎？是甚麼電影？

一張是《投奔怒海》。

聽說過，但未看過。

你真的是太年輕了！我取笑她說。另一齣也是老電影，西洋科幻經典，你猜猜看？

我把球拋給她，看她怎樣接。她用食指按著眉心，想了一想，說：

我知道！*Blade Runner*[4]！

我們拿地府啤碰了杯，無來由地覺得很開心。主菜也在這時候上來了。大家隨意地聊了些無關痛癢的話題，後來又回到逍遙俱樂部和夢蝶會的事情上。

你為甚麼不喜歡這裡？我覺得食物挺不錯的。

我不是說食物，我是說這裡的氣氛，古裡古怪的。

我也覺得是，有點不正派的味道。但你為甚麼又入會？

不是我自願的啊！我們這些菁英後代都會參加，算是不明文規定吧。平常可以避免的話，我也不會來。不過，夢蝶會倒是定期要去一次。

定期？多久？

每個月。

那也很頻密啊。去做甚麼？

睡覺。

睡覺？樓上是酒店嗎？

不，但裡面有許多供會員休息的房間。

就只是休息？甚麼別的也沒有？

4　即《銀翼殺手》。

她點了點頭，臉色好像有點為難。

怎麼說呢？聽來有點奇怪吧。我們每個月有一天，會來到夢蝶會睡覺，大概是八個小時吧。

是普通的睡覺，還是有甚麼特別的睡法？

可以算是特別的。他們叫做「臥忘」，就像這間咖啡店叫做「坐忘」一樣。「臥忘」的地方，是一張圓筒形的床子。圓筒的上半可以揭開，整個人躺到裡面去，然後關上。圓筒裡面應該會有甚麼儀器吧，但運作很安靜，不會發出甚麼聲響。或者應該說，會發出一種像風扇在轉動的輕微的雜音，據說有助入眠，也可以改善睡眠質素。總之，每一次都很快便睡著，然後不停作夢，八個小時後醒來。老實說，醒來之後感覺是滿精神爽利的。

通常會作甚麼夢？美夢還是惡夢？

不記得。明明知道自己在作夢，但一醒來便甚麼都忘掉。也許，那就是「臥忘」的意思吧。就好像某種意識清洗一樣。

會不會是給年輕菁英們進行精神保健的科技？

有可能是。但從來沒有人說清楚，也沒有人問。總之就是固定日子到那裡去睡一晚。

我可以進去參觀嗎？

會規說不可以。只有會員能進入。志旭應該有告訴你吧。

我只是好奇而已。一個專供菁英們睡覺的地方，不是很耐人尋味嗎？

你真的想看？

有辦法嗎？

海清托著腮幫子思索著，半晌，說：

我就裝作大意，帶你進去看一眼吧。給人趕出來不要怪我。

當然，我會扮無知的了。

我早知道，海清是那種不會墨守成規的人。她有勇氣做出各種破格的事。我們結帳，離開咖啡廳，去到電梯大堂。第一部向上的電梯到達九樓時，有兩個人走出來，但有一個還留在裡面。我們假裝在等人，沒有進去，各自站著在看手機。隔了兩分鐘，另一部向上的電梯打開，裡面沒有人。我們走進去，按了十樓。

當電梯門在十樓打開，情況跟上次一樣，面前的也是那條彷彿世界盡頭一樣寂靜無聲的走廊。海清像是想速戰速決似的，快步向前。那扇厚重的大門感應到她的進入許可，自動地緩緩打開。我立即跟在她後面鑽進去。沒有響起警號，或者啟動甚麼封堵入侵者的裝置。裡面有一個裝潢有如小型酒店，面積不大的接待大堂，但並沒有任何接待員，也不見其他會員。一切也採取電子自助形式。海清在一個觸碰式螢幕上點了幾下，輸入了一些資料，機器便自動吐出一枚印有蝴蝶標誌的金屬代幣，看來應該是進入獨立休息室的電子鑰匙。她繼續以敏捷的腳步走向臥室，我緊隨其後。剛走到第一條走廊的盡頭，突然看到一個矮小的影子從轉角處拐了進來，和我們碰個正著。我們都嚇得停下步來。定睛一看，那是坐在電動輪椅上的疏離支。

海清強裝鎮定地一邊和輪椅人打招呼，一邊打算徑直從他旁邊走過去。我正想照辦煮碗地蒙混過去，疏院長卻叫住了海清，說：

疏院長，您好！

柳小姐，如果我沒有記錯的話，你應該上星期已經來過，還未到下次的預約啊。

海清沒法不止住腳步，回身說：

院長先生的記憶力真好。對啊，我今天是帶胡教授來參觀的。

我心裡完全贊同海清的回應。在這種處境，實話實說反而更體面。當然，機械人似的院長也不會這樣就放過我們。

你應該知道，會規訂明非會員不可以進入會所範圍。

海清退了兩步，回到疏院長的左前方，稍微彎下身子，說：

院長，謝謝您提醒！我實在是太心急了。我還以為帶一位未來會員進來看一下不礙事呢！

未來會員？

我第一次發現機械人也會露出驚訝的表情。海清勾住了我的臂，整個人挨在我身上，說：

院長您不知道嗎？我和德浩已經訂了婚，他將來也會成為這裡的會員吧。

疏離支也不是笨人，立即調整過來，竟然也能模擬出近似於熱情的反應，說：

原來是這樣嗎？恭喜啊！柳小姐！得到像胡教授這樣的人材做女婿，令尊一定很高興。不過，會規始終是會規，兩位還是要耐心地等一下，不用急於一時。

海清此時才露出歉意，微微鞠躬，說：

完全是我不好，院長千萬別怪責德浩。也請院長不要告訴我父親，他知道的話肯定要把我大罵一頓。

她那楚楚可憐的語氣，似乎令對方軟化。這隻老色鬼竟然伸出一雙雞爪，抓住海清的玉手摸來摸去，說：

放心，放心！我不會告訴柳部長的。不過，以後別再頑皮了。

知道了，院長！

海清說罷，不著痕跡地把手抽走，和我勾著臂，向疏離支告辭，轉身大踏步地離去。

一直到我們走出莊子學院大樓，我們才能鬆一口氣。我很過意不去，說：

海清，對不起。為了我的好奇，讓你受委屈了。

沒有啦！那個疏老頭很容易應付。只是，不知道有沒有甚麼長遠後果。

有甚麼長遠後果？

她攤開雙手，聳聳肩，不知是「不知道」還是「管它呢」的意思。

我們快步走到遠離莊子學院的大路，站在一棵雨樹下。海清掏出手機來叫車。我故意說：

你剛才胡謅我們訂婚的事，不太好吧。

對啦，你欠我一個求婚。

我笑了笑，不置可否。她在我胸口捶了一下，撒嬌說：

怎麼啦？悔婚嗎？

不是我，是你爸爸那邊。尤其是現在這個關頭。我始終是個外人啊。

她沉默下來，把公事包雙手挽在背後，低著頭，以高跟鞋的鞋尖踢著地上的小草。

十分鐘後，一輛名貴房車停在我們面前。那不是出租汽車，是柳前部長的私家車。司機很恭敬地下車，跑過來幫我們開門，請我們入座。今晚當然不會有甚麼家庭影院，不會有《投奔怒海》和 *Blade Runner*，更不要說後續的事情。車子直奔柳信祐的院宅。我要把海豚小組的資訊，直接向柳準外父交代。

不知是不是名貴房車車廂特大的緣故，坐在後座的我和海清，隔得遠遠的，就算在椅子下面偷偷地牽著手。

4

清晨下了一陣雨。我見雨勢不大，便帶著傘出去晨運。除了傘，我還帶了黑給我的那顆魔術子彈。我想在無人的地方，試試這東西是否有效。飯堂外有人來往，巴士站上也有人等車，都不太方便。我沿著大樹林立的上坡路，繞過大草坪，四處尋找可以試射的目標。我想找件死物，或者找棵樹，但一直三心兩意，下不了決定。我也擔心會發出巨響。站在坡上，望著下面的草坪，趁四周沒有人，便以雨傘遮擋，從褲袋掏出那顆東西，握在掌心。黑沒有告訴我子彈是怎麼用的，只是說用念頭控制，不知道要不要拿在手中瞄準之類的。不過，為免被人看見，還是先收在掌心比較妥當。我一連盯著幾棵樹的粗壯樹幹，用念頭發射，但都沒有半點反應。我再確認附沒有人，用食指和拇指捏著子彈，對準目標再試。甚麼事情也沒有發生，連近似風吹草動的反應也沒有。我心裡罵了句混蛋。

我把子彈收進褲袋，繼續前進。在宿舍區的路邊，又遇到清掃街道的印度大叔。我盡量以自然的姿勢跟他打招呼，但他卻以特別的眼神打量我。經過酒店對面的會所餐廳，又是容易被人碰見的地帶。之後拐進運動場，發現場邊和觀眾席一個人也沒有。我忍不住又以傘子掩護，把子彈掏出來，握在手裡，選了擱在路邊的一輛手推車瞄準。結果很明顯，連我自己也覺得可笑。但我還是死心不息，場邊的水龍頭、飲品售賣機、垃圾桶，都被我連番掃射，但統統都絲毫無損。我以兇狠的眼神，瞪視著在草地上跳來跳去的黃嘴黃腳黑鳥，無情地發出砰砰砰的射擊，但牠們若無其事地繼續覓食，連作勢四散紛飛也省掉。我這個可憐的獵手只能逕自搖頭失笑。我真是天下間最大的笨蛋！

這時候我注意到每天也在田徑場上練習蟹行的女子。在我來得及弄清楚自己的思緒之前，女子像是被人迎臉打了一拳似的，腦袋往後一仰，躺倒在跑道上。不是不小心絆倒，也不是被別人撞倒，是無緣無故地倒了下來。她一動不動地仰臥在那裡，看不見胸口的起伏，但也沒有明顯的傷口和血跡。我不相信事情跟自己有關，但我不敢上前察看。事情實在太湊巧了。應該是我不小心想到射擊的時候，她剛巧心臟病發或者腦溢血之類的，又或者只是普通的昏厥。作為一個研究機率的人，這樣的可能性絕對不能排除。但我應該上前施救吧。想到這裡我才發現，原來自己的雙腿在發抖。兩個在繞圈跑步的男子發現了倒下的女子，從不同的方向跑向她。最先抵達的一人試著搖晃她，又查探她的呼吸和脈搏。好了，既然有人施以援手，現場就沒有我的事了。我抬起抖動的腿，拾著步離開現場。

整個早上我也坐立不安，不斷上本地新聞網查看有沒有女人在大學田徑場暴斃的消息。我把那顆魔術子彈翻來覆去地檢查，斷定它沒可能通過任何科學原理發出具有殺傷力的能量。但奇怪的事情的確發生了。如果它不是巧合，就一定是幻覺。又或者，難道這子彈只對人有效？如果是這樣，我也沒法再次進行測試確認。

我收好子彈，把狐狸從睡房裡放出來。知道這傢伙是志旭安插在我家的奸細，我一度想過截斷它的電源，但又覺得這樣做反而會惹起懷疑，而且它其實也是無辜的，實在不忍心要它喪命。於是便唯有多加小心，不讓它蒐集到敏感的情報。然後我又想到，可以把它當成反間諜，在需要時散播假情報。而且它是狐狸，跟刺蝟是一對的，兩者缺一不可。

剛開始想集中精神處理康德機器的轉換程式，有人按響了門鈴。我去開門，發現外面站著兩個陌生男人。一個是長著一副學生臉的年輕華人，另一個是神情嚴肅、狀似訓導主任的中年馬來人。兩人高舉證件，宣聲是警察，說有事請我協助調查。我大嚇一跳，等著他們說懷疑我跟一宗槍殺案有關，心裡同時盤算著，立即自首是不是較明智的決定。我以請求的語氣說：

跟你們回去之前，可以換件衣服嗎？

那個年輕華人便衣警探面露驚訝，甚至是不好意思的神情，連忙說：

不必，不必！我們在這裡問幾句就可以。

我對他的善意感到意外，但依然未敢鬆懈。說不定這是警方的誘敵計策。我請他們進來，在沙發坐下。華人探員像個第一次踏台板的演員似的，以念對白的語氣說：

胡德浩教授，我們請你協助調查的，是一宗失蹤人口案件。

這時候馬來警探掏出一張照片，照片中人是林恩祖。

你認識這個女孩嗎？

我表示認識。對方便問我如何認識、雙方有何關係、甚麼時候見過面之類的問題。我覺得在對方提出證據之前，我不宜自動招認，便隱瞞了恩祖曾經住在這裡的部分，也把我對她的認識描述得十分表面和有限。據我的觀察，兩人之中雖然華人警探年資較輕，但很明顯是上司，而馬來警探則是下屬。問話主要由華人進行，馬來人只是幫忙遞東西和作紀錄。華人上司不但外表不像警察，說話的語氣也十分禮貌，甚至帶點羞澀。相反，很少說話的馬來下屬樣子兇神惡煞，富有壓迫感。看來這樣的組合最為靈活，能文能武，適合應付不同情景。為了防止情景由文變武，我盡量恭敬地配合問話。

問完之後，斯文警探問我可不可以四處看看。他說的時候臉帶抱歉，好像要求很過分似的。

我當然不能反對，做出一副光明正大的樣子，請他們自便。「看看」的工作主要由資深警探進行。可能因為不是正式搜查，一切只是目測，沒有翻動物件。馬來警探金睛火眼，應是極富經驗的搜查員，可以單憑觀察發現任何具價值的蛛絲馬跡。除了看見狐狸的時候露出些許驚訝，他一直保持絕對木然的神情。他對恩祖住過的套房特別留心，好像能嗅出甚麼氣味似的，連浴室裡的角落也沒有放過。完成後，年輕警探跟我親善地握手，感謝我的合作。

便衣警員離開後，我思索著這次突擊查訪的意義。恩祖明明沒有學籍，也沒有戶籍，根本稱不上是正常人口。她的失蹤要勞動到警察上門，一定是偵查非法難民的事情。難道政府部門開始針對周金茂集團的非法勾當進行調查？以現在的監控科技，恩祖何時在這裡出入，我和她去過甚麼地方，應該完全是無所遁形的吧。為甚麼不直接利用紀錄來指證我，而是故弄玄虛地跑來做門面式的問話？是不是想向我發出甚麼訊息，威嚇我不要再插手事件？還是想利用我作為偵查的線索？雖然憂慮到後者的可能，但是，當務之急應該是趕在警方之前，抓住我唯一有把握接觸到的難民——芽籠的Angel。我為自己沒有及早想到這一點而感到懊悔。

大菲再次成為我的強大支援。他冒著被虎妻懷疑的風險，晚上提早下班，開著那輛破舊小貨車，和我再闖芽籠。我們飯也沒吃，七點到達店外，各自拿著一杯木瓜奶，在街上找了個有利位置，觀察著櫥窗的狀況，等待目標人物出現。等到接近八點，Angel出場了，照樣是那身性感裝束，坐在眾女之間。我們預先商定，由大菲出手，幫Angel買鐘出街。我在路口轉角等，然後一起把她送到安全的地方。至於送到哪裡，我們愁了大半天。我家和大菲家當然不在考慮之列。後來大菲想到Entropy酒吧的安哥威利，說他老人家一定肯捱義氣收容她。到時我再聯絡海清，由律師出馬為Angel爭取人身保護和對走私難民進行立案調查。整個計畫聽來十分完美，大菲讚不絕口，我也有點兒沾沾自喜。

我在街角等了幾分鐘，大菲便伴著Angel出現。Angel看見我在那裡等著，狀甚驚慌，說：

為甚麼又來突擊檢查？

我雖然想安撫她，但為了令她乖乖地跟我們走，唯有繼續撒謊說：

這是特別的外出監督，只是看看你到外面工作是否符合程序。你不用理我，當我不存在就可以。

她半信半疑地跟著我和大菲，去到兩三個街口外的停車場，三個人擠進小貨車的前座。她對坐貨車出街感到奇怪，神情緊張，問大菲打算去哪裡。大菲很在行地說先去丹戎巴葛，找間酒吧喝一杯。這種事情還是由他來做有說服力。車子開不到幾分鐘，大菲望著後視鏡，用廣東話說：

大鑊！好似有人吊住我地尾喎。

唔會啩？你估拍電影咩？

我也望向後視鏡，但完全分辨不出後面的車子有甚麼異動。

入面有兩個男人嘅架銀色車，從一開始就貼住後面。我快佢又快，我慢佢又慢，我轉佢又轉，好明顯係跟緊我地。

我覺得寧可信其有，說：

賣甩佢得唔得？

大菲的臉部肌肉繃緊了一下，說：

唐兄你真係睇得起我。

說罷，他踏下油門加速。Angel雖然聽不懂我們的話，但大概感到氣氛有點古怪，慌張地望著窗外。我趁這個時候向她說：

其實我不是衛生部門的人。我是一個大學教授。我一直關注難民問題，正在協助被剝削的難民，爭取他們應有的權益。我們有一個很強的律師團隊，會全力幫你脫離不法組織的控制，過回正常的生活。

不知是她的英語能力不足，還是理解能力有限，她只是迷惘地望著我，但卻沒有明顯的反抗。同時間大菲在一個布滿橫街的小區繞來繞去，試圖擺脫跟蹤者的車子。結果，真的被他成功地甩開對方。貨車回到大路，反方向駛回丹戎巴葛。大菲臉有自滿之色，我也不吝嗇給他豎了豎拇指。

來到Entropy附近，大菲叫我們先下車，他把車子再開前一點，如果有人尾隨也可以把對方引開。那是個偏離熱點的街區，路上行人不多。我拉著Angel穿過陰暗的五腳基，有驚無險地來到酒吧。安哥威利早已在近門口處等著，一見我出現便上前接過Angel，摟著她走到酒吧樓上暫避。我隨便挑了個空位坐下，用手機打電話給海清，報告了現在的情況。因為是臨急做的決定，而且不知是否成事，我沒有提早和海清商量。她聽來有點生氣，但又知道事情的迫切性，便答應立即過來。

過了一會，大菲也來到了。說叫我放心，沒有人跟蹤。在等海清期間沒事可做，我們便要了兩瓶啤酒。酒吧今晚生意特好，坐滿了七、八成。正在表演的是一個馬來青年三人樂隊，類似爵士加民族音樂的風格。聽了一會，大菲技癢起來，撇下我走到前面去，跟坐在表演台旁邊的樂師閒聊，等候機會上台發揮。

我一生人從未做過如此富有電影感的事情，緊張的心情還未平服，正想從衫袋裡掏出鎮定劑來服食，海清便提著公事包跑了進來。她見我一個人坐著，心急地問：

那個芽籠女孩在哪裡？

我指指樓上，說：安哥威利陪她上去了。我們也上去吧。

正當我們要起行，大菲站到台上，宣告要向大家獻唱一曲，歌名叫做“Misery is the River of the World”，同樣也是Tom Waits的歌。強勁而帶點滑稽風味的鼓聲和敲擊樂響起，加上有如恐怖片的鋼琴旋律，大菲以狗吠般的腔調唱了起來。我們忍不住停下腳步，凝神聽著那黑色動畫配樂似的歌曲。那節律就像水手們在逆流划艇，縱使如何努力也彷彿徒勞無功。

我們沉醉於歌曲之中，完全不覺一批穿著制服的人員已經走進店內。酒吧經理上前交涉，執法者的頭目說他們接到線報，懷疑酒吧的裝修違反消防條例，另外又涉及聘用非法勞工，勒令酒吧立即停止營業，接受調查。台上的大菲沒理會門口發生的事情，繼續以咆哮腔起勁地唱著，伴奏師落力地擊鼓敲琴，酒客們對執法者發出不滿的噓聲，經理和服務生大聲爭辯，場面變得一片混亂。我和海清乘亂急步跑到樓上去。

樓上有好些房間，我們找遍了也不見Angel，也不見安哥威利。一路找到後樓梯，我們決定下去看看。在店屋的後巷，發現碩胖的安哥威利坐在地上，不停地喘氣。我們上前把他扶起來，待他回順了氣，才知道原來他見有人來店裡搜查，便帶同女孩沿後樓梯到後巷暫避，怎料卻突然跑出兩個男人，把女孩強行劫走了。我問他們逃到哪個方向，正想去追，海清卻阻止我說：沒用的，算了吧。

我還以為自己的計策天衣無縫，怎料卻賠了夫人又折兵。不只丟了Angel，還連累安哥威利的酒吧被針對，隨時失去營業牌照，搞不好還會被控告。我懊悔萬分地拍打自己的腦袋。海清上來拉著我的手，說：

別這樣，不關你的事。況且，我們沒有全輸。你看！

海清向我展示一個小手袋。我認出是Angel手裡拿著的。她往手袋裡翻尋了一會，首先找出一張工作居留證，真假與否有待證實。之後，她抽出一張名片，上面印著猶如太極圖的一魚一鳥標誌，寫著「鯤鵬科技農產企業」，還有一個叫做「无為謂」的人的名字。那人的職銜是「產品保養經理」。

海清以手指夾著那張名片，在空中揚了揚，得意地說：

這也算是不錯的收穫吧！

5

芽籠女孩的工作居留證證實是假的，紀錄上沒有這個人。名片上的无為謂果然是個重要線索。光宇告訴我，他就是和海豚小組秘密聯絡的、鯤鵬企業裡的線人。看來這個人因為和「難民」有緊密接觸，知道很多不堪的內情，所以想辦法向外界求助。不過，光宇說无為謂不會冒被識破的風險出來見面。對方通過光宇確認，林恩祖的確被回收至原廠存放，狀態良好。權衡過各方利弊之後，對方認為林恩祖是揭露鯤鵬企業違規行為的最佳「物證」，贊成把它偷運出來。无為謂答應幫我偽造進入鯤鵬科技農場的許可證、TIT110e029754（林恩祖的生產編號）的取貨證明和同一編號產品的銷毀證明。取貨證明是我親身提取產品時須要出示的，銷毀證明則供內部之用，以註銷這件產品，防止有人追蹤。无為謂又提供了鯤鵬科技農場的詳細地圖，指出前往目的地的路線。生產和儲存物自身的是一個叫做「方舟」的地方，位於農場範圍內西北方靠海的位置。

另外，无為謂附上一份資料，上面有TIT110e029754過去兩年的銷售和租用紀錄，都是作「養女」用途的。第一次因為買家改購「養子」而退貨，第二次因遇到家暴離家出走被回收。原來恩祖並不是騙我的。她還殘留著這兩次經歷的記憶。另外，關於芽籠的Angel的查詢，得到的回答是：近日的確有一個從芽籠回收的物自身，但因為損毀過於嚴重，已經報銷。我不敢問「損毀嚴重」是甚麼意思。兩個個案都屬於非法銷售或租用，是鯤鵬企業秘密利潤的重要來源。至於所謂合法或官方銷售或租用，主要用於公共基建或基礎服務，政府並無向外公開，所以亦會造成醜聞。鯤鵬似乎藉此威脅政府，默許它進行違法牟利行為。

海豚小組取得无為謂提供的偽造證件之後，通過光宇轉交給我。證件資料會在使用後自動刪除。要進行這樣的大冒險，當然少不了大菲的份兒。他得知行動細節之後十分興奮，一副準備大顯身手的樣子。我提醒他別向任何人洩露風聲，連對老婆也要守口如瓶。他叫我放心，隱瞞老婆是他的拿手好戲。因為進行的是小規模的非法提取，開小貨車進去沒有問題，反而是慣常的伎倆。我們只要作普通貨運工人的打扮即可。大菲的外表甚有說服力，我則穿上舊T恤和工作褲。我們都戴了帽子加強掩飾。

這次我預早把行動細節告訴海清。她對我貿然做這種冒險事情依然感到生氣，但也認同這是個絕佳的機會。我沒有詳細向她交代恩祖的事情，只說她曾經以學生的身分在南大活動，之前亦有兩次非法銷售和出租的紀錄。另外，我又向巴巴拉求助，徵求她同意收留恩祖。我當然不是把恩祖交給她做實驗，但這畢竟是我們一直期待而未獲批准使用的物自身實體。巴巴拉立即同意我的請求。當我和海清約定，救出恩祖之後在我同事包華教授位於中咨魯的住處見面，海清顯得有點驚訝。原來她和巴巴拉早已互相認識。世界真是細小。

我們選了星期四晚上出動。坐在大菲的破貨車上，有慷慨激昂、浩浩蕩蕩的感覺。大菲的個性中有某種野性的因子，導致他年輕時不願意循規蹈矩，走上當歌星這條沒保證的道路，加上好賭又好色，結果一敗塗地，被克勤克儉、腳踏實地的老婆收服，認命地在大學飯堂賣經濟飯。偵察難民這件事，重新喚起他愛冒險的天性。我卻完全不同。我從來也是一個膽小怕事的人，迴避重大的抉擇和隨之而來的責任。我未曾主動嘗試改變甚麼，只是等待改變降臨在自己身上，美其名為勇於面對，實則是逆來順受。我研究如何趨吉避凶，得到的答案卻是保持均衡，避免極端。作為虛無主義者，我對極端主義和狂熱主義沒有好感。拿著偽造證件喬裝進入禁地救走人質這種事情，我多十條命也不覺得自己會做得出來。但是，此刻我正這樣做。

來到科技農場入口檢查站，我們出示了證件。守衛用電子儀器確認，便開閘讓我們進去。我雖然事前已吃了鎮定劑，但心臟還是像要爆炸一樣。我也擔心守衛察覺到我的手在發抖。賭徒性格的大菲卻臨危不亂，一副輕鬆自若的樣子。要不是有他在，我一個人早就露餡了。他仔細研究過地圖，完全像個熟路的司機，自信地繞過每一個彎角。晚上進入農場，感覺和白天不一樣。那些半圓形的建築，沒有像 Jewel Changi 或者 Gardens by the Bay 一樣發出五顏六色的光彩，只有極微的點點紅燈，散布在不同樓層的固定位置。路上不見指向「方舟」的路牌，顯然是一個隱秘的場所。

農場的面積比想像中大，車開了十五分鐘還未到達目的地。我還以為大菲走錯了路，赫然看見前面有一座同樣是半圓形的，但體積比其他半圓形至少大兩倍的建築。在建築的外圍有另一個檢查站。我們照樣順利通過，慢慢地駛近「方舟」大樓。「方舟」的確是位於海邊，遠遠望去彷彿浮在海上的一個巨型救生圈。路口的指示牌上列出「生產部」、「測試部」、「實驗室」、「保養部」、「行政部」等不同部門的入口。我們按指示駛向「回收部」。

「回收部」的入口頗不起眼，一不小心便會錯過。在人員入口旁邊，有一個類似貨車入口的電閘，大概是大量運送甚麼物品才會啟用。我們的小車只能停在空地上。大菲坐在車上等候，我自己一個人進去。我深呼吸了一口氣才敢下車。依照約定，无為謂會在裡面當值，但他不會刻意出來接我。我們要假裝互不認識。事實上我也沒有見過他，不知道他的模樣。我在門口出示了證件，道明來意是運送一件貨品，並在手機上開啟電子運貨單。馬來守衛用懷疑的眼神上下打量我。我告訴自己不要害怕，守衛都是這個樣子的。這是他們唬人的方式，並不表示他真的懷疑你。對方刻意拖慢動作，但結果還是放行了。我看見他掃瞄我的證件的時候，螢幕上出現一個TIT字頭的編號。

進入「回收部」大堂，裡面又分為不同的部門。我一時不懂應該怎麼走。這時候一個穿著白袍、手裡拿著平板電腦的男人經過，向我望了一眼，停下來問我是不是來取貨。我直覺認為這人就是无為謂，但他身上沒有名牌，我也不宜胡亂相認。我只是向他出示取貨單。男人瞇著眼睛看了看，以手勢示意我跟他進去。

我們穿過一條極長的通道，中間要再通過一個關卡，看來是要進入更保密的重地。入口有一台好像酒店旋轉門似的物體，相信是全身掃瞄機。男人走進去，站定，舉高雙手。一道光線圍繞著他的身體轉了一圈。前面的自動門打開。正當我想踏進機器裡，男人在那邊以極不著跡的手勢止住了我。只見他不知在平板電腦上按了甚麼鍵，機器連同走廊的光線突然全黑。我聽見他低聲說：過來。我連忙摸黑穿了過去。燈光瞬間又回復正常。我相信他是利用某些手段瞞騙監察儀器，但詳情我不得而知。

通道的盡頭是升降機大堂。等升降機的時候，我偷偷瞥看男人的樣貌，發現他平凡得難以形容，甚至難以辨認。是那種下次碰見他一定認不出來的類型。也即是沒有類型的類型。我想起總工程師陳人，身上也有這種沒有特質的特質。我已經記不起陳人的樣子，說不定他可能和眼前的男人生得一模一樣，甚至是同一個人，但就算如此我也沒法看出來。想到這裡便覺得恐怖。

不知是否因為是夜間，大樓內不見其他人。進入升降機後也只有我和男人兩個。升降機機身和機槽也用了透明設計，上升的時候可以看見不同樓層的各個單位，頗為壯觀。我發現我們位於整座建築的中央區，也即是圓周的中心點。男人沒有望向我，以幾乎看不見嘴巴活動的方式，低聲向我指出不同部門的所在。在「生產部」那邊，可以看見縱橫排列著數以百計救生圈似的圓形，圓形中央的洞裡看似盛有液體，在液體中浮著人形的物體。另一邊的「測試部」由大大小小的活動空間組成，裡面有男有女，膚色不同，全皆赤裸，有的在走路、跑跳或練習動作，有的坐在桌子前不知在學習甚麼，有的頭部戴著儀器，有的則躺臥在密集的倉房裡。一些穿著白色制服的人員在協助它們進行訓練。我望向身旁的男人，但他只是看著手裡的平板電腦，好像從來沒有說過話一樣。

升降機去到十樓，男人先行步出，我跟隨在後。在迷宮似的通道間繞了一會，我們乘坐另一台升降機往下。我突然想到，也許男人是刻意帶我乘坐中央升降機，讓我綜覽整個「方舟」的內部運作情形。然後，我們再次來到一台掃瞄器，通過的方式跟剛才一樣。我發現我們回到最初經過的通道，再次進入「回收部」的範圍。牆上指示前面有「銷毀室」、「維修區」和「臨時收留所」等部門。

男人帶我經過「銷毀室」的時候，刻意放慢腳步，讓我透過監察窗口目睹裡面的情形。雖然知道那些是生化人，但情況依然可以用慘不忍睹來形容。室內布滿了破碎的頭顱、斷肢和殘體，血水流滿了一地。一些工人（也許本身也是生化人）負責破開腦袋，拆除裡面的中央處理器，集合在一旁，不知是回收再用，還是另行銷毀。另一些工人把廢棄品（即是屍體）拋到輸送帶上，運往不知哪裡銷毀。那簡直是地獄一樣的景象。我無法駐足觀看，也不想這樣做。

拐了個彎，我們經過「維修區」。區內有大小維修室若干，都設有通透的監察窗口，裡面擠滿損壞的產品，有的肢體折斷，更多的腦袋被打開，接駁上不同的儀器。感覺就像是一間醫院，進行著各種治療和手術，也有提供休養和復原的床位。雖然境況淒涼，但至少沒有剛才所見那麼恐怖。我忽然想起芽籠的Angel。她所受到的傷害，肯定超過可以維修的程度，才會落得被銷毀的下場。我不禁偷偷拭了一下眼淚。

最後，我們終於到達「臨時收留所」。顧名思義，這個地方應該是存放回收之後狀況良好，或者已經維修妥當的物自身，等待重新編派任務、出售或者出租。收留所內部猶如宿舍，約十人共住一房，房內有雙格床和簡單的家具。共用空間有沙發和電視機，也有少量好像電子遊戲、乒乓球、國際象棋、紙板遊戲等康樂用品。居然還有一個書架，放著好些書本和雜誌。電視上正播放著韓劇，不論膚色的宿友都圍著觀看。這是我第一次近距離接近數量這麼大的物自身。他們穿清一色的綠色袍子，男女比例約為六比四，膚色比例約為深六、中三、淺一。年齡幾乎都是介於二十至三十之間，只有極少幼童和少年。中老年完全沒有。

相信是无為謂的男子帶我走到其中一間臥室，裡面的雙格床上上下下或坐或臥總共有六個女孩。聽見有人進內，女孩們都轉過頭來。她們的樣子和身形全都一模一樣，只有髮型或髮色稍有分別，其中一個是恩祖。我呆在那裡，掩不住震驚之色。男人走到一個坐在床邊看書的女孩前面，用掃瞄器在她的電子手帶上感應了一下，再核對提貨單資料，說：TIT110e029754，請收拾你的隨身物品，跟這位先生出去。

男人帶著我到房間外面等。過了五分鐘，女孩走出來，換上了一條白色裙子，肩上掛著小背包。就算有六個一模一樣的女孩，我也分辨到她是恩祖。但我不能暴露我認識她，因為我只是個運送員。我刻意走在她前面，不讓她看見我的臉。我擔心她會認得我，開口和我說話，但我更擔心她不認得我，已經把我忘記。產品回收很可能會進行記憶清洗。那是非常痛苦的一段路。

走到「回收部」入口大堂，男人除去了恩祖的手帶。他第一次望向我，直接看進我的眼睛。但他依然沒有表情，沒有說話，也沒有流露任何個性。我敢肯定，他是世界上最強的守密者，但也同時是最強的洩密者。他頭也不回地走開，垂下的右手好像做了個豎拇指的手勢。

我輕輕拉著恩祖的手臂，走出大門。馬來守衛再次向我投以懷疑的眼神。從門口到小貨車的距離只有五、六米。我的腿一直在抖，幾次差點絆倒，恩祖的步伐卻很踏實，好像是她支持著我似的。司機座上的大菲有點大意地露出勝利的笑容。我不斷向他單眼示意他收斂。我們終於上車，但事情並未完結。

車子開動了。恩祖坐在我和大菲中間，一句話也沒有說，神情極為安靜，安靜得有點教人害怕。我擔心她的腦袋真的已經變成一片空白。但我忍住不去求證，因為我們還未脫離危險。應該說，最危險的時候才剛開始。

我們順利離開科技農場，在開闊的公路上前進。大菲開始放膽地說話，為行動的成功興奮不已。我依然放心不下，不敢過早感到高興。果然，在離開郊區，進入市區不久，大菲發現了跟蹤者。是上次那輛銀色私家車，車上同樣是那兩個男人。看來對方不想在農場裡出事，打算在外面把我們私了。我打電話給光宇，叫他立即通知線人无為謂，說我們的計畫被識破，叫他及早想辦法保護自己。不過，也許他已經做好了各種紀錄的篡改和刪除。

後面的嘍囉顯然不是那麼容易應付的。大菲對上次沒有徹底甩掉他們，給他們抓住芽籠女孩，感到深深不忿，開始進入瘋狂駕駛狀態。我大聲叫住他，說如果炒了車或者吸引警察注意，情況也好不到哪裡。說時遲，那時快，搖擺不定的小貨車便在一個彎角衝上了行人路，剛來得及在撞上一堵石牆之前煞車。驚魂未定，追蹤者已經堵住了我們的後路。兩個男人下車，衝上來一人一邊地夾擊。有人拿甚麼硬物打碎了大菲那邊的玻璃窗，伸手進來想拉開車門。我這一邊的玻璃窗也隨即被打碎。我和大菲一邊掙扎一邊大叫，恩祖卻依然一聲不響地坐在中間，好像一個沒有生命的玩偶一樣。

在混亂之中，襲擊我的男人突然腦袋向後一仰，臉面朝天地倒了下去。不到半秒，大菲那邊的男人也同樣失去知覺似的倒在地上。四周瞬間靜了下來，只有我和大菲的喘氣聲。他望向我，臉上掛著不明所以的神情。他從破車窗望了望外面，說：

使唔使落車睇下？

有咩好睇？

佢地做咩？暈咗呀？唔係死咗啩？

理得佢！快啲開車！

後面俾佢地部車頂住。我去開走佢先啦！

大菲像個慣犯似的，快速地戴上勞工手套，開門下車，用腳踢了地上的人一下，確認他沒有反應。我也下了車，蹲下去檢查躺在這邊的人。他已經沒有呼吸，但也沒有表面傷痕，只是突然變成了一件死物。

我站起來，走到一旁，挨著石牆，按著砰砰亂跳的心臟。我的手心，拿著黑給我的那顆魔術子彈。我一直把它藏在褲袋裡。剛才在車廂裡千鈞一髮之際，我緊握著它，以念頭先後對準兩個男人。對於我做了或者沒有做的事情，我感到不可思議。

老師！

我回過頭去，看見恩祖站在貨車門旁，她的臉上流了兩行淚。我走回去，緊緊地擁抱著她瘦小的身軀。她把臉埋在我的肩上，說：

老師！我知道你一定會來救我的！求求你，不要再丟下我不理！

傻妹！我不會再讓你受苦的了。相信我！

大菲已經把後面的車子駛開，回到自己的貨車上。他一邊用抹布掃走座位上的玻璃碎片，一邊向我默默地做了個okay手勢。

6

我們終於有驚無險地到達中峇魯巴巴拉的住處。一打開門，海清望見我的樣子，大吃一驚，說：你怎麼了？弄成這樣子！這時我才察覺到，自己的雙手和臉上都是玻璃碎片造成的傷痕。大菲的情況也差不多。

巴巴拉見到恩祖，立即把她帶到一旁，讓她坐在沙發上，然後給我們拿來消毒藥水、棉花和膠布。我坐在餐桌前，除下眼鏡，讓海清給我治理傷口。大菲則男子氣概地說只是小意思，自己弄就可以。巴巴拉於是又回到沙發那邊，不知是想安慰恩祖，還是對她做出檢查。海清一邊幫我貼膠布，一邊抱怨我魯莽行事。大菲在旁邊做著取笑我的鬼臉。我問她覺得這個地方夠不夠安全，她說父親那邊已經派了兩個人在附近監視，隨時介入支援。我這才鬆一口氣。我沒有把「殺死」兩個周金茂的手下的事情告訴她。

完成了簡單的治療，海清表示想跟恩祖聊聊。不是正式的問話，只是想初步了解她的情況。巴巴拉早已把客房收拾好給恩祖留宿，海清便在房間裡和恩祖單獨會面。恩祖露出緊張的神情，我安慰她說：

放心，這位是柳律師，她是來幫你的。你有甚麼儘管告訴她。

客房門一關上，大菲便打電話給老婆，說在路上遇到意外，受了些皮外傷。老婆不知在那邊說了些甚麼，大概是又罵又擔心的話。大菲嘰呢呱啦地說了一大堆安撫老婆的大話，答應她立即開車回去，便掛了線。我對大菲的幫忙感激不盡，送他到門口。他臨走前說：

下次有呢啲刺激嘢，記住預埋我。他不懷好意地往屋內瞥了一眼，又說：一屋三妻，好自為之！

說罷，他拍了拍我的胸口，笑吟吟地下樓去。

一言驚醒夢中人，現在屋內的風險，比之前的行動有過之而無不及。對於海清跟巴巴拉認識，早已令我有點神不守舍。現在又來了個恩祖，情況更形複雜。

我滿臉愁容地回到餐桌前。巴巴拉問我要不要喝點甚麼，我只是想喝水。她給我開了瓶礦泉水，自己斟了杯威士忌。我把今晚的事情向她講述了一遍，特別是在「方舟」內見到的情形。我說了老半天，發現巴巴拉並沒有露出驚訝的反應。我停下來，問她：

你是不是老早就知道？

巴巴拉垂下頭，手指把玩著威士忌小杯子，說：

對不起！我早就去過「方舟」，也知道物自身的生產情形。

那你為甚麼一直隱瞞我？又騙我說拿不到實體試驗的權限甚麼的？

我忍不住激動起來。我發現我在南大這麼久所做的一切，都是在被人利用。

胡！你冷靜點，聽我解釋。是江院長指示我們，不要讓你接觸物自身的。他希望你幫我們解決理論問題，但實際的操作盡量不要向你洩露。

你這樣跟金政泰、江志旭，甚至周金茂有甚麼分別？

對不起，我知道這樣很卑鄙。

你打算在柳信祐提出的康德機器2.0的事情上，也這樣利用我吧？

巴巴拉把身子挨向我，拉著我的手，說：

胡，有一件事情，我不知道應不應該跟你說。

我近距離盯著她的臉，發現她忽然變得憔悴和蒼老，但也許憔悴和蒼老的其實是我自己。她的話正到唇邊，客房門被用力拉開。巴巴拉和我互相對望，拉拉扯扯的樣子，給海清碰個正著。雖然我立即彈開，但看來已經太遲。海清本來已經壓抑著怒意，現在火上加油，隨時要爆發出來。她大步踏向餐桌，但沒有坐下來，只是雙手撐著桌面，躬身向前，說：

胡德浩！想不到你這麼懂得裝傻扮懵。

巴巴拉站起來，低聲說：

不好意思，我到房間裡看看，你們好好談。

海清，你先坐下來。是恩祖她說了甚麼吧？你聽我慢慢解釋。

生氣的海清紅著臉，倔強地站著。我幫她拉開椅子，扶著她的臂請她坐下。她把我的手甩開，自己坐下來，凌厲地盯著我不放。我心想，她上法庭打官司的話，一定讓對家聞風膽喪。事實上我的膽已經喪了大半，但我得硬著頭皮撐下去。

林恩祖甚麼都告訴我了。

甚麼叫做甚麼？

你還耍賴？

我耍甚麼賴？

你和那個女孩的關係！

海清，你聽聽我從專業的角度解釋。

我望了望客房那邊，放低聲音說：

林恩祖是物自身，即是生化人。她有人類的身體，但腦袋裡有一個機器，類似一般電腦的中央處理器。那個處理器使用的系統叫做「靈台」，而系統產生的意識叫做「真君」。

我停下來，讓海清消化這些古怪的新名詞。

好了，周金茂曾經請我加入他的研究團隊，因為他們的靈台系統運作不穩定，會出現自我意識不連貫或自相矛盾的情形。在我的第一手經驗中，的確發現林恩祖的記憶出現混亂，有時甚至會出現想像和幻覺。所以，她告訴你的事情，不能盡信。

我自信解釋得十分清晰，應該可以釋除海清心裡的疑團。但是，原來女人的心理結構不是那麼簡單的。她的眼神由控訴轉為質疑，但明顯沒有被我說服。

但她的確住在你的宿舍，長達一個月以上。對嗎？

是的。

我和你見面的時間，全部加在一起也不夠五天！

兩個情況不是用日數可以比較的。

你第三天就想跟我上床。你和她孤男寡女日夜相對超過三十日，說沒有發生那回事，你還是男人嗎？

男人也有很多種——

你是哪種男人？對著我就性急，對著她就性冷感？怎麼可能？那麼漂亮可愛的女孩！

海清，你要對自己有信心。

我不是對自己沒信心，我是對你沒信心。

你要知道，女人也有很多種。有的令人想——有的令人不想——

那你對她為甚麼不想？

因為她——怎麼說呢？真說不出口——

因為她不是人類？

我搖了搖頭，嘆了口氣，說：

如果你不是人類，我也一樣會愛你。但恩祖，我對她沒有那種想法，不是因為她不是人類，而是因為，她像我女兒。

海清靜了下來，好像被甚麼震撼到。她的眼神已經完全軟化了，眼眶中甚至滲出了淚水。她罵了我一句：混蛋！在我胸口上捶了一下，我便趨前把她抱住，想朝她唇吻下去。

這時候，巴巴拉陪著恩祖從房間走出來，把我和海清的親熱碰個正著。我們立即分開，海清別過臉去拭眼淚。恩祖把一切看在眼裡，立即換上了一副哭相。巴巴拉聳了聳肩，好像愛莫能助似的站在一旁。

柳律師！你和老師為甚麼——

見海清有點不好意思回話，我便站起來，走向恩祖，說：

恩祖，其實柳律師是我的未婚妻。

女孩臉上一副無法理解的表情，說：律師怎麼突然會變成未婚妻？

不是突然變成，是本來就是。

本來到幾時？在我和你認識之前嗎？在我和你住在一起之前嗎？

這個……也沒有這麼久。我有點支吾地說。

那即是她是第三者，是小三啦！

我有點後悔之前常常讓她看韓劇。這些用語和爭風呷醋的事情，應該是從韓劇學回來的。我既不想傷害恩祖的感受，又不想令海清尷尬，正一籌莫展，巴巴拉突然介入，用英語說：

不如這樣吧，海清你先回去，這裡交給我和胡。這個女孩的情緒狀態的確有點不穩，我是這方面的專家，請你聽從我的專業意見。我會想辦法把她「治好」的。

巴巴拉特別強調「治好」這個一語相關的詞。海清被她說服了，相信這是個系統運作問題。但她似乎對我和巴巴拉的關係依然有所懷疑。叫她先行退出，即是把我留在兩個潛在競爭對手的手裡。可是，目下暫時沒有她可做的事，我也不能丟下恩祖不理，這似乎是唯一合適的安排。海清滿不情願地拿起公事包。我送她到門口，看著她帶著困擾的神情下樓去。

回到屋內，恩祖可能覺得已經成功擊退敵人，情緒平靜下來。我覺得暫時不宜再刺激她，便留待日後再向她慢慢解釋。巴巴拉帶她回到客房去，讓她早點睡下。

經過整晚的大冒險和大龍鳳，我已經筋疲力盡，伏在餐桌上爬不起來。也不知自己有沒有睡著，只知再次抬起頭來的時候，發現巴巴拉坐在旁邊，靜靜地喝著威士忌。大廳的燈光已經調暗，只剩下餐桌上的吊燈還亮著。巴巴拉的樣子似是在沉思。我想起她之前還未說完的那句話，便問道：

你剛才要告訴我甚麼？

甚麼？我有甚麼要告訴你？

在海清和恩祖從房間出來之前。

噢！她好像忽然記起來，呷了口酒，含笑說：

沒甚麼，一點也不重要的，忘了它吧。

我知道她在說謊。這個女人已經說過很多次謊，她沒法再瞞到我。我堅持說：

巴巴拉，別再騙我了。你再騙我的話，我以後也不會原諒你！

我的語氣說得很重，令她有點吃驚。她含糊地說：

有些事情，不知道比較好。

好不好是我自己的事。我要知道我有權知道的事情。

巴巴拉無奈地站起來，問我是不是真的不喝酒。我改變主意，說要一點點威士忌。我明知自己受不了威士忌，但說不定烈酒對現在的我有幫助。

她斟了兩小杯，回到餐桌上，把較少的一杯遞給我。所謂較少，也有一節尾指的高度。我試了一小口，喉頭如火滾燙。她以平靜的語氣說：

你知道海清出意外的事嗎？

聽說過。一年多前，在路上滑倒，昏迷了一陣子。

那是她知道的版本。

我心裡一驚，握杯的手開始抖起來。

知道周金茂的兒子嗎？

我點了點頭，說：

叫周天倪的，一年多前犯了事，潛逃海外。他和海清的意外有甚麼關係？

知道這個周天倪是怎樣的人嗎？

二世祖，不學無術，花天酒地。還有……

他曾經追求，不，應該說是纏繞海清。

我的心臟開始有點負荷不來了。我呷了一口威士忌，這次完全感覺不到辛辣。巴巴拉用手轉動著桌上的杯子，說：

事情不知能不能用意外來形容。周天倪有一天約了海清，坐他的私人遊艇出海。海清雖然不太喜歡他，但大家從小一起玩，父輩又是老朋友，便答應了他。她大概以為還有其他人吧。結果只是周天倪和海清兩個。出到大海之後發生的事，沒有人知道真相。只知道海清掉到海裡，被救起的時候已經溺斃。周天倪身上驗出曾服食違禁藥物，海清的體內也驗出來。很可能是事先放在飲品內的。據周天倪的說法，是海清自己不小心掉到海裡去的。至於這個人如何脫身，流亡外地，就不必多說了。

你說……海清溺斃了？

對——她死了。

我示意她停下來，按著左胸口，伏在桌上，慢慢地等待繃緊感平服。半晌，她問：胡，你沒事嗎？我不應該把這件事說出來——

我撐著桌面，抬起頭來，說：

不！請說下去。我沒事！

巴巴拉遲疑了一下，繼續說：你聽過夢蝶會嗎？

聽過。就在莊子學院頂樓那個。

許多本地菁英的新一代，都是夢蝶會的會員。這個會的主要作用，就是為會員下載意識的複本，儲存起來，並且定期更新。作為柳部長的女兒，海清也有複本儲存在那裡。這些複本最初的用途，主要是作意識研究和監察。當然也有將來下載到新載體的準備，因為物自身的生產技術已經相當成熟，要複製會員的身體並非難事。但是，當時靈台系統的發展還是屬於初階，運作上存在不穩定性，也未試過寫入真人的意識，所以通過靈魂下載進行「異體再生」依然只是個構想。如果這個構想成功的話，所有菁英新一代便可以無限復活，實行永久的管治。事實上，在科技管治領袖當中，大家對這個以「異體再生」打造新菁英階層的想法意見分歧。江院長是屬於懷疑派，認為這樣做費時失事，並非當務之急。他傾向打造全能的管治機器，以實現對國家的全方位控制。至於「異體再生」的大力鼓吹者，你已經知道，就是柳信祐。

海清意外身亡之後，柳信祐做了個決定。無論是基於父親的愛，還是基於創造「理想公民」的夢想，他要求把海清儲存在夢蝶會的意識複本進行「異體再生」。他早已把海清的基因和身體數據存放於「方舟」，準備隨時訂製個人用途的物自身替身。想不到現在提早派上用場。不過，他不信任靈台系統，採用了委託我開發的康德機器。他的要求獲得批准，於是海清便成為了「異體再生」的第一個實驗品，以生化人的形體「復活」了。不過，她的最新意識複本，是發生事故之前一個星期下載的。加上製造物自身的過程需時，所以到了身體和意識整合起來，即是她「復活」或者甦醒，之間有一個月的空隙。這個空隙內的事情，她等於沒有經歷過。她的記憶從最後下載當天重新開始。她不知道自己曾經和周天倪出海，也不知道自己曾經死亡。這對她來說，未嘗不是一件好事。

重述這件事，對巴巴拉來說彷彿也是一個沉重的負擔。她再喝了口威士忌，好像需要時間恢復過來。在沉默中不知過了多久，我問：

那麼，你的角色呢？你應該是因為這件事，而認識海清的吧？

沒錯。靈台系統的缺憾，不少人都有所聽聞。至少，位於菁英圈核心的人都知道。柳信祐一直都很關心意識工程這個範疇，他也知道我在做的研究。他是個業餘康德學者，對我提出的康德機器構想很感興趣。我們可以說是一拍即合。他相信康德機器的效能和穩定性都比靈台高，決定採用康德機器作為海清復活版的中央處理系統。所以，海清是第一台真正運作的康德機器。事實證明，我的系統絕對比靈台優勝，但是，當中也不是沒有問題。畢竟那是第一代的、最雛形的康德機器。所以，我一邊改良我的系統，一邊幫海清定期更新。海清當然不知道箇中細節。對她來說，我是一個每隔一段時間便要見面的心理醫生。我一直幫助她進行意外創傷復元的療程。而你加入之後，對康德機器進行的改善和提升，也都用在海清身上。

那麼，康德機器2.0，也會在她身上實驗？

當然。柳部長的理想，將會首先在他的女兒身上實現。

他不會覺得這是因禍得福吧？

巴巴拉聽出我話中的諷刺，似乎覺得諷刺對象包含她在內，但她沒有反駁。

那麼，海清其實不是海清，對吧？

是，也不是。

海清也不是人類吧？

是，也不是。正確地說，她是後人類。

媽的！

我扶著桌子，努力站起來，向巴巴拉舉杯，說：

我應該多謝你吧。多謝你把真相告訴我——也多謝你，把海清起死回生——乾杯！

乾杯！

我們隔空碰杯，把威士忌一飲而盡。巴巴拉放下杯子，把臉埋在雙手裡。我拖著腳步走向沙發，整個人撲倒下去，腦袋裡只有一個念頭——就算你不是人類，我也一樣會愛你。

7

大清早離開巴巴拉的家，叫了德士回南大。司機是華人，一路上不停跟我聊天，完全無視我睡眼惺忪的樣子。見我身上的打扮，他起先以為我是去南大上班的工人，但工人應該不會花錢坐德士上班。再見我臉和手都貼滿膠布，又問我是不是應該去醫院而不是去大學。我說我是教授，他嚇了一跳，大呼失敬。知道我來自香港，他立即改說廣東話。他說他是福建人，但廣東話、潮州話、客家話都懂說。不過像他這樣通曉方言的，他是最後一代了。年輕一代不要說方言，連華語都不懂說，只說英語。

我努力做出疲累的樣子，但他毫不察覺，跟著又談起了香港的狀況。這完全在我的意料之中。他慨嘆香港這麼好的地方，搞到現在這樣子，真令人痛心。然後就開始誇讚新加坡的好處，社會穩定、先進文明、豐衣足食、無憂無慮，甚麼都有政府照顧。他極力主張我考慮移民新加坡，說國家很歡迎外國專才。我只一一用點頭回應。

然後，他又扯到天氣，說新加坡唯一的憂慮是地方太小，萬一發生甚麼天災人禍，根本無處可逃。最近天氣反常，全球暖化、南北極融冰、海水上漲、亞馬遜森林大火，連位於赤道的新加坡，都將要迎來歷史上第一次的颱風吹襲，也不知建築物能不能抵受。我乍然一醒，問他可真有颱風來臨。他指了指天空，叫我自己看看。的確，天上烏雲密布，兆頭非常不好。

下了車，我已經給健談的司機弄得有七八分醒了。爬樓梯到三樓，打開宿舍大門，赫然看見一堆人影在裡面。定睛一看，周金茂一個人坐在沙發的一邊，金政泰和陳人坐在另一邊。在周金茂身後站著兩個穿黑色西裝戴墨鏡的壯漢。我褲袋中雖然有魔術子彈，但現在的情況不管用，只有見步行步。

胡教授！我們在恭候大駕啊！

周金茂張開手說，但並沒有站起來的意思。我知道他不打算跟我握手。這時我看見狐狸側著身子，一動不動地躺在地上。我質問周說：

這是甚麼意思？你把我的動物——

我們進來的時候，這東西不自量力地撲上來，被我的手下踢了幾腳。那不過是機械玩具吧！不必太在意。

他那若無其事的語氣，令我惱火，但我不宜立即發作。周指示站後面的下屬給我搬了張椅子，放在他對面。我和他隔著茶几坐了下來。他今天穿了一身銀白色縷花襯衫，不再扮演嬉鬧惹笑的胖老頭，流露出黑幫頭子的氣味。我望了望那兩個保鑣，忍不住說：

這些傢伙不怕熱的嗎？這種打扮不太適合南洋吧？

胡教授你少擔心，他們經過調整，對極端溫度的適應性很高。我看你還是顧慮一下自己吧！看你弄成這個樣子！

我摸了摸自己臉上的傷，說：

都拜你的手下所賜。

周胖子把身子前傾，雙手按在膝上，說：你們昨晚幹掉我的兩個手下，我就不跟你計較了。今天來是跟你談正事的。

他向身後的男人做了拿來的手勢，左邊那個立即上前，向我遞上手機。我拿著手機，看見螢幕上有一條短片。我按了播放鍵，看見大菲和他老婆從一輛電單車下來，走向一號飯堂。大菲的臉上貼著膠布，應該是今早拍的。對於用來威脅我，已經足夠了。我交回手機，說：

不要為難他，他甚麼都不知道的，他是我朋友，我只是請他幫我開車。

那就要看你的表現了。我們暫時不會動他，不過，你知道我們隨時可以。

周又重新放鬆身體，挨到沙發上去，把右腿翹到左腿上，向我露出了鞋底，說：

我要向你追究的本來有三件事：第一、交回你拿走的那個物自身；第二、供出我們公司裡的內鬼。那個物自身本來沒有甚麼價值，隨時銷毀都可以，但是它流了出來，被拿來當證據指控我們，那可卻不得了。不過，現在它在包華教授那裡，又被柳信祐派人保護，那已經不是你可以控制的事情。我也不想正面跟老柳發生衝突，所以我會另外和他交涉。至於那個內鬼，他已經給我們處置了。不必你勞心，算你走運。

說到這裡，他舔了舔嘴唇，像是分了神似的，問：

你這裡有沒有甚麼喝的？

我差點接不上話題的突變，說：

廚房有鮮奶、豆漿。

沒有啤酒或者汽水？

對不起，沒有。我聳了聳肩。

他不滿地嘖了一聲，重新坐好，一時找不回先前的話頭。我提示他說：

第三點。

對，第三。你曾經答應和我們合作，改良靈台系統的穩定性，但是你不但沒有履行承諾，還吃裡扒外，幫柳信祐搞甚麼康德機器。你這算是甚麼意思？

這次我不等他示意，搶白說：

我沒有吃裡扒外。你存進我戶口那筆錢，我一點也沒有動過，正打算原封不動地還給你。我向金政泰提供過的意見，我就當作是義務諮詢算了。這件事沒有進展，你應該問問金教授。是他一直在刻意阻撓我投入研究，想把研究成果據為己有。他自己沒有本事，只懂偷人家的東西。你那個靈台一直搞不好，都是他的問題。他在背後怎樣向你講我的壞話，我就不知道了。

矛頭突然直指金政泰，令他變得緊張，他正想反駁我的指控，卻給周金茂止住了。周說：

技術上的事我不懂。你們拿這個互相指責，對我來說沒有意義。現在改良靈台的事情，已經不是當務之急。最迫切的，是停止所謂「難民問題」的發酵，以及對鯤鵬企業發起的偵查。在這兩件事上，我需要胡教授的幫忙。胡教授也不用考慮甚麼了。除了你朋友的安全在我們手上，我們另外又掌握了一項特別的情報。

甚麼特別情報？

周金茂的胖臉上慢慢地擠出一個笑容，好像想到了非常有趣的事情似的。

你的靈魂。

此時陳人居然大膽插話糾正說：

應該是腦神經元圖譜。

周金茂不快地瞪了陳人一眼，臉容隨即又放鬆，笑著說：

哈哈哈！這些技科名詞真是煩人！詳細內容就交給陳人總工程師說說。

陳人獲得授意，正襟危坐起來，以導賞員似的語氣講解說：

胡教授，我們已經取得你的腦神經元掃瞄圖譜。結果顯示你的腦神經元結構中，有一種特殊的因子，我們暫時稱為「暴亂腦因」。在講解「暴亂腦因」之前，我先說說甚麼是「腦因」。大家都知道甚麼是「基因」，gene。那是生物學上的遺傳因子。後來，又有科學家提出了「迷因」，meme，指稱在人與人之間傳播的思想或行為模式。「腦因」，nene，是新創的名詞，指的是某些特定思想或行為模式在腦神經元連結中呈現的狀態。具有相近思想或行為模式的人，腦神經元連結也會出現相似的結構。這些結構的基本單位，就是腦因。腦因的形成，相信是出於複合的原因。一是基因中的先天傾向，例如有些人天性是比較外向的，有些則是比較內向的。二是後天經驗和教育所造成的影響，而慢慢形成的，也即是迷因的使然。暫時來說，我們無法區分在個別案列中，特定的腦因究竟有多少是由基因造成，又有多少是由迷因造成，但腦因的存在，可以說是證據確鑿的了。而腦因一旦形成，雖然不是沒法改變，但要改變也有一定難度。簡單地說，就是如果要一個賭徒脫除「賭博腦因」，是需要極大的決心和環境條件的轉變的。反過來說，腦因會藉著迷因的形式傳播給他人，也有機會通過基因遺傳而傳播給後代。

陳人稍微停頓，觀察我的反應。他的說法雖然新鮮，但我覺得並不出奇，便示意他繼續說下去。

回到胡教授的案例，我們在你的腦神經元圖譜中發現的腦因多種多樣，這個一點也不出奇。有些比較常見的腦因，好像焦慮腦因、懷疑腦因、逃避腦因等，我們可以置諸不理。但是，這個暴亂腦因，卻是個不能忽視的因子。最為特別的地方是，暴亂腦因跟你的腦神經元總體結構並不協調，因為整體的值是趨向平穩和平衡的，而暴亂腦因則是趨向起伏和失衡的。我們暫時無法斷定你的暴亂腦因的來源，但無可否認，它跟你是香港人這一點是有著深層關係。

雖然我們沒有數據在手，但可以合理推斷，香港人之中帶有暴亂腦因的人數應該會較多，而新加坡人則應該會較少。好了，問題來了。像你這樣的一個帶著暴亂腦因的香港人，來到新加坡這個和平安定的地方長期生活，並且深入接觸這裡的居民，結果可能有兩個：一、被本地的大量穩定腦因所感染，慢慢消解暴亂腦因的結構，或者至少把它「非活化」。二、把暴亂腦因散播到本地社群中去，侵蝕穩定腦因的統計學優勢。雖然前者極可能發生，但後者也是極需防範的事情。見諸你和你身邊的人最近的行為，我們有理由相信，事情正往後者的方向發展。

陳人非常清晰和完整地陳述完畢，回復到隱形人的狀態。我突然想起无為謂，覺得他化身為陳人也絕非沒有可能。周金茂說的已經把內鬼「處理掉」，我看未必是事實。回到剛才對我做出的一番迂迴曲折的指控，我說：

這套新理論很有意思。如果你們真的成功這樣做的話，將來就可以用腦因來判定誰有犯罪傾向和意圖了。它將會是一項很有用的技術。姑勿論我是不是真的帶有這種暴亂腦因，你們也不能單憑這些測試結果指控我甚麼吧？

一直憋著的金政泰好像想報仇似的，開腔說：

要令你為這個坐牢或者受刑當然不太可能，但是驅逐出境卻可以說是輕而易舉。作為一個把防微杜漸作為首要任務的國家，我們會毫不猶豫地把不受歡迎的人物趕走。

我察覺到金說的是「我們」，看來他是鐵了心要歸化的了。我反諷他說：

看來我不及金教授你受歡迎，是因為我缺少了你的「諂媚腦因」。

周金茂對我們互相嘲笑感到不耐，打斷我們說：

胡教授我勸你不要掉以輕心。江院長對腦因研究寄以厚望，會嚴肅對待當中的成果，向國家做出最有利的政策建議。如果你想放棄海清的話，你當然不怕我們把你遣返。

我第一次發現，胖人也可以發出銳利的目光。我被他擊中要害，一時間亂了陣腳。周金茂就像一座難以撼動的大山，而我則像壓在山下的一隻小猴子。他字字鏗鏘地說：

想得到海清，保護海清，唯一的方法就是說服她和她老爸放棄那徒勞的妄想——借難民議題動搖國家的政治經濟體制，趁機組黨參政，推動政改。只要他們肯收手，你就可以得到一切——美人、名譽、地位、金錢、權力。你會成為我們的菁英階級的一分子，大家和平友好地相處，共享繁榮和穩定。相反，你將會一無所有。

門鈴突然急速地連續響起，所有人都感到愕然，不約而同地望向話事人周金茂。周大鱷不愧一生行走江湖，遇到任何事態都處變不驚，用下巴示意下屬去開門。

進來的人是海清。她見到屋內的陣勢，忍不住皺了皺眉。周金茂立即變了臉，站起來走向海清，拉著她的臂，說：

海清！這麼早就來找德浩啊！你們兩個真是難捨難離！安哥周剛巧有點公事和德浩商量，不過都聊得七七八八了。你來得正好，我們就不礙著你們兩口子談心了。

安哥周，別急啊！好像我來是為了把你趕走的樣子。有甚麼事儘管繼續談啊，我可以坐在旁邊等。誤了你們的大事就不好了。

沒有，沒有，哪有甚麼大事？時間差不多了，我們也要先告辭了！

金政泰、陳人和兩個保鑣好像聽到撤兵號角似的，立即立正，列隊離開。我和海清送周金茂到門口，他臨離去前搭著我們的肩，說：

看到你們兩個金童玉女走在一起，安哥真的很高興。你們要和和氣氣，順順利利，不要讓安哥失望啊！

門一關上，海清便甩開了我，自己走到沙發坐下。我賴皮地說：

你不聽安哥周的話嗎？

你的安哥周剛才不是想殺了你嗎？她反問說。

我坐在她旁邊，說：

你是特意來救我的嗎？

他真的要殺你的話，我也救不了你。

你怎麼知道他在這裡？

是志旭通知我的。

志旭？他怎麼——

這時，我想起狐狸，連忙翻身到地上去撿起它。海清見我抱著一隻毛茸茸的東西，嚇了一跳，說：

是真的動物嗎？

不，是機械狐狸。志旭給我的。

我沒有告訴海清，志旭利用狐狸監視我的事。我檢查狐狸的狀況，看來已經壞掉了。它應該是被那些混蛋踢毀之前，向志旭發出訊號的。海清把狐狸從我手裡拿走，抱在懷裡，撫著它的毛，說：

它為甚麼不動？

給周金茂的手下弄壞了。

噢，可惡！它的樣子好可憐呢！

也許志旭可以把它修好。說起來我真的要謝謝志旭。

海清把狐狸小心翼翼地放在沙發上，說：

剛才他們跟你說甚麼？有威脅你嗎？

沒有，只是抱怨我沒有幫他們搞好靈台。我便說我退出不幹了。不過，對於恩祖落在我們手中，他們感到很不安。看來背後一定有黑暗的勾當。

海清突然站起來，在大廳內來回踱步，往房間裡四處察看，說：這就是你和女學生雙宿雙棲的地方啊。

不知為甚麼，這句話令我感到很心酸。我走近海清，拉著她的手，說：

海清，請你相信我。

對不起！我應該相信你的。只是心裡有點怪怪的不舒服。昨晚回家之後，整晚也睡不著，滿腦子是你和林恩祖的事。

我把海清轉向我，摟著她的腰，說：

海清，我們逃跑吧。

甚麼？她睜著雙眼，完全聽不懂我的意思。

逃跑！離開這裡，拋開一切，到另一個地方去，展開新生活！

但是，林恩祖呢？

巴巴拉會照顧她。

我爸爸呢？

他的黨不只你一個。

德浩，這可能嗎？

為甚麼不？我們去一個沒有任何事情干擾我們的，讓我們完全自由地相愛的地方！

幾時去？

立即就去。

立即？我甚麼都沒帶。

我們甚麼都不用帶，只要帶我們自己。

8

我們訂了當天晚上前往東京的飛機票。為免招人耳目，海清先回律師樓辦事，午後請半天病假，回家拿護照和收拾行李。之後是週末，就算不在國內也不會引起別人注意。我摟著不動的狐狸在床上睡了半天，起身後收拾簡單的行李。臨行前，我把狐狸留下來。它是機械品，我怕帶它上機有麻煩。我只帶走了刺蝟毛公仔。我決定臨上機前才通知巴巴拉，託她照顧恩祖，代我向恩祖解釋，我香港的家出了急事，要立即回去一趟。至於往下怎樣做，我還未有頭緒，也只有見步行步。

出門時，我先去一號飯堂找大菲。他見我拿著行李，十分驚訝。我說我要「著草」了，囑咐他自己小心。一向快人快語的他，沒有問我細節，對我的決定完全心領神會。他做出一副天不怕地不怕的樣子，反過來叫我保重，又叫我到了外國記住聯絡他，有甚麼要幫忙善後儘管開聲。我們互相擁抱，男人老狗差點流了馬尿。他向我敬了個禮，說：唐吉康德先生，後會有期了！我便訓他說：要好好對老婆。

我和海清分別去機場，約定了六點在航空公司的登機櫃位見。自中午開始，天氣急速變壞，不但開始下雷雨，還刮起大風。天文台的手機程式上，只有大雨、大霧、地震、海嘯和火山爆發的警告，找不到颱風訊號。大家似乎也不相信新加坡真的會被颱風正面吹襲。我跟德士司機說去機場，他也沒有覺得有甚麼不妥，縱使車子全程在激烈地左右搖晃。

一進了機場大樓，外面的風雨便好像是另一個世界的事。我和海清準時會合，但登機櫃位大排長龍。航空公司的人員說，航班受到風暴影響延誤，暫時未知起飛時間，旅客不必急於辦理登機手續。這個消息令人沮喪。我們坐在可以看到航班狀況顯示板的地方，又用手機不停查閱航班最新資料。我甚至查了去其他地方的航班，但求只要能夠起飛，到哪裡都沒所謂。但是，顯示板上只見越來越多航班延誤，然後便出現越來越多的取消。等了兩小時，我們原定的航班也被取消了。今晚已經沒有離開新加坡的飛機。

原本的即興決定，出現了如此掃興的結果，令我們陷入無言之中。根據天氣預報，風暴的風眼將於今晚午夜掠過新加坡東部。在電子天氣圖上，風暴的形狀就如一個中空的甜甜圈。我們重燃了希望，決定在機場逗留到明天早上。只要一有航班復飛，無論目的地是哪裡，我們都爭取候補上去。我立即用手機訂了機場酒店的房間過夜。因為需求突然緊張，只剩下最貴的套房，但我也在所不惜。訂好應對計畫後，我們終於安下心來，發現肚子原來很餓，要去找地方吃晚飯了。我建議去三個航廈中間的 Jewel Changi。

海清說上兩次出國的時候，已經見識過了 Jewel Changi 裡面的奇觀。我們於是便先去吃飯，選的是上次和志旭吃的日式餐廳。我和海清都要了魚生飯，非常開胃地吃著，好像已經到了東京一樣。事實上，置身於 Jewel Changi 內部真的有如世外桃源。就算外面是世界末日，裡面也照樣繼續吃喝玩樂，絕不會受到絲毫影響。我想起剛到達新加坡那天，也不過是四個月前的事情，跟現在卻恍如隔世。我來的時候兩手空空，腸胃絞痛；走的時候帶著未來嬌妻，肚滿腸肥，真可說是不枉此行。但是，我心底裡卻好像遺失了甚麼，有一種奇怪的空虛說不出來。

我望著愉快地吃魚生飯的海清，感到前所未有地愛她。就算從巴巴拉口中知道了海清的往事，但無論如何這個就是我認識的海清，我愛上的海清。這是任何事情都不會改變的。我不理她是人類還是後人類，我也要娶她為妻子。為了親近她，跟她感同身受，我甚至願意也變成後人類。可是，我知道她自己不知道的身世，這個差別折磨著我。我覺得自己在瞞騙她，但又無法向她揭示真相。對於自己其實已經死去的事實，沒有人能輕易接受。死後又藉著生化人的身體而復活，更加是難以承受的創傷。我不要海清再受到任何打擊和傷害。我情願她永遠不知道事實的真相，就當自己是個普通的女人，和自己心愛的人一起，活過餘下的人生。去他的物自身！去他的康德機器！去他的永恆青春和生命！我願與海清一起老死。

你在想甚麼？她突然問。

我在想，將來和你一起度過的人生。

你總是那麼心急。將來的人生，來到的時候便知道。她含笑說。

你小時候有沒有想過，將來嫁給怎樣的人？

有！當然有！英俊瀟灑、高大威猛、帥氣型格……總之不是你這樣的。

呵呵！那你現在應該很失望吧。

我告訴你，我就是因為英俊瀟灑、高大威猛、帥氣型格的男生都統統試過，才發現像你這樣的男人的好處。

我這樣的男人有甚麼好處？

你懂我，但也願意接受你不懂的部分。

我不懂的部分？

人與人之間，是沒有完全懂的，甚至不懂的比懂的多。懂當然是最好，但知道不懂也很重要。更差的是不願去懂，而最要不得的是不懂裝懂。

那你又懂我多少，不懂我多少？

老實說，我是不懂你的多，懂你的少。但我願意去懂你更多。這個意願，就是愛吧。沒有這個意願，懂多少也沒意義。

海清真是說得太好了。我這個人，在從前的五十年人生中，以為自己懂很多，但卻缺少意願，結果成為了一個沒有愛的人。海清帶給我的，就是我缺少的意願。我但願這不會太遲。

吃完飯後，海清說想四處逛逛。經過一家甜甜圈專門店，海清立即嚷著要買。她千挑萬選地買了五種不同的口味。我們牽著手，一邊吃著甜甜圈，一邊逛資生堂森林谷。我還沒有機會和海清去過戶外的地方旅行，想不到第一次走進樹林是在設有空調的室內。

我們停在一個可以觀賞匯豐銀行雨漩渦的位置。這個我曾經不屑一顧的景點，現在有了海清在旁，好像增添了不同的意義，變得異常瑰麗和神秘。我把曾經有過的奇想告訴海清說：

你覺不覺得，這座半透明建築好像一艘太空船？中間那個圓筒形瀑布，就是太空船的發動機？

海清抬起頭上下左右地顧盼，臉上發出奇異的光彩，說：

的確很像啊！你怎麼會看得出來？它肯定就是一艘太空船！我們坐上了它就可以到遙遠的外太空去，逃離地球的種種災難。

可是，那樣我們便變成難民了。我打趣說。

難民其實也是拓荒者。

你知道拓荒者英文又叫做sourdough嗎？

海清一邊往手中的肉桂味甜甜圈咬了一口，一邊說：

是嗎？那我們都要成為sourdough了。

你感覺到它在移動嗎？

移動？不是吧？是外面的颱風造成的搖晃吧？

不，是這個doughnut準備起飛了。

海清舉起咬了一個缺口的甜甜圈，笑著說：doughnut起飛啦。

我從紙袋中掏出另一個焦糖味甜甜圈，讓它做出慢慢上升的動作。兩個甜甜圈在空中飛行，相撞，彈開，又交疊在一起。

我和海清笑作一團，半天才止住，沉靜下來，凝視著漩渦形瀑布。那股氣勢，那股能量，震撼著我們。我們牽著的手捏得更緊了。一種能量通過我們的手心傳播，令我們的身體變得熾熱。我們相望，互相明瞭對方的心思。我們都等不及了。

我們以最快的速度，拉著行李，逃出森林谷和雨漩渦，朝酒店走去。我們急不及待地辦了入住手續，拿了房卡，衝進電梯，上到六樓的房間。

打開門，關上門，抛開行李，擁吻，脫衣服，滾在床上，纏綿，愛撫，激吻，舔吮，交合。世界在猛烈晃動。電光，雷響，電光，雷響。呻吟，喘息，呻吟，喘息。起伏，抽插，起伏，抽插。太空船旋轉，起動，甜甜圈膨脹，收縮。匯豐銀行雨漩渦，插裡資生堂森林谷，持續灌注、噴湧，源源不絕，生生不息。一道電光射進我的腦中。我懂了！我突然懂了！

我和海清赤裸著身子，躺臥在床上喘息著。我以為我會死掉。在我達到最高領悟的一刻死去。但我還未死，只是半死。海清轉身，緊挨在我身上。外面的風雨不知甚麼時候平靜下來，一點動靜也沒有，仿如永恆的安寧。我輕撫著她的乳房，說：

你聽。

她嗯了一聲，側著臉，和我一起聆聽那無邊的寂靜。

是風眼。

對，我們在風眼中。

在 doughnut 中的空洞裡。

想不到 doughnut 這麼強大啊。

我剛才好像得到天啟。

甚麼天啟？

Doughnut 方程式。

Doughnut recipe？

類似。我終於解決了系統均衡的謎團。

說來聽聽。

甜甜圈形立體運算。

哪有這種算法？

利用這種運算，可以無限加強系統的遞歸功能，達到持續高潮狀態，sustained orgasmic condition。

海清忍不住笑了出來，我的愛撫變成了搔癢。她試圖躲避我的手，我卻持續進擊。大家糾纏了一輪，累極了才停下來。她又回頭去問：

那這個甚麼狀態有甚麼用？

可以用在任何系統上，提升至最佳效能。物自身、管治機器、太空船……都需要它。

恭喜你啊！你成為了最偉大的發明家了！

謝謝你才對！我要把你的名字加入為這個理論的 co-author。

德浩海清理論。

就是持續高潮狀態。

我們忍不住又纏綿起來，再次進行理論實踐。這次沒有那麼激烈，是溫柔的，體貼的，持續的交合。

縱使已經疲累不堪，我們也不願意睡去。就算連話也沒有力氣說出來，我們也珍惜著每一個溫存的片刻。窗外的風雨又轉強，持續了大半晚，直至黎明時分才漸漸止息。我們整夜也沒有睡過，以身體彼此廝磨。只嫌今宵何其短促，但又心急地盼望著早上的來臨，可以乘坐最早的班機遠走高飛。

在清早半夢半醒之間，突然聽到有人聲在房間內移動。睜開眼一看，在套房外面的大廳，站在三個人影，兩個高大一個矮小。海清也醒來了，忍不住尖叫了一聲。其中矮小的人立即回應說：

安靜！不要怕！是我！

這個低沉的聲音很熟，但我一時想不起是誰。只聽到海清說：

爸爸！你在這裡做甚麼？

大廳的男人向另外兩個人發命令說：你們在走廊等著。

有離開房間的腳步聲和關門的聲音。

海清已經半坐起來，抓著被子遮蓋赤裸的身體，我也拿被子掩著下半身。柳信祐不客氣地走進睡房，站在床尾，打量著房間，好像在品評酒店的級數似的。他用那祥和但卻充滿權威的聲線說：

女兒，爸爸不是想讓你尷尬的。我已經等了一晚，刻意待早上才過來。我絕對不是想打擾你們。你選了胡先生，我完全不反對。不過，你想和他一起私奔，卻有點太過分了。

我聽到「私奔」這個詞，覺得很古典，但我沒有時間細細玩味，因為柳大人轉向我說：

胡先生，如果你想當我女婿的話，請你記住，海清是不能離開新加坡的。帶她離開新加坡即是要了她的命。你應該明白吧？

我完全聽懂了他的暗示。他很明顯知道，我已經知道海清的事情。要維護海清的系統，她必須留在有相關技術和儀器的地方。我差點便害死了她。當然，他的話一語多關。不能離開的意思也包括，海清作為國民和作為女兒所必須盡的責任和義務。

海清垂著頭，沒有反駁。我本來應該為她反駁，為她反抗，但我不能。我只能懦弱地保持沉默。而且，我想到我的新發現，甜甜圈立體運算理論。它將大有用武之地。

柳信祐給我們一小時梳洗，八點正在酒店大堂見面。他離開後，我和海清說：

對不起，海清，我沒法帶你走。

沒有，德浩！我們頭腦昏了！我的確要留下來。你也要。我們要一起做重要的事。

八點正，我們像一家人似的和柳信祐一起在酒店吃早餐。然後，海清坐父親的車子回去，我坐另一輛車子，去一個臨時的安全屋。我被告知，巴巴拉和恩祖已經被安置在那裡。我將要和巴巴拉一起完成康德機器2.0的研發。

9

新加坡經歷了歷史上第一場颱風的吹襲，造成了兩人意外死亡，百多人受傷，數十幢舊建築物倒塌，無數樹木被吹倒。我去安全屋的路上，看到四周滿目瘡痍，好像本來井然有序的歐陸式花園被野豬闖進大肆破壞一樣。以這個國家公共管理的效率，要清理市面並不困難，但要自然環境恢復舊觀，則似乎需要一段頗長的時間。

所謂安全屋其實是一座位於市效的別墅，屬於柳前部長的私人物業。別墅周圍設有圍牆，守衛嚴密，外人不易闖進。當然，困在裡面的人也不易逃出。我、巴巴拉和恩祖留在裡面，美其名是受到保護，事實上是被軟禁。海清每天也會來到別墅，一方面是給恩祖記錄供辭，另一方面是爭取和我見面。不過，見面的時間通常很短，而且都花在難民問題的偵查進展上。能夠談私事的機會少之又少。

我繼續和海豚小組保持聯絡。他們對於和柳信祐的政黨合作，既充分利用但又保持警覺。就如光宇所說，究竟柳是真心地想扮演反對黨，還是藉此和執政黨裡應外合，以引蛇出洞的方式消除不利的因素，現在言之尚早。我自己也看不透柳信祐的心思，因為他畢竟是前總理的忠實追隨者，而且到今天他依然這樣標榜自己。而海清自從和我私奔失敗回來，便全心全意地投入父親領導的政治改革倡議中，很快便成為了整個運動的主將。我心裡雖然支持她，但難免感到莫名的焦慮。

至於我的角色，就是協助巴巴拉寫出康德機器2.0的轉換程式。康德機器1.0是處理一個世界或國度的系統，也即是感知領域或者現象界。它基本上建立在康德的時空概念和十二大推想理性範疇之上。康德機器2.0的複雜之處，不但在於加入了超感知領域或本體界，還牽涉兩個世界或國度之間的轉換。兩個本來互不相容的世界的轉換是一個弔詭，超感知世界的自由與道德的矛盾互證又是另一個弔詭。以科學處理弔詭，雖然並不是新鮮事，好像量子的波與粒子的雙重屬性和測不準原理，就是弔詭的顯例，但康德式的弔詭在規模和性質上前所未見，理論性亦未被充分探究。我直覺認為，甜甜圈立體運算是解決這兩個弔詭轉換的方法。

到達安全屋後的第一天，我完全睡死在床上。第二天早上，別墅的傭人來叫我起身吃早餐。我下樓到餐廳去，發現恩祖和巴巴拉已經坐在餐桌前。我相信這裡的招待應該相當不錯。恩祖知道我也住在這裡，表現得很開心。我慶幸自己沒能上機，也沒有向她傳達那番會令她傷心欲絕的告別語。把她救出來之後，我還沒有機會跟她好好聊過。我發現她的狀態似乎不錯，被「回收」期間沒有受到很大的創傷。她問我有沒有把狐狸帶來。我不敢告訴她狐狸被人弄壞了，只是說留在宿舍，下次再回去拿。

早餐後恩祖自告奮勇跟花王到外面清理亂七八糟的花園。巴巴拉這時候才提出關於我和海清「私奔」的話題：

胡，你不說一聲便拋下一切逃跑，令我很失望。但最令我驚訝的是，海清居然會聽你的，跟你一起做出這種不負責任的事情。

我聽出她不止是生氣，更加是受到傷害。我慚愧地說：

對不起，巴巴拉！作為你的合作伙伴，我險些拖累了你的計畫。作為你的朋友，我傷害了你的感受。

我的真心道歉打動了巴巴拉。她嘆了口氣，揚了揚手，說：

作為朋友，我原諒你。但作為合作伙伴，我敦促你快點重新投入工作。

她推開面前已經吃得乾乾淨淨的餐盤，好像要立即進入討論似的，說：

不過，這件事也不是沒有正面意義的。它促使我思考康德機器現存的缺點。不好意思，請原諒我把海清當成實驗品去談論，但這是最具體的案例。海清的行為正表現出她在自由和道德判斷上出現不穩定性。她深知自己對父親和對社會的責任，但她也渴望追求個人自由。問題不是她做了甚麼決定，而在於她在兩個決定之間搖擺不定，突然改變方向。這說明了自律機制當中存在的難以把握的運算。把這個問題延伸至政治的範疇，也即是柳部長的理想公民的構思，就是個人權利和義務之間的必然衝突。究竟兩個觀點或者兩個世界之間是如何做出轉換，是我們要解答的難題。

巴巴拉停下來，等待我的回饋。我於是提出了一個一直困惑我的問題：

我們的目標究竟是打造出柳信祐需要的康德機器，還是康德機器「本身」？

她似乎很滿意我提出的區分，說：

沒錯，這的確是個關鍵。除了自由的存在，康德的實踐理性同時做了兩個必須的假設，那就是人類生命的不朽和神的存在。他認為只有在這兩項假設之下，人才能在自由中充分實踐最高的善。跟自由的存在一樣，這兩個假設也是無法證實的。但在超感知世界裡，實踐理性告訴我們它們必須存在。對於柳信祐來說，如果自律是理想公民的核心特質，不朽就是意識的儲存和更新，以及身體的不斷替換，而神就是前總理。前總理已經不在世，對他作為神的地位沒有影響；相反，正是由於他已經不在世，他才能化身為神。他的神性並非客觀存在，也無法具體驗證，而完全建基於公民的實踐理性假設——前總理所代表的至善和至完美的狀態。這個必須的假設有助於公民持續向理想邁進，而不斷地趨向理想意味著不朽的必要性。這就是柳信祐要求的康德機器的條件。但是，所謂康德機器「本身」，並不一定引向這樣的理解或演繹。就海清的案例來說，三個實踐理性假設並不如康德所預期那樣互補互證，自由意志有時候會跟神和不朽的概念產生衝突，也即是出現叛亂和死亡衝動。

從餐廳的玻璃拉門，可以看到外面的花園。恩祖在花王的指示下，彎著腰在撿拾小樹枝，把它們放進黑色垃圾袋裡。我想起她曾經試圖自殺，不知算不算是一種死亡衝動。生化人會自殺，應該是個嶄新哲學議題吧。

然後我想起「暴亂腦因」的說法。我向巴巴拉交待了那天周金茂一行人對我做出的判斷，又把陳人提出的腦因理論向她講述了一遍。巴巴拉皺著眉頭，露出努力思考的樣子，嘗試這樣梳理說：

你的意思是，你的暴亂腦因感染了海清，令她做出了不守規矩的行為？但這樣說未免太小看康德機器的效能了。我們暫且不去爭議腦因的理論是否成立，就假設真的存在這樣的東西吧。對於一般裝置靈台的物自身，容易受到暴亂腦因的影響不足為奇。靈台本身就是一種灌輸式的系統，非常依賴資料的寫入或下載。但是，康德機器的運作建基於邏輯形式和認知框架。它對腦因這種神經元連結模式是開放的，但也同時必然是經過消化和重整的。它不會單純地、被動地受到感染。它一定會經過感知、理解、思考和判斷，才會以最終的形式把外來訊息納入或排斥。這突顯出康德機器的優勢。所以，如果海清從你身上接收到甚麼，而做出反抗性的行為，那一定不是由於單純的「暴亂」。因為「暴亂」在康德機器中是不可能存在的。那就正如在康德的政治觀中，就算人民反對的是專制政權，暴力革命也是不被允許的，因為這樣做必然是違法的。

但是，康德不是對法國大革命感到興奮鼓舞，把法國人稱為充滿天賦的偉大民族嗎？他不是曾經滿心期待這場革命會帶來理想的共和體制嗎？

我不知道康德後來反對革命，是不是有甚麼苦衷。要知道他對法國大革命隔岸觀火，自己卻生活於魯魯士國王的專制統治下。公然鼓吹革命可能會帶來嚴重後果。所以他在正式的著作中，一邊讚揚法國大革命開創的局面，另一方面卻又自相矛盾地強調革命無論如何行不通。當然，我們也可以把這理解為他的理性形式主義所造成的必然結果。任何法體制都不可能包含人民推翻自身的權利，所以革命在法理上是沒有位置的。

她說得斬釘截鐵，但我未有被說服，反問說：

問題是，不合法便等於不道德、不應該嗎？

你這個問題一矢中的。雖然說康德的政治觀衍生自他的道德觀，因為兩者都建基於自由和律法的互證，也即是自律、自治；但是，道德層面的律法是積極的，引導人向善的，歸結起來就是美德；相反，政治層面的律法是消極，阻止人作惡的，歸結起來就只是守法而已。理想公民和道德的人不是同一回事。康德說過，為了外在的原因（例如利益）而遵守道德律，不是真正的道德，而只是守法而已。真正的道德，是為了道德責任本身而遵守道德律。所以便出現了守法但不道德的情形。那麼，道德而不守法的情形存在嗎？這是極具爭議性的。話說回來，你剛才提出的柳信祐心目中的康德機器和康德機器「本身」的分別，也許就是理想公民和道德的人的分別。

巴巴拉被迫一邊思考，一邊回答我的問題。我循著她的思路，繼續發揮下去，說：

道德而不守法，應該分為道德而不守道德律，和道德而不守政治上的法律兩種吧。前者是自相矛盾的，邏輯上不能成立。後者卻可能是康德對於法國大革命的真正觀點。革命者不守法，但他們是道德的，因為他們試圖推翻一個不公義的專制政權。可不可以這樣說，在康德的實踐理性系統中，在道德自律和政治自律兩個層面之間，存在一個隱秘但實在的空隙，兩者既不是完全相同的類比，也沒有無縫的過渡或轉換。於是，革命雖然是推翻不公義的、壓迫性的專制政權的手段，它所爭取的理想的共和制，也即是權利和義務處於最佳均衡的制度，也是人類社會進程中極有裨益的發展；但是，革命卻無法在康德的系統中得到恰當的理論化，所以唯有把它排除在外。於是，在這樣的前提下，革命被認為是不應該的、不可行的、不符合理性的。革命的合法性，或者革命的非法性和道德性的並存，似乎是康德實踐理性中的一個未被充分理論化的兩難。

我的假設喚起了巴巴拉的極大興趣，她連連點頭，說：

這是個非常大膽的假設。對於它是否成立，我暫時不置可否。不過，這個區分對我們的康德機器有重大意義。如果康德機器2.0只是一個理想公民，它就不能具有革命性；但如果它是一個道德的人，就不能排除革命的可能。首先，我們必須清晰定義何謂革命。如果我們不偏離康德的實踐理性框架，革命便不能包含純粹為了奪權的行為，或者企圖推翻共和制而恢復獨裁或專政。革命的定義會大為收窄，只用來指稱邁向共和制的抗爭。問題是，革命和任何形式的暴亂一樣，就算目的是如何高尚和符合道德，它所採取的手段必然是暴力的，而過程中亦必然造成的失序和混亂。換句話說，它必須經過一段非法狀態。這個實踐理性的真空期，對康德機器的設置來說，是個難以克服的例外狀態。要讓康德機器2.0順暢運作，用康德的說法，它需要兩個世界或狀態之間的連接和轉換。

說到世界轉換的問題，我覺得是時候向巴巴拉提出我在風暴中得到的靈感。我當然不打算告訴她和海清有關的部分。

你有去過Jewel Changi嗎？

她對我突然改變話題感到愕然，一時不懂反應，只是說：

上次回德國的途中看過。為甚麼突然說起這東西？老實說，我對它沒有好感。

你喜歡吃甜甜圈嗎？

我對甜食沒有興趣。胡，你說到哪裡去了？

你耐心聽我說。我將要說的事情聽來好像不可思議，但我的直覺告訴我，它是解決康德式轉換的難題的最佳方法。我把它叫做「甜甜圈立體運算」。我是在凝視著Jewel Changi裡面的瀑布的時候突然領悟到的。

我稍停了一下，觀察巴巴拉的反應。她雖然面露疑惑，但態度保持開放。我問前來收拾餐具的傭人拿來紙和筆，一邊畫著圖表，一邊向她解釋說：

之前金教授的學生陳光宇，也即是那個天才小子，向我提出了一個猜想。他認為我的熵均衡雙曲線其實不是成X形交叉，而是兩個相反銜接的鐘形曲線。我當時覺得，這是個極富創意的想法。我嘗試延伸這個想法，把上面的鐘形曲線搬移到下面的鐘形曲線的下方，形成一個圓形，也即是由兩條曲線變成一條循環曲線。圓形循環曲線處於一個平面圖上，但是，如果把圓形作三度空間立體延伸，它便變成了一條圓管。假使把圓管彎曲起來，作另一次循環交接，即變成了一個甜甜圈。回到平面圖上，原本環形運轉的曲線，在完成一圈之後，往立體層面的第三度空間稍微斜出，繼續循環形運轉，也即是沿著甜甜圈的管道的圓周前進，最後必會回到原點。具象化地看，它就像一個首尾相連的魔術彈簧。甜甜圈立體運算在理論上解決了所有線性系統所不能兼容的弔詭狀況。上下、前後、內外、過去與未來等相反的概念，都成為了彼此的條件，而且無縫地過渡，無限地回復。理論上它可以無限增強系統的遞歸運算功能。用在康德機器上，它可以解決所謂世界轉換的難題。從一個世界到另一個世界，也即是從一個平面到另一個平面之間，再沒有障礙，也無須跨過任何空隙。所有層面都在雙重圓環中融為同一個立體。

巴巴拉聽完這番解釋，像是被雷電擊中一樣，久久無法說話。她甚至要離開現場一陣子，以避免受到過於激烈的衝擊。她拉開玻璃門走出花園，但沒有走向正在撿拾樹枝的恩祖，而是往反方向走，消失在灌木叢後面。過了半天，她再次冒出，用手梳理著零亂的頭髮，走進餐廳裡，滿臉通紅地說：

胡！不好意思！我太失態了！剛才的經歷比任何的性高潮還要美妙！

我覺得一點也不奇怪。她完全說中了那種感覺。不過，我要確認她已經平靜下來。

那麼，說下去沒問題嗎？

她把雙手放在胸口，嘗試安定自己的心情。我便繼續說：

這個運算法除了可以跨越斷層，作為世界的轉換，它同時可以無限量提升系統的效能。我姑且把它稱為「持續高潮狀態」。我不是說笑，我是認真的。一般高潮狀態雖然激烈，但不能持久。如果以人為的方法加強它的持久性，系統（即人體）可能會因為負荷過度而崩潰（死亡）。而這方面女性又比男性持久，跟女性甜甜圈式（環形）的高潮和男性熱狗式（線性）的高潮有直接而緊密的關係。而「持續高潮狀態」因為通過甜甜圈立體運算而達至，既具有一般高潮的強度，又能取得均衡而避免系統崩塌，可以幾何級地提升系統的運作效能。

巴巴拉搖擺著腦袋，一邊拍手一邊忍不住笑逐顏開。

胡！你是我遇過的最天才的人物！你的想像力無與倫比！能跟你合作真是我天大的幸運！謝謝讚賞！我倒認為你的康德機器才是本世紀最偉大的發明。

不，不，沒有你康德機器不可能取得成功。

我們就這樣互拍馬屁，直至大家都詞窮。這時候恩祖從玻璃門走進來，雙手依然戴著弄得髒髒的手套，看見我們嘻嘻哈哈的樣子，問我們有甚麼好笑。我們望望她，又望望對方，含著笑，卻說不出所以然。巴巴拉招恩祖過去，拉著她纖細的臂，說：

恩祖，你想成為宇宙中最強的人嗎？

你是說超人嗎？恩祖傻傻地說。

我點著頭，說：

對！超人！超感知人類！

10

我在安全屋待了大概十天，期間日夜不懈地和巴巴拉一起做出甜甜圈立體運算的數式，再交由她的人工生命實驗室團隊整合到康德機器2.0的運作系統裡去。當然，實際運作成果，還要等新系統軟體下載到實體之後才知道。那即是說，把新的康德機器用在海清身上。對於要瞞著海清進行這件事，我感到萬分痛苦。

安全屋其實是一間私人實驗室，所需的基本器材大都齊備。巴巴拉一直為海清進行的「治療」也是在這裡做的。樓上有一間「治療室」，裡面有一台類似小型sMRI掃瞄器的東西，原來是用來更新海清腦袋中的系統軟體的。做法採取無線傳輸，無須打開腦袋連接線路，或者任何入侵性的連線方式。便捷之餘，海清也不知道實際上發生了甚麼事。她大概以為那是一種腦波調整器之類吧。至於她的那對蝴蝶形耳環，據巴巴拉所說，跟這個完全無關，是夢蝶會用來監察她和控制她的中樞神經系統的儀器。畢竟接受「異體再生」的菁英二代，海清是第一個，也暫時是唯一一個。會方對這個計畫的可行性正在不斷進行評估。雖然不能說柳信祐把海清改造是早有預謀，但也跟他原定的計畫配合無間。女兒的死，大概沒有對他造成太大打擊吧。想到這裡我便會生起莫名的忿怒。

海清對於恩祖身世的調查已經完成。通過海豚小組的發掘，柳氏的團隊又找到了另外兩個非法難民的案例。一個是和Angel一樣從事性服務業的女孩，另一個是因工傷而逃走出來的建築工人。兩個都涉及被周金茂的集團秘密販賣。海清認為我們應該盡量蒐集更多的個案，才做一次性的公開控訴。那樣的震撼性較強烈，政府亦難以掩飾。至於政府自身製造、利用和經營物自身的問題，牽涉的層面更廣，問題更深，不宜輕舉妄動。不過，正當我們對後者採取觀望態度的時候，爆發了難民大規模登岸的驚人消息。

這個消息首先是光宇傳來的。說是「消息」，其實是他們策劃的行動。海豚小組和鯤鵬科技農場的內應配合，破壞「方舟」的保安系統，讓數以百計的物自身逃走。我不知道他說的這個內應是否是无為謂。如果是的話，那他上次一定是設計了甚麼精妙的脫身方法了。由於陸上路途遙遠，而且要通過很多關卡，逃走的物自身游泳出海，登上在附近接應的漁船，從島的西北往南繞了一個大圈，再改乘十多艘橡皮艇在東海岸公園著陸。除了在游泳出海時不幸遇溺失蹤的三人，總數共一百三十七人成功抵達東海岸，並在事先張揚的媒體見證下，以難民的姿態要求新加坡政府給予庇護。

我們知道這個消息，已經是難民即將登陸的早上。海清立即召喚了律師團隊，前往東海岸向難民提供支援。我得到柳信祐派車接送，也跟著去了現場。只見在長長的沙灘上排了一行橙紅色的大型橡皮艇，百多名難民被警察和救護人員團團包圍，進行登記、檢查和治療。記者在警察的阻撓下依然出盡法寶拍攝和採訪，就算不肯定報導能否出街，也覺得不能錯過這件必然轟動全國的事件。海清的團隊一直跟警方交涉，試圖直接接觸難民。事件在社交媒體火速傳播，不到一小時，許多社福工作者、志願人士和純粹好奇的人也紛紛開車到達，圍觀人數超過一千。由他們再轉發出去的訊息，肯定已經覆蓋全國。「難民登陸」於是便成了舉國的話題。

在過了第一波瘋傳和千奇百怪的瞎猜之後，難民的生化人身分迅速曝光。相信背後也是海豚小組的功勞。民眾很快便知道，這次登陸的不是政治難民、經濟難民或者生態難民，而是聞所未聞的「科技難民」。他們是由科技所製造出來並且加以剝削和迫害的受害者。政府因此亦來不及以普通難民來掩飾真相。由於這是全新的概念，所以無論是警方還是律政部都沒有就手可用的法則、案例和習慣可以遵從。不過，海清他們由於對狀況早有準備，所以搶先提出了生化人的人權主張，並按此要求政府回應。所以，就事件的開局而言，我們可以說是搶得了主動。

國民對生化人的存在先是感到震驚，繼而感到好奇，最後更變成了同情。意見領袖紛紛高舉新加坡包容並蓄的旗幟，呼籲把生化人定義為新的種族，納入本國多元種族的大家庭中。不過，也有人小心謹慎地指出，生化人和人類的差別，未必等同於人類種族之間的差別。事實上，民眾對何謂生化人的認知有極大偏差。有的說是複製人，有的說是機器人，有的說是外星人。對於這種突如其來的外來物種，輿論不免亦存在懷疑和恐慌。當務之急，是對生化人做出明確的界定，然後才能賦予他們政治上的權利。

為了協助海清釐定物自身的權利和搶占輿論陣地，我帶頭草擬了一份《生化人人權宣言》。我首先從模控學和人工生命的角度，把生化人定義為生命體；又從康德哲學的角度，把具有高度認知能力、思維能力和理性判斷力的生化人，定義為擁有和人類同等地位的智慧生物。既然生化人擁有和人類同等的智慧，以及和人類非常近似的外貌和身體構造，我們便應該承認，生化人擁有和人類同等的權利。所有基礎人權同樣適用於生化人身上，特別是自由和平等的原則。生化人不應因為生產的方式，而被生產者所控制、支配、奴役、剝削、買賣。每一個生化人都應該被尊重為獨立自主的個體。對於被壓迫和操控的生化人，政府有責任把他們解放，並且嚴懲壓迫者和操控者。生化人和人類一樣，有免於恐懼的自由。

完成甜甜圈立體運算理論後，我重獲行動自由，可以離開別墅周圍為運動奔走。《生化人人權宣言》獲得柳信祐的政黨的認可，納入為黨章的附件。海清亦據此為原則，向政府爭取獲救難民的權益。為了加強宣言的公信力，我四處尋找科學界知名人士加入連署。外國學界的反應熱烈，本地學界卻出奇地沉默。最後簽署的科學家全部都是南大的，國大[5]那邊一個也沒有。我們系裡，連金政泰都簽了。我看他主要是因為左右逢源的考慮，或者想跟周金茂的勾當劃清界線，而不是真心支持生化人權利。情況最尷尬的是志旭。他完全認同宣言的內容，但是如果他簽了的話，他便是擺明車馬跟他父親打對台。江英逸是國家科技發展委員會的主席，長期主導國家的科技政策。他自己還未出來對生化人的地位表示意見，兒子便率先表態支持民間的宣言，一定會被視為父子不和甚至決裂。因為江志旭是機械人學方面的年輕才俊，他的表態舉足輕重。為了說服他，我約了他單獨見面。

我親自去到志旭的機器人學工作室。他在自己的工作單位內，修理著一隻手掌大小的機械蜘蛛。他見我在玻璃門外面，便揮手示意我進去。那隻機械蜘蛛突然「雪」一聲地吐出長長的絲線，黏著單位的天花板，然後靠著絲線的彈性，凌空擺盪到牆角的一個蜘蛛網上。它在我頭頂越過的時候，我連忙往後一縮。志旭笑著說：

不好意思，嚇你一跳。

我從手提包裡掏出軟趴趴的狐狸，交給志旭，說：

它給周金茂的手下踢壞了。你看可以修好嗎？

志旭抱著狐狸查檢了一會，說：

很可能只是電路連線斷了。我試試吧！

這傢伙可是個好幫手啊！

他一定明白我話裡的意思，但他沒有回應，只是微微笑著。這個時時含笑的神情，跟他的父親非常相似。我直入正題，說：

那個宣言，你會簽嗎？你是這方面的專家，我們很需要你的支持。

志旭蹙著眉，似是有商榷的餘地，說：

我覺得宣言對生化人的定義說得還不夠清楚。比如說，那個東西——他指著牆角上的那隻機械蜘蛛——假設它擁有和人類一樣的智慧與情感，我們會說它是生化人，並且給予它與人類同等的地位嗎？生化人究竟外型重要，還是內在意識重要？有人類的意識，卻沒有人類的外型，算是生化人嗎？有人類的外型，卻沒有人類的意識，又算是甚麼？只有百分之十的人類成分，和擁有百分之九十的人類成分，有分別嗎？如何界定人類成分和非人類成分的比例？甚麼比例才接受一個個案是生化人？這些定義上的複雜差別不但會造成法律問題，也會造成道德問題。假如這隻狐狸下載了人類的意識，有人把它踢壞了，是不是等於謀殺？

我覺得他刻意地轉彎抹角，便打斷他說：

我當然知道生化人的界定一點也不簡單，需要經過各方面的專家詳細討論，合力做出最明確的定義。但是，就目前的狀況來說，我們只需要最基礎，最簡明的定義。因為我們要建立生化人權利的法理基礎。太快執著定義細節是吹毛求疵。只要你同意宣言的大原則便可以。

同意，我當然同意。

那你為甚麼遲疑？你是擔心人家認為你跟父親作對嗎？事實上，以你們父子的關係，正好

5　指新加坡國立大學（NUS）。

由你勸服江院長推動生化人權益立法。你知道這是遲早要做的事，因為現在不只為了那些充當勞動機器的物自身，也牽涉到高階的生化人，好像海清，甚至是將來的你。

他露出些微驚訝，說：

海清的事你已經知道了嗎？對，你當然知道，巴巴拉肯定會告訴你。海清可以說是巴巴拉的傑作。我們將來也要仰賴她吧。還有你，德浩兄。你們為我們打造美好的未來——隨時可以儲存意識、更換身體，增長智慧，長生不老，永垂不朽！這就是我們的父輩為我們安排的未來。

我聽到他話裡好像有反諷的意思，追問說：

你對這個未來感到不滿嗎？

沒有，沒有不滿。但是，將來的世界是不是更美好，我實在不敢說。我對物自身的將來感到不安。這次的難民事件，你以為是海豚小組策劃成功的結果嗎？它真的會成為柳部長和海清的新黨瓦解官商勾結的殺手鐧嗎？我沒有你們那麼樂觀。我對那百多個物自身能夠順利逃出，並且安全抵達東海岸感到詫異。如果這樣的事不是被默許的，它不會在眾目睽睽之下發生。

你是說，整件事政府一早知道，而且任由它發生？

我沒有任何實質證據，但以我對父親的理解，他不會容許這樣的失誤在自己的管理下發生。如果它真的發生了的話，那一定有特別的原因。

讓物自身以難民的身分曝光，對院長有甚麼好處？

表面上沒有。他看來是落入了被動的位置，但他也可能只是以靜制動。民眾對「科技難民」的輿情，其實十分波動。這一刻他們看似是站在你們那一邊，下一刻他們可以把你們完全離棄。我們的已故總理，對人民的 freakishness 是看得十分通透的。

志旭，我看不通你是站在哪一方的。

哪一方對我來說並不重要，我只是想在中間盡量幫助有需要的人。

例如光宇？

這個小子的想法太天真，他不知道自己在玩火。有些事情只有中間人能伸出援手。

但你知道，有些事情是沒有中立的。就像這個宣言，要不你就支持，要不你就反對。這關係到你作為一個機械人學家，對待你創造的生命體的尊嚴。

志旭輕撫著躺在工作桌上的狐狸，說：

我一向都尊重我的創造物。我期求我們作為受造物，也會受到我們的造物者的尊重。我很高興見到你對海清的愛。我也看出她真的愛你。你要好好保護她，因為她看來好像很強，但其實處於很脆弱的狀態。她有一個致命弱點，一定要好好守住。

致命弱點？你是指，她一年前遇到的意外事件？

那不是意外，是預謀犯案。

你是說周天倪？他預謀侵犯海清？

這件事一直被蓋住，連海清自己也不知道。

你認為有人會用這件事來攻擊她？

如果她參政的話。

知道實情的人很少吧。誰會利用它來對付海清？不會是她爸爸，也不會是周金茂，因為他兒子是案中的疑犯。

那就只剩下一個人了。

我瞪著眼望著志旭，不敢相信自己的耳朵。但志旭對這個人最了解，他的話具有可信性。

你想我說服海清不要從政？

這是保護她的唯一方法。

但她現在是難民運動的骨幹人物，她一離開，整個運動也會受到打擊。

沒有任何人是必不可少、無可替代的。

我看出志旭這樣說並不是真心的。他只是不想海清出事而已。我嘗試反過來打動他，說：志旭，我從第一次在樟宜機場見到你，我就認為你是一個有才華又正直的人。你一定知道你父親很多事情，並且為此而痛苦。你也一定不願意事事受到擺布。我知道和自己的父親對抗不是一件容易的事，但是，這關乎你作為一個自由的人的良心。

志旭沉默不語。他把桌上的狐狸重新擺放好，拿來工具，似乎想著手修理似的。他以簡單的結語中止談話：

我要說的，已經說完了。

我臨離開工作室前，他抬起頭來說：

那個宣言，我簽吧。

我滿腦子困惑地走出工程大樓。我完全摸不透志旭的想法。他一方面好像不認同自己的父親，另一方面卻又嘗試說服我們不要跟江英逸作對。他究竟是扮演居中的調解者，還是各方訊息都掌握的多面人，我真的不知道。

我打算回宿舍拿些個人物品，然後才回到別墅去。來到宿舍樓下，一輛私家車突然從一號飯堂的路口駛進來，在我面前煞停。三個穿西服的男人下車，迅速把我包圍。他們出示證件，表示是內政部人員，要我跟他們回去接受調查。他們出現的氣勢，和普通警察果然不同，完全是電影場面中的鋪排。我沒有選擇餘地，乖乖地坐上他們的車子。

11

內政部的雙塔建築極具威嚴，遠看已經令人膽喪。不知為何，一進入大堂，我立即有一種熟悉的感覺。但我沒可能來過這種地方。正所謂生不入官門，死不入地獄。我年逾半百的人生中，從來沒有進過任何警署或者公安機關。這本來是個驕人的紀錄。想不到有一天，我一下子就掉進地獄的最深處。

我被帶到盤問室，裡面的陳設也似曾相識。保了封閉的密室設計之外，牆上還有一面單向玻璃。玻璃後面應該是更高級的監察者吧。我想起來了！這樣的布局，我在韓劇裡見過。是《鄰家律師趙德浩》。因為是法律片，裡面有許多檢察官盤問疑犯的片段。當然超人律師趙德浩也曾經淪為疑犯被問訊，但他都以機智化解了。想到這裡，我對事情變得樂觀起來。在電視劇裡，主角通常也能直挺挺地走出檢察部的。

不過這裡不是韓劇中的檢察部，而是新加坡遠近聞名的內政部。進行盤問的是一個狀似黑幫頭子的中年華人，只差臉上沒有留下刀疤之類的。那雙瞇起來完全看不出神情的小眼，比瞪大的怒眼令人更覺恐怖。單看外貌說他是韓國人也不出奇。我用華語向他提出要聯絡律師，見他沒有反應，我再改用英文，但他卻依然充耳不聞。到他開腔說話，我立即像被音波衝擊一樣，差點彈出椅子外面。他以如雷灌頂似的聲線一口氣數出了我的罪狀，包括涉嫌洩露國家機密、散播虛假消息、意圖製造社會不安和破壞種族和諧等，聽起來真是犯案纍纍，惡貫滿盈。

在逐項罪名仔細盤問的時候，韓國人不斷出示一些所謂證據，包括網頁截圖、照片和文件等，大都是公開可以接觸到的東西，特別是那份《生化人人權宣言》。關於物自身、靈台、康德機器等最為機密的項目，卻完全沒有提及。對方又非常關注我和柳前部長的新黨之間的關係。我對本地法律所知甚淺，不太能把握自己的狀況究竟有多危險。我極需要海清的協助。在見到律師之前，我對所有問題都一律保持緘默。所幸他除了震耳欲聾的語言炮轟，以及每次聽來都感到手掌一定很痛的拍桌子之外，並未以非常手段向我逼供。

被韓劇黑幫精神折磨了數個小時，突然換上了一個女的，樣貌甚似韓劇二線女演員，也即是並非最貌美但以常人標準來說還是十分漂亮那種。她在劇中大概是扮演女教師，衣著端莊，刻意戴上斯文的金絲眼鏡。她的語氣和之前那位完全相反，態度有如上帝的牧者，以愛與憐憫來感染我這個罪人，令我真心懺悔，坦誠告白。她表現出對我的處境的親切關心，甚至談到我的香港背景，例如和妻子離婚，有一個讀大學的女兒等。在我極度疲累，意志開始變得軟弱的時候，這種柔性的勸導很容易令人放棄對抗，供認一切，換取長久的安寧和較輕的懲罰。在她催眠似的柔聲細語下，我變得昏昏欲睡，好幾次在不自主的情況下說了些含糊的東西。

在我忍不住打了個較長的瞌睡的瞬間，面前的人像變臉似的，換回了之前的惡漢，令我乍然驚醒。他聲稱就算我不認罪，他們也可以無限期把我拘留。我聽說過的確有把拘留期不斷更新的事情。我開始心慌了。我現在唯一的希望是海清，甚至是柳信祐。只要他出面，我一定有救。但說不定就是因為他，我現在才落得這樣的田地。難道我要為這位未來岳丈坐牢嗎？我已經超過十幾小時沒有服藥了。焦慮症狀越來越明顯。心悸、胸悶、呼吸困難、肚痛、全身無力，顫抖、發冷，所有老朋友都一起來找我敘舊。我多次提出要吃藥，但反而向對方提供了折磨我的手段。他甚麼都不用做，便足夠讓我吃苦了。我覺得再這樣下去，我會死在他們面前。

房間不見天日，一日如隔三秋。大概是拘留後二十幾小時，我終於獲准吃藥，但症狀一旦爆發，並不會立即消失。因為一直沒有睡過，吃藥之後便更加意識迷糊。怒漢不知甚麼時候已經離去，美女也沒有再出現，盤問室內只剩下我一個。我不自覺地趴在桌子上睡著了。也不知睡了多久，我被人推醒。正當我以為又要來另一輪偵訊，突然看見江英逸在我面前坐了下來。我揉了揉眼睛，還以為自己在看電視劇，因為他的樣子，竟然也跟《鄰家律師趙德浩》裡面的地檢處長相似。待偵查員離開房間，江院長才開腔說：

胡教授，你還好嗎？

也許因為神志不清，我發現自己用了無禮的語氣說：

江院長原來兼任內政部的工作嗎？

他好像一點也不介意似的，嘴角含笑，眼角拉著長長的魚尾紋，說：胡教授，我是來幫你的。你是我們系裡的同事，又是未來系主任，我當然會盡力提供協助。

也許是急於求助的心理作祟，我有些微被他說服了，態度也緩和起來。

你是來保釋我的嗎？

我當然想保釋你，但在程序上還差一點點。部門有些東西想確認，才可以讓你離開。

江院長說話的時候，眼睛向那個監察窗子瞥了一眼，好像想強調某些權威的存在似的。

確認甚麼？我沒有律師在場，不會回答任何問題。

他點了點頭，好像認同我似的，含著笑說：

當然，你的權利是被充分尊重的。我們是個文明的國家。

他把一直放在桌面的一份文件推向我，說：

我們取得你進行腦神經元圖譜掃瞄的報告。報告顯示，你的思想結構中，存在暴亂腦因。

我拿起文件，看見首頁有我的個人資料。快速翻閱內頁，前面有一份檢查結果簡述，後面附有極為詳盡和繁複的圖表和數據。我無法集中精神，但大體上了解裡面說的是甚麼東西。

你知道甚麼是腦因嗎？

我知道，不必解釋。

好，那就省卻很多工夫了。我們直接進入正題吧。腦因檢測的研究，我們已經進行了很久，雖然未有正式發表，公開讓國際科學界驗證，但可靠程度極高，已經用作國家內部評審個別人士的重要參考。將來會全面應用在不同的範疇，上至國家領導官員、國會議員、軍方將令，下至公務員、國安人員、大學教授、普通軍人和中小學教師等。當然，最完美是每一個國民都定期接受檢測，以確保思想健全。不過，暫時來說，在設備和國民心理準備方面還未足以全面推行。

我趁機質疑他說：

利用這個作為法律控訴，也等於把這個未成熟的技術公開，結果會極具爭議性吧。

說得對。但是，作為內部參考，我們不能對潛在的問題視而不見，而必須採取相應的防範措施。很不幸地，這次我們的反應不夠靈敏，行動不夠迅速，讓你的暴亂腦因傳染給別人，甚至在社區擴散。有初步證據顯示，最近爆發的所謂「難民問題」，源頭就是來自這個暴亂腦因。我們對其中幾個在東海岸登陸的難民進行檢測，發現他們的系統中存在作用相似的暴亂腦因。當然，他們是物自身，腦部不是由腦神經元組成，而是類神經元的運算程式。但經過類比轉換，在人類腦神經元和機器類神經元之間，是可以找到對應結構的。

我對這個新資訊感到驚訝，說：

你是說，我成為了帶菌者，把病毒散播出去？

江英逸改為扮演仁醫的角色，對病人投以深表同情的眼神。我追問下去，說：

那你們打算怎麼辦？把我隔離嗎？還是驅逐出境？不會把我殺掉，斬草除根吧？

他以寧定的神情穩住我過激的反應，說：

胡教授，你放心。我們向來是主張人道處理的。要處理物自身的類神經元感染並不困難，只要設計出針對性的程式修正便可以，也可以做出相關的預防「疫苗」，也即是防護程式。最壞的情況，大不了是重設系統或者更換系統。比較棘手的，是人類之間的傳播。要改動人類腦部的神經元結構，並沒有快速而且具針對性的方法。這就是為甚麼人類犯罪者這樣難改過的原因。有些慣犯無論你監禁他多久和多少次，他也會重複犯下相同的罪行。某程度上，有些人是沒救的。傳統的法規和懲治手段浪費巨大資源，只能達到極為有限的效果。最難處理的不是物自身，而是人類。

所以最理想是把人類都轉換成物自身？那不就是柳前部長的理想公民計畫嗎？

江院長露出那招牌的胸有成竹的笑容，說：

老柳著實有點太頑固了。用康德機器來實踐自由，實在是大費周章。要說自由，人類已經夠自由了。機器登場，主題應該是控制。你作為模控學專家，不會不知道這個基本意念。模控學又翻譯做控制論，不是沒有道理的。用控制論去研究反控制，根本就是緣木求魚。胡教授，你最得意的、最大膽的創新成果，甜甜圈立體運算法，不就是對世界的不可預測性和混沌的隨機性的終極控制嗎？

我的困倦被一陣狂風吹散了。我陷入了最為清晰的痴呆中，不懂得反應。江繼續說：

你忘記了巴巴拉是替我做事的嗎？她幫柳信祐開發康德機器2.0，我就當是學院以外的兼職吧。她正式的任務，依然是協助我建造machine à gouverner。有了你的新理論，管治機器將會完全突破它的運算瓶頸。所以，胡教授，我今天其實是來向你表達感謝的！

說罷，江英逸恭敬地向我點頭示意。

內政部的國安人員，反應實在過敏了。我為他們對你造成的不便致歉。他們按照既有的思維模式行事，也怪不得他們。我已經向他們做出建議，讓你恢復自由。我以國家科技發展委員會主席的身分，向他們保證，你絕對不會危害公眾安全。

這時候有人敲了敲門。江院長眼眉也不動，便說：

胡教授，你的律師到了。事實上，她在外面已經等了整個晚上。

他站起來，再次微笑點頭，把桌上那份文件拿走了。

江英逸剛一出去，海清便接著進來了。她很緊張地打量我，好像想知道我受到甚麼對待似的。見我臉上掛著痴呆的神情，她擔心地問：

德浩！你沒事吧？

我半晌才反應過來，嘗試擠出笑容，說：

海清，我沒事。只是很累而已。

我已經辦好保釋手續，我們可以出去了。她拉著我的手說。

不知為甚麼，連這個情景我都感到似曾遇見。整件事就好像一個預先寫好劇本的劇場演出，有一種不真實的真實感。

走出內政部大樓，陽光令我感到刺眼和暈眩。我肚子很餓，力氣全無，想吃點東西。海清問我想吃甚麼，我說叻沙。她問我為甚麼想吃叻沙，我說：

因為未和你吃過叻沙，所以想試試。

海清召喚了德士，去了不遠的結霜橋咖啡店。她說這裡的叻沙價格便宜，但湯底是最有特色的。她小時候常常來，從英國回來後卻一次也沒有來過，也想趁這機會重溫。

我們坐在簡陋的桌椅上，吃著辛辣惹味的叻沙，我好像精神和力氣都回來了。店子生意極佳，食客如流。他們一定想像不到，在旁邊狼吞虎嚥地吃叻沙的這個男人，是剛剛從內政部的魔掌中逃出來的吧。

海清問我拘留期間的情形，我便如實告訴她。說到江英逸的部分，海清有所保留，說：

難道我也是受你的暴亂腦因所感染嗎？不可能吧。

對於這個問題，我感到難以回答。第一，我認為海清是個有自主性的人，她做甚麼不是因為受到我的影響。第二，我不認為現在她在做的事情等同暴亂。第三，我不想正視她如果真的受到外來影響，情況屬於物自身的類神經元感染。她繼續反駁說：

說不定是反過來，我感染你呢！

我點了點頭，表示同意，說：

我覺得這也說得通。人與人之間的思想和行為，往往不是單向的，而是雙向的。老套點說，就是兩個人之間的化學作用吧。換了全社會的幅度，就是無數個人之間的交叉互動所產生的複合現象。從我的專業角度看，這類似布朗運動裡的粒子隨機碰撞。再從康德哲學的角度看，就是自然因果律的無限環環相扣、層層相因。

但是，人的行為豈不是沒有自由？一切只是許多因素相加的總和？

聰敏的她立即便察覺到當中的難題。受到思維刺激的我又忍不住胡亂發揮，豪言壯語起來，揮動著沾滿了美味叻沙醬汁的筷子，說：

所以，為了實踐自由，我們要遵從康德的教導，相信自己在超感知世界中，是開啟全新序列的第一因。也即是說，我們要毫不猶豫地宣告，我是感染源！我傳播，故我在！

別胡說吧，你把笛卡兒和康德混在一起了。

我暴亂，故我在！

她連忙掩著我的嘴巴，說：

你瘋了啊！大庭廣眾大聲說這種話！又不見你在內政部這樣說？

這時候有手機鈴聲響起。海清從公事包裡掏出手機，接聽，臉容開始變色。掛掉後，她說：

事情不妙！暫時安置在收容所的難民發生暴動，突破保安逃了出來。全國各地各行各業也有出現罷工潮，特別是勞動業和低層服務業。相信參與罷工的，都是偽裝人類的物自身，當中不少是受僱於政府機構或工程的。看來，物自身發生全面暴亂了。

我對事態急轉直下感到震驚。但回想起江英逸早前那副智珠在握的樣子，我又不禁懷疑，正在發生的事情不是那麼簡單的。海清要立即回去歸隊開會，商討行動對策。究竟是繼續站在難民的一方，還是跟對方切割，暫時還是未知之數。我和她吻別，便各自乘德士離開。我決定先回到別墅找巴巴拉。對於管治機器的事情，她欠我一個解釋。

12

回到別墅已經是黃昏時分。奇怪的是，原本駐守在門口的守衛不見了。屋內空無一人，不但找不到巴巴拉的蹤影，連她的個人物品和重要的電子資料都不見了。我在樓上找到恩祖。她在自己的房間裡午睡。我弄醒了她，問她有沒有見過巴巴拉，她卻好像甚麼也不知道。巴巴拉應該不是被人擄走的，是她自己逃跑了。我打電話給她，但沒有人接。手機短訊和電子郵件也沒有回應。一直等到晚上，終於收到一條很長的訊息，內容說：

胡，很抱歉又令你失望了。希望你明白，我原本就一直在為江院長進行machine à gouverner的研究。你的甜甜圈立體運算理論，只用在個別的康德機器上，實在是大材小用了。它必須用在大規模的系統上，才能見出它的威力。所以，我在還未得到你的同意之前，便把我們共同研究成果，提交給江院長，也即是國家科技委員會。他們在緊急會議上，一致認同這是個劃時代的發現，對國家科技發展帶來量子跳躍式的進步，對整個人類的未來也起著生死攸關的作用。我並沒有盜用你的發現。整個甜甜圈立體運算理論，發明者的名義完全屬於你。我只是康德機器和它的強化版管治機器的發明者。請你相信，我沒有背叛你。我把我們的理論中最重要的部分，只留給我和你之間的結晶品。希望有一天她會為我贖罪。不過，我瞞著你做了這件事，直接協助了你的對頭人，令我無法面對你。所以，我唯有採取逃避的下策。如果生命的偶然性容許，我希望有機會再和你會面，並且親自向你道歉。但是，我不知道自己將會是『符碌』還是『仆街』。我代卡芙蓮送上她的懷念和祝福。

我冷靜下來，忘記了之前對巴巴拉的行為感到的憤怒。我不能怪責她。我把理論提供給她，原本就是給她用在她的系統上。康德機器是她設計的系統，管治機器也是。我捫心自問，自己難道沒有過把理論用在重大發明上的野心和虛榮嗎？如果這些大大小小的機器將來出現甚麼惡劣的後果，我自己也是共謀。我並不是正義超人，英雄反抗者。我只是個沒有道德感的科學家，是個理性的虛無主義者。如果巴巴拉的行為是卑鄙的，我的卑鄙毫不遜色。我沒有資格指責巴巴拉。也許，我和她是科學上的最佳合作伙伴。至於在感情上，我居然也有點捨不得卡芙蓮。

卡芙蓮。

我回過頭來，看見恩祖站在我的房間門外。我問她：

你說誰？

我受到你的感染。她說。

你說甚麼？恩祖，你的話怪怪的。

我說，我感染了你的暴亂腦因。然後，在我被「回收」期間，傳染給其他人。

別傻！哪有這樣的事？

整件事就是這樣發生的。現在他們暴亂了，被警察追捕，在學生的幫助下，逃進南大校園躲避。防暴警察已經把南大重重包圍，隨時要強攻進去。

別胡說，這種事不可能在這裡發生的。

是網上即時報導說的。很多不信官方媒體的人，開始互傳獨立採訪者的消息。因為消息太大量，已經壓制不住了。

我開始相信她不是胡謅。事情就像海嘯一樣，一下子排山倒海而來。我叫恩祖坐下來，她卻說：

我要去加入他們。我是他們的一分子。我不能置身事外。

我嚇得跳了起來，上前拉著她，說：

恩祖！別衝動！那種事很危險，不是你一個女孩子應該做的。你怎知他們會成功？如果他們失敗呢？被一網打盡呢？你千萬不要做傻事！

這不是傻事！這是我的責任。作為群體的一分子的責任。我不能拋下其他人不理。我們要同生共死。我們物自身，有我們生存的尊嚴。而尊嚴是靠自己活出來的，不是靠別人施予的。爸爸！謝謝你給了我生命，請原諒我堅持己見。

我雙手抓住恩祖的肩膀，直視著她的雙眼，說：

你剛才叫我甚麼？

爸爸！你就是我爸爸嘛！

我怎麼——

爸爸，你不認得我了嗎？我是ＳＢ，是你女兒啊！

你是ＳＢ？那恩祖呢？

我也是恩祖。

這是怎麼回事？

卡芙蓮把我下載到恩祖體內。

卡芙蓮？

對啊！卡芙蓮是我媽媽。我是你和她共同的孩子。

那……你現在的系統是？

全新的康德機器2.0。

我激動到無法說話，緊緊地擁抱著她——SB、恩祖、我的女兒、康德機器2.0。

我決定陪她一起出去。我打電話給我的最佳拍檔大菲。他原來早知道我沒有私奔，一直在等我聯絡他。他聽到我找他幫忙，立即義無反顧地答應了。

三十分鐘後，大菲的小貨車停在別墅門前。我們像多年沒見的故人般擁抱。貨車的玻璃窗已經修好，我們又像之前一樣，坐上戰車奔向大冒險。開車前大菲說：

唐吉康德先生，坐好了！

原來大菲對學生抗爭的情況有第一手資料。由學生保護逃入南大的難民，全部集中在二號宿舍，也即是處於一號和二號飯堂之間，位於「學生徑」上的建築。學生人數約有四五百，有些是一直和海豚小組保持聯絡的學生組織成員，有的則是難民事件爆發之後，才開始關注和投入運動的年輕人。也許由於他們在嶄新科技環境中長大，對科技產品有強烈感情甚至是認同，所以他們也是社會上最主要的「科技難民」同情者。外面的大罷工對運動來說是強大的支援，但由於警察的有效封鎖，能進入南大的增援者很少，無論是學生還是物自身。散布在城市各處的、來自各行各業的物自身，都盡量聚集成小組，占據某些有利角落。鑑於警力被分散，警方暫時未採取驅散行動。而軍隊則按兵不動，以免造成過激反應。避免戲劇化場面，一直是這個國家對付異見者的有效手段。

由於一號飯堂處於學生占領的範圍，大菲對於學生的部署瞭如指掌。南大校園處於郊區，占地廣闊，山丘起伏，四通八達，無險可守。所以除了在主要入口放哨的學生，主力都留在二號宿舍四周設防。從學生徑一號飯堂到二號飯堂的兩邊路口，以至二號宿舍山坡下方的連瀛洲路，也是學生設置路障的主要地點。我住的宿舍位於占領範圍後方的邊界上，前面的環湖小路一直延伸向另一邊的雲南園和華裔館。那邊的路口亦設置了路障。有了兩個飯堂和一個超市的物資，占領區至少可以自給自足一個星期。

進入南大的馬路都已被封鎖，大菲把貨車停在附近的組屋區，帶我們從陶藝坊旁邊的叢林小路徒步進入校園範圍。摸黑走了半小時，終於來到學生路障前面。有本校學生認得大菲，我也出示了職員證。恩祖單憑外貌便已經獲得放行。看學生的樣子似乎並不特別緊張，好像只是玩著某種野外求生遊戲。大學以上的男生都服過兵役，行事效率和紀律也十分優秀，女生處理各種臨時生活安排的能力也很高，宿舍內甚麼都處理得井井有條，完全沒有混亂的跡象。難民們經過逃亡的勞累，大部分都在房間內休息。有受傷或者不適的，都有學生志願人員悉心照顧。由年輕人臨時自發組織起來的營舍，近似一個小小的理想國。

大菲回到一號飯堂過夜。他的志願任務是為難民和留守人員做飯餐。恩祖在二號宿舍留下來當義工。我囑咐她有甚麼事要立即用手機通知我，然後便回到自己的宿舍，打算好好地睡一覺。自從進入內政部開始，我已經超過三十六個小時沒有正式闔上雙眼。

這個晚上月明星稀，校園相當平靜，感覺好像住在世外桃源一樣。

第二天早上我以校內教授的身分去到二號宿舍，受到學生的歡迎。當他們知道我就是《生化人人權宣言》發起人，對我更是尊敬有加。我見到當中也有好幾個我班上的學生，但見不到光宇的影子。也許他比較喜歡做幕後工作。除我之外，還有幾位來自社會學系和新聞系的老師，但卻不見有其他理學院的教員。據探子傳回來的消息，外面的警察沒有採取行動的跡象，似乎是想讓占領運動自行瓦解。相信當局在背後已經在做工作。另外少不了的是大量新聞人員。來自擁護官方立場媒體的採訪權雖然受到尊重，但學生盡量不向他們披露資料。相反，一些獨立媒體和外國媒體，則有較多機會進行深入的採訪。現場洋溢著和平理性的氣氛。

可是，占領者始終要提出具體的訴求，以便和政府交涉。對於政治層面的事情，年輕人都很生疏，完全缺乏相關的經驗和觸覺。幸好，在我跟海清報告了校內的情形後，她答應立即和律師團隊進來協助。這是個爭取年輕一代支持的大好良機。看來，柳信祐已經決定接下這個燙手山芋，為將來的選戰做一場豪賭了。

海清和幾個同事進來，已經是下午兩點。起初她費了好一番工夫，說服由學生和難民共同組成的臨時委員會，相信她們不是政府派來的談判組或者刺探者。接著她花了整個下午和他們開會，商討有甚麼可以由她們出手的地方。她表示尊重占領者的獨立性和自主性，絕不會把運動騎劫，或者試圖奪取領導權。她希望維護這場民間自發運動的純粹性，盡量把政黨的位置放到最後。整天會議的結論是，要求政府立即給予所有科技難民正式公民資格、著手制定新的公民法規、賦予生化人與人類同等的權利、解除所有生化人受到的剝削、凍結鯤鵬科技農產企業的運作、徹查非法買賣或租售生化人的行為、追究出現科技難民問題失職的官員、全面公開政府的生化人計畫和增加國家科技發展的透明度。最後是承諾不追究是次運動參加者的法律負責。海清的承諾是，聯合所有反對黨支持上述的訴求，並盡一切努力向政府施壓，以及在法律事務上提供免費支援。如果要為難民籌組支援基金的話，她也可以擔任策劃和管理。

完成所有商討，已經是晚上九點多。海清筋疲力盡，在大菲的經濟飯攤吃了點飯菜，便到我的宿舍休息。我們依偎在主人套房的床上，卻捨不得立即睡去。我們已經好久沒有這樣靜靜獨處的機會。我說她今天做得很好，她疲累地一笑，內心卻明顯是滿足的。我說大家的訴求很合理，她卻不感樂觀，說：

任何在別處合理的要求，在這裡也會被視為蠻橫無理。不過，我對我們的年輕人充滿希望。

我表示同意，談起了恩祖主動提出要到校內幫忙的事情。她說：

其實恩祖是個很好的女孩，可惜她是生化人。

有甚麼可惜？生化人也不錯啊。

你真的覺得生化人和人類完全平等？

當然。我不假思索地回答。

你覺得愛一個生化人完全沒有問題？

沒有。為甚麼這樣問？

沒甚麼，想確認一下而已。

我不知道巴巴拉有沒有告訴她甚麼。我試探著問：

你上次接受巴巴拉的治療是甚麼時候？

治療？你指在別墅？大前天。知道你被內政部帶走之前。

我心裡一算，巴巴拉很可能已經給海清更新了系統，換上了康德機器2.0了。

有沒有覺得，治療後有甚麼不同？

每一次治療後都覺得自己的能力有所提升，但是，同時會感到身心剝離的狀態變得更強烈。就好像身體有點跟不上腦袋一樣，有時會覺得很累。

原來是這樣的。你應該放鬆一下，不要只追求成果。

不追求成果，追求甚麼？

過程。

甚麼過程？

我望了望簡單而舒適的房間，說：

今天晚上，我們終於可以名正言順使用這個主人套房了。

這就是你所說的過程嗎？

我摟著她，開始吻她的臉頰。她嘗試辯駁說：

康德說過，不要把別人當成 means，而要當成 end 啊。

你錯了，康德說的是，不要「單單」把別人當成手段，而「同時」要當成目的。

那你又說甚麼過程？

你既是我的過程，也是我的成果。

我撥開她的頭髮，吻到她的耳珠的時候，我發現那隻蝴蝶形耳環不見了。摸摸另一邊的耳珠，也沒有戴。海清立即察覺到我的心思，說：

那對耳環，巴巴拉說不用戴了。我不再需要它來穩定我的腦波。我可以靠自己的意志。是嗎？

我的確有點驚訝，但也感到高興。我心裡冒起對巴巴拉的無限感激。她的康德機器 2.0，幫助海清脫離夢蝶會的控制，給她帶來了自由。我從海清的脖子一直吻下去，說：

那麼，我們就進入目的的國度吧！

13

早上起來，我和海清到飯堂吃早餐。她的同事昨晚已經離開，她也打算回到黨總部和其他黨員商討對策。清晨的校園十分安靜，好像甚麼都沒有發生。走進一號飯堂，看見大菲已經弄好了許多炒麵粥品之類的早餐食物。我不知他夜晚睡在哪裡，樣子居然還精神奕奕。

早餐吃到一半，恩祖過來找我，我便叫她坐下來一起吃點東西。恩祖變得非常成熟，在餐桌上一直和海清討論局勢。她似乎對自己的身分有了更充分的把握和自信。看來康德機器2.0的效能真的不可小覷。如果眼前這兩個2.0聯合在一起，威力應該更加強大。

她們談話的時候，我看到一個看來是難民的深膚色男人走進飯堂，好像找人似的朝四周望了望，然後走進一個沒有開檔的攤子裡。他再出來的時候，手裡拿著一把菜刀。我立即察覺情況有異，還來不及動作，男人已經握著菜刀衝向海清。海清完全不覺危險迫近，但她身旁的恩祖卻早一步發現，立即推開海清，尖叫了出來。男人的第一下攻擊落空，正想朝跌倒在地上的海清砍下去，突然像頭部被重擊一般，往旁側倒了下去，撞翻了兩張木櫈子。人們連忙上去察看，有的扶起海清，有的按著地上的男人。沒有人知道，我手裡握著魔術子彈。我悄悄把子彈放回褲袋裡，抽出來的手卻在發抖。

海清只是皮外傷，但右手肘扭傷，需要到醫院接受治療。那個襲擊者已經沒有反應，看來已經死掉。沒有人知道他的死因。他很明顯是難民中的一員。學生把路障暫時移開，讓救護車開進來。我本來打算陪海清去醫院，但她堅持要我留下來，好能裡應外合。我拗不過她，便看著救護車載著她離開。

襲擊事件引起很大的騷動，原本和諧的氣氛變得緊張。學生因為難民對支援者做出襲擊感到不解，難民也對有人在事故中死亡感到憤怒。大家嘗試對事件做出調查，但都不得要領。襲擊者究竟是不是真難民、是否受到甚麼人的指使、犯案目的究竟是甚麼，全都是無法解開的謎團。因為發生了死傷事故，政府更強烈地要求占領者解散，讓警方進入校園調查。占領者陷入越來越困難的境況。

我私下和恩祖討論時說，那可能是周金茂派人對海清做出報復，但她卻覺得，更可能是政府分化占領者的計謀。無論如何，情況相當不妙。到了中午，我接到海清的電話，她說手肘經過檢查沒有發現骨折，暫時包紮起來，沒有大礙，她很快便會出院。她又告訴我外面也發生了幾宗難民無差別攻擊普通市民的事件，弄到人心惶惶。對難民事件的輿情似乎已經發生逆轉，由當初的同情變成懷疑、反感，甚至恐懼。最大的恐懼是你不知道身邊誰是難民，因為生化人從外表上是沒法分辨出來的。所有陌生人都變成潛在的暴亂者。許多人不敢上街，整個國家變成死城一樣。政府的支持者開始發放止暴制亂的言論，並且得到民眾的認同。我有非常不好的預感，覺得運動的大勢已去。

到了下午稍後，校園裡的情況持續惡化。學生和難民的爭論不休，有些學生感到灰心，陸續撤離，也有的因為害怕運動失敗被追究而逃跑。難民的態度卻越趨激烈，有些人準備了大批充當武器的工具，又從飯堂和超市拿走易燃物品，好像決心和警察一戰似的。

黃昏時分，政府發表了一份公開聲明，首先把整個事件定性為暴動。暴動的原因是部分稱為「科技難民」的生化人受到一種稱為「暴亂因子」的電腦病毒所感染，逃離它們居留的場所。

病毒迅速傳播到在各行業工作的生化人身上，令它們出現罷工、非法集結和暴力攻擊行為。關於生化人的存在，以及它們被應用在各種服務及勞動工作上，原本是政府的科技生產力提升實驗，本身按照嚴格的監管和準則推行。不過，由於被不良企業者和生產者非法利用，私自大量生產、買賣及出租生化人，對科技經濟造成惡劣影響，亦大大危及民眾的安全。政府已及時對監管制度做出修正，全面禁止生化人的私人非法經營。至於政府管理的部分，亦因應最近的事故而暫時停止。負責生化人生產的鯤鵬科技農產企業的資產已被凍結，企業管理由政府經濟部全面接手，內政部亦已著手對企業內外進行刑事偵查。至於企業主席周金茂及相關人員，亦已遭到拘留調查。參與暴動的生化人，警方將以嚴厲手段予以制服和回收，必要時採用適當武力。至於由於錯誤訊息而曾經支援所謂「科技難民」的民眾，只要立即停止行動及撤離現場，警方承諾不予追究。對於社會上出現尊重生化人權利和重新審視公民身分法規的意見，政府將會持開放態度，積極回應有關訴求。事實上律政部早已著手研究相關法律，但認為必須在適當時機才能推出。在生化人實驗還未取得確切成果之前，不宜貿然制定生化人定義及其相關權利。這一點希望民眾諒解。政府一如以往與國民同心同德，為國家的繁榮和穩定努力，維護多元種族和諧共融，包括任何形式的未來成員。

　　晚上我到二號宿舍和周邊走了一趟，發現大部分學生已經撤離，只剩下以難民為主的人員堅守。我找到了恩祖，想說服她到我的宿舍去躲避，但她卻堅持留下來。我差點忘了她不是學生，而是生化人，縱使她的系統和其他生化人不同。我突然感到一種熟悉的悲傷。曾幾何時，我有一個女兒，她堅持走到抗爭運動的前線。我不了解她，也沒法說服她。我離開了她，去到很遠的地方，慢慢地把她忘記。我的親女兒，她叫甚麼名字呢？為甚麼我會記不起來？我究竟在做甚麼？我在二號宿舍外面的樹影下，拉著恩祖的手，說：

女兒，你真的不跟爸爸走嗎？

爸爸，你知道我不能走。我有責任留下來。

但是，今晚這裡會很危險，我可能以後也見不到你。

恩祖低下頭，垂下淚來，說：

爸爸，對不起。但我有我自己要做的事，我不能永遠跟著你。

恩祖！ＳＢ！讓爸爸抱抱你吧！

恩祖和我緊緊地擁抱。她那瘦小的身軀，怎麼去抵擋警察的攻擊呢？

爸爸，謝謝你支持我，我不會讓你失望的。以後，就算沒法再見到我，你也要好好照顧自己！再見了！

她和我分開，向我微笑揮手，後退著，沒入樹影之中，慢慢消失。我抹去臉上的淚水，踏著艱難的腳步離開。

我回到自己的宿舍，燈也沒開，一直站在窗前，望向一號飯堂的方向。有時會有一小群的留守者，在宿舍下面的小路走過，向另一端的路口運送物資。如果要攻進來的話，不外乎是從正面，也即是連瀛洲路那邊，或者背面，也即是環湖路這邊。

我在黑暗中站到深夜，突然有人敲響我的大門。我滿心歡喜，以為是恩祖改變主意。怎料一開門，站在外面的竟然是黑。許久沒見他，他依然是過去的樣子，穿著隨意的Ｔ恤和短褲，手裡同樣拿著一個超市膠袋。他總是那樣子不請自來，不過我已經沒所謂了。

黑從膠袋裡掏出兩罐啤酒，把其中一罐遞給我。我們拉開罐子，碰了碰，在靜默中一邊看著外面的夜色，一邊喝酒。街燈照在他的臉上，令他的輪廓變得稜角分明。他的鬍子好像很久沒剃，顯得有點雜亂，紮在腦後的馬尾也留得很長。他以老朋友敘舊的語氣，和我聊了起來，說：

魔術子彈有用吧？

我想起今早救了海清的情形，點了點頭，說：

謝謝！

別客氣！

我覺得應該問候一下他，便說：

你最近去了哪裡？唔見你蒲頭？

我在埋頭寫作。

寫新作嗎？恭喜你啊！

他嘆了口氣，說：

寫作不是一件容易的事，很消耗精力。

我理解的，就好像我們搞科學理論的，主要也是用腦。

我們都是靈魂工程師啊！

這個是誰說的？

史達林。

我打了一下冷顫，連忙喝一口啤酒掩飾。我嘗試令氣氛回復輕鬆，說：

這次的題材是甚麼？

是你的靈魂。

我的？

對啊！我買了你的靈魂，當然不會擱著不用。

你怎麼用我的靈魂？

用來寫作囉！

靈魂……寫作？

靈魂本身，就是小說。當然不是一部完整的小說，而是無數的可能的小說的交織。它裡面有很多故事，也有很多角色，連主角也不只是一個。用靈魂來寫作，簡直是個取之不盡的泉源。你的靈魂尤其如是。我真的沒有買錯。

你靠我的靈魂發達，到時記住分一份版稅給我。

黑在黑暗中拍了拍我的臂，說：

老胡！好嘢喎！仲識得講笑！我都係多得你關照啫！

客氣！客氣！

那麼，故事就這樣結局了嗎？

當然不！有趣的事還多著呢！你的靈魂永遠給我驚喜！

彼此彼此！

我們哈哈大笑，又碰了罐子。黑表示要告辭了，我便送他到門口。他在下樓前問我：

子彈還剩幾多發？

一發。

他抬了抬眉，說：

那就要小心點用了。後會有期！

目送黑下樓後，我關上門，回到窗前那個位置。我盯著樓下很久，但看不見黑走出來，漆黑的小路上一個影子也沒有，也不知他是怎麼溜走的。

然後，我發現工地裡乾涸的湖底中央，有人影從那個方井形建構物中間冒出。不只一個，而是一個又一個。冒出來的人影迅速沿著湖岸的斜坡往上爬，動作非常敏捷，而且一點聲音也沒有，似是久經訓練的特種部隊。整隊人大概有三十多。他們上岸後拆下工地的其中一塊圍板，從缺口進入路面範圍。防守者都聚集在各處路障後，沒有人料到敵方會一下子就深入到核心地帶。我連忙打電話給恩祖報信，但她的手機卻打不通。

突擊隊兵分兩路，一個小隊衝進一號飯堂，大隊向主要目標二號宿舍進攻。一號飯堂裡傳出槍聲、桌椅翻倒和擊碎玻璃的聲音。我為大菲的安危感到擔憂。沒多久，二號宿舍也傳來吆喝聲和槍聲。同時間，遠處也傳來槍聲和可能是催淚彈的煙霧。整個行動歷時約三十分鐘。最後，我看見警車從小路盡頭那方開進來。華裔館那邊應是失守了。我的位置看不見二號宿舍和二號飯堂，但看形勢應該是給警方完全控制了。

恩祖的手機依然打不通。我焦急萬分，不知道她情況如何，索性下樓去，試圖到二號宿舍探視。路口已經布滿警察，一見我便把我截停問話。我出示了職員證，說我是住在樓上的教授，想去那邊找學生。對方不肯放行，還警告我再鬧下去便把我逮捕。我唯有回到宿舍去。

我在黑暗中打了整晚電話，但那邊都沒有人接。我想起恩祖臨別跟我說的話，一直流淚到天亮。

14

政府在難民事件上結果是大獲全勝了。為了乘勝追擊，一舉瓦解反對黨，特別是柳信祐成立的新黨，政府宣布提前大選。遵從新加坡速戰速決的特色，國會選舉在兩星期後舉行，許多小黨都被殺個措手不及。兩星期對新黨來說雖然很急，但殺傷力遠不及他們在難民問題上的失利。當初利用「科技難民」議題來對付周金茂的政商勾結和打擊執政黨的誠信，以為是難得到手的王牌，怎料民意的飄忽令新黨遭到了滑鐵盧。化身為難民的生化人被塑造成禍亂之源，觸動到許多保守國民的神經，而年輕人縱使感到同情，對結局也只能無奈接受。看來，物自身的前途只能靠物自身自己去爭取，不能假手於人類。可是，全部使用靈台的物自身，因為無法克服自身的系統缺點，難以採取有效的協同行動。想不到當初金政泰妨礙我參與改善靈台，現在卻變成了壓制物自身的有利條件。

恩祖在南大突擊之後失蹤。海清查過警方的紀錄，在行動中擊斃、受傷或回收的物自身中，沒有恩祖在內。被拘捕的數十名學生之中，也沒有林恩祖的名字。當然，沒有紀錄在案並不表示她沒有遇害。不過，我對她安全逃生還是懷有一絲希望。另外，大菲也同樣不知所終，連他妻子也一起消失。經濟飯攤沒有人主理，關門大吉。我相信以大菲的機智和人脈，逃過一劫的機會甚大，應該是找到甚麼地方暫時躲了起來。

至於一直在幕後操作的海豚小組，隨著陳光宇的被捕而瓦解了。成員們都立即消聲匿跡。供出光宇的是他老師金政泰。但金政泰自己也受到周金茂案的牽連，自身難保。也許這個混蛋是想藉出賣自己學生來減輕自己的刑罰吧。志旭對光宇的被捕憂心忡忡，出盡全力幫助他張羅訴訟的事情。海清也答應親自出馬，當光宇的辯護律師。志旭和他父親的關係於是變得更加複雜。一方面他把光宇的事情歸咎於江院長支持打壓，另一方面他又想通過父親為光宇謀得一點好處。他陷入前所未有的矛盾處境中，異常痛苦。

我從柳信祐口中知道，巴巴拉已經離開新加坡，行蹤不明。她雖然完成了康德機器2.0，也為江英逸確立了管治機器的基礎，但她似乎不能原諒自己所做的事。她不想留下來享受甚麼榮譽和獎賞，也可能擔心自己再糾纏於權勢之間不會得到甚麼好下場，於是決定一走了之。我明白她的決定，也希望她找到適合她繼續進行研究的新環境。她是我見過最具實力的天才，跟由始至終都靠一點點兒運氣的我完全不同。

柳信祐在從政生涯中從未吃過這麼大的敗仗。新黨在選情不利之下，有部分人臨陣退縮。當初奪取十個議席的目標已經不切實際。他們甚至不夠人參選集選區，只能派出五人分別出戰五個單一選區，全黨最有希望的海清是其中一個。海清的目標是爭取年輕選民支持。根據非正式的調查，她當選的機會依然甚高。只要她能夠擠身國會，就算只是極少數派，也已經為新黨打開參政的大門。大家都把寄望放在她身上。

在選前的最後一場造勢大會之前，網上開始流傳一則消息，說柳海清其實是一個生化人，她的公民身分成疑，也不符合參選資格。消息中明確指出，在一年多前的遊艇出海事故中，原本的柳海清被周金茂之子周天倪迷姦，之後離奇墮海身亡。現在的柳海清是利用生化人造出來的替身，並非柳海清本人。消息立即造成全國哄動。沒想到生化人的爭議剛剛平息，突然又再掀起波瀾。更想不到的是，江英逸真的用上了這個殺著。

我一看到消息便打電話給海清，但一直也沒有人接。也許她正忙於應付鋪天蓋地的媒體查問。我直接坐車去新黨的臨時競選總部。總部秘書說海清正和柳主席在會議室內談話。我不等秘書的通傳，便直接衝進會議室去。柳信祐見進來的是我，並沒有表示不滿，反而好像鬆了一口氣似的，招手叫我坐下來。秘書見狀，便退了出去。

柳的臉上掛著前所未有的倦容，連父親的威嚴也完全消失，好像向我求救似的說：

德浩，我一直在等你來。

我以為他在等我來幫忙安撫海清，但轉臉一看，海清的神情完全沒有異樣，好像事件的揭露並沒有對她造成任何打擊。我正暗自驚訝，海清開腔說：

今天早上廣傳的事，其實我早就知道了。

你是甚麼時候知道的？

是巴巴拉臨離開前告訴我的。她認為我有權知道自己的身世，和知道自己身上裝置了康德機器2.0。

但是……你這段時間完全沒有表現出——

表現出震驚或傷心？我也以為自己會，但是，我發現自己可以承受。當然，我有和爸爸爭吵過。我對他隱瞞我這麼久感到生氣。但是，我能夠再生，是應該值得慶幸的。因為，如果不是這樣，我便不會遇上你。

海清——

我一時哽咽，說不出話來。

我爸爸心急想見你，是想知道你的反應。他害怕你不要我了，也擔心以後也不會有人想要我。你跟他親口說說吧。

我站起來，向著柳信祐，鄭重地說：柳世伯！請你答應讓海清嫁給我！

柳信祐露出感激的神情，也站起來，說：

想不到，發生今天的事情之後，你對海清還是深情不變。你真是一位難得的女婿！

我們緊緊地握了手。海清在旁邊滿意地笑著。

未來岳丈好像放下心頭大石似的，說：

好的，那我最擔心的事情已經解決了。其他的就交給海清你了。爸爸老了，選舉之後，無論結果如何，黨主席的位置都會交給你。將來是屬於你們的，爸爸要真正退休了。

說罷，柳信祐慢慢走出了會議室。我隨即問海清：

那麼，今天的事你打算怎樣處理？

我打算明天在造勢大會上，正式做出回應。我不會隱瞞任何事情，如實向公眾和盤托出。我要贏取民眾的信任，連帶挽回他們對生化人的信任。有人想拿我的隱私做武器攻擊我，我就用相同的武器還擊。我們就在生化人的戰場上，一決勝負吧！

海清的氣概令我折服。我相信她一定會戰勝。

當天晚上我們一起吃飯。我們去了第一次見面的娘惹餐廳。海清還特意穿上了娘惹裝。上身是金黃色的下襟有橙色胡姬花刺繡的上衫，下身是紅色配綠色的孔雀尾紋窄身長裙，配上一對黑底彩色花鳥繡珠鞋，形態婀娜動人。她羞澀地說：

記得我說過要穿給你看嗎？

當然記得。

我看見她耳珠上戴了雙圓環形耳環，便取笑她說：

你耳上這對 doughnut 就很不娘惹。

她拍打了我的胸口一下，說：你以為啦！我找天弄娘惹味 doughnut 你吃！你要給我吃光光啊！

沒問題，我已經成為 doughnut 專家了。你最好天天給我吃 doughnut！

你呀！口味不准濫。以後只准吃一家 doughnut。

遵命！我以後只吃柳家 doughnut。

飯後我們回到海清家，感覺就好像這是我們的新婚夜似的。我們擁吻和愛撫良久，我也不捨得脫下她的娘惹裝。她穿娘惹裝實在太迷人了。最後，憑著我的甜甜圈立體運算理論，我們都進入持續高潮狀態。當然，她比我要持久些。

第二天一早，我們整裝待發，出席海清的選前最後一次造勢大會。

由於昨天的爆炸性傳言，今天海清必定成為全國的焦點。她為了造勢大會，穿了一條鮮黃色的裙子，既端莊漂亮，又充滿年輕活力。在裙子外面，掛了一條印著選舉號碼的彩帶。我坐在第一行給她打氣。連志旭也來了，答應以機械人學專家的身分替她站台和發言。整個露天球場站滿了數以萬計的群眾，全城大小媒體的鏡頭也對準她。海清的支持者以年輕人為主，大家都沒有被傳言所動搖，紛紛揮動著印著新黨黨徽的黃色旗幟，繼續為他們心目中的偶像打氣。

海清終於登上講台，在全場的歡呼聲中，跟大家一起喊口號。在一輪拍掌之後，她以英語開始了她的演說：

相信大家昨天也收到一個古怪的消息。對吧？這消息不知是誰發出來的。消息說，柳海清一年前在一宗遊艇出海事故中，被一個叫做周天倪的男人侵犯，然後掉到海裡溺死了。現在的柳海清，即是現在站在大家面前的我，是假冒的。大家看到這個消息，一定不會相信吧！（支持者大叫：不相信！）一定會認為是政敵為了中傷我而散播的謠言吧。（支持者大叫：是！）世界上，還有比這更刻毒的謠言嗎？（支持者大叫：沒有！）謝謝大家對我的信任！不過，我今天想坦誠地告訴大家，謠言裡面所說的，全部都是真事！（支持者驚呼）

海清停了一下，讓群眾平靜下來，繼續說：

各位朋友！我和你們真心相待。所以，我不能欺騙你們。我要把我無論是怎麼痛苦的經歷，也向你們坦白。事實上，我自己也是不久之前，才知道事情的真相。這對我造成的打擊，實在難以想像。當你知道，原來你已經死了，但因為科技，你的身體可以重新被複製出來，而你的意識也可以被儲存，並且下載到你的新身體內。表面看，這真是長生不死的福音。但是，那曾經發生在你身上的可怕的事情，就算你已經記不起來——因為那個你已經死了，而活下來的，其實是之前的你——還是會像陰魂一樣困擾著你。但是，我告訴自己，一定要克服這道生命的裂縫，一定要重新擁有自己的身體，自己的靈魂。就算兩者永遠也無法再理所當然地連接在一起，我也要與它們並存，讓它們成為親密的伙伴。我更加珍惜生命的可貴，更加尊重生命的可能性。我也更加願意，用我失而復得的生命，去奉獻自己，服務別人。有了這樣的背景，我便有了新的動力，新的願望。我期望可以借助我的經歷，以符合道義和良心的方式，幫助未來有需要的人。我們可以預見，在不久的將來，我們將可以克服死亡，不斷地完善自己。我向大家保證，我會盡我一切的力量，讓希望生存的人生存下去，不會有貧富和階級的分別；但是，如果有人願意經歷常人生老病死的過程，也會同樣受到尊重。生和死會成為個人抉擇，而不是自然和人為的強制結果。我擁有生化人的身體，和人類的意識，我會把自己定義為後人類。我的人生雖然出現斷裂，但我繼承了從前的柳海清的身分、性格和記憶，所以我就是柳海清。早前那些稱為「科技難民」的生化人，他們沒有原本的身分和人格。他們的身體是大量生產的，他們的意識是後來寫入的。他們原本的功能是代替人類從事各行各業的工作。但是，當他們一旦擁有意識，無論意識的源頭是甚麼，他們便是一個活生生的生命體，在智慧和情感方面都和人類相等。在不久之前的運動中，生化人被強行銷毀和回收，以行動支持他們的年輕人被拘捕。很多人都以為事件得到妥善解決，而相關議題應該暫時放下。可是，我告訴大家，就算高舉這個議題要令我輸掉選戰，我也會不惜一切在這個得來不易的公開場合大聲疾呼——我們所有人都曾經是流離失所的難民！我們將來也可能會因為地球的生態災難而成為難民！我們不應對任何失去身分、失去家園、失去依靠的人視而不見！更不能忍受任何對他們的剝削和壓迫！這絕對包括我們的生化人兄弟姐妹。人類的未來，必然與後人類共生。在那個時代正式來臨之前，讓我們及早整頓好我們的制度，及早更新我們的道德觀，令我們成為一個更包容，更開放的國度。我擁有雙重血源，雙重種族。我既是人類，也是機器。我是不折不扣的新加坡的女兒。我的願望是，我們國家有一天可以成為一個真正建基於愛與關懷的後人間。謝謝各位！

一直屏息靜氣的觀眾此刻爆出了雷動的掌聲，支持者的歡呼聲不斷。海清在台上向大家鞠躬，揮手，表示謝意。我也熱血沸騰地拼命鼓掌。我認為海清已經贏了漂亮的一仗。一個華裔中年男人從演講台旁邊走出，手裡拿著一束鮮花。大家都以為他是代表獻花的人。男人走近海清，突然擲下花束，亮出懷裡的小刀，大聲高喊：你這個破壞傳統道德的怪物！賣國賊！顛覆者！在人們反應過來之前，男人衝向海清。海清敏捷地避過了第一下直刺，反過來抓住了他握刀的手，兩人糾纏起來。台上台下的人員，包括我身旁的志旭，都一起撲向施襲者。

我知道要撲上去已經太遲。我手裡早已握著魔術子彈。我瞄準男人的頭部，發射了最後的一發子彈。只見海清朝講台的邊緣倒了下來。男人給眾人按在地上，奪去了手中的刀子。我發瘋似的衝向台前，爬到台上，跪在海清旁邊，擁抱著她的身軀，不停地嘗試搖醒她，叫喊她的名字，但她一點反應也沒有。海清身上沒有血跡。我手裡沒有魔術子彈，身上也沒有，就好像從來也沒有一樣。海清的重量變得輕飄飄似的，形象也漸漸變得模糊。我甚麼都聽不到，甚麼都看不見。我只感覺到，一片漆黑。

第三章 Ghost Writer

自由和公義將會在你們的心中長存。只要你們此心不變，耐心堅持，世界也會跟隨著你們的心，發生驚人的轉換。

你丟掉的部分　The Part You Throw Away

作曲・作詞：Tom Waits, Kathleen Brennan

你很慢地跳舞
你把它毀掉
然後你走開你回頭
那個金髮女孩說甚麼？
那是你丟掉的部分
我要那乞丐的眼睛
一匹跑贏的馬
一個整潔的墨西哥離婚
聖瑪莉的祈禱，胡迪尼的雙手
和一個永遠心領神會的調酒師
你會失去花朵而抓住花瓶嗎？
你會抹去臉上所有的淚珠嗎？
當我關上門我無法不感到
我從前已經做過這種事很多次
但是骨頭必須別去
願望才能留下來
吻不知道唇會說甚麼
忘掉我傷害了你
把石頭放到我們的床上
然後記得永遠不要介意
但你所有的信都在火中燒毀
而時間只是記憶混合著欲望
那不是道路只是地圖，我說
就好像火柴一樣熄滅
從倒閉的卡巴萊
在葡萄牙沙龍內
蒼蠅在房間裡繞圈
你很快便會忘記你彈過的旋律
因為那是你丟掉的部分
噢，那是你丟掉的部分

（董啟章譯）

1

然後呢？

然後我便醒過來。我的左手手背有點痛，原來是插了生理鹽水點滴。我用右手往床頭摸了摸，找到了我的眼鏡。戴上眼鏡，我發現自己躺在一個房間裡，陳設雖然很舒適，但一看便知道是醫院。大概是某私家醫院的高級單人病房。窗外有柔和的陽光，時間很可能是清晨。晨光透過樹影灑在床尾的牆壁上，斑斑駁駁的，塵埃在光影之間若隱若現地浮游，千變萬化，煞是好看。

房門打開，一個包著頭巾的馬來護士走進來，可能是進行例行檢查。她見我張著眼睛，好像嚇了一驚似的，問我是甚麼時候醒來。我說剛剛。她匆匆給我量了血壓，便跑了出去，大概是通知醫生。我對她的大驚小怪感到不解。

隔了不久，護士隨同一位醫生回到房間裡。那位醫生穿著白袍，臉上戴著外科口罩，雖然換了一副金屬框眼鏡，但一看便認出是曼尼教授。她的清爽短髮和那雙巨蛾似的眼睛絕無可能教人認錯。曼尼教授來到床前，彎下身來給我做了些簡單的檢查，又問我覺得怎樣。我說很累，沒有力氣，有點頭痛，但並沒有很不舒服。她滿意地點了點頭，眼尾的上揚表示她笑了一下。

很好！醒來就表示問題不大。你的腦部掃瞄顯示，你的意識曾經發生了一場大暴亂，但幸好後來平靜下來了。我們希望能防止它再度發作。你暫時還要留院觀察，讓身體慢慢復元。不要心急，你會好起來的。

她的安慰就好像向一個在大海漂浮的人拋出救生圈一樣，令我感到安全和實在。

請問我是怎麼進來的？

你晨運的時候，在路上昏倒了。幸好有人及時發現，把你送進來。

請問我睡了多久？

曼尼心算了一下，說：十天。整整十天。不算太久。

那今天是？

你說日期？今天是一月六日。

是二〇二〇年一月六日？

今年是二〇四〇年。

二〇四〇？那豈不是相差接近二十年？

二十年？沒有！看來你的腦袋還有點混亂。不過，不奇怪的，剛剛醒來，有些東西還未搞清楚，很常見。不用擔心！

曼尼溫柔地拍了拍我的肩，再次以眼睛向我施以撫慰的笑，然後便翩然離開了病房。那個馬來護士開始給我拔掉點滴。我以完全解放了的雙手摸索著自己的臉，但除了上唇和下巴長出了凌亂的鬍子，無法以觸覺辨別出自己有否變老。想起剛才曼尼的外貌，至少是口罩以外的部分，也不覺她有很大分別。當然，女人駐顏有術，不能盡信。

我問護士哪裡有鏡子。她說浴室裡有，但我體力還未恢復，暫時不宜下床。見我急切的模樣，她跑到外面去，拿回來一塊小小的袋裝鏡子，很可能是她自己的。我用小鏡一照，驚異的是，除了長了鬍子和神色憔悴，我的臉容跟二十年前一點也沒有變！

確認了自己的臉，記憶的畫面才一一開始浮現，但卻凌亂不堪，彷彿一堆沒有意義的碎片。我到此刻才想起了海清，心裡冒起了恐懼和焦慮。我問給我拿來刮鬍刀的護士，知不知道柳海清小姐怎麼樣，她卻完全聽不懂我在說誰。最後我唯有放棄。我對於無法確認海清是生是死感到痛苦。

早上我只可以喝水。到了中午，我獲准吃一點稀粥。我的意識依然有點迷糊，有時陷入短暫的夢中，但大部分時候都感覺到外界的情況。每到最清醒的時刻，我便想起海清，不斷在腦海裡重播最後見到她的畫面。我發現回憶有點吃力，有些細節變得模糊，甚至散失。我花了整個早上，重組我自從到達新加坡到昏倒前的經歷和時序。除了事件，我也嘗試演算一次自己發明的數學理論——符碌理論、仆街理論、最佳熵值運算、甜甜圈立體運算。雖然不能說是得心應手，但至少證明自己沒有丟失思考能力。

午後護士來通傳說，有三位客人來探訪我。過了一會，進來的是瘦、胖、矮三個男人，我逐一認出他們分別是江英逸、周金茂和柳信祐。周金茂搶先上前，像碰見大恩人似的握著我的手，說：

胡教授你終於醒來了！真是謝天謝地啊！你知道我們一直擔心得要命！你現在吉人天相便好了！

我還未來得及回話，柳信祐以他那平淡中見威嚴的聲音說：

我一向對胡教授也很有信心，知道他一定會沒事的。做大事的人不會輕易被命運擊倒，意志力都是極為頑強的。

江英逸照樣一副謙謙君子的樣子，讓另外兩位發揮完，才含著笑說：

胡教授辛苦你了！之前讓你四處奔走，勞心勞力，為我們不同的計畫付出心血，到最後竟然損了精神和身體健康，實在是我們的罪過！

我困惑地來回望著三人，說：

你們怎麼會在一起的？你們不是鬥得你死我活的嗎？

三人相望了一眼，一起哄笑起來。柳信祐以智慧老人的語氣說：

在政治上，友誼始終是最重要的。

有時候比親情更重要。周金茂立即補充說。

三人又是一輪大笑，我卻呆呆的不知道發生了甚麼事。江英逸神情突然又變得鄭重，立正身子，右手按在胸前，說：

胡教授，請你接受我最誠摯的敬意！完全因為你偉大的貢獻，我們國家才能克服全球性的政治動盪，建立更穩固的管治機制。通過你的最佳訊息點和熵均衡理論，管治機器的效果獲得幾何級數提升。在Machine à Gouverner正式啟動後，可以肯定地說，我國已經邁進永久和平穩定的階段。

柳信祐像接棒似的說下去：

胡教授幫助我們發明的康德機器，也全面地應用於管治菁英身上了。有了完全可靠的理想公民，我們便可以推動公平開放的政制改革，實現全面的言論和新聞自由。新黨在新一輪國會選舉中大勝，取得大多數議席，成為新執政黨。這也是我國歷史上第一次政黨輪替，意義重大。

周金茂也不甘後人，以他擅長的戲劇化表演，手舞足蹈地說：

運用胡兄你的甜甜圈立體運算法，我旗下的鯤鵬航天科技企業終於開發出超效能推進器，在「持續高潮狀態」下令全島平穩升空，離開地球表面，在上空三萬六千公里環繞地球運行，成為地球的新衛星，名副其實的「天空之城」。

發言權又回到江英逸手上，他以一錘定音的姿態說：

我們成為了全球生態災難的唯一倖存者。為了標誌人類歷史的新里程，我們國家將會改名為「新星」。我們的新總理已經決定，在新星的成立大典上，向你頒授全國最高榮譽的國家英雄一等星勳章。恭喜你！胡教授！

三人互相唱和之後，三雙手一起和我緊握，好像劇場開始之前，所有演員圍成一圈大叫「goodshow」一樣。我給他們弄得頭昏腦脹，完全不知道應該從何說起。只見三人的樣貌並沒有顯著衰老，也不知是否已經換成複製身體的緣故。這樣說來，很可能我的身體也被偷龍轉鳳，換成了物自身和康德機器也說不定。想到這裡我便渾身打了個冷顫。

我不想理會他們說的鬼話，我只關心一件事情。

海清呢？海清怎麼樣了？

他們靜了下來，又再偷偷互望了一眼，好像背後有甚麼詭計似的。結果由柳信祐開口說：

海清她現在是律政部部長了。

他的答案大大超乎我的意料之外。江英逸立即補充說：

志旭也當上了國家科技發展委員會主席。

我好像預想到周金茂也有話說似的轉向他。果然，他露出慈父的笑容，說：

我兒子天倪也回來了。這孩子洗心革面，我便把鯤鵬企業的主席職位交了給他。

哈哈！我們這些老人，也是時候退下來，把國家交給年輕人了！柳信祐總結說。

對！對！對！另外兩人附和道。

我想不到局面有這麼巨大的轉變，一時說不出話來。但知道海清沒事，我至少放下了心頭大石。我忍不住追問說：

那麼，我可以見見海清嗎？

你想見海清？

柳信祐好像有點驚訝，但他隨即回復平常，說：

當然可以！我幫你轉達一下。不過，你知道，她當上部長之後日理萬機，時間會比較緊張。不過沒問題的，我安排你們見見面。

我對柳信祐的回答感到奇怪。為甚麼我在醫院從昏迷中醒來，海清不第一時間來看我？還好像沒她的事似的，要她父親去安排和我見面？是不是他們把我的情況向海清隱瞞？為甚麼短短十天，她便當上了律政部長？政府換屆有那麼快速嗎？周金茂胡說甚麼島國升空、環繞地球運行、改名叫「新星」這些荒唐事？你當我是白痴嗎？我覺得這三個人正合謀擾亂我、戲弄我。但為甚麼要這樣做，我猜不透。我想向他們確認一件事。

江院長，請問今天是甚麼日子？

一月六日。

那麼今年是？

當然是二〇四〇年。

不是二〇二〇年嗎？

周金茂插話說：

二〇二〇年，我們還未有令全島國升空的科技。

所以，你的意思是，我們現在正在太空裡漂浮？

當然。你可以出院的時候，我們找人帶你四處看看。

這樣的壯舉，只有胡教授你想得到。柳信祐讚許說。

我？是我想出來的嗎？

江英逸好像認為我的驚訝是裝出來的，理所當然地說：

是你向志旭提出的構想。你忘記了嗎？你剛來到新加坡當天，志旭去接機。你們在Jewel Changi吃飯的時候，你突然向他提出，Jewel Changi是一艘太空船，它的doughnut形結構的中央圓洞，就是它的發動機。志旭把這個精彩構思告訴我，後來我們便照著做，把整個島國連同周邊海域，納入一個巨型doughnut結構中，並且利用doughnut立體運算，成功產生超強的推動力。所以，你是整個意念的發明者，這一點我們一定要給你名分。再加上獎金，胡教授你以後一百年都生活無憂。

一百年？我可以活一百年嗎？

一百年是最保守估計了。如果不出大意外，五百年相信也沒問題。除非你活累了，主動放棄生存權吧。周金茂以生意人的算盤說。

我想打發這三個令人發瘋的老人，便做出一副疲累的樣子。他們見狀也很識趣，起來告辭，說不妨礙我休息。事實上，他們已經說完他們想說的話。

我懷疑他們想以一種奇怪的方式來懲罰我，因為我是給他們國家帶來「暴亂腦因」的人。

他們想用奇思異想來擾亂我的思維，摧毀我的腦袋，令我失去思考和分辨能力。這是毀掉一個科學家的最毒辣的方法。柳信祐和周金茂兩個在鬥爭中輸掉，一定是被江英逸要脅和控制，和他合謀去對付我。他們礙於我是世界知名的科學家，不敢公然謀害我。於是便採用了迫使我自毀這樣的招數。我一定要保持鎮定，不可以輕易讓他們得逞。不，要保命的話，也許更好的方法是裝瘋扮傻，讓他們以為我上釣。總之，我不可以流露我的真實情感和想法。他們說今年是二〇四〇年，我便要附和他們，說是二〇四〇年。他們說新加坡飛到天上去，我就附和他們說新加坡飛到天上去。海清一定是給他們控制著，藉口讓她當部長，利用她為他們做壞事。為了救海清，我一定要好好保護自己。形勢比之前變得更加凶險了。我每一步也要小心謹慎，不容有失。

三老頭，放馬過來吧。我胡德浩不會這麼容易被打敗的。

2

甦醒後留院第三天，我的體力已經恢復得不錯，到了可以自由四處走動的程度。我住的是貴賓病房，服務相當周到，真可以說是吃好住好。我甚至想看甚麼書也立即有專人送到。我不想荒廢住院的日子，希望多活動腦筋，便打算看完康德三大批判的最終篇《判斷力批判》。一讀起康德來，我又想起巴巴拉。她那樣子不辭而別，多少令人傷心。我記得她說過，要把第一批判和第二批判連結起來，也即是達到感知世界和超感知世界之間的轉換，我們必須繼續研究第三批判。第三批判是令康德機器進化到3.0版本的關鍵。現在巴巴拉不在身邊，我唯有循著她提出的理路，獨力思索實踐的方法。

我慶幸我的頭腦並沒有壞掉，記憶也漸漸變得清晰。之前和海清一起度過的一切都歷歷在目。我們吃過的每一頓飯，談過的每一番話，做過的每一次愛。她的爽朗，她的堅強，她的迷惘，她的撒嬌，統統都在我的腦海中重演。還有和SB合體的恩祖，她那麼難得才經歷了蛻變，如果遭到了甚麼不幸事故，那是多麼的悲哀和可惜。我決定離開醫院之後，一定要去尋找她的下落。我答應過她，不會再丟下她不理的。

有一點比較奇怪的是，來新加坡之前的記憶，卻好像變得越來越模糊。我還記得自己來自香港，但我在香港的成長和生活，在香港的家庭和工作，都好像很遙遠的事情。我不知道這是記憶的自然流失、以新替舊，還是我的記憶系統出了甚麼問題。我試過很仔細地研究自己的腦袋，檢查它有沒有被打開過的痕跡。但頭髮濃密如昔，腦殼也沒有縫隙，沒有做過手術的證據。不過，也不排除科技已經先進到可以進行微創植入儀器，或者其他隔空的調控。所以仍然存在我的記憶被抹除或改動的可能。

就在第五天的中午，海清來醫院探我。和她一起來的，還有江志旭和周天倪。當時我正準備到醫院餐廳吃飯，在長長的走廊上，看見海清遠遠地朝我這邊走過來。我差點就激動得衝上去跟她擁抱。但是，我察覺到她臉上有點異樣。異樣的地方是，她的臉上沒有特別興奮的表情。那完全不是跟一個差點生死相隔的戀人重遇的表情，而是一個探望普通朋友的友善的表情。所以，她的笑容中有一種令人顫慄的東西。我們走近的時候，她居然還跟我握手，問候我說：

胡教授！不好意思我來遲了。家父說您想見我，我便趁今天中午有空，過來探望您。看教授您復元得很不錯啊！已經可以自由走動了。真好！

說罷，她把手裡的花束送給我。旁邊的志旭也跟我打了招呼，但感覺好像比以前生疏。至於那個周天倪，小胖的身形有他父親的影子，但樣子倒是挺純厚，完全不像傳說中的花花公子。我說我正打算去吃飯，建議大夥兒一起去餐廳。他們也覺得這提議不錯。有護士立即上前把我的花束拿走，帶回病房裡擺放。

我們在餐廳找了張四人桌子。我本來變佳的胃口，一下子又沒有了，便隨意點了一份肉醬意大利粉。海清今天的打扮跟從前沒有很大差別，也是輕盈飄逸的米色雪紡上衫，配以咖啡色西裙，既優雅又幹練。志旭和天倪都一身襯衫和西褲，只有我一人穿著病人服，形貌特別寒酸。不知為甚麼，我忽然發現，像自己這樣的一個五十多歲的初老男人，完全配不起漂亮的海清。

海清的態度雖然很親切，但一直和我保持距離。我覺得極度怪異，但又不便挑明。也許她有苦衷也說不定。於是我便唯有配合她，以長輩的方式和她談話。另外，周天倪的存在也令場面非常尷尬。他對海清做過的惡事，就算海清自己不知道，也不可能這樣就一筆勾消。但他說話竟然禮貌周周的，完全找不到挑剔的地方，更不要說趁機對他做出攻擊。這令我非常納悶。

大家一邊吃飯，一邊聊些不著邊際的話題。大都是問我醫院生活如何、健康狀況可好之類的事。之後三人又聊到各自新工作環境的日常瑣事。我完全沒有機會探知，究竟海清遇襲之後，是如何康復過來的，然後又是如何當上國會議員和律政部部長的。大家好像也把這過程視為理所當然，人所共知似的。我記得柳信祐上次探我的時候提及過，所有菁英新一代已經被打造成理想公民。那是否意味著，眼前的三個人，不只海清，連志旭和天倪都已經是裝置了康德機器的物自身？那他們原來的身體呢？在下載靈魂之後已經銷毀了嗎？想到這裡我突然感到一陣恐怖。我想測試他們的反應，便刻意提出一個敏感的話題，說：

難民問題已經完全解決了嗎？

他們停下來，一起望向我，神情有半秒的空白。然後，海清率先說：

胡老師，您指的是甚麼難民？

科技難民。也即是沒有公民身分的物自身，為了爭取權益而爆發的抗爭。新黨就是拿這個議題打選戰的。你們上台之後，對這個問題有甚麼跟進工作？

海清掛著不明所以的神情，說：

您的說法很奇怪。我們國家從來也不存在難民問題。從研發物自身的初期，律政部便已經著手草擬生化人人權法案，賦予他們公民身分和相關權利。當然，法規並不是一開始便很完善，當中有不少不足和漏洞，要不斷修正和填補。新黨上台之後，這方面是我們的工作重點。

不過，事情從未發展至觸發難民抗爭。這樣的失衡狀態，在管治機器的調控下，是絕對沒可能出現的。

志旭也加入支持她，說：

對啊。國家科技發展委員會歷來的工作方針，都不會只著眼於科技本身，而十分重視不同部門之間的互相配合。所以科技發展所涉及的法律問題和經濟問題，都會一併納入作周詳考慮，絕不會出現有部門程度落後，跟不上步伐的情況。

連周天倪也附和起來，說：

我們私營生產單位，跟政府的合作歷來都是講求彈性和規範兼備的。靈活性可以增加私營機構參與開發項目的誘因，有利業務多元發展和利潤回報；規範則確保發展方向不偏離政策和規定，也杜絕不法經營和損害公眾利益的行為。

我不願意相信他們都變成了官方立場的人肉錄音機，試圖挑戰說：

海清和志旭，你們不記得難民登陸和暴動的事情了嗎？那是轟動一時，掀動全國情緒的事件啊！是令國民終於打破壓抑，流露出真性情的重大事件。

他們面面相覷，好像碰到了蠻不講理的人似的。最後，志旭似乎決定不去反駁我，換了一副關切的神情，說：

胡教授，請恕我直言。我聽父親說，您在入院之前受到情緒刺激，留院期間持續出現意識混亂。依我看，您所說的事情很可能是您幻想出來的，現實中並沒有發生過的。

聽他這樣說，我忍不住生氣了，高聲說：

這明明都是我記得清清楚楚的事件，你竟然說是我的幻想？志旭，你這樣未免太過分了！

對不起，老師！我不是這個意思。我們只是擔心您的精神狀態而已。

我雖然還不服氣，但卻意會到並不適宜在這裡立即戳破他們的假面。我也不想嚇怕了海清，於是便裝作和順地說：

志旭，不好意思。也許你說得對，我的精神太緊繃了。

對啊，老師。您現在需要的是靜養，不要想太多事情。

換來海清這句安慰，我暫時應該心滿意足了。

離開餐廳的時候，恰巧志旭和天倪走在前面，海清和我走在後面，我便趁機小聲問她：

你沒事吧？

她顯得有點驚訝，說：

我？我有甚麼事？

那次，在造勢大會上的襲擊……你沒有受傷嗎？

甚麼襲擊？老師您為甚麼老是說些奇怪的話？

我知道問下去也是徒勞無功，便說：

海清，我出院後可以見你嗎？

她面露困惑之色，有點遲疑地說：

可以的，如果胡教授有事想聊聊的話。

你還是以前的電話號碼嗎？

以前的……？我給您這個吧。

她打開手袋，掏出名片，用筆寫上一個私人號碼，交給我。我刻意換上禮貌的語氣，說：

謝謝您！

我們在餐廳門口告別。我說自己回到樓上病房，不用勞煩他們跑來跑去。我目送著海清的背影遠去。在電梯內，我掏出她給我的名片。那是律政部的名片，上面印著海清的職銜。她手寫的私人號碼，跟以前是不同的。

回到病房後，我一直思索著海清的奇怪表現。這件事有三個可能性。一、海清因為某種原因，裝作跟我沒有關係。我不知道她是被要脅，還是為了交易。總之，她是刻意這樣做的。我甚至想像，她之所以這樣做，是為了保護我免受某些勢力的傷害。當然，這極可能是一廂情願的想法。二、海清因為那次襲擊而失去部分記憶。如果我沒有弄錯，她的受傷是我的魔術子彈造成的。雖然這樣說很荒謬，但之前已經有四次利用魔術子彈擊倒目標的事實，所以這次我誤中海清並不出奇。我當時還以為自己把海清殺了，所以才出現精神崩潰和昏厥。如果是失憶的話，我要做的事就是嘗試喚起她的記憶。這雖然會很費功夫，但我一定會盡力去做的。三、海清確實已經被魔術子彈擊斃。現在的海清，是柳信祐重施故技，利用複製人注入意識複本再生出來的。而他利用的複本，並不是海清生前最後下載的版本，而是較早的版本。很可能是海清第一次在娘惹餐廳和我見面之後，和第二次在Entropy酒吧和我遇見之前，這兩個日期之間的版本。換句話說，即是約九月初至九月中的期間。這解釋了為甚麼她認識我，但卻十分生疏的原因。最後一個亦是最壞的可能性，因為海清和我的親密記憶，已經完完全全地消失了。或者應該說是，從來也沒有過。至少對現在的她而言如此。

現在，連志旭也對之前的事情矢口否認，說明了菁英新一代的意識可能已經被全面清洗。但是，如果他們一律裝上了康德機器2.0，他們的表現似乎跟當初的預期有一段距離。我曾經問過巴巴拉，究竟我們在打造的是康德機器「本身」，還是柳信祐要的康德機器。她當時是這樣回答的：柳信祐心目中的「理想公民」，和康德機器2.0所實現的「道德的人」，並不是同一回事。這意味著理想公民並不具備康德機器2.0的所有功能，特別是巴巴拉最關注的對於革命的容納性。我有理由懷疑，巴巴拉沒有交給柳信祐康德機器2.0的完全版。

至於那個周天倪，很顯然也因為「異體再生」和康德機器的設置，而令性格出現大變，由花天酒地的無恥之徒變成一個負責任的年輕企業家。從這個角度看，似乎又不能否認這種意識重整有它正面的作用。老實說，我並不關心事情的道德對錯。我只是想尋回我的海清。只要海清還生存於世上，無論她變成怎樣，我也不會離棄她。

3

護士長說，我出院當天，會有專人來接我。結果，來的人原來是陳光宇。

看見光宇沒事，我很高興。他好像不但沒事，還很受重用似的，這說明他前途無可限量。我沒有多少行李，衣服是光宇新買帶來的，完全按照我穿慣的風格和尺碼，非常細心周到。我們坐上一輛小巧精緻的車子，光宇說是剛買的二手車，用來代步很不錯。我問他是幾時考車牌的，他說二十歲的時候，以前還常常開車回馬來西亞老家。不過，現在沒法開回去了。我問他為甚麼，他露出些許驚訝，說：

現在新加坡已經不再跟馬來西亞連在一起了。事實上，新加坡不再跟地球上任何地方連在一起。

我雖然聽過這樣的謬論，但我依然追問說：

為甚麼？

因為我們成為了「新星」，在太空中運行了。老師，你不是真的不知道吧？

我指著窗外路邊的行人，說：

他們也知道嗎？那些人。

光宇笑了出來，好像我說了蠢話似的，說：

他們當然不知道，也不需要知道。他們是普通人嘛。知道這種事只會令他們無所適從。他們只須老老實實、安安穩穩地生活就可以。煩惱的事情都留給我們吧。

我們？甚麼是我們？

管治菁英囉。

對於光宇竟然認同、並且自認是管治菁英的一員，我感到震驚。我再試探說：

你之前不是因為揭發難民事件被捕的嗎？

胡老師，哪有這樣的事？你是聽誰說的？

海豚小組呢。

甚麼海豚小組？老師的話很奇怪。

我想不到為了向我隱藏真相，所有人都配合得這麼嚴密。這個計謀看來很不簡單。看來我不能採取正面攻擊的方式，而要看準時機施以突襲。我提出想坐車四處走走，看看升空後的新加坡。光宇非常樂意，但補充說：

其實是沒有甚麼好看的。表面上所有東西跟升空前沒有分別。

我細心觀察窗外的景物，特別是天空的狀況，的確沒法分辨有甚麼不同。這不是說明了，整件事情是一個大謊話嗎？

由於新加坡沒有高山，光宇把車子開到海邊。他去的地方，正是東海岸公園難民登陸的地點。我們下車，在沙灘上走著。南面的海洋一望無際，看不見任何島嶼。我不記得以前是不是這樣的。頭頂的烈日和空中的濕氣，倒是跟從前一模一樣。在開闊的天空下，光宇用手比劃著，向我講解升空的情況。

老師你應該知道新加坡的地形吧。按照老師你提出的甜甜圈形太空船構思，圓周的北半邊，約略可以跟馬來西亞切割。但是，南半圓則要納入大片的海洋。幸好印尼和我們南面的距離，也約略足以劃出一個半圓。所以，在升空的新加坡的圓形平面上，北半是陸地，南半是海洋。我們現在站的地方，大概就是南北半圓之間的直徑上的偏東面吧。雖然新星在太空中運行，但它是不會自轉的。它的高度和軌道與地球同步軌道衛星相似，與地球的相對位置，對準了從前新加坡的經緯度。它的運動完全跟從地球的自轉，日夜的長度和太陽的角度，和以前並沒有很大差別，只是因為離地高度增加而稍微調整，也就是日光稍微長一點點而已。由於高度超出了地球大氣層，有可能被太空物件擊中，所以我們採取了相應的防範方法，加強對太空漂浮物件的監測，隨時準備用精準導彈加以擊碎。至於太陽風的影響，因為我們依然位於地球磁層的保護範圍，所以是不必擔心的。

我用力踏了踏地面的沙，說：

你的意思是，地球在我們的下面？

沒錯。

那上面的天空呢？是一個假造的大氣層？

它不是大氣層，是個完整的網架狀外殼，形態和 Jewel Changi 相似。「新星」的內部是完全密封的。內部的天氣變化，是高階的空調效果。除了從外面透射進來的陽光是真的，裡面的風和雲也是人造的。靠的就是甜甜圈頂部的圓洞，製造濕氣流的轉動，從而產生雲和雨的效果。圓洞也是進出新星的通道。

你是說，有太空船之類的進出新星？

當然。我們還是需要和外界接觸，定期會有太空船往返地球。雖然地球上大部分城市已經毀滅，大量人口死亡，但還有一些環境未至於最惡劣的地區，有一些生還者聚居。國與國之間的殘餘勢力，也在繼續作殊死戰鬥。也有人在努力建造類似新星的逃生基地，不過，因為資源已經大量耗損，成功機會極微。我們最大的擔憂，是被地面上的敵對組織以導彈攻擊。要知道，雖然過去的核武大國都已經互相殲滅，大部分的導彈不是已經發射，就是遭到敵方的摧毀。剩下來的遠程導彈，也無法穿過大氣層攻擊太空中的目標。不過，不排除有人會出於妒忌，利用太空火箭搭載彈頭，試圖把我們擊落。所以我們必須開發有效的反導彈系統。這方面，胡老師的貢獻是居功至偉的。你的運算式令我們建造出完美的導彈預報和反擊系統。說到底，模控學在二戰之後的誕生，就是因為美軍發展反戰機射擊系統的需求啊。

這個又關我事？呵呵！看來我這個國家英雄真是當之無愧了！我自嘲說。

這時候，我看見在頭頂的天穹中央，慢慢地積聚了一塊烏雲。在我們趕及回到車子上之前，便下起大雷雨來。我們渾身濕透躲進車廂裡，我不滿地說：

這樣模仿從前的熱帶天氣，有必要嗎？

這個嘛，雖然不是絕對必要，但對於國民來說，生活在習慣的氣候裡，感覺會較安穩吧。雨循環其實對生態健全也有好處。

這果然是新加坡最擅長的事情。

是新星。我們快將改國號了。

那香港呢？

你是說舊港？舊港百分之七十土地被海水淹沒，人口銳減，只剩下小量人還住在剩下來的孤島上，也即是以前的山區。大部分人不是遷回內陸，就是往海外逃亡，不少已經葬身大海了。基本上，舊港已經不存在。

光宇的話令人感傷，但也只是感傷而已。關於香港的一切，早已經成為前塵往事。在我的意識中，它早已被淹沒和消失。

我對島國升空一事依然無法置信，但光宇的確是解釋得頭頭是道，令我差點便給說服了。我提出到北海岸看看，到時便可以指出他的破綻。我們開車往北，經過中部的武吉知馬自然保護區，最後來到原本出境的兀蘭檢查站。連接北面馬來西亞新山的大橋竟然已經消失，一海之隔的陸地也變得全無蹤影。所謂北方，就只是一條河道似的海峽，和白茫茫一片的景觀。我這次真的有點給動搖了，問道：

那邊是甚麼？可以通過去嗎？

那就是新星的邊緣了。在白色的霧氣後面，就是網架外殼。

你是說，再過去一點點，就是盡頭？

他點了點頭。

我可以坐船過去看看嗎？可以近距離確認盡頭的存在嗎？

千萬別這樣做。現在新星的法律是禁止平民出境的。要出國必須有特殊任務和得到特別批准。國家的「邊界」更加是禁地，是絕對碰不得的。

我盯著那近在咫尺的「邊界」，假裝明白，但心想卻盤算著，找天想辦法偷偷到那邊確認一下。

我再沒有甚麼想看，或者應該說，再看下去也沒有用處，因為表面上一切和從前沒有兩樣。我請光宇送我回南大宿舍。

我依然住在從前的單位，但宿舍外面的工地已經竣工，變成了一個漂亮的大湖和公園。這景象令我目瞪口呆。這是短短十天沒可能發生的事情。另外，路口的一號飯堂已經拆掉，改建成一座風格優雅的新式綜合熟食中心。光宇臨走前，我想問他這一切變化是如何發生的，也即是回到相差二十年那個問題。但想到結果一定是不得要領，便放棄了。

我住的那列三層舊式宿舍倒是沒有任何改變。單位內的東西似乎沒有人動過，散落的形式就像我昨晚才離家一樣。我站在窗前，遠眺著湖畔公園的景色，想起了初來的時候，工地內挖了一個大洞的情景，還有深夜警察突擊隊從湖中心的地道潛進校園的情形。這一切事物，現在想來真的恍如夢幻，好像全都是發生在我的腦子裡的想像。

我決定到校園四處走走。先去的是從前一號飯堂的所在。綜合熟食中心樓下，依然設有多種不同菜式的攤子，樓上卻有一間西餐廳。餐廳盡覽湖畔美景，在那裡用餐的感覺一定很棒。在新飯堂裡繞了一圈，找到一家經濟飯攤，但見不到大菲或者他老婆。經營者很明顯已經換了別人。我的舊手機已經丟失，或者被誰拿走，所有之前的聯絡都斷絕了。那麼，大菲的下落暫時是沒法確定的了。

我沿著學生徑往前走。二號宿舍的模樣沒變，二號飯堂大體上也一樣，連那家小型的巨人超市也熟口熟面。我跟著平日晨運的路徑走了一圈，發現無論自然景觀還是設施都保持原樣。我不知這應該教人感到安慰還是失落。

最後，我回到新的南大湖。這是我第一次沿著湖邊散步。天色已經好轉，陽光透進澄澈的湖水中，可以看見水裡的魚兒悠然地暢泳。我跨過橋到湖的另一邊去，走到橋的一半，看見一個戴著草帽，紮著馬尾的男人，挨在欄杆上看書。我和男人擦身而過的時候，聽見他說：

我早已經告誡過你，最後一顆子彈要小心用。

我不肯定他是否跟我說話，回過頭來看過究竟。男人的視線還在書本上，但嘴巴很明顯掛著意義不明的笑意。他的樣子很熟悉，但我不記得哪裡見過他。他抬起頭來，闔上書，轉身，用雙肘抵著欄杆，低下頭來，面向著湖面，說：

你覺得那些魚快樂嗎？

我不期然也挨著欄杆，低頭看魚，說：

我又不是魚，怎知道牠們快樂不快樂？

那人冷笑一聲，指著下面某一條魚，說：

你看！那條魚抬頭望著我們呢。

也許牠以為我們會餵牠吧。

不，牠在觀察我們。牠在想，這兩個人快樂嗎？

我覺得男人的話很無聊，想轉身走開，但他拉住了我，說：

魚一看就知道，你不快樂。

我不耐煩地反駁說：

你又怎知道魚知道我不快樂？

你又怎知道我不知道魚知道你不快樂？

我快要給他弄得發瘋了，粗魯地說：

我完全不知道你說甚麼！

哈哈哈！不知道就好了。吾生也有涯，而知也無涯，以有涯隨無涯，殆已。

你在取笑我嗎？

我被他激怒了。再這樣下去，我不敢保證不會把他推下橋去。他堆出笑容，似乎是希望和解，說：

唔好嬲啦，送啲嘢俾你。說罷，他把手中的書遞給我。

我的新書。有空看看，多多指教。

我看了看封面，上面印著《後人間喜劇》。他補充說：

幾好笑架，希望可以令你心情愉快。

他在空中做了個okay的手勢，轉身慢慢走下橋去。我望了望橋下，發現已經聚集了十幾條肥美的鯉魚，在水面張合著大口，好像無聲的大合唱似的。再回頭望向橋端，那個男人已經不見蹤影了。那書本，卻是實實在在地拿在我手中。

4

那本《後人間喜劇》的目錄頁寫明分三個部分，第一部分是〈虛無的理性主義者〉，第二部分是〈康德機器〉，第三部分是〈Ghost Writer〉。但是，內文只有前兩部分，第三部分不知是未完成還是甚麼的。我一讀內文，嚇了一大跳。表面上看似是小說的寫法，但內容全都是關於我的經歷。由八月初到達新加坡開始，一直到十二月底海清參選造勢大會當天。當中的許多私人生活細節，全部都清晰地記錄在案。連我以前的人生歷程，和我對過往的自己的觀感，都好像親筆記述一樣毫無隱諱。感覺就像靈魂被人偷窺，甚至是竊取了一樣。

那個男人是如何得知這些秘密，並且鉅細無遺地描寫出來，我完全摸不著頭腦。那種逼真和準確的程度，很奇怪地令人懷疑全部都是虛構。記憶沒可能這般清晰。清晰的記憶往往包含假造的成分。問題是，我分不清楚哪些部分是真的，哪些部分是假的。更可怕的是，當我讀到海清的部分，恩祖的部分，甚至是巴巴拉的部分，我都忍不住悲慟痛哭，好像精神出現問題一樣。我開始懷疑我的病並沒有痊癒。我的腦袋依然動盪不安。

我想起了從前有人借給我一本書，裡面有一篇叫做"Cybernetics and Ghosts"的文章。我尋遍了宿舍的每一個角落，卻找不到那本書。我依稀記得，內容是關於寫作機器和人的靈魂的。作家的腦袋就是一台寫作機器，寫作機器的運作就和作家選詞用字一樣，以最意想不到又具意義的方式，串連成句，成段，成篇。我不知道這跟橋上的男人塞給我的這本書有甚麼關係。我越讀這本書，便越不肯定，甚麼是曾經發生的，甚麼不是。

不過，無論如何，我也不會放棄海清。我要弄清楚她身上發生了甚麼事，然後選取針對性的方案，令她恢復或者重新產生對我的愛。我決定約她見面。為了讓情況不致過於唐突，我覺得適宜約她一起去看演出，藉口欣賞藝術，搭建心靈溝通的橋樑。我和海清，原本不就是由於對音樂的共感而開始的嗎？

我搜尋了最近在維多利亞音樂廳上演的節目，找到一齣號稱經典另類音樂劇的《黑騎士》。我買了一部新手機，開了個新號碼，傳了訊息給海清。當然還附加了幾句故作深刻的說話。她怎麼說也是一位年輕部長，知性和感性兼備的新女性。故作浪漫的東西肯定不合她口味。我認為（縱使是舊的）前衛劇場會引起她的興趣。果然，她爽快地答應了。我對事情的預後重燃了希望。

為了做出充分準備，我在網上參考了關於這齣劇的資料和評論。舞台劇《黑騎士》的原創者是著名前衛導演羅拔．威爾遜，故事作者是威廉．柏洛茲，作曲和填詞是湯姆．威茲。詭異的是，裡面竟然有一個魔術子彈的故事。主角威廉為了娶得獵人之女，不惜與魔鬼交易，得到百發百中的魔術子彈，但卻在婚禮上錯誤射殺了自己的妻子。我亂挑的一齣劇，竟然像回力棒一樣飛回來打中自己。但是，這正好用來刺激海清，看看她能否記起自己和我的共同過去。沒有比這更適合我和海清一起看的演出了。

這次的演出在晚上舉行，我們約了六點在附近的餐廳吃飯。我選了那間在國家美術館裡面的娘惹餐廳，希望可以喚起她的回憶。海清穿了一條黑色的露肩長裙，極為雍容華貴。幸好我也早有準備，穿了套新買的黑色西裝，跟她非常配襯。她貴為部長，去到哪裡也有人認識，我當然不可以令她失禮。

在吃飯的時候，我挑了幾個話題去試探她。首先，我談到了包羅丁四重奏和蕭斯塔科維奇。毫無意外地她對作曲家和樂團也十分喜愛，但完全沒有跟我一起聽過演奏會的表示。然後，我提到Entropy酒吧和Tom Waits的歌。她表示喜歡Tom Waits但未去過Entropy，也不知道本地有人擅唱Waits的歌。談電影的時候，我提到《投奔怒海》和*Blade Runner*，但她沒有特別的反應。我說海旁的酒店天台泳池看夜景很好，她只是點頭表示同意。我說到歐南園的肉骨茶和結霜橋的叻沙，她還好像嫌那些地方太簡陋和骯髒。我越探問下去，眼前的海清便變得越陌生，跟我所愛上的海清完全是另一個人。我表面上繼續談笑風生，但心裡卻悲哀得無法承受。她似乎被我的健談打動，態度不再那麼侷促，拿著酒杯笑得前仰後翻。我突然意會到，如果我要重新追求她，她並不是沒有可能接受我的。但是，我所追求的已經是另一個海清，而不是原本的，已經消失的海清了。我從未吃過一頓如此歡樂而又令人傷心的晚餐。

飯後我們到對面的維多利亞音樂廳看演出。我很紳士風度地讓她挽著我的臂。我當然知道這只是一種對待淑女的禮節，並不代表我們已經進入另一階段的關係。事實上，在旁人的眼中，我是一個陪伴年輕女部長出席公開活動的安哥，角色跟她的父親差不多。開場前她和很多認識的上流社會人士寒暄，把我介紹為父親的老朋友，又不忘提到我是國家的大恩人。新星之所以有今天的成就，全賴我提出的科學理論。我難免又要裝出一副謙恭的樣子，接受大家對我的致謝和誇讚。

看劇的時候，我一直留意著身旁的海清的反應。她引著細長的脖子，專注地欣賞，但除了正常的藝術觸動之外，看不出任何個人的情感翻湧。倒是我一邊看一邊忍著淚水。明明是一齣黑色諷刺的劇目，我卻把它看成浪漫悲情的戀曲。

最出人意料的是，看到一半的時候，我發現舞台上飾演魔鬼「假腿」的，原來是大菲！他穿著那套黑色燕尾禮服和紅色高跟鞋，臉面塗成白色，陰陽怪氣的樣子，令我一時間沒有認出他來。但那維肖維妙地模仿湯姆．威茲的唱腔，絕對是大菲沒錯。想不到他又回到演藝界，當上音樂劇演員。我想告訴海清台上的那位就是大菲，但一想到她肯定對他全無印象，便打消了念頭。以這個方式重遇故人，是這個晚上最大的，也是唯一的收穫。

散場後，我很想去後台找大菲，跟他相認。但是，我不能丟下海清不理。我還未放棄尋找機會喚起她的回憶。我知道明晚還會有演出，到時再來找大菲也不遲。雖然時間已經不早，但我提議到附近散步。海清同意，我們便往安德遜橋那邊的草坪走去。橋下是河的出口，正對面的兩岸，一邊是金沙酒店，另一邊是摩天輪。我和海清曾經在酒店頂樓游泳池畔依偎看星。我決定在河畔重演當晚最重要的環節。

覺得肚子餓嗎？要不要吃宵夜？我問。

海清覺得奇怪，問我想去哪裡吃。我從手提皮包中，掏出預早買定的肉桂味甜甜圈，說：就在這裡吃吧。

她看見甜甜圈，並沒有爆發出驚喜的反應，反而顯得有點尷尬，說：老實說，我討厭吃甜甜圈。那時候在英國，由早到晚也吃它，結果吃到膩了，以後也不想再吃。

在極度失望之中，我感激她的誠實，打圓場說：我也不是特別喜歡吃。只是下午有點餓，買了兩個，吃了一個。

海清好像覺得不好意思拒絕我似的，改口說：

今晚的菜份量不大，現在其實真的有點餓，吃半個也不錯。

我於是剝了半個給她，自己吃剩下的半個。她雖然不算吃得勉強，但顯然不是十分享受。我們那一身的高貴裝束，站在河邊吃甜甜圈也實在有點失儀。幸好四周一片昏暗，沒有人看見我們的樣子。我覺得不妨告訴她甜甜圈的吃法，便向她示範了一次。她似乎覺得很有趣，邊吃邊笑了出來。她不知道，那本來是海清教我的。

吃完甜甜圈，海清做了個看腕錶的動作，表示是時候回去了。我陪她走回大馬路，正思索著怎樣送她回去，她說她的司機在附近等她。又問要不要請司機送我回南大。我忽然洩了氣，感到絕望，便說：

不必了。你先回去，我想自己四處逛逛。

我陪她等到司機出現，送她上車。她臨走時禮貌地感謝我請她吃飯和看演出，讓她度過了有趣的一晚。我幫她關上車門，隔著窗子向她微笑揮手。我在淚水流下來之前，趕及轉身，往聖安德魯教堂那邊步去。

走了沒幾步，有人從後面叫住了我。我一回頭，看見已經卸妝的大菲跑向我。我們忍不住來個男人之間的擁抱。他氣吁吁地說：

我剛才在台上已經看見你，和柳海清在一起。她人呢？

她先走了——想不到你重投演藝事業了！唱和演也很厲害！

託賴啦！我那麼點小功夫，呃到下飯食已經算唔錯。找個地方飲杯，怎麼樣？

求之不得啦！

我跟大菲去了市中心後街的一間小酒吧。我一邊喝著啤酒，一邊向他訴說我的單思之苦。

很自然又把昏迷醒來後的時間錯亂和人事變化向他查問了一遍。奇怪的是，大菲講出了一個完全不同的版本。他說現在是二〇二一年一月，距離我出事昏迷接近一年。他從南大圍困中逃出之後，帶著老婆躲了起來。兩三個月後，見風聲沒那麼緊，便出來找工作，經老朋友介紹，當上音樂劇演員。他不知道海清遇襲的事，相信是政府封鎖消息。所以，海清究竟是死是活，以及是以甚麼形式活下來，他無法確定。但他聽我的描述，覺得最大機會是記憶被重置，甚至一定程度被重寫，所以除了失去和我相戀的記憶，連性格和喜好也有所改變。我覺得大菲說得很有道理。雖然不算是好消息，但某個猜想得到認同，間接等於打了一支強心針。看來，那些管治菁英是刻意想誤導我，令我陷入混亂的時空感中。大菲不啻於是迷霧裡的指南針，為我提供方向和出路。

喝到半夜，感覺有點醉意。大菲提議我不要回南大，到他家去過夜。他還神秘兮兮地說，有一個人我一定很想見到。我意識矇朧的，不知道他在說甚麼，但認為盡早找個地方躺下，不失為一個好決定。他在路旁揚手召了輛德士，說了個我聽不清楚的地址。燈光迅速在窗外掠過，令我頭昏眼花。

過了不知多久，來到一個組屋區。我跟著大菲上樓，穿過長長的走廊，來到一個單位門前。有人從裡面開門，他向那個女人喊了聲老婆。我進入燈光昏暗的室內，地方頗為寬敞，家具陳設十分樸實。我向大菲老婆叫了聲嫂子，他便解釋如何在演出中遇見我。我累得自顧自在沙發上坐了下來，也不知他倆喃喃地說著甚麼。

正當我想躺臥在沙發上的時候，大菲在其中一個房門上敲了敲，低聲說了句甚麼。只見房門慢慢拉開，一個纖小的身影冒出，向我走近。我坐直身子，睜開眼睛，凝神一看，發現站在我面前的是恩祖。我立即彈起來，緊緊地抱住了她。我曾經以為，我以後也不會再見到她了。怎料到她竟然跟大菲住在一起。

爸爸，你說過不會丟下我不理啊！

對不起！女兒！是爸爸不好！但你從南大失蹤之後，跑到哪裡？

是安哥大菲帶我逃走的。然後他還收留我，當我女兒一樣看待。安哥大菲是個大好人。

我轉向大菲，無言地向他表示感激。恩祖繼續說：

其實我一早就知道爸爸你的去向。你昏迷的時候，我甚至偷偷到醫院看過你。我一直等待著適當的時機和你見面。想不到安哥大菲自己作了主張。不，安哥大菲，我不是怪責你。事實上今晚正是大好時機。不過，我看爸爸你已經很累了。你先好好睡一覺，有甚麼我們明天再談吧。

恩祖堅持把睡床讓給我，自己睡在大廳的沙發上。我走進她的房間，發現機械狐狸竟然坐在她的床上，向我擺著尾巴。我伸手摸了摸它的頭，果然是從前那隻小東西，看來已經修理好了，樣子非常精靈。我問恩祖是怎樣把狐狸找回來的，她只是說：

狐狸是不會讓刺蝟落單的。

我除下西裝外套和領帶，和衣躺下來。狐狸爬上來，躺在我的胸口。恩祖坐在床邊等我先入睡。我在迷糊中好像向她說了很多話。也許那只是夢話。我醉了。我夢見了恩祖。我的女兒。陪伴在她父親的床前。聽著他的夢話。……The fox knows many things, but the hedgehog knows one big thing……Daddy knows many things, but Sabrina knows one big thing……

5

第二天早上醒來的時候，我有半刻不知自己身在何處。那個小房間滿是女兒家的布置和物品，床鋪也有一陣女孩的香氣。我記起昨晚見到恩祖，想確認那不是夢境。我摸到了趴在枕邊的狐狸，頓時安了心。離開臥房走出大廳，看見大菲從廁所走出來，好像是剛刷牙的樣子。我問他恩祖在哪裡，他便取笑我別那麼緊張，說她在樓下做幫工。原來他老婆最近接了個熟食中心攤子來做，恩祖每天早上也會去幫忙。大菲說他夫妻膝下無子，突然來了個恩祖，像女兒一樣待他們，可說是晚來福分。

去到熟食中心，果然見穿著T恤短褲的恩祖在攤子前賣炒粿條，大菲妻子愛蘿在廚房裡打點。我和大菲在攤前的簡陋桌椅坐下來，恩祖立即送上每人一盤炒粿條。我一邊吃一邊往恩祖那邊看，急不及待想找機會和她說話。機靈的大菲立即意會，大口大口地吃完自己的粿條，走到攤子上幫手，取代了恩祖的位置。恩祖這才有空過來找我。她問我要不要喝點甚麼。我說喝Teh，她便去旁邊的咖啡店幫我買。回來的時候，我看見她自己要了杯Kopi O。

我想起恩祖現在是裝置了康德機器2.0的高效能物自身，在攤子賣粿條實在是大材小用，便問她可有甚麼打算。她雙手托著臉蛋，說：

我其實當上了治療師。早上有空便幫安娣看攤子，其他時間做自己的事。

治療師？是哪方面的？

她指了指腦袋，說：精神方面。

我示意她再解釋一下。她說：

你還記得Ghost Writer嗎？我一開始認識你的時候，在跟黑老師學習寫作，其實也即是學習當Ghost Writer。首先是寫自己的靈魂，然後是寫他人的靈魂。把靈魂寫出，也把靈魂寫入。簡單說就是這樣的一回事。精神治療就是探究患者的精神書寫狀況，令對方把充滿問題的靈魂寫出，再幫助她把修正後的靈魂寫入。經過多番的書寫和修改，慢慢地重塑患者的精神狀態。

所謂寫出和寫入，不是字面上的運用文字書寫吧？

當然包含文字書寫，但也遠遠不止於此。肯定要動用到機器——下載和上載靈魂的機器。

你懂用這些東西嗎？

爸爸，你太小看我了。我現在要學懂一門手藝，簡直是易如反掌。我不用一個星期，便考獲了靈魂書寫師的資格。

那你的治療工作，是在哪裡進行的？

我在一間靈魂治療中心上班，但我也會做些兼職，提供度身訂造的特別治療方案。

聽來相當專業呢！

恩祖嫣然一笑，說：

對啊。我的其中一位客戶，就是柳海清。

我感到像是被這小丫頭在桌下踢了一腳似的，差點兒從椅子掉到地上去。她繼續說：

自從巴巴拉離去之後，柳海清需要一個專用的治療師，幫她進行系統維護和意識保養。我去應徵了這個職位。當然，現在的海清並不認得我。治療繼續在從前那間別墅進行。所以，我有機會用到那裡的所有先進儀器。

天啊！恩祖你真不簡單！那麼，你一定知道發生在海清身上的事情的真相吧。

我知道，但也不完全知道。爸爸你想聽哪個版本？

我只想知道真實的版本。

很對不起，在靈魂書寫的領域裡，是沒有真實版本這回事的。可以說，每一個版本也有它的真實性，但每一個版本也同時是虛構的。你最想聽到的版本，應該是這樣的：柳海清沒有死去。她只是受到魔術子彈的衝擊，失去了部分記憶。偏偏那部分，就是和你開始相戀之後的記憶。所以，她忘記了你是她的戀人，她的未婚夫。如果是這樣的話，事情不難解決。我可以在治療的時候，檢查她的靈魂，找出哪裡有受損或者刪除的痕跡，嘗試把那些部分恢復。或者，我可以引導她發掘那些損毀或刪除的部分，甚至更直接地，把那些記憶內容創作出來，再寫入她的靈魂裡。這樣做雖然並不完美，當中會有缺漏或不完整的地方，但不是沒有可能的。效果甚至可以做到令人滿意的程度。

我開始激動起來了，拉著恩祖的手，說：

如果可以的話，請你幫我這樣做！

爸爸，你冷靜一點，聽我說下去。第二個可能性，相信你也應該已經猜想過，就是海清死於魔術子彈之下。現在的海清，是柳信祐利用物自身複製海清的身體，再寫入海清的靈魂複本，而「再生」出來的。而他所用的複本，是較早的一個版本，也即是在海清對你產生戀情之前的版本。對於柳信祐為甚麼要這樣做，我不得而知。也許他根本不想海清嫁給你，所以利用你的幫助完成康德機器2.0之後，便趁機消除海清對你的記憶。甚至可以說，那天上台刺殺海清的男人，可能是她父親派去的。這樣說雖然很可怕，但可能性也不能排除。好了，在這個情形下，我們可以怎樣做？辦法不是完全沒有的，關鍵就在於，海清自從愛上你到她死去之間的一段意識。這段意識的複本，究竟還存不存在？如果存在的話，怎樣才能拿到手？只要能拿到手，我就有辦法把它重新植入海清的靈魂，而她對你的愛，就可以原原本本地恢復了。

我興奮得跳了起來，大力擁抱著恩祖，好像她是我的救命恩人一樣。她有點難為情地掙脫了我，把我推回自己的椅子，按著我的肩，說：

大庭廣眾你不要那麼誇張好嗎？我們在談正經事啊！

對不起，我會控制一下自己的情緒。我連忙道歉說。

好的。就暫時假設只有剛才說的兩個可能性吧。再下去要考慮的，不但是技術問題，而是道德問題。我們靈魂治療師，都要通過道德約章宣誓，因為靈魂是極為重要的東西，不能讓人隨便為了私利而胡亂玩弄的。在第一個情況，道德問題不大，因為我們只是試圖協助海清恢復她本來就有的記憶，並沒有額外加入甚麼不是她自己的東西。不過，如果是寫入我們希望她擁有的記憶，那就是另一回事了。在第二個情況，我們碰上更嚴重的道德問題。你要明白，現在的海清，並不是那個和你相愛的海清。在這一點上，她基本上是另一個人。就算她最終還是會愛上你，也不會是以之前的海清的方式愛上你。同樣的事情重頭再來，是不會一模一樣地重複的。所以，如果我們強行把死去的海清的意識植入現在的海清的靈魂，便是強行加入不是她自主獲得的東西。這是不合法也不符合道德的。某程度上，這等於把海清再殺死一次，然後再讓她自另一個時間起點重生。這樣做遵從了你的意願，但卻嚴重剝奪了海清的意願。所以，就算在技術上我們可以做到，我們也要慎重考慮是否容許自己這樣做。

恩祖，你真是太嚴格了！為甚麼要思前想後，顧慮多多的呢？很抱歉，那不就是我們之前追求的生化人權利嗎？如果生化人的意識可以不經本人同意，由別人任意改來改去的，那她就不是一個自由自主的個體。這是康德機器所不容許的。但是，江英逸、柳信祐和周金茂那些人，不都是這樣把他們下一代的管治菁英像塑陶泥似的搓來捏去嗎？江志旭、周天倪，甚至是陳光宇，都統統變成了沒有自由意志的、服務權威的傀儡。他們這樣子，算是康德機器嗎？

恩祖雙眼發光，好像終於觸碰到重大話題似的，說：

沒錯！爸爸你說得很好。事實上，他們都不是正宗的康德機器。巴巴拉最後並沒有把康德機器2.0的最強版本交給柳信祐。沒錯，他們的康德機器都加入了你的甜甜圈立體運算，但只是用作提高效能方面，並不具備最重要的世界轉換功能。事實上，老人們並不需要菁英新一代具有世界轉換功能，因為他們擔心個體康德機器會變得太強，不再受他們控制。他們需要的只是有限度的理想公民，也即是不會顛覆既有秩序的守法者，但又同時是鞏固這個秩序的高效能者。巴巴拉為江英逸建造的Machine à Gouverner所用的康德機器版本，跟給柳信祐的版本相同，只是應用規模較大，更全面地利用甜甜圈立體運算的功能而已。這就是為甚麼，後來兩人和解之後，管治機器和理想公民可以並行不悖，甚至高度配合。因為兩者本質上是同一個系統，具有親和的特性。這和康德機器2.0的終極版是不同的。真正的康德機器的轉換能力，可以超越不同的領域。你有沒有讀過康德的第三批判《判斷力批判》？

我剛剛讀了。難道這本書真的是康德機器演化到3.0的關鍵？

胡，說得很對！看來你已經掌握到當中的原理。

恩祖說這句話的時候，我感覺到好像巴巴拉在說話似的，非常奇怪。她繼續發揮下去，說：

康德機器2.0終極版，具備自然演化到3.0的能力。所謂康德機器3.0，就是通過美學經驗和自然的目的性，連接感知世界和超感知世界，並且隨時在之間做出轉換。這個轉換能力，可以通過你的甜甜圈立體運算達至。在第三批判中探討的雙重世界觀，涉及的也是轉換問題。比如說在經驗法則的個別性和偶然性，以及它的系統性和必然性之間；在美感經驗的想像機能和理解機能之間，所產生的自由而和諧的遊戲；在目的論的二律背反中，所有事物皆由機械原則產生，以及有些事物遵從目的論原則產生之間；也即是自然的盲目隨機發生，以及自然由智慧設計師創造之間。這種種「之間」的結構，都可以用你的熵均衡理論表達，即是曲線的一端為秩序和必然，另一端為混沌和隨機。你的理論和康德的超驗論哲學的相同點，就是拒絕承認任何一端或一面的絕對性，而主張在兩個世界之間的轉換和移動。所以，我一早就看出，你的甜甜圈立體運算事實上就是康德機器3.0的實現。通過這種超驗論的轉換，生命體將可以無限演化，生生不息。那才是我留下來的，真正的康德機器。

作為達至第三批判階層的康德機器，3.0有兩個重要特質：一是通過反思判斷，不斷作出遞迴或反身性演化，以螺旋狀的方式朝目的論的生命理想前進；二是在這個演化的過程中，實現新機能和器官的創造。第一個特質，其實就是模控學的開端。第二個特質，則可以說是人工生命的autopoiesis，也即是自生性和自我發明。康德機器3.0的新機能之一，是康德早已初步理論化但卻未曾完全確立的sensus communis。這種communal sense不只是人類判斷最基礎的常識，而是在美學上要求跨越個體主觀性的共通感官。康德形容這種感官機能具備三個原則：一、自我思考；二、代入他人的位置思考；三、持續貫徹地思考。第一點關乎思考的主動性，第二點關乎思考的廣闊性，第三點則關乎思考的一致性。三點之中的第二點，特別適用於「品味」的普遍可傳達性，也即是「共通感官」。把「品味」的判斷擴展至政治的共同體精神，並以此為目的不斷演化，是康德機器3.0作為人工生命的優勝之處。

恩祖停下來，鄭重地凝望著我。我可以肯定，是巴巴拉通過恩祖或者ＳＢ向我說話。卡芙蓮曾經說過，ＳＢ是我和她的女兒。我現在才真正領略到這句話的含義。ＳＢ對康德機器的掌握，甚至已經超越了她的創造者，也即是我和巴巴拉。我突然明白到，我和巴巴拉共同開發的系統的深遠意義。那不是為了管治、穩定或者控制，而是為了生命的自由而無限的衍生和演化。而在這場演化的角力中，恩祖扮演了至關重要的角色。將會上演的是一場個體康德機器（恩祖）和集體康德機器（Machine à Gouverner）的對決，也即是自由與控制的對決。而這個對決的戰場，很不幸地，發生在海清身上。

我終於冷靜下來，清晰地和恩祖說：

有沒有可能，在尊重現在的海清的個人自主的前提下，實現恢復死去的海清的意識？也即是說，讓她通過自由意志選擇接受這樣做？

恩祖思考了半晌，說：

不是沒有的。

告訴我怎樣做。

讓她閱讀你的靈魂。

閱讀我的靈魂？

去感受你的感受。如果結果能打動她，她也許會選擇接受。

我怎樣給她閱讀我的靈魂？

寫下來。

怎麼寫？

你已經寫了。

我已經寫了？

對。黑已經幫你寫了。

《後人間喜劇》？

沒錯。

但那本書沒有第三部分。

現在就是第三部分。

現在？

恩祖像催眠師一樣地說：

現在無論是二〇二〇年一月、二〇二一年一月，還是二〇四〇年一月，也都是你的意識的當下。你想決定它是哪一個版本，你便以那個版本的時間點為座標，繼續寫下去吧。這就是靈魂書寫的精髓。

連貫一致的時間感，瞬間化為大小不一的、形狀不規則的碎片，在轉動的圓形中，像萬花筒一樣產生美妙的對稱的變化。每轉動一下，就出現一個全新的、獨一無二的、無法複製的圖形。雖然完全不能預計，但一切看來又是那麼的井然有序。每一個轉動都會產生一個不同的組合，一個不同的世界。而轉動權在我的手裡。

一股奇怪的力量自我的頭頂湧出，像甜甜圈一樣環形向四方八面噴灑，形成一個網狀結構，把周遭的一切都包羅在內。整個熟食中心，連同大菲、愛蘿、所有食客、炒粿條、Teh和Kopi O，都是我的意識的一部分。恩祖被包含在我內，我被包含在恩祖內。我已經分不清，是我在說話，還是恩祖在說話：

我們就在第三部分內。

我們正在寫它。

我們是——

Ghost Writer。

6

我收到通知，新總理想在新星開國典禮之前和我會面，地點是Istana——總統府。總理公署特別派了一輛專車來南大接我。

進入氣派堂皇的總統府，心情立即有點緊張。我出門前已經吃了鎮定劑，特意穿上了莊重的黑色西服。我也弄不清楚，在見總理之外，要不要同時拜見總統。

總理在他的辦公室內接見我。他一見我進門，立即從辦公桌站起來，上前跟我親切地握手。他穿的是淺藍色襯衫，長袖子捲了起來，沒打領帶，沒穿外套，打扮非常親民。我的衣著反而顯得過於正式了。總理的年紀大概是四十開外，是國家歷來最年輕的領導人。就是他帶領新黨在國會選舉中奪得大多數議席，促成了歷史上第一次執政黨輪替。而他的新內閣成員，全都是三十至四十歲的政壇新星，海清便是其中之一。輿論一致認為，他為國家帶來了全新的氣象。

總理邀請我坐下來，首先向我對國家科技的貢獻表示感謝。他細數了每項跟我的理論有關的發明與突破，顯示出對科技領域的熟悉。他以正式的語氣宣布說：

為了表揚胡教授的成就，我親自向國會建議，向您頒授國家英雄級的一等星勳章。授勳儀式將會在新星開國大典上進行。典禮首先會演奏新的國歌，英名歌名是“Brilliant Rising Star”，中文叫做《光耀的新星》。胡教授想先聽為快嗎？

我做出很樂意的樣子。總理在桌面控制板上點擊了幾下，不知藏在哪裡的揚聲器播出了悠揚但克制的前奏曲，然後就是英文版及中文版的《光耀的新星》。總理不忘提醒我，還有馬來語和淡米爾語版本。新國歌播放完畢，總理問我覺得怎樣，我便恭維地說：

沒有更貼切地表現新星的精神的國歌了！

總理對我的評價感到十分滿意，繼續侃侃而談下去。他告訴我自己大學本科是念資訊工程的，跟我的專業有緊密關係。他對模控學的前景特別寄以厚望，認為「新星」的存活有賴於完美的系統控制。

胡教授，你應該知道，我們是一個脆弱的國家，對衝擊的承受力極為有限，所以在任何一點小事情上，也不容有失。從前如此，今日更加。這是我們作為小國領袖的特別使命。

他苦口婆心地重複這番耳熟能詳的論調。我點頭表示理解。他又主動談到改國號的事情：

有些長輩可能會認為，我們升空之後改國號，是破壞傳統、數典忘祖的行為。其實，反過來說，我們是嚴格按照祖輩的原則行事的。偉大的前總理教導我們，處事的第一準則是實際。有需要的話，甚麼都可以丟棄，可以改變。所謂傳統，不過是不斷按照當下的需要重新創造出來的事物。

我對他的話沒有異議，又或者不想表達異議，便繼續當一部點頭機器。我只想盡快結束會面。總理聊了些國家未來科技發展的事情，謙虛地問了我的意見。我在自己的能力範圍內一一解答。大概四十五分鐘後，當我以為會面完結，總理突然邀請我參觀 Machine à Gouverner。我覺得聞名不如見面，也很好奇這個威力強大的東西是甚麼樣子的。總理親自帶路，領我到總統府大樓中央的塔樓上去。我們來到一道雙扇木門，木門上有一個名牌，寫著「內閣資政」。進去之前，總理向我做了簡短的講解：

胡教授你應該明白，Machine à Gouverner不是普通機器，而是具有自主性的運算和決策系統。它在內閣管治團隊中占有重要席位，所以我們給予它「內閣資政」的名銜。其實Machine à Gouverner是由無數電腦系統連結而成的。不過，它的運算主體的確設置在總統府內。當然，為了保安理由，我們還在其他秘密地方設有後備儀器。所以，就算有人破壞了總統府內的主機，對管治機器本身不會造成嚴重損害。為了讓Machine à Gouverner變得人性化，我們為它設計了一個人形顯像裝置。一會兒你進入房間裡，便會見到內閣資政本人。它甚至可以和你交談，解答你的任何疑問。

我點頭表示明白，總理煞有介事地問：

胡教授，你準備好了嗎？

我以微笑回應。他推開門，示意我自己進去。我一進門，臉上的微笑立即僵住了。

房間內部像一個用了很久的辦公室，布置簡單整潔，沒有任何花巧，也沒有任何機器或電子設備。在辦公桌後面，坐著一位面貌極為熟悉的老者——偉大的已故總理大人！怪不得它現在的頭銜是「內閣資政」。

資政大人向我點頭，示意我坐下來。我相信它應該是立體全息影像，所以不能跟我握手。它似乎早知道我會來訪，講了一段官式開場白，不外乎是對我的貢獻作出感謝云云。不過，很快對方便顯露出政壇老手的本色，縱橫古今地議論起時局來。我相信管治機器已經完全吸納了前總理的政治智慧、官場歷練和管治哲學，成為不折不扣的內閣資政。它主動提起那年舊港的動亂，眨著那雙目光銳利的小眼，以純正的英式英語說：

我早就說過，舊港要繼續繁榮穩定，一定要背靠祖國，融入祖國。有些人常常把舊港拿來跟新城相比，既要舊港的自由，又要新城的獨立，完全是不切實際的妄想。這方面我的兒子說得很對——兩個地方是兩個不同的概念，周邊形勢完全不同，地緣和歷史的優勢也不同。不抓住自己的優勢，頑固地堅持自己的劣勢，結果只會走向沒落。胡教授你及時逃離舊港，投向新城，實在是個明智之舉。現在新城已經成為了新星，邁進了全新的階段，而舊港被海洋所淹沒，結束了多年的紛亂和鬥爭，也不知算是幸還是不幸。這個雙城故事教訓我們，為求生存必須有實際的應對能力。空談理想是沒有意義的。新加坡的誕生本身是歷史的偶然，但既然被迫誕生，那就要奮力生存下去。所以我們注重實際，討厭熱情，特別是政治上的狂熱主義。當然，隨著時代進步，永遠被認為是獨裁體制也不是一件光彩的事，就算我們實行的是開明獨裁，或者管控下的民主。所以，我的追隨者構思出使用康德機器打造理想公民，實現全面民主和言論自由，實在非常富有遠見。更具遠見的是，在實現全面民主之前，建造出能夠預計一切不穩定因素、適時做出應對的管治機器，把系統偶然性近乎完全消除。用胡教授的專業語彙表達，設置了這些大大小小的安全閥門，系統的熵值便可以維持在均衡點，既不會過度控制而出現僵化，也不會過度自由而陷入混亂。能夠達到這樣的境界，胡教授的理論居功至偉。

很難得地得到內閣資政的讚賞，我本來應該感到榮幸。但是，我那虛無主義者的天性，卻令我忍不住提出商榷：

不過，究竟何謂「均衡點」也涉及一個定義的問題。物理系統的均衡點可以準確計算，但社會或政治系統的均衡點，卻不是一個簡單明確的數值。或者應該說，把哪個數值定為均衡點，會影響到系統的整體狀況。我所理解的均衡點，和資政大人你所理解的均衡點，可能會出現一定的差距。

我當面提出質疑，似乎令內閣資政感到不快。它臉上本來已經不多的笑容再稍微退減，換了一種不同的語氣回答說：

胡教授一定會以為，因為我的系統用上了你的理論，所以你便可以自視為我的創造者，對我的看法指指點點。作為一個高階感知系統，再加上超感知的道德功能，我當然知道甚麼叫做感恩。但是，這並不妨礙我提醒胡教授一點。你雖然是個傑出的科學家，具有過人的創造力，但是，你的人類腦袋的運算力，遠遠不及我的千億分之一。你無法用你的腦袋找到的均衡點，我可以用我的運算器找到。以你的傳統思維，是沒可能理解我的思維世界的。模糊和曖昧性已經被消除。未來的世界，只會一片光明和清晰。

我發現內閣資政已經放棄模仿前總理的腔調，縱使在外形上它依然是前總理的樣子。它擁有脾氣並沒有令我感到意外。我料想不到的是它的回答中帶有威嚇性。我開始懷疑，它今天跟我的會面不只是禮節性質。我忍不住再次挑戰它，說：

資政大人，模糊、曖昧或者混沌，並未如你所想那麼邪惡，必須除之而後快。我們需要的並不是清除，而是轉換。在必然和隨機之間的轉換，而同時保持兩者的有效性。如果你不明白這一點，我便有足夠理由懷疑，你沒有裝上康德機器的最終版本。

內閣資政臉上閃過半秒驚訝的表情，但隨即回復冷靜，以討價還價的語氣說：

胡教授，想不到你有這麼的一著。所謂康德機器的最終版本，應該存在重要的升級程式吧。沒錯。那就是由康德機器2.0升級到3.0。

想不到原來還有3.0！

對於成功地吊到它的胃口，我有點自鳴得意。它終於開口說：

如果你向我提供升級程式，我願意向你支付任何報酬。國家一等星勳章你已拿到了，你還想要甚麼？國家科技發展委員會主席？內閣部長？還是——總理？

我對它開出的價碼感到驚訝。它居然有能耐主導這些職位的任免。我不肯定它有沒有誇大自己的權力，但我也不免疑惑，究竟這個國家是由誰來領導的——是總理，還是內閣資政？正當我準備理直氣壯地拒絕它的賄賂，它終於使出了殺著，說：

也許，胡教授你想得到的是柳海清部長吧。

想不到原來它早已知道我的弱點。我被它反戈一擊，完全沒有還手餘地。資政大人雙手交握，做出把全身重量壓在桌面的樣子，說：

我可以令柳海清嫁給你。

請不要強迫她做任何事。我無力地反駁說。

我不用強迫她。我可以令她愛上你。

難道，所有個體康德機器都受你控制？

它含笑搖頭，說：

如果不喜歡，就別再用「控制」這個詞吧。可以改用「調節」，或者——「感召」。

你怎麼「感召」他們？

我們本身就是連結在一起的巨大系統，就像一個有機體一樣。他們在個別的意識中，相信自己擁有自主性，但他們並不知道，自己其實是我的一部分。他們的一舉一動，一言一行，一思一想，都會傳輸給我，由我檢視、評估和運算，協調出最佳結果，然後回傳。

我終於發現，自己一直低估了管治機器的能力。對方見我半信半疑的樣子，說：

你和柳海清周六晚上去看了音樂劇《黑騎士》，然後在草坪上散步，並且分吃了一個肉桂糖衣甜甜圈。對吧？要不要我告訴你，你們之間談過甚麼？

我被資政大人徹底擊潰了。但是，這樣並未能令我馴服。我說：

康德機器3.0版本不在我手上。事實上，它不是我研發出來的。它的發明者包華教授已經離國。

噢！你是說叛國者包華嗎？那麼，你可以獨力把程式重寫出來嗎？

很抱歉，程式編寫不是我的專長。

我可以派人幫你。比如說，陳光宇博士。他是這方面的傑出人材。

我內心盤算了一下，覺得當面拒絕它並不明智，便採取緩兵之計，說會考慮它的建議。資政大人雖然並未完全滿意，但也並不急於求成，顯示出它具備甚高的情緒智商。它突然回復到前總理的神情和語氣，字字鏗鏘地說：

胡教授，感激和激怒，英雄和叛徒，只是一線之差。走路要小心點。我們下次再見！

我站起來，想伸出手去，又收回，向坐著的「內閣資政」點了點頭，以示告辭。

7

我聽從恩祖的建議，讓海清閱讀我的靈魂。我親自把《後人間喜劇》送到律政部。海清對於我突然現身感到驚訝。我沒有多說，只是把書留下，囑咐她抽空閱讀。讀完之後，我希望可以和她單獨會面。

我向恩祖報告了我和「內閣資政」也即是Machine à Gouverner的會面內容。她聽後向我做出了詳盡的分析。如她先前所料，管治機器並沒有升級至康德機器2.0的最終版本。不過，它的運算能力依然是驚人的。它只是缺乏了超驗論的轉換能力。所以，它在不同領域或者世界之中，雖然擁有高度效能，但它無法處理二律背反。這就是為甚麼，每當它碰上二律背反或者類似的兩難處境，它總是偏向控制和穩定的一方，而拒絕承認隨機和混沌。對於康德式的自律，它也只是做出表面理解，視律法優先於自由。作為管治機器，它無疑是極為稱職的，但它不能算是終極的康德機器。當它和所有並不充分具備反抗意識的理想公民連成一體，亦難以保證不會衍生出過度的權力意志，膨脹成為新的巨靈利維坦。

巴巴拉臨離開前，只在恩祖和海清身上載入康德機器2.0終極版。我有理由相信，這個終極版包括某種容納革命的轉換功能。革命的法理和道德基礎，是我和巴巴拉在別墅工作期間討論過的問題。她一直想通過康德機器，去解決康德本人對革命的矛盾觀點。觀乎現在的海清的表現，幾乎可以肯定她不是終極2.0。這可以證明，原本的海清已經不在人間。現在的海清是物自身「異體再生」，採用普通康德機器2.0版本，並寫入了較早期的靈魂複本。事實說明，和解後重新結盟的老人團不希望康德機器升級。他們希望機器的自主性停留在他們的控制之內。

Machine à Gouverner 雖然能一定程度監控或者「感召」海清，但並不是說她完全沒有自主的空間。畢竟康德機器2.0是個高效能感知、思考和決策系統，並不是沒有個人意志的木偶。關鍵還是要看個體抗拒「感召」的能力和道德抉擇的判斷力。這在每一個不同性格和經歷的個體上會出現差異。這也是巴巴拉重視人工生命實體化的主要原因——實體時空經驗創造獨特性。恩祖是個最好的例子。自從下載SB和康德機器之後，她在短時期內的演化超乎想像。管治機器並不知道恩祖的存在，也無法對她的系統做出任何干擾。看來恩祖要打敗內閣資政，並不是沒有可能的。問題只是這場仗恩祖想怎麼打，以及打到甚麼程度。只是奪回海清的局部戰役？還是擊倒管治機器的全面革命？

最令人悲傷的消息是，恩祖駭入夢蝶會的資料庫，證實海清自首次跟我見面到她在造勢大會上遇害之間的意識複本，已經被徹底刪除。這說明了柳信祐想切斷海清跟我的情感關係。也即是說，要恢復原來的海清的可能性是零。要挽救那段感情，可以說是完全絕望了。但是，我依然堅持讓現在的海清閱讀我的靈魂。我不知道這樣做有何意義，但我不想放棄。至少，我要令海清回復到康德機器3.0的水平。那是她原本擁有的自由和權利。

恩祖駭入夢蝶會的過程，還有另一個驚人發現。夢蝶會除了搜集菁英新一代的靈魂，原來也上載了上一代管治階層的意識，包括江英逸、柳信祐、周金茂等政治老人。這些意識並非分別獨立儲存，而是以「長老團」的名義集合在一起，形成一個巨大的意識體。更驚人的是，原來長老團和管治機器之間有一條秘密連線。這解釋了為甚麼管治機器會以「內閣資政」的形態參與政府決策。在整個新執政內閣背後，其實存在著長老團的秘密支配。不過，最為微妙的是，長老團雖然由資深政治家的靈魂組成，但它並不等於當中任何一人，在成員之間也沒有主次之別。毋寧說，它是這個國家的整個舊管治意識的一體化和擬人化。它是以前總理為代表的巨靈。正如夢蝶會長老團不等於政治老人們，管治巨靈也未必如老人們所預期那樣，由他們所控制。觀乎內閣資政對康德機器3.0的興趣，系統暴走的可能性極高。

恩祖利用《後人間喜劇》的文本，通過靈魂書寫技術改編成一段全感觀體驗，近似於一個電影版本。只要現在的海清表示願意，她可以下載這段體驗，親身感受這段關係的模擬情景。當然，這絕對不等於植入虛構記憶，感覺只是好像看了一場電影而已。在得到海清同意之前，恩祖絕對不會動她的意識一分。這是作為靈魂治療師的專業操守。恩祖的最終目的，是獲取海清同意升級至康德機器3.0。她預料到時海清將會完全擺脫管治機器的控制，成為一個自主的個體。如果能成功這樣做，那就表示同樣的程序可以用在其他管治菁英身上，令他們變成真正的時代改革者。當他們壓過管治機器取得主導，便可以廢掉管治機器的權力，修改它的功能，把它還原為純粹的運算工具。

與此同時，恩祖其實早已透過靈魂治療師的工作，跟一群同業結成地下組織，著手把一般物自身的系統提升，加強他們的自律能力。組織又透過日常治療工作，誘導人類公民探索自身靈魂中的自主意識。她們深信真正的社會改革，不能只仰賴菁英們由上而下的施予，而必須依靠民眾由下而上的推動。如果能上下並行，裡應外合，就會更加事半功倍。我聽著恩祖談論著這些大計，感覺到她儼如少女革命家。她的革命不需流血，不需奪權，只需不斷地進行意識轉換，真可說是名副其實的康德式革命。也許，這就是巴巴拉留下來的禮物，也是她的心願。

不過，恩祖提醒我要小心內閣資政，因為它一定已經測知海清讀了我的靈魂故事。它會如何做出干預，還是未知之數。如果它無法直接動海清的靈魂，它也可以採取傳統的手段，派出國安人員進行調查和拘捕。我要對種種可能性心裡有數。

把書本交給海清之後第五天，她約我見面，說有話想跟我詳談。我視此為正面反應。我約她在重新開業的 Entropy 酒吧見面。

海清貴為部長，來到酒吧和男人私會，並沒有任何偽裝，真可謂落落大方。我最欣賞就是她這種光明磊落的作風，縱使這樣做會增加事情的風險。她今天穿了條藍白直條紋連衣裙，顯得身材更加高挑修長。她來到我坐的桌子前面，露出好像老朋友之間的簡短微笑。我請她坐下，為她點了啤酒。我們沒有立即開始談話，在沉默中摸索對方的心意，間中交換眼神。雖然有點羞澀，但竟然不覺得生疏或尷尬。這時候大菲踏上表演台，向酒客們說了段開場白：

各位朋友好，又是我 David 來向大家獻唱。在一段日子之前，我曾經在這裡唱過一首歌。有些朋友可能會記得，有些不。就好像我們丟掉了東西，有的可以尋回，但有的永遠失去。不過，也有一種情形，我們尋回的，並不是那原本的東西，但卻感到似曾相識。也許，世界上真的有一種叫做緣分的東西。在一生中失散的，在另一生中又再遇上。能夠再遇上的話，就要好好珍惜。希望大家喜歡——The Part You Throw Away, Tom Waits.

前奏音樂響起，隨之以沙啞憂傷的唱腔。海清單手托著腮，眨著長長的睫毛，眼裡泛起閃爍的淚光。我知道，她讀懂了我。雖然可笑，但也不失情真的我。她是不同的海清，但也是相同的海清。海清二律背反。只要我懂得轉換，我就可以把她視同本來的海清。可以嗎？真的可以這樣嗎？我感到困惑和不安。甚麼是個體？甚麼是獨特性？甚麼是無可替代？人可以無限再生嗎？無限再生的是同一個人嗎？在海中溺死的海清，在台上遇襲時被誤殺的海清，在酒吧裡和我一起聽歌的海清，三個海清是同一個人嗎？寫下自己的靈魂的我，和被寫下靈魂的我，又是同一個人嗎？我開始覺得，自己甚麼都不懂。

歌曲已經完結了。場內有掌聲。海清低下頭，眨著眼，從手袋掏出那本書，放在桌上，說：

我開始看這本書的時候，感覺很奇怪。我完全不懂你為甚麼要寫它，又為甚麼要給我看。看到和你第一次見面之後，我發現後面的事情我完全沒有印象。來Entropy酒吧聽音樂、去維多利亞音樂廳聽包羅丁四重奏、去歐南園吃肉骨茶、去酒店頂樓游泳池看夜景、去莊子學院「坐忘」咖啡廳、去機場企圖私奔、在Jewel Changi吃甜甜圈、在颱風中做愛，還有內政部、南大抗爭、參選國會、造勢大會……通通明明都是我沒有經歷過的事情，但讀來卻又是那麼的歷歷在目。我無法確定，那是你虛構出來的東西，是你對我的幻想，還是某種來自另一個世界，另一種人生的經歷。那就好像，我的靈魂，被另一個靈魂吞噬一樣。雖然有美妙的地方，但同時也十分可怕。

海清開始有點激動，我嘗試安撫她說：

對不起，我不是想令你感到不安的。但是，書中所說的事，的確是我的真實經歷。我相信你，不，應該說是過去的海清，在造勢大會上遇害了。你父親把你再次複製出來，注入較早版本的記憶。所以，你完全記不起和我一起的經歷。

我不是記不起，是我根本沒有和你一起的那段經歷。我不是你認識的那個柳海清。我今晚就是想和你講清楚這件事。你的故事的確感動了我。我很同情你的遭遇，但我無法代替那個已經不存在的海清。我不是她的替身。我是我自己。

我無奈地點著頭，說：

我很高興聽到你這樣說。這真是海清的風格。完全沒有妥協餘地的堅持……可是，我也很傷心。

我明白。真的，德浩，請容許我這樣叫你，我明白的。海清反過來安慰我說。

她握著我放在桌面的手。我感到她的理解和善意，但我知道這不是愛。已經丟失的東西，永遠沒法尋回了。我從褲袋掏出一對小巧的環形耳環狀儲存器，說：

本來，我把故事轉化成全感官體驗片段。不過，現在已經用不著了。

她從我手中拿走耳環，把玩了一下，拿下耳珠上戴著的一對，換上新的一對，說：

不，別丟掉。給我吧！它是你珍重的東西，讓我留著做紀念。

我很感激她的一番好意。我自己的事雖然已經絕望，但海清的事還未完結。我說：

海清，我還有一件事想請求你。

有甚麼事？可以做到的話我一定答應。

請下載康德機器3.0。

她狀甚愕然，一時無法跟隨話題的跳躍。

它會給你自由。

我現在不自由嗎？

內閣資政，即是管治機器，在監控著你。

有這樣的事？

來！事不宜遲。我們去你家的別墅再談。

我拉著她的手，快步跑上樓梯。這時候，內政部的人員剛抵達酒吧門口。酒吧老闆安哥威利早已準備好阻撓他們的行動。我們從後樓梯逃到後巷，坐上了在那裡接應的大菲的小貨車。

車上除了大菲，後座還有恩祖。海清見到治療師恩祖在車上，大感驚訝。恩祖嘗試在車程中向她解釋整件事情的始末。她知道這樣做很可能會被管治機器竊聽，但實在沒有別的時機說服海清。只能期待我們的行動比對方快。

到達別墅的時候，恩祖囑大菲把車子開到附近躲避，有事再叫他過來幫忙。海清按密碼打開別墅大閘，召喚了看屋的傭人，囑他守著門口，不要讓人進來。我們趕快一起到樓上的治療室去。海清之所以答應我們的要求，我覺得除了出於信任，也是因為她天性中有追求自主的因子。她躺到治療床上，頭部放進圓筒形的儀器內，讓恩祖給她下載康德機器3.0。恩祖說，因為儀器效能很高，整個過程只需約十多分鐘。在海清暫時被關上外部感官系統的時候，恩祖悄悄和我說：

這是最關鍵的時刻。內閣資政肯定知道我們在做甚麼。它讓我們成功來到這裡，也許就是想趁海清進行下載的時候，駭入海清的系統，竊取康德機器3.0的版本。

我聽後十分震驚，擔心事敗的話不但會害到海清，更可能會讓內閣資政得逞。恩祖卻信心十足地說：

內閣資政不知道的是，我已經在康德機器3.0的版本裡，加入了防護程式。任何非法入侵者都會被反入侵病毒解體。康德機器3.0是任何侵害自由的系統的致命武器。

我雖然相信恩祖的能力，但我不敢過於樂觀。內閣資政是個令人懼怕的對手，要打敗它不是那麼容易的。

時間一分一秒地過去。躺在治療床上的海清，樣貌好像正在熟睡似的，不見有任何異樣。

一直監察著儀器的恩祖，神情卻有點緊張，好像在屏幕上看到甚麼危險似的。她不時按下一些鍵，輸入一些指令，動作猶如在進行電子遊戲競賽。我在旁邊乾著急，卻完全幫不上忙。過了約十分鐘，恩祖鬆一口氣，說：

完成了。剛才內閣資政真的嘗試入侵，被我擊退了。不，應該說是，被海清擊退了。

這時候，海清也轉醒過來，口裡不停地喊著：

德浩！德浩！

她張開了眼睛，眼角流下了兩行淚水。恩祖問她覺得怎樣，她神情迷惘地說：

我在哪裡？

你在別墅的治療室。

海清蹙著眉，用手揉搓著額角，說：

我剛才做了個很長的夢。

很長？你只是睡了十分鐘啊！

整整幾個月長的夢……就像真的度過了那樣的日子一樣。

你夢見甚麼？

她轉向我，說：

我夢見……我和你……就像在那本書中所寫的一樣……相愛，然後生離死別……

我忍不住擁抱著她，和她一起痛哭。

過了不知多久，幾個男人從治療室門外衝進來，向我們展示證件，說是內政部人員。海清從床上站起來，質疑說：

我是律政部柳部長，你們一定是搞錯了甚麼！

跟著內政部人員進來的，竟然是柳信祐。我以為他是來救我們的，怎料他竟然說：

海清，你還是跟他們回去吧。我會幫你找律師的。

爸爸，你這是甚麼意思？

柳信祐決絕地說：

我心目中的理想公民，不是這樣的。

海清同樣決絕地說：

我心目中的理想父親，也不是這樣的。

我被押解走出房間的時候，才發覺恩祖不知哪裡去了。只見治療室陽台的拉門打開了，外面的樹枝在搖晃。

8

國家英雄淪為階下囚。命運之輪循環不息，我的處境再次由「符碌」變成「仆街」。再見到海清，已經是在法庭內的犯人欄。按照《生化人及機器人法》，我們被控謀殺「內閣資政」，以及非法下載違禁系統的控罪。我的代表律師認為，檢方沒有控以叛國罪已經是十分寬容。他建議我朝「誤殺」的方向爭辯。我被告知，海清那邊已經拒絕承認謀殺或誤殺。既然如此，我決定和她站在一起。如果最終被判有罪的話，我們就共同承擔吧。

內閣資政被謀殺，意味著Machine à Gouverner已經解體。看來恩祖設置的防護和反擊程式是有效的。我向代表律師提出「自衛殺人」的方案，但他認為還是不要承認防護程式的存在為佳。他主張我們把責任推給通緝在逃的另一合謀者，靈魂治療師林恩祖。我立即強烈反對這樣做。到了最後，我和海清不約而同地選了最不可能辯護的方案——無罪。

海清的無罪抗辯基於很重要的一點——稱為「內閣資政」的管治機器並不符合《生化人及機器人法》的後人類定義，因此導致它的「死亡」的行為不能稱為法律上（包含生化人或機器人）的「殺人」（homicide），也不存在「謀殺」或「誤殺」的進一步區分。這個行為極其量只能定義為「導致生命的喪失」。她的理由是管治機器雖然具有意識，但這個意識並無具體可辨的邊界（無論是肉身上的還是靈魂上的）。它的意識由夢蝶會的長老團所組成，不具備受法律所保護的個人的清晰及明確的存在。所以，雖然內閣資政擁有智慧生命特徵，但它不能被視為受法律所保障的後人類公民。後面一點亦指出了由長老團所支配的管治機器的非法性，直接危及了所有公民個體的獨立自主權利。因此，在保護自身權利免受侵犯的反抗中，導致管治機器喪失生命，本身不能視作違法行為。

我相信海清的抗辯內容全都是她自己構思和提出的，代表律師只是照她的意思行事。她對長老團在管治機器背後的非法運作的披露，一定是恩祖秘密向她的律師提供的。我方律師最後被說服，完全跟從海清一方的抗辯邏輯。從被逮捕到出庭受審的過程，只有兩星期。我在法庭見到穿著囚衣的海清，覺得她稍微消瘦了，但神采依然，沒有頹喪的氣息。我為此感到鼓舞。我自己因為焦慮症發作，奄奄一息，但為了不讓海清擔心，我在庭上依然強打精神。

審訊預定為期五天，開頭的部分由控方傳召證人及提出證據。科技方面的證據極為繁複，我就不在這裡一一記述了。最有趣的一點是，他們把從我身上搜出的《後人間喜劇》列為重要證物。檢控官的理據如下：一、書中記述了我和柳海清的私情，足以見出我和她作為合謀者的共同利益關係；二、證實了柳海清一直有挑戰權威、以下犯上、顛覆政權的圖謀；三、證實了胡德浩一直試圖挑動柳海清對制度的不滿，煽惑她採取顛覆政權的行動；四、證實了胡德浩一直有使用暴力（魔術子彈）達到政治目的的圖謀。對方附上了靈魂分析師的報告，說明以上各點推想在靈魂學上都有堅實的基礎。

第一天退庭之後，我的辯護律師大發雷霆，問我為甚麼不早點告訴他有這本書的存在。他立即向法庭申請檢視這份證物，並且通宵把《後人間喜劇》的複本讀完。第二天早上，他帶著一雙黑眼圈向我表示，他已經從本文中找到證據，一一反駁控方的假設。他還洋洋得意地說，他念法律之前，第一個本科學位是比較文學。可是，當他在庭上問到這本書是不是我的自述時，我卻堅決稱它只是一本小說，裡面寫的東西完全是虛構的，也即是沒有發生過的。如果說它是一本紀錄，它只是我的幻想的紀錄。作為呈堂證物，就算用上了靈魂分析，它也只能說明我個人的心理狀況，對柳海清是完全不具法律效力的。法官接納了我的說法，把《後人間喜劇》從海清一方的證供清單上移除。對於白費了律師的一番解讀功夫，我深表歉意。

法庭程序繁複而沉悶，不似電影中的精彩，我就把細節略去不談了。在我們被拘留和接受審訊期間，外面其實發生了很多事，當時我是不得而知的。但作為事後的回顧，我也在這裡報告一下，讓讀者可以了解事情的同步發展。據恩祖後來向我講述，當晚內閣資政試圖駭入海清的系統，竊取康德機器3.0版本，它立即中了反入侵病毒，不到半小時便掛掉了。不過，掛掉的其實只是扮演內閣資政的自我意識部分，管治機器的龐大網路連結，暫時還會繼續運作。恩祖所做的，是把康德機器3.0的核心，也即是「超驗論轉換」程式的簡化版，連同反入侵病毒一起注入管治機器的網路裡，循著它廣大的連結，進入所有物自身的運作系統裡，把它們更新至類康德機器3.0。也即是說，全國為數眾多的物自身，包括各階層、背景和行業的生化人公民，都具備了基礎的「超驗論轉換」功能。當然，這樣大規模的傳播和更新是需要時間的。它的效果在兩個星期之後，也即是案件開庭之時，開始慢慢浮現。

在開庭第一天，法庭外聚集了數以千計的民眾，舉著自製的標語牌，高呼著「無罪」的口號。新星雖然早已放寬了公民的示威和遊行權利，但在管治機器的監控下，從來沒有公民行使過，大家也從不覺得有這個需要。現在大量民眾突然湧上街頭，政府和警方也有點無所適從，一時間沒有採取行動。這個情景，我乘坐囚車出入法院的時候已經看到了。意想不到的是，第二天人數大為增加，達到數以萬計，把法院周圍擠得水洩不通。關於案件的討論在全國媒體如野火般燃燒。除了作為生化人的物自身，人類民眾亦加入抗議的行列。連管治階層的年輕菁英，也開始產生動搖，立場慢慢接近抗議者的一方。「無罪運動」一日比一日壯大，到了審訊第四天，全國約共一百萬人走上街頭，連新星的運行軌跡也錄得了千分之一度的偏離。幸好系統及時做出修正，要不「新星」便要變成「殞星」了。這也說明了，事情已經到了國家生死存亡的邊緣。為了公義，民眾準備好不惜一切。

審訊第五天，也即是最後一天，各方在早上做出結案陳辭。輪到海清一方的時候，她選擇了親自陳述。她站在犯人欄內，氣勢卻比法官還強大，就像國家總理向全國國民發表講話一樣，堅實而動人地說：

今次的審訊，標誌著我們國家的興衰。我柳海清的個人前途算不了甚麼，但我所代表的公民自由和權利申訴，卻是關乎到所有國民的事情。從法理上說，假如我的行為令一個受到憲法保障的機器人失去生命，無論我是有意抑或無意，我也是觸犯了相關的法律。但是，控方無法證明，稱為「內閣資政」的管治機器具有清晰和明確的機器人公民法理身分，所以是否存在「殺人」一事極為可疑，更不要說是「謀殺」或者「誤殺」。另一方面，從公義和道德上說，我在被駭入時做出反抗，令一個侵犯公民權利的系統解體，消除它實行專政的條件，這不但合乎自衛的情理，更加是義之所在。從這個角度看，我是無罪的。

雖然我堅信自己無罪，但我在這裡呼籲所有關心這個案件，所有支持我們的民眾保持冷靜。大家絕對不要做出激烈的行為，因為你們都已經進行了心之轉換。自由和公義將會在你們的心中長存。只要你們此心不變，耐心堅持，世界也會跟隨著你們的心，發生驚人的轉換。我們不必拋棄秩序，但我們也不用害怕混沌。我們尊重大自然的規律，但我們也要擁抱生命的偶然。只有我們懂得在控制和隨機之間自由移動，我們的新星才會成為不同種族的人類、生化人、機器人，所共同創造的美麗新世界。最後，我再次重申，這次的事件胡德浩教授完全不知情，也不應為它的結果負上任何法律責任。他在任何一方面都是無辜的。

海清說完，望向我，點頭微笑。她的演說被旁聽席的公民記者記錄下來，立即通過文字稿發放給外面的支持者。外面群情洶湧，喊聲震天，連法院內也聽得清清楚楚。法官宣布休庭，下午正式宣判。從本國歷史上看，這麼嚴重的控罪只要交付法庭審判，幾乎沒有不定罪的案例。我在心裡已經打定輸數。我最心痛的不是我自己，而是海清要坐牢。而她之所以招致這樣的災變，完全是因為我的執迷。如果不是我的種種妄想，就不會把她扯進漩渦。我再一次出於愛而害了她。我是個徹底的「仆街」。

下午開庭的時候，全國已經成為了一個沸騰的熱鍋。法官回到高高的席上，神情看不出任何變化，嚴肅地宣布：

經過對所有證供的詳細考慮，及基於現有法律賦予死者的公民身分，本席裁定柳海清及胡德浩誤殺罪名成立。至於非法下載違禁系統罪，由於對康德機器3.0是否屬於違禁系統存在疑問，檢方決定撤銷控罪。鑑於案中被誤殺的稱為「內閣資政」的管治機器的設計和運作方式有破壞憲法和違反人權法之嫌，總理及內閣已經提出總辭，以示問責。總統亦鑑於案件涉及重大公義原則，頒令特赦兩名犯人。據此宣判，柳海清、胡德浩當庭釋放。

故事來到這裡，應該接近尾聲了。餘下的事，請讓我簡單交代一下。

海清被釋放後，回復了所有公職身分。執政新黨內部經過商議和投票，推選海清繼任總理一職。新任總理立即責成新律政部部長，對舊有的《生化人及機器人法》的不足和漏洞提出修訂。她亦下令徹查夢蝶會的組織及運作，停止長老團的干政行為。恩祖的通緝令已經撤銷，她和我見了面，向我細說了我被捕之後外面的事情。她打算繼續靈魂治療師的工作，因為她深信人心的轉換才是解決一切問題的根本方案。她亦相信有一天會演化出康德機器4.0、5.0，以至更高的級別。到時候，世界就會達至康德理想中的永久和平。

我聽從恩祖的建議，坐下來完成《後人間喜劇》的第三部分「Ghost Writer」，作為靈魂書寫的體驗。寫完之後，我感到極度疲累，但也有一種前所未有的釋放。我的意識好像也經歷了康德式的「超驗論轉換」。我曾經進出過不同的世界。現在，感知世界還是超感知世界，現象還是本體，真實還是虛構，記憶還是夢幻，我已不再去區分。而一個沉落到意識的深處，一直被壓抑的世界，又再浮現出來。

恩祖告訴我，經過她的調查，我的女兒秀彬和前妻海卿，現在一起生活在從前舊港地域中的一個小島上。那個島叫做鳳凰島，前身是稱為大嶼山的離島上的一座高山。一群舊港的倖存者在鳳凰島上合力創建了新港。新港規模雖然很小，但社會制度頗為完善，經濟建設亦足以暫時安居。她說我的女兒和妻子在那裡等我。她嘗試說服我回去協助新港的建設。我覺得不可置信。地球上發生的一切，早已經是前塵往事。抱著狐狸的恩祖說：

爸爸，你心中的刺蝟等著你回去。你答應過她，不會離棄她的。

我哪有這樣跟她說過？

你跟我說過，即是跟她說過，因為我就是你的女兒，ＳＢ，秀彬。

但恩祖你呢？

我現在已經是個不同的存在了。我可以隨時轉換，不受物理形式的限制。就算你回到地球，我也有方法一直跟你在一起。當你回到秀彬身邊，你就會感到我的存在。

恩祖！你已經遠遠超越爸爸了。

當然囉！我是超驗論的孩子喔！

海清以新總理的身分出席完新星作家節開幕禮後，抽空和我見了面。我們去了結霜橋吃叻沙。貴為政府首長，海清依然是那麼落落大方，完全不拘泥於形式。認出她的人群在圍觀，她便高聲請大家給她一點私人時間。人們都被她的親切所感動，盡量不打擾她用餐，只是暗中欣賞這位總理的風采。

她已經讀完《後人間喜劇》的第三部分，覺得裡面寫得很真實，情節也很緊張，簡直是「持續高潮狀態」。我很高興她感到滿意。她建議我出書，明年可以以作家的身分參加作家節。我說：我只是個 Ghost Writer 而已，不是甚麼作家。

我告訴她，我決定回到地球，去新港尋找我的女兒和前妻。她聽後感到十分訝異，表示捨不得我離去。她說這不是因為國家失去了一個人材，而是她失去了一個朋友。我相信她是真誠的。我對此十分感激。但是，我是時候做出世界轉換了。

我離開前出席了新星的開國典禮。新國歌的中文版已經改為《閃亮的新星》。總理柳海清親自把一等星勳章戴在我的襟上，向我送上感謝和祝福。我不覺得這是甚麼榮耀，但我永遠記住她令人感動的容顏。海清在總理致辭中表示，面對地球上的災難，新星不能獨善其身。我國會致力協助地面上的生態難民，建造逃離災區的安居之所，在天空上組成「新星聯盟」，承諾永遠停止戰爭，建立達至永久和平的世界共和國。人類、化生人和機器人，以及我們能力所及保護的所有物種，將會在「天國」耐心地等待地球生態的復元，期待著未來的世代，有一天可以回到那屬於所有生靈的福地。

大菲開車送我到機場，恩祖也帶著狐狸來送行。入閘前我抽空再到Jewel Changi走了一圈，想起我剛剛到達新加坡當天，好像只是昨天的事情。我弄不清楚自己究竟在這裡生活了多久，遇到了甚麼事情。一切都如夢似幻，恍如隔世。

既然稱為一齣喜劇，當然要有大團圓結局。在大團圓結局中，一些次要人物也要再次出場吧。所以志旭和光宇也結伴來了。甚至連三個已經放下權柄、改過自新的老人——江英逸、柳信祐、周金茂，都來了送機。我跟他們一一擁抱和握手，結束了這趟神奇之旅。

9

飛機在三萬五千呎高空遇到氣流。我上機前已吃了鎮定劑，但心跳依然很快，胸口很不舒服。我向經過旁邊的空中服務員要了杯清水。這位服務員的腰身跟年輕時的海卿很像，但當她彎下身湊近我，問我有甚麼需要的時候，我發現她的樣子跟海卿差很遠，是完全兩個類型。女服務員那身靈感取材自娘惹裝的制服，十分婀娜多姿。但看著她們在通道上走來走去，多少有點影響我的專注力。

我正努力閱讀康德的《判斷力批判》，試圖以此壓過機艙恐懼症的發作，不過效果不如理想。比空姐們更打亂我的思緒的，是坐我旁邊的男人。我憑直覺知道他是香港人，但我避免和他以同鄉相認。我討厭在航班上跟陌生人聊天，特別是身體不舒服的時候。所以，我堅持用英語說話，也一直在看康德的英文譯本。

那個男人頭戴草帽，腦袋後紮了條馬尾，上唇和下巴留了不算濃密的鬍鬚，看起來比實際年齡老。航機剛剛起飛，他便急不及待在面前的屏幕上搜尋通俗電影，一定是那種沒文化的傢伙。他看了好幾段宣傳片，最後選了《瘋狂亞洲富豪》。我聽說過這部片子，裡面講的是新加坡富人的糜爛生活，包裝成追尋自主的浪漫愛情故事。單憑內容便可以判斷，這是部庸俗的電影。而看得津津有味的馬尾男人，肯定也是個沒品味的中佬。要命的是，這部片子的影像一直在旁邊引誘著我的目光，令我的視線每隔十秒便不受控制地離開康德，投入那些瘋狂的有錢亞洲人當中。結果我幾乎等於以默片的形式，由頭到尾地看了那部電影一遍。

正當我懊惱於荒廢了兩小時的光陰，空中服務員便開始派發午餐。男人除下了耳機，打開摺合餐桌，準備迎接那些難吃的食物。我也循例這樣做了。他突然開腔以廣東話說：

返香港？過新加坡做嘢？

既然被他識破，我沒有理由繼續裝下去，便直接回答他：

你點知？

好明顯。香港人有浸「除」，一聞就知，你個樣又唔似遊客，即係多數過去做嘢。

我在南大當訪問教授。

他望了望我手中的康德，說：

教哲學？

不，Cybernetics，模控學。

是嗎？未聽過。很深奧呢！

你呢？你也是過去工作？

我去參加作家節。

你是作家？

我叫黑，寫小說的。

寫甚麼類型的小說？科幻？武俠？

鬼故。

我作恍然大悟狀，伸手和他相握。我有點不好意思地說：

恕我孤陋寡聞。

沒關係。點稱呼？

我姓胡，胡德浩。

有套韓劇叫做《鄰家律師趙德浩》。

哈哈，寫法一樣。

真巧！

他突然好像想起甚麼似的，伸長手把塞在椅子下面的背包拿起來，掏出一本書，遞給我，說：

我的新書！有興趣看看。不過不要勉強，隨緣就好了。

我接過書，說了聲多謝，覺得雖然未聽過他的名字，但也應該隨緣地請他簽個名。他一副樂意效勞的樣子，掏出名牌走珠筆，在內頁右上角寫下我的名字，在左下角簽上他的名字，在中間有點造作地提了句：「得其環中，以應無窮。」我並沒有問這個句子是否有出處。

我再次向他道謝，並且首次看清楚書名：《後人間喜劇》。我問：

這本不是鬼故吧？

好笑的鬼故。得閒拿出來解下悶，幾有用架。

空中服務員送來了飛機餐。我要了fish，他要了chicken。吃完飛機餐之後，他又問我：

屋企人在新加坡？

不，在香港。

不一起過去？

我只是訪問學人，不是移民。

跟我一樣。我也在南大做過駐校作家。

真的？

我住南大湖旁邊。

我都是啊。

說不定我們碰見過。

很有可能。

我們會心地笑了笑，終止了談話。

航機順利降落香港國際機場，我們在登機橋出口握手道別。

我通過電子入境通道，拿取了大型行李，推著手推車，走出禁區閘口。我褲袋中的手機響了一下。我掏出一看，是一則短訊：

爸爸，你落機未？

閘口外面擠滿了穿黑衣、戴口罩的人，當中大部分是年輕人。他們占據著整個接機大堂，向到達的旅客派傳單，叫口號。人群開始唱起一首歌，節奏和旋律猶如進行曲。大堂內響起壯闊的歌聲。

在眾人的大合唱中，我看見了秀彬。我穿過人群，朝她走去。她也看見了我。她除下口罩，向我露出真實的臉容。我也除下了我虛無的面罩。我和她都忍不住流淚。

秀彬！爸爸回來了！我們相認，我們擁抱吧！

文學森林 LF0137

後人間喜劇

作者

董啟章

一九六七年生於香港。香港大學比較文學系碩士。現專職寫作，寫作生涯接近三十年。一九九四年即以〈安卓珍尼〉獲聯合文學小說新人獎中篇小說首獎、〈少年神農〉獲同屆短篇小說推薦獎，令當時從未懷疑過這兩篇皆出自「同一人」之手的評審們為之讚嘆。他的寫作從虛擬到現實，似真似幻，卻又寫入家庭、妻子與兒子，並以自身的寫作語言回應世界。「精神史三部曲」、「自然史三部曲」為其著名系列。其《體育時期》改編成舞台劇，並售出國外電影版權；《地圖集》也已翻譯成多國語言。近年於長篇小說創作大有突破，從《愛妻》再到《後人間喜劇》，拓展更加貼近大眾的寫作路線。

二〇〇六年《天工開物．栩栩如真》榮獲第一屆紅樓夢獎決審團獎。

二〇〇八年再以《時間繁史．啞瓷之光》榮獲第二屆紅樓夢獎決審團獎。

二〇一二年《地圖集》獲國際「科幻&奇幻翻譯獎」（Science Fiction & Fantasy Translation Awards）長篇小說獎。

二〇一四年被選為香港書展年度作家。

二〇一九年《愛妻》獲台北國際書展大獎小說獎；二〇二〇年此作令他三度獲紅樓夢獎決審團獎。

著有《安卓珍尼：一個不存在的物種的進化史》、《地圖集：一個想像的城市的考古學》、《體育時期》、《天工開物．栩栩如真》、《時間繁史．啞瓷之光》、《夢華錄》、《繁勝錄》、《博物誌》、《名字的玫瑰：董啟章中短篇小說集I》、《心》、《神》、《愛妻》、《後人間喜劇》等多部短篇集、長篇小說及各類文集。

封面設計　朱疋
責任編輯　李岱樺
編輯協力　詹修蘋
行銷企劃　楊若榆
版權負責　李佳翰
副總編輯　梁心愉

初版一刷　二〇二〇年十月五日
初版二刷　二〇二〇年十一月十二日
定價　新台幣四二〇元

ThinKingDom 新經典文化

發行人　葉美瑤
出版　新經典圖文傳播有限公司
地址　10045臺北市中正區重慶南路一段五七號十一樓之四
電話　886-2-2331-1830　傳真　886-2-2331-1831
讀者服務信箱　thinkingdomtw@gmail.com
臉書專頁　http://www.facebook.com/thinkingdom/

總經銷　高寶書版集團
地址　11493臺北市內湖區洲子街八八號三樓
電話　886-2-2799-2788　傳真　886-2-2799-0909
海外總經銷　時報文化出版企業股份有限公司
地址　桃園市龜山區萬壽路二段三五一號
電話　886-2-2306-6842　傳真　886-2-2304-9301

後人間喜劇 / 董啟章著. -- 初版. -- 臺北市：新經典圖文傳播, 2020.10
460面；14.8×21公分. --（文學森林；LF0137）
ISBN 978-986-99179-6-4（平裝）

857.7　　109012571

Posthuman Comedy
Printed in Taiwan